EVIE DUNMORE

Die Rebellinnen von Oxford

Verwegen

Für Opa
Man sollte sich alles zutrauen,
aber nicht alles zumuten.

1. KAPITEL

Kent, August 1879

»Auf gar keinen Fall. Diese Idee ist völlig absurd, Annabelle.« In Gilberts Augen stand der panische Blick eines Hasen, der von Hunden gehetzt wird.

Annabelle senkte den Kopf. Dadurch wirkte sie bescheiden, und Bescheidenheit besänftigte ihren Cousin am schnellsten, wenn er sich aufregte. Von all den Männercharakteren, die sie inzwischen zu beeinflussen gelernt hatte, stellte die Kategorie »ignorant, aber selbstgefällig« nicht unbedingt die größte Herausforderung dar. Allerdings setzte es dem Ganzen die Krone des Hohns auf, wenn ihr Schicksal ausgerechnet in den Händen eines solchen Mannes lag. Gilbert würde ohne Weiteres die Chance ihres Lebens in seinem vollgestopften kleinen Arbeitszimmer wie eine Seifenblase zerplatzen lassen, um sich anschließend sofort wieder bewundernd den frisch aufgesteckten Schmetterlingen in dem Schaukasten auf dem Tisch zu widmen.

»Was kommt als Nächstes?«, fragte er. »Willst du zum Zirkus gehen? Oder dem Parlament beitreten?«

»Ich verstehe ja, dass es ungewöhnlich ist«, erwiderte sie, »aber …«

»Du gehst nicht nach Oxford«, geiferte er und schlug mit der Hand auf den Tisch.

Den Tisch ihres Vaters. In seinem Testament hatte ihr Vater

verfügt, dass der Schreibtisch Gilbert zufallen sollte, nicht ihr. Das ehrwürdige Möbelstück tat jedoch nichts, die Autorität ihres Cousins zu betonen. Vom Zahn der Zeit angenagt und auf vier imposanten geschnitzten Löwenfüßen stehend hätte es die Persönlichkeit eines jeden Mannes, der dahinter thronte, untermauert. Gilbert indes wirkte lediglich aufgeplustert wie ein erschrockenes Huhn. Nun gut. Es war verständlich, dass er sich überrumpelt fühlte. Sie hatte sich ja selbst überrascht. Seit fünf langen Jahren war sie Gilberts Mädchen für alles; sie hätte niemals damit gerechnet, dass sie noch einmal diese drängende Sehnsucht verspüren würde. Sie hatte sich geduckt, die Füße stillgehalten und akzeptiert, dass die Pfarrgemeindegrenzen von Chorleywood auch gleichzeitig die Grenzen ihrer Träume darstellten. Bis die Nachricht, dass die Universität Oxford ein Frauenkolleg eröffnet hatte, sie mit der Wucht eines Pfeils mitten ins Herz getroffen hatte.

Anfangs hatte sie sich bemüht, die aufflammende Sehnsucht zu ignorieren, aber nach kaum einer Woche bröckelte die Selbstbeherrschung, die sie sich so mühsam anerzogen hatte, um schließlich wie ein Kartenhaus in sich zusammenzufallen.

Ganz gewiss lag dies aber nicht nur daran, dass sie stets zu viel vom Leben wollte. Wer konnte schon sagen, wie lange sie in Gilberts finanzklammem Haushalt noch Schutz vor der drohenden Mittellosigkeit fand? Oder davor, sich eine Anstellung suchen zu müssen, wo sie leichte Beute für einen lüsternen Hausherrn wäre? Tagsüber erledigte sie ihre Pflichten wie ein Automat, aber nachts kroch die Angst in ihr Bewusstsein, dass sie tagtäglich am Rande eines Abgrunds balancierte, in dessen Schlund ein Lebensabend im Arbeitshaus auf sie lauerte. In ihren schlimmsten Albträumen fiel sie endlos in die Tiefe.

Sie umklammerte den schmalen Umschlag in ihrer Schürzentasche. Die Zulassung am Frauenkolleg in Oxford. Eine gute Ausbildung könnte ihren Sturz abfangen.

»Dieses Gespräch ist beendet«, erklärte Gilbert.

Sie ballte die Hände zu Fäusten. *Ruhig. Bleib ruhig.* »Ich wollte gewiss nicht mit dir streiten«, sagte sie sanft. »Ich dachte, du würdest dich darüber freuen.«

Eine glatte Lüge.

Gilbert runzelte die Stirn. »Mich freuen?« Seine Miene veränderte sich zu einem Ausdruck von Sorge. »Geht es dir gut?«

»Da es für deine Familie von Vorteil wäre, habe ich angenommen, du würdest die Möglichkeit begrüßen.«

»Welcher Vorteil?«

»Bitte entschuldige, Cousin. Ich hätte deine kostbare Zeit nicht vergeuden sollen.« Sie stand auf.

»Moment, nicht so hastig.« Gilbert machte eine rasche Handbewegung. »Warte! Setz dich.«

Sie musterte ihn aufmerksam. »Ich weiß, dass du große Pläne für deine Jungen schmiedest«, erklärte sie, »und eine Gouvernante, die ein Zertifikat von Oxford mitbringt, wäre dabei gewiss von Nutzen.«

»Ich habe in der Tat Pläne für sie, vernünftige Pläne«, posaunte Gilbert. »Aber du kennst dich bereits besser mit Griechisch und Latein aus, als es notwendig ist, und ganz sicher besser, als es sich schickt. Und es ist allgemein bekannt, dass zu viel Bildung sich schädlich auf das weibliche Gehirn auswirkt. Worin soll da also ein Vorteil für uns liegen, hm?«

»Ich könnte mich als Gouvernante oder Gesellschafterin im Herrenhaus bewerben.«

Sie hatte ihren letzten Trumpf ausgespielt. Wenn die Erwähnung Baron Ashbys, Lord des auf dem Hügel thronenden Herrenhauses und Gutsherr ihrer Pfarrgemeinde, Gilbert nicht dazu bewegte, ihr seine Erlaubnis zu geben, würde ihn nichts überzeugen. Gilbert betete den Boden an, über den der Adlige schritt.

Und tatsächlich schien er ins Grübeln zu geraten. Sie konnte beinahe hören, wie sich die Rädchen in seinem Kopf mühsam und knarzend drehten wie der alte Wetzstein in der Küche. Alt deshalb, weil Gilbert nicht genug Geld besaß, um das Cottage instand zu halten. Was nur logisch war, da sein geringer Lohn für das Läuten der Kirchenglocken stets derselbe blieb, seine Familie sich jedoch beständig vergrößerte.

»Nun, damit könnte man tatsächlich ein hübsches Sümmchen verdienen«, sprach er seine Überlegung laut aus. »Seine Lordschaft zahlt gut.«

»Ja, in der Tat. Aber ich gebe dir recht. Nicht einmal die Aussicht auf ein Vermögen könnte eine solche Unschicklichkeit rechtfertigen.«

»Das stimmt. Jawohl! Aber wenn man bedenkt, dass es einem höheren Zwecke dient, wäre es ja nicht wirklich unziemlich, nicht wahr?«

»Oh«, rief sie. »Nachdem du mir alle Makel in meinem Vorhaben aufgezeigt hast, würde ich es niemals wagen, zur Universität zu gehen. Was, wenn mein Gehirn Schaden nimmt ...«

»Nun übertreib nicht gleich«, sagte Gilbert. »Dein Verstand ist ja an Bücher gewöhnt und vermutlich längst abgehärtet. Allerdings kommen wir ohne deine Hilfe nicht einmal eine Woche zurecht. Ich müsste eine Magd einstellen, die deine Aufgaben übernimmt.« Er schenkte ihr einen alarmierend verschlagenen Blick. »Und das lässt meine Börse nicht zu, wie du sehr wohl weißt.«

Zu dumm, dass ihm ausgerechnet jetzt der finanzielle Haken auffallen musste. Zweifellos würde er darauf bestehen, dass sie jegliche Ausgaben bezahlte, die ihre Abwesenheit hervorrufen würde, da ihre Hilfe ihn exakt … nichts kostete. Leider würde das geringe Stipendiengeld, das sie erhalten würde, kaum für ihren eigenen Unterhalt ausreichen.

Sie beugte sich vor. »Wie viel würdest du einer Magd zahlen, Cousin?«

Gilbert riss erstaunt die Augen auf, aber er fasste sich schnell und verschränkte die Arme. »Zwei Pfund.«

Sie hob die Brauen. »Zwei Pfund?«

Er machte eine störrische Miene. »Ja. Beth ist … hm … erneut guter Hoffnung. Ich muss eine zusätzliche Hilfe anstellen.«

Das würde er garantiert niemals tun, aber es gelang ihr, sich ihren Sarkasmus nicht anhören zu lassen. »Dann werde ich dir jeden Monat zwei Pfund schicken.«

Gilbert runzelte die Stirn. »Und wie willst du das bewerkstelligen?«

»Ganz einfach.« *Ich habe absolut keine Ahnung.* »Sicher gibt es genügend Schüler, die eine Nachhilfelehrerin benötigen.«

»Verstehe.«

Er schien dennoch Zweifel zu hegen, so wie sie, denn nicht einmal die Dienstmädchen im Herrenhaus erhielten zwei Pfund im Monat. Wenn sie zwei Schilling zusammenkratzen könnte, wäre das schon ein Wunder.

Sie stand auf und streckte die rechte Hand aus. »Du hast mein Wort darauf.«

Gilbert betrachtete ihre Hand, als sei sie irgendein ekliges Getier. »Verrate mir eines«, sagte er nach einer Weile. »Wie soll ich mir sicher sein, dass die oxfordschen Attitüden und Allüren nicht auf dich abfärben und du wieder zu uns zurückkehrst?«

Ihr Kopf war plötzlich wie leer gefegt. Wie seltsam. Dabei diente das gesamte Vorhaben, Gilbert eine Erlaubnis abzuringen, doch allein dem Zweck, sich ihren Platz in seinem Haushalt zu sichern.

Eine Frau brauchte ein Zuhause, egal wie es auch aussehen mochte. Aber etwas in Annabelle sträubte sich, ihm ihr Versprechen zu geben, dass sie nach Chorleywood zurückkehren würde.

»Wohin sonst sollte ich gehen?«, fragte sie.

Gilbert presste die Lippen zusammen und strich sich gedankenverloren über den Bauch. Er nahm sich Zeit, bevor er wieder das Wort ergriff. »Wenn du mit deinen Zahlungen in Rückstand gerätst«, sagte er schließlich, »werde ich dich bitten müssen, nach Hause zu kommen.«

Bedächtig wälzte sie die Worte in ihrem Kopf. Sie zurück zu bitten hieß, dass er sie erst einmal gehen lassen musste. Er ließ sie gehen!

»Selbstverständlich«, versicherte sie.

Sein feuchter, schlaffer Händedruck war an ihrer schwieligen Hand kaum wahrnehmbar. Halt suchend lehnte sie sich an den Schreibtisch, den einzigen stabilen Gegenstand in dem sich plötzlich drehenden Zimmer.

»Du brauchst natürlich eine Anstandsdame«, hörte sie ihn sagen.

Sie konnte ihr Lachen nicht unterdrücken, ein kehliges Geräusch, das sie erschreckte. »Ich bin doch schon fünfundzwanzig Jahre alt.«

»Hmpf«, brummte Gilbert. »Vermutlich machst du dich mit so einer übermäßigen Bildung ohnehin zum Ladenhüter, den kein Mann zur Ehefrau nehmen möchte.«

»Dann trifft es sich doch gut, dass ich nicht den geringsten Wunsch verspüre, zu heiraten.«

»Ja, ja«, sagte Gilbert. Sie wusste, dass er ihren freiwillig gewählten Jungfernstand nicht guthieß. *Das ist unnatürlich.* Allerdings war jegliche geäußerte Sorge hinsichtlich ihrer Tugend sowieso bestenfalls ein Zugeständnis an die Etikette, und das wusste er wohl auch. Zumindest aber hegte er dahin gehend sicherlich Vermutungen, wie jeder in Chorleywood.

Wie aufs Stichwort verfinsterte sich seine Miene. »Es gibt noch eine Sache, die wir klären müssen, Annabelle, und die ist in der Tat von äußerster Wichtigkeit.«

Die Worte schwebten zwischen ihnen und lauerten wie Bussarde darauf, zuzuschlagen.

Sollten sie doch an ihr nagen. Inzwischen war die Mauer um ihr Herz mindestens so dick wie die Schwielen an ihren Händen.

»Wie jeder weiß, ist Oxford ein Ort des Lasters«, fing Gilbert an. »Eine Schlangengrube voller Trunkenbolde und Schürzenjäger. Solltest du in eine unschickliche Angelegenheit verwickelt werden und es auch nur den Hauch eines Zweifels über deine Moral und dein Benehmen geben, werde ich dich, so sehr mich das auch schmerzen würde, meines Hauses verweisen müssen. Ein Mann in meiner Position, der im Dienst der Kirche von England steht, kann sich keinen Skandal leisten.«

Er bezog sich zweifellos auf die Art von Skandal, in die ein Mann verwickelt war. Deswegen musste er sich ganz gewiss keine Sorgen machen. Allerdings gab es noch die Sache mit dem Stipendium. Gilbert nahm wohl an, dass die Universität ihr eines gewährt hatte. Der wahre Wohltäter war jedoch die *National Society for Women's Suffrage*. Diese Vereinigung kämpfte für das Wahlrecht von Frauen und hatte es zur Bedingung gemacht, dass Annabelle sie bei diesem Vorhaben unterstützte. Zu ihrer Verteidigung ließ sich sagen, dass sie erst durch die Stipendienanzeigen einer gewissen Lady Lucinda Tedbury auf die Gesellschaft aufmerksam geworden war und nicht etwa, weil sie politische Interessen hegte. Aber sie war sich sicher, dass auf Gilberts Liste der moralischen Verstöße der Kampf für das Frauenwahlrecht ziemlich weit oben stehen würde, direkt hinter amourösen Skandalen.

»Zum Glück wird eine alte Jungfer vom Land ziemlich sicher vor jeglichen Skandalen verschont bleiben«, sagte sie munter. »Sogar in Oxford.«

Gilbert verengte die Augen zu schmalen Schlitzen. Sie spannte sich an, als er den Blick über sie schweifen ließ. War sie zu weit gegangen? Sie hatte die Blüte ihrer Jugend zwar längst hinter sich gelassen, und die Kartoffelernte bei Wind, Sonne und Regen hatte ein paar feine Linien um ihre Augen gezeichnet. Dennoch blickte ihr morgens im Spiegel immer noch dasselbe Gesicht entgegen wie mit Anfang zwanzig. Dieselben ausgeprägten Wangenknochen, die kleine Nase und – ein Erbe ihrer französischen Ahnen – Lippen, die fast immer wie ein Schmollmund wirkten. Ein Mund, der einen Mann um den Verstand bringen könne, hatte man ihr einmal gesagt.

Sie verzog sarkastisch die Lippen. Sie sah im Spiegel immer nur ihre grünen Augen. Das Leuchten darin war längst erloschen, gedämpft von einer Lebenserfahrenheit, die keiner Debütantin zu eigen war, einer Erfahrenheit, die sie weitaus besser vor Skandalen schützen würde, als verblassende Schönheit es je könnte. Auf keinen Fall wollte sie noch einmal wegen eines Mannes in Schwierigkeiten geraten.

2. KAPITEL

Westminster, Oktober 1879

»Also«, sagte Lady Lucinda, »für unsere neuen Mitglieder: Es gibt drei Regeln zu beachten, wenn Sie einem Gentleman einen Handzettel reichen. Erstens: Wählen Sie einen, der einflussreich aussieht. Zweitens: Nähern Sie sich zielstrebig, aber mit einem Lächeln. Drittens: Denken Sie daran, dass die Männer spüren werden, wenn Sie Angst haben, aber gewöhnlich haben sie mehr Angst vor uns.«

»Wie bei Hunden«, murmelte Annabelle.

Lady Lucindas scharfsichtiger Blick schwenkte zu ihr. »Ja, genau.«

Offenbar hatte sie gute Ohren, das musste Annabelle sich merken.

Fröstelnd zog sie ihr Schultertuch enger um sich. Die raue Wolle bot nur wenig Schutz vor dem kühlen Londoner Nebel, der den Parliament Square einhüllte, und gar keinen vor den schneidenden Blicken der Passanten. Die Parlamentstätigkeit ruhte derzeit, aber es spazierten immer noch viele Gentlemen durch Westminster, die Gesetze auf den Weg brachten, die über ihr aller Leben bestimmten. Beim Gedanken, sich einem solchen Mann zu nähern, rutschte ihr das Herz in die Knie. Keine anständige Frau würde es wagen, auf offener Straße einen Fremden anzusprechen, und schon gar nicht würde sie dabei ein Pamphlet schwenken, welches verkündete, der sogenannte *Married Women's Property Act*, der das Eigentum verheirateter Frauen regelte, mache jede Ehefrau zur Sklavin.

Natürlich traf dies in gewisser Weise zu, denn noch immer verlor eine Frau ihren persönlichen Besitz am Hochzeitstag an ihren Ehemann. Angesichts der missbilligenden Blicke, mit denen Passanten ihre kleine Gruppe streiften, versuchte Annabelle jedoch, ihre Flugblätter möglichst unauffällig in der Hand zu halten.

Ihre Bemühungen wurden allerdings schnell zunichtegemacht, als Lady Lucinda, die Schriftführerin der Nationalen Gesellschaft für Frauenwahlrecht und Leiterin der Ortsgruppe Oxford, ihre Motivationsrede hielt. Mit ihren schlicht frisierten glatten hellblonden Haaren und dem herzförmigen Gesicht wirkte die zierliche Dame täuschend anmutig wie eine Porzellanpuppe, aber ihre Stimme schallte wie ein Nebelhorn über den Platz, als sie ihre Anhängerinnen instruierte.

Wie hatte sie wohl die anderen Damen von der Teilnahme an dieser Aktion überzeugt? Sie drängten sich wie Schafe in einem Sturm aneinander und wünschten sich eindeutig, überall zu sein, nur nicht hier. Annabelle hätte ihr Schultertuch darauf verwettet, dass keine von ihnen auf ein Stipendium angewiesen war, das sie zum Verteilen der Flugblätter verpflichtete. Die Rothaarige neben ihr wirkte mit ihren großen braunen Augen und der von der Kälte geröteten Himmelfahrtsnase eher unscheinbar, doch dank der Oxforder Gerüchteküche wusste Annabelle, wer sie war: Miss Harriet Greenfield, Tochter des einflussreichsten Bankenbarons von ganz England. Vermutlich hatte der mächtige Julien Greenfield keine Ahnung, dass seine Tochter sich für Frauenrechte einsetzte. Gilbert würde jedenfalls das Herz stehen bleiben, wenn er davon erführe, was Annabelle tat.

Miss Greenfield hielt ihre Flugblätter mit spitzen Fingern,

als befürchtete sie, von ihnen gebissen zu werden. »Auswählen, zielstrebig nähern, lächeln«, murmelte sie. »Das klingt einfach.«

Wohl kaum. Durch die hochgeschlagenen Mantelkrägen und die tief ins Gesicht gezogenen Hüte glich jeder vorbeieilende Mann einer uneinnehmbaren Festung.

Die junge Frau schaute hoch, und ihr Blick verfing sich mit Annabelles. Am besten, sie lächelte höflich und schaute wieder weg.

»Sie sind Miss Archer, nicht wahr? Die Studentin mit dem Stipendium?« Miss Greenfield musterte Annabelle über den Rand ihrer lilafarbenen Stola.

Natürlich. Tratsch verbreitete sich schnell in allen gesellschaftlichen Kreisen, auch den nobleren.

»Das stimmt, Miss«, antwortete Annabelle und fragte sich, womit sie nun zu rechnen hatte, Mitleid oder Hohn?

In Miss Greenfields Augen leuchtete jedoch Neugier. »Sie müssen sehr klug sein, wenn Sie ein Stipendium erhalten haben.«

»Oh, danke«, erwiderte Annabelle zögernd. »Aber ich bin wohl eher übermäßig belesen.«

Miss Greenfield kicherte, sehr mädchenhaft. »Ich bin Harriet Greenfield«, stellte sie sich vor und streckte eine behandschuhte Hand aus. »Ist dies Ihr erstes Suffragistinnen-Treffen?«

Lady Lucinda hielt eine flammende Rede über Gerechtigkeit und John Stuart Mill und schien ihr Gespräch nicht zu bemerken. Dennoch senkte Annabelle ihre Stimme zu einem Flüstern. »Ja, das ist meine erste Versammlung.«

»Oh, wie schön, meine auch«, erwiderte Miss Greenfield. »Ich hoffe so sehr, dass es dieses Mal passt. Es ist doch schwieriger als gedacht, einen noblen Zweck zu finden, für den man sich einsetzen kann, nicht wahr?«

Annabelle runzelte die Stirn. »Einen … noblen Zweck?«

»Ja, finden Sie nicht auch, dass jeder einen noblen Zweck verfolgen sollte? Ich wollte dem Damenkomitee für die Strafgefangenenreform beitreten, aber meine Mutter hat Einwände erhoben. Da habe ich es bei der *Royal Horticultural Society* versucht, aber das war eine Fehlentscheidung.«

»Das tut mir leid.«

»Es ist ein Lernprozess.« Miss Greenfield wirkte unbekümmert. »Ich habe das Gefühl, dass das Engagement für Frauenrechte ein passender nobler Zweck sein könnte, wenn mir auch allein die Vorstellung, mich einem Gentleman zu nähern und …«

»Gibt es ein Problem, Miss Greenfield?«

Die Stimme durchschnitt ihr Gespräch wie ein Schuss, und sie zuckten beide zusammen. Verflixt. Lady Lucinda starrte sie an, eine kleine Faust in die Hüfte gestemmt.

Miss Greenfield zog den Kopf ein. »Nein, gar nicht. Nein.«

»Nein? Ich hatte den Eindruck, dass Sie über etwas diskutieren.«

Miss Greenfield gab einen unverbindlichen Laut von sich. Lady Lucinda war bekannt dafür, dass sie keine Gefangenen machte. Es ging das Gerücht um, dass sie im Alleingang einen diplomatischen Eklat ausgelöst hatte, in den der spanische Botschafter und eine silberne Gabel verwickelt gewesen waren.

»Wir sind nur ein wenig beunruhigt, weil wir noch neu sind«, erklärte Annabelle. Lady Lucindas scharfer Blick richtete sich prompt auf sie.

Großartig. Ihre Anführerin war keine Frau, die ihren Gemütszustand hinter einem zuckersüßen Lächeln verbarg. Im Gegensatz zu Hunderten anderen Frauen, die so taten, als seien sie häusliche kleine Sonnenscheine, war sie ein heranrollendes Gewitter.

Überraschenderweise begnügte sich die Lady mit einem kurzen Kopfnicken. »Sorgen Sie sich nicht. Natürlich dürfen Sie auch gern zusammenarbeiten.«

Miss Greenfields Miene hellte sich sofort auf. Annabelle zwang sich zu einem Lächeln. Es wäre ein Wunder, wenn sie beide zusammen auch nur einen einzigen mächtigen Mann überzeugen könnten.

Mit einer Zuversicht, die sie nicht verspürte, führte sie das Mädchen zu dem geschäftigen Droschkenstand. Der Geruch nach Pferden hing in der Luft.

»Auswählen, zielstrebig nähern, lächeln«, trällerte Miss Greenfield. »Halten Sie es für möglich, dass wir die Aufgabe diskret und unauffällig bewältigen können, Miss Archer? Mein Vater … Nun, ich bin mir nicht sicher, ob er sich der Tatsache bewusst ist, dass die Arbeit für den guten Zweck in aller Öffentlichkeit stattfindet.«

Annabelle warf einen vielsagenden Blick auf den Platz. Sie befanden sich mitten in London, im Schatten von Big Ben, umgeben von Menschen, die vermutlich alle in irgendeiner Weise geschäftlich mit Miss Greenfields Vater zu tun hatten. »Diskret und unauffällig« hätte bedeutet, dass sie in Oxford geblieben wären. Das wäre auch sehr viel angenehmer gewesen. Ein Mann, der auf die Kutschen zuging, verlangsamte seine Schritte, schaute sie an und machte dann einen weiten Bogen um sie, wobei er das Gesicht verzog, als sei er in etwas Ekliges getreten. Einer anderen Suffragistin in der Nähe schien es nicht besser zu ergehen als ihnen. Die Männer schenkten ihr verächtliche Blicke und machten geziert eine scheuchende Geste, als wollten sie eine Fliege vertreiben. Dieses spöttische Winken weckte in Annabelle eine lange unterdrückte Emotion, die jetzt wie bittere Galle in ihrer Kehle aufstieg. Wut.

»Mein Vater ist selbstverständlich nicht gegen Frauenrechte im Allgemeinen … Oh!« Miss Greenfield schnappte nach Luft, und ihr Blick war starr auf etwas hinter Annabelles Schulter gerichtet.

Annabelle drehte sich um.

In der Nähe des Eingangs zum Parlament tauchten drei Männer aus dem Nebel auf. Mit schnellen Schritten näherten sie sich zielstrebig wie eine Dampflok dem Droschkenstand.

Ein unbehaglicher Schauer rieselte ihr über den Rücken.

Der Mann ganz links wirkte ob seiner riesigen Gestalt wie ein Grobian, und das trotz seiner eleganten Kleidung. Der Mann in der Mitte, dessen Gesicht von breiten Koteletten eingerahmt wurde, war offensichtlich ein Gentleman. Der dritte Mann … Nun, er gehörte gewiss zu jenen, nach denen sie Ausschau halten sollten: einflussreich und mächtig. Sein Gesicht war halb verdeckt, weil er sich den Hut tief in die Stirn gezogen hatte, und der maßgeschneiderte Mantel betonte seine breiten Schultern, die eher wie die eines Athleten wirkten als die eines adeligen Schnösels. Aber er bewegte sich mit jenem gelassenen, gebieterischen Selbstvertrauen, das verriet, wie sicher er sich seiner Stellung war.

Als hätte er ihren musternden Blick bemerkt, schaute er auf.

Sie erstarrte.

Seine Augen waren atemberaubend, eisklar und durchdringend, beseelt von einer kühlen, messerscharfen Intelligenz; eine Intelligenz, die den Dingen genau auf den Grund ging, sie analysierte und bei Bedarf in der Luft zerriss.

Sie fühlte sich auf einmal so durchsichtig wie eine Fensterscheibe und wandte rasch den Blick ab. Ihr Herz raste. Seit Jahren hegte sie einen tiefen Groll gegen Männer wie ihn. Männer, denen das Selbstvertrauen angeboren schien und die glaubten, sie seien das Maß aller Dinge. Alles an diesem hier strahlte diese selbstsichere Arroganz aus, von seiner aufrechten Haltung bis hin zu der geraden, aristokratischen Nase. Zweifellos konnte er Menschen mit nur einem gut gezielten Blick zum fluchtartigen Rückzug bewegen.

Plötzlich schien es ihr immens wichtig, diesem Mann die Stirn zu bieten.

Der Verband wollte einflussreiche Gentlemen, die ihnen Gehör schenkten? Nun, sie hatte gerade Schritt eins hinter sich gebracht: einen einflussreichen Mann erkannt und ausgewählt. Jetzt kam Schritt zwei: sich zielstrebig nähern.

Sie krampfte die Finger um die Blätter in ihrer Hand und steuerte geradewegs auf ihn zu.

Seine hellen Augen verengten sich.

Lächeln.

Unerwartet traf sie ein Stoß gegen die Schulter, und sie taumelte zur Seite. »Machen Sie Platz, Madam!«

Der Grobian. Sie hatte seine Anwesenheit völlig vergessen, und nun brachte er sie zum Stolpern. Einen schrecklichen Moment lang drehte sich die Welt um sie. Dann schloss sich eine Hand um ihren Oberarm und gab ihr Halt.

Sie hob den Kopf, und ihr Blick prallte auf eine kühle Miene.

Verflixt. Der Aristokrat höchstpersönlich.

Er stand in krassem Gegensatz zu der Sorte Mann, nach der sie ihre Netze auswerfen sollten. Sie erkannte keinen Funken Milde oder Weichheit in ihm, keine einzige Delle in seiner eindrucksvollen Rüstung. Er war glatt rasiert, das nordisch blonde Haar an den Seiten kurz geschnitten. Seine Gesichtszüge waren klar, pragmatisch und effizient: die prägnante Nase, die geraden Augenbrauen, das markante Kinn. Er hatte die undurchdringliche Ausstrahlung eines Gletschers.

Ihr wurde ein wenig schlecht. Sie stand Auge in Auge einer

äußerst seltenen Kreatur gegenüber: einem Mann, der sich nicht manipulieren ließ.

Sie sollte weglaufen.

Ihr Füße verharrten jedoch wie angewurzelt; sie konnte den Blick nicht von ihm abwenden. Diese Augen. In ihren kühlen Tiefen schimmerte eine Intensität, die sie fest in seinem Bann gefangen hielt, bis die seltsame, beunruhigende Anziehung zwischen ihnen Funken sprühte.

Der Mann öffnete den Mund, und sein Blick senkte sich auf ihre Lippen. Ein Leuchten loderte in seinen Augen auf und war gleich darauf wieder verschwunden, schnell wie ein Blitz am gewittrigen Himmel.

Tja. Ganz egal, welchen gesellschaftlichen Rang sie innehatten, allen gefiel ihr Mund.

Sie zwang sich, ihm die Flugblätter direkt unter die Nase zu halten. »Unterstützen Sie die Reform des Eigentumsgesetzes für verheiratete Frauen, Sir?«

Sein Blick wurde erstaunlicherweise noch eisiger als zuvor. »Sie spielen ein riskantes Spiel, Miss.« Seine Stimme klang ebenso kühl und gebieterisch, wie seine Ausstrahlung vermuten ließ.

Statt abzukühlen, erhitzte sich ihr Blut dadurch jedoch nur noch mehr.

»Bei allem Respekt, das Risiko, von einem Gentleman bei helllichtem Tageslicht herumgeschubst zu werden, ist gewöhnlich recht niedrig«, erwiderte sie. »Würden Sie mich jetzt bitte loslassen?«

Sein Blick flog zu seiner rechten Hand. Die immer noch ihren Arm festhielt.

Seine Miene versteinerte.

Im nächsten Moment gab er sie frei.

Der Lärm und das hektische Treiben auf dem Parliament

Square drangen wieder an ihre Ohren, doch unnatürlich laut. Seine starken Finger hatten auf ihrem Arm eine glühende Hitze hinterlassen, als hätte sie sich verbrannt.

Er war bereits weitergegangen, den Blick nach vorn gerichtet, und seine Begleiter folgten ihm eilig.

Ihr Mund war plötzlich wie ausgetrocknet. Ihre Lippen kribbelten, als hätte er sie mit einer Fingerspitze berührt.

Eine kleine behandschuhte Hand berührte sie am Ärmel, und sie zuckte zusammen. Miss Greenfields braune Augen waren riesengroß. Sorge stand darin und … Ehrfurcht. »Geht es Ihnen gut, Miss Archer?«

»Ja.« *Nein.* Ihre Wangen brannten, als wäre sie mit dem Gesicht voran auf das feuchte Kopfsteinpflaster gefallen. Mit einer zittrigen Hand glättete sie ihre Röcke. »Nun denn«, sagte sie mit aufgesetzter Heiterkeit. »Wie es scheint, waren die Gentlemen nicht interessiert.«

Aus dem Augenwinkel beobachtete sie, wie der Eislord und sein Gefolge in eine große Kutsche stiegen. Miss Greenfield betrachtete Annabelle auffällig verstohlen, vermutlich, um in aller Höflichkeit herauszufinden, ob sie vielleicht ein wenig wahnsinnig sei. Das war sie nicht, aber sie konnte nicht leugnen, dass sie impulsiv war. *So* impulsiv war sie jedoch lange nicht mehr gewesen.

»Wissen Sie, wer das war?«, fragte Miss Greenfield.

Annabelle schüttelte den Kopf.

»Das«, erklärte die junge Frau, »war der Herzog von Montgomery.«

Ein Herzog. Natürlich musste der erste Mann, den sie ansprach, ausgerechnet ein Herzog sein, der im Rang gleich hinter einem königlichen Prinzen stand …

Hinter ihnen klackerten Absätze, die Schritte näherten sich rasch. Lady Lucinda steuerte unaufhaltsam wie eine kleine

Fregatte auf sie zu. »War es das, wonach es aussah?«, wollte sie wissen. »Haben Sie gerade versucht, den Herzog von Montgomery für unsere Sache zu gewinnen?«

Annabelle straffte die Schultern. »Mir war nicht bewusst, dass wir ihn von unseren Bemühungen ausschließen sollen.«

»Dem ist auch nicht so. Es hat sich nur bisher niemand an ihn herangewagt.« Lady Lucinda legte den Kopf schräg und musterte Annabelle von Kopf bis Fuß. »Ich weiß nicht, ob sie eine der mutigsten oder eine der törichtesten Frauen sind, die ich je rekrutiert habe.«

»Ich wusste nicht, wer er ist«, sagte Annabelle. »Er sah nur recht einflussreich aus.«

»Nun, das haben Sie gut erkannt«, bestätigte Lady Lucinda. »Er gehört zu den mächtigsten Männern des Landes.«

»Sollten wir dann nicht zumindest versuchen, ihn zu überzeugen?«

»Haben Sie ihn sich denn nicht angesehen? Dieser Mann hat sich nach kaum einem Jahr von seiner Frau scheiden lassen, ihre Mitgift behalten und dafür gesorgt, dass sie das Land verlassen musste. Wir können ganz sicher von der Annahme ausgehen, dass jegliche Anstrengungen, ihn als Unterstützer für Frauenrechte zu gewinnen, vergebens sein würden. Wir sollten daher nicht unsere kostbare Zeit und begrenzten Ressourcen auf ihn verschwenden.«

»Er ist geschieden?« Sie kam zwar vom Land, aber selbst sie wusste, dass eine Scheidung in Adelskreisen höchst ungewöhnlich war. Dennoch widerstrebte es ihr, sich einfach geschlagen zu geben. »Würde die Meinung des Herzogs andere einflussreiche Männer zum Umdenken bewegen können?«

Lady Lucinda schnaubte undamenhaft. »Er könnte die ganze bevorstehende Wahl beeinflussen, wenn er es wünschte.«

»Das heißt aber doch im Umkehrschluss: Wenn er gegen

uns ist, dann ist es völlig egal, wie viele andere wir auf unsere Seite bringen, oder nicht?«

»Möglich.« Lady Lucinda runzelte die Stirn. »Aber das tut nichts zur Sache. Unsere Armee ist nicht dafür gemacht, solch eine Festung einzunehmen.«

»Und wie wäre es mit einer Belagerung?«, schlug Annabelle vor. »Oder einer List wie dem Trojanischen Pferd?«

Zwei Augenpaare richteten sich auf sie.

Oh, verflixt. Sie hatte ihre Gedanken laut ausgesprochen. Der Zusammenstoß mit diesem Mann hatte sie wohl doch weitaus mehr erschüttert als gedacht.

»Nun, die Idee gefällt mir«, meinte Lady Lucinda gedehnt. »Wir sollten Montgomery bei unserem Treffen nächste Woche auf die Tagesordnung setzen.«

Ein Lächeln umspielte ihre Lippen, als sie die Hand ausstreckte. »Sagen Sie doch Lucie zu mir. Das gilt auch für Sie, Miss Greenfield. Und bitte entschuldigen Sie mich jetzt, ich glaube, dort drüben ist Lord Chiltern.«

Sie sahen ihr nach, bis der Nebel sie verschluckte. Ihr roter Schal flatterte wie ein Wimpel hinter ihr her. Als sich Miss Greenfield wieder Annabelle zuwandte, war ihre Miene ernst. »Du hast mich davor gerettet, dass Lucie mir vor allen anderen den Kopf abreißt. Bitte sag Hattie zu mir.«

Es fühlte sich falsch an, erst eine Lady, und nun eine reiche Erbin, so vertraut anzureden. Annabelle holte tief Luft. Andererseits hatte sie ein neues Leben begonnen, als Studentin, die Herzöge ansprach und unvorstellbar reichen jungen Frauen mit lilafarbenen Stolen die Hand schüttelte. Am besten, sie tat einfach so, als sei das alles völlig normal.

»Es ist mir eine Freude«, sagte sie. »Und bitte entschuldige, dass ich mich vorhin nicht sehr diskret und unauffällig verhalten habe.«

Hatties Lachen schallte fröhlich über den Platz und zog damit beinahe ebenso viele missbilligende Blicke auf sich wie ihre Flugblätter.

An diesem Nachmittag gelang es ihnen nicht, auch nur einen Mann von Einfluss von ihrer Sache zu überzeugen. Bei ihren halbherzigen Versuchen flog Annabelles Blick immer wieder in die Richtung, in der die Kutsche mit dem Herzog verschwunden war.

3. KAPITEL

Wenn Ihre Majestät eine Audienz befahl, musste selbst ein Herzog gehorchen. Selbst wenn der betreffende Herzog bekanntermaßen damit beschäftigt war, eines der ältesten Herzogtümer des Königreichs zu führen, und es vorzog, sich von dem hektischen Treiben in London fernzuhalten. Die Königin wies man jedoch nicht ab, und Sebastian Devereux, neunzehnter Herzog von Montgomery, wusste, dass er keine Ausnahme von dieser Regel bildete. Ein Mann tat gut daran, seine Grenzen zu kennen. So konnte er sie beachten oder auch ignorieren, je nachdem, wie es die Situation erforderte.

Mit ausholenden Schritten ging er durch die Flure des Buckingham-Palastes und scheuchte den königlichen Diener vor sich her. Minister Lambton und dessen Leibwächter folgten ihm mit einigem Abstand.

Was wollte sie von ihm? Nach dem letzten so kurzfristig angesetzten Termin bei der Königin hatte er den Palast mit der Aufgabe verlassen, einen Handelskrieg mit dem Osmanischen Reich zu beenden. Damit war seine Alltagsroutine zum Teufel gejagt worden, und er hatte den riesigen Berg an liegen gebliebenem Papierkram immer noch nicht ganz bewältigt. Er hoffte, dass die kommende Aufgabe noch eine Nummer größer wäre – am besten so monumental, dass sie ihm das Recht geben würde, einen Gefallen als Gegenleistung einzufordern.

Er reichte einem der im Flur aufgereiht stehenden Lakaien Hut und Mantel.

»Sie«, sagte er zu Lambtons Leibwächter.

»Ja, Euer Gnaden?«

»Es gab keinen Anlass, die Frau herumzustoßen.«

Die buschigen Brauen des Mannes zogen sich zusammen. »Die vom Parliament Square?«

»Ja, genau. Oder haben Sie heute noch andere Leute herumgeschubst?«

»Äh, nein, Euer Gnaden.«

Sebastian nickte. »Falls mir jemals zu Ohren kommt, dass Sie noch einmal Hand an eine Frau gelegt haben, wird dies Ihre Entlassung bedeuten.«

Der Leibwächter stand nicht in seinen Diensten. Dennoch kannte Sebastian Mittel und Wege, um dafür zu sorgen, dass jemand seine Stellung verlor, wenn er es für notwendig hielt. Rote Flecken bildeten sich auf dem Hals des Mannes, und er verbeugte sich. »Wie Se wünsch'n, Euer Gnaden.«

Sein Dialekt klang nach East End, dem Arbeiterviertel der Stadt, aber dass er so leicht durchschimmerte? Es herrschten wirklich üble Zeiten, wenn selbst die Krone Schwierigkeiten hatte, geeignetes Personal zu finden.

Die großen Flügeltüren schwangen auf und gaben den Blick auf den Diener und das in Gold gehaltene Interieur preis.

»Euer Gnaden. Sir Lambton.« Der Diener verbeugte sich und trat zur Seite. »Ihre Majestät empfängt Sie nun.«

Unter leisem Rascheln ihrer gestärkten schwarzen Röcke erhob sich die gedrungene Gestalt der Königin aus dem Sessel.

»Montgomery.« Sie steuerte auf ihn zu und streckte ihre rechte, von Ringen geschmückte Hand aus. »Wir freuen Uns, Sie zu sehen.«

Ihre gehobenen Mundwinkel bestätigten dies. Offenbar war sie in guter Stimmung. Im Moment jedenfalls.

»Sir Lambton.« Sie wandte sich dem Minister zu. »Wir nehmen an, Ihre Reise war ereignislos?«

Lambton schüttelte den Kopf. »Leider nicht ganz, Euer Majestät. Wir wurden auf dem Parliament Square von einer Frauenrechtlerin belästigt.«

Die Mundwinkel der Königin sackten prompt nach unten. »Was sagt man dazu?!«

»Sie ging geradewegs auf den Herzog zu und sprach ihn an.«

»Welche Unverfrorenheit!«

»Ich bin ihr unbeschadet entkommen, Euer Majestät«, sagte Sebastian sarkastisch.

»Dieses Mal«, erwiderte die Königin. »Dieses Mal. Oh, man sollte sie auspeitschen lassen. Solche lasterhaften, unnatürlichen Forderungen! Und wer hat darunter zu leiden, wenn sie ihren Willen bekommen? Natürlich diese Frauen selbst. Kein Gentleman bei rechtem Verstand wird solche Mannweiber beschützen wollen, sollte es notwendig werden. Sagen Sie, Montgomery«, verlangte sie zu wissen, »sah sie recht mannhaft aus?«

Mannhaft? Die Frau hatte die hübschesten einladenden Lippen diesseits des Ärmelkanals gehabt. Ein Mann könnte sich leicht in den Vergnügungen verlieren, die ein Mund wie ihrer bot. Bemerkenswerter war jedoch, dass sie ihm unverhohlen in die Augen geblickt hatte. Ihre Augen waren grün und leicht schräg gestellt wie die einer Katze. Ihr Lächeln hatte sich darin jedoch nicht gespiegelt.

Er schüttelte den Kopf. »Sie sah meiner Meinung nach sehr weiblich aus, Ma'am.«

»Mhm.« Die Königin wirkte unbeeindruckt. »Sie wissen ja, was geschieht, wenn gewöhnliche Leute Flausen im Kopf haben? Chaos. Das absolute Chaos ist die Folge. Man muss sich nur anschauen, was aus Frankreich geworden ist.« Sie wirbelte auf dem Absatz herum. »Darüber können wir uns aber auch zu einem späteren Zeitpunkt noch Gedanken machen«, sagte sie. »Heute stehen dringendere Angelegenheiten an.«

Sebastian verspannte sich unwillkürlich. »Dringend« klang vielversprechend. Die Königin hatte etwas in ihrem Besitz, was ihm gehörte, oder besser gesagt, ihr Cousin, und Sebastian würde es nur zurückerlangen, wenn er etwas zu bieten hatte, das sie noch mehr begehrte. In seinen sechzehn Jahren als Herzog von Montgomery hatte sich jedoch nichts dergleichen gefunden. Das konnte er sogar gut nachvollziehen. Es war einfacher, einen Herzog zu kontrollieren, selbst einen pflichtbewussten, loyalen Herzog, wenn man sein achthundert Jahre altes Anwesen als Geisel hielt.

Die Königin nahm mit solcher Würde in ihrem Sessel Platz, als sei es ihr Thron.

»Sie sind ein Mann von seltenen Qualitäten, Montgomery«, hob sie an. »Sie schätzen eine Lage ein, treffen einen Entschluss und handeln danach, noch dazu sehr pragmatisch und effizient, und außerdem sind Sie bemerkenswert … bescheiden und genügsam.« Sie spielte mit dem von Diamanten besetzten Kreuz, das ihren Hals zierte. »Und ich schätze Bescheidenheit sehr.«

Er nickte und setzte eine bescheidene Miene auf, obwohl er alles andere als bescheiden war. Er hielt Maß in allen Dingen, weil das den meisten Erfolg erzielte, aber sie war nicht die Erste, die sich diesbezüglich in ihm täuschte.

Und dann sagte sie: »Ich will, dass Sie Erster strategischer Berater für die Wahlkampagne der Tory-Partei werden.«

Seine Erziehung sorgte dafür, dass man seiner Miene nichts anmerkte, aber für einen Moment erstarrte er innerlich. »Bei der bevorstehenden Wahl?«

Die Königin runzelte die Stirn. »Ja. Im Moment verläuft es

nicht nach Wunsch. Die Liberalen liegen überraschend weit vorn.«

Was allerdings gar nicht so überraschend war, wenn man das Land durch die nüchterne Linse der Realität betrachtete und nicht durch die rosarot gefärbte Brille von Disraelis Partei-Ideologie. Aber die Königin hegte eine absurde Schwäche für den Premierminister, obwohl er ein Emporkömmling war, und nun bat sie ausgerechnet ihn, Sebastian, dafür zu sorgen, dass der Mann seine Macht behielt?

Die deutsche Kuckucksuhr auf dem Kaminsims füllte mit ihrem Ticken das strategische Schweigen, das er nutzte, um die Fakten durchzugehen. Die Wahl fand im März statt, in ungefähr fünf Monaten. Kaum genügend Zeit, um eine Wende herbeizuführen, vor allem nicht, wenn man zehn Anwesen im Königreich und zwei in Frankreich zu verwalten hatte, Politikarbeit leisten sollte und auf einen widerspenstigen Bruder aufpassen und ihn vor Dummheiten bewahren musste. Die Frage lautete, wie sehr wollte die Königin, dass er diese Wahl nach ihren Wünschen beeinflusste? Die Antwort hieß: sehr. Trotz seiner erst fünfunddreißig Jahre gehörte er zu ihren engsten Beratern, weil er gut war in dem, was er tat.

Er sah ihr in die Augen. »Ihr Vertrauen ehrt mich, Ma'am, aber ich bin kein Politiker.«

Sie versteifte sich. »Lassen Sie uns allein, Lambton«, befahl sie.

Ihre Miene verfinsterte sich noch mehr, als sich die Tür hinter Lambton schloss. »Sie sind sehr wohl Politiker, auch wenn Sie kein Ministeramt bekleiden. Niemand wird bestreiten, dass Sie zu den federführenden Köpfen gehören«, sagte sie. »Ihre sämtlichen politischen Bestrebungen sind ungebrochen von Erfolg gekrönt.«

»Ich bin jedoch im Moment zu beschäftigt, um mich der

Angelegenheit in dem Maße zu widmen, das ihr gebührt, Ma'am.«

»Wie bedauerlich«, erwiderte sie frostig, und als er nicht antwortete: »Sagen Sie, besteht die Möglichkeit, dass Sie unter gewissen Umständen Ihre Prioritäten noch einmal überdenken würden?«

Das war nicht nur eine Frage. Es war vielmehr der Versuch, herauszufinden, ob er sich traute, Forderungen an die Königin von England zu stellen.

Er hielt ihrem Blick stand. »Ich verwende sehr viel Zeit darauf, Hartford davon zu überzeugen, mir Montgomery Castle zu verkaufen«, erklärte er. »Wenn jemand ihn dazu bewegen könnte, mir mein einstiges Anwesen zurückzugeben, hätte ich vermutlich genügend Zeit, um der Tory-Partei als Berater zur Verfügung zu stehen.«

Sie verengte die Augen. »Er soll Ihnen Montgomery Castle zurückverkaufen? Dabei hatten Wir den Eindruck gewonnen, dass es niemals ordnungsgemäß verkauft worden ist.« Unter der Festung ihres Rocks wippte ihr Fuß hörbar auf und ab. »Rufen Sie Uns bitte ins Gedächtnis, Montgomery, wie Ihr Familiensitz überhaupt in Hartfords Hände gelangt ist?«

Vermutlich hatte er das verdient. »Mein Vater hat das Anwesen bei einem Kartenspiel an den Marquess verloren, Ma'am.«

Die Königin zog spöttisch die Brauen hoch. »Ah. Ja, richtig. Nun, man würde meinen, dass es einem recht geschieht, wenn man ein Schloss verliert, das so wenig wertgeschätzt wird, dass es bei einem Kartenspiel als Einsatz herhalten muss, finden Sie nicht auch?«

»Unbedingt«, antwortete er. »Allerdings bin ich nicht mein Vater.«

Das Tapp-tapp-tapp ihres Fußes verstummte. Die darauffolgende Stille war von einer seltsamen Spannung geladen. Seit

Jahren schon beobachtete sie ihn dabei, wie er das Erbe seiner Familie wieder zurück in den Schoß der Familie zu bringen versuchte. Sie hinderte ihn nicht daran, aber sie half ihm auch nicht dabei. Nur ein Mal hatte sie sich wohl für ihn eingesetzt, vermutete er. Damals, als er sich von seiner Frau scheiden ließ, denn er hatte die daraus folgenden Konsequenzen überraschend unbeschadet überstanden.

»Nein, das sind Sie in der Tat nicht«, bestätigte sie. »Deshalb wollen Wir auch, dass Sie die Kampagne übernehmen.«

»Euer Majestät …«

Gebieterisch hob sie die Hand. »Nun gut. Hartford wird Ihnen nach der Wahl ein Angebot unterbreiten.«

Seine Muskeln spannten sich an, als hätte man ihm einen Schlag versetzt, und es fiel ihm schwer zu atmen.

»Hängt das Angebot vom Ausgang der Wahl ab?«, brachte er hervor. Über solche Dinge musste man Klarheit haben.

Sie schnaubte verächtlich. »Natürlich. Selbstverständlich entscheidet letztendlich eine höhere Macht über den Sieg, aber dieser wäre dann auch gleichzeitig ein Beweis dafür, dass Montgomery Castle wieder in Ihre Hände fallen sollte, nicht wahr?«

Er stand auf; seine Gedanken eilten bereits voraus, und noch auf dem Weg zur Tür eruierte und ordnete er die Aufgaben für die kommenden Monate …

»Montgomery.«

Langsam drehte er sich zur Königin um.

Sie hatte sich in ihrem Sessel zurückgelehnt, ein hinterlistiges Funkeln leuchtete in ihren blauen Augen. »Wenn diese Kampagne ein Erfolg werden soll«, sagte sie, »muss Ihr Verhalten mustergültig sein.«

Er unterdrückte ein Stirnrunzeln. Sein Benehmen war immer vorbildlich, in jeder Hinsicht. Er war so geschickt darin, sich einzufügen und keine Wellen zu schlagen, dass nicht einmal eine Scheidung seinem Ruf hatte schaden können.

»Es geht das Gerücht um, dass Sie allmählich zum exzentrischen Kauz werden«, meinte die Königin. »Aber solche überspannte Kauzigkeit ist so unattraktiv bei einem Mann von nicht einmal vierzig Jahren, finden Sie nicht auch?«

»Selbstverständlich …«

»Dennoch sieht man Sie selten bei Bällen. Sie geben keine Dinnergesellschaften und gelten als äußerst reserviert und menschenscheu, obwohl jeder weiß, dass Politik bei festlichen Anlässen gemacht wird. Nicht einmal einen Silvesterball haben Sie im letzten Jahr ausgerichtet. Oder im Jahr davor.«

Und im Jahr davor fand der Ball auch nur deshalb statt, weil es da noch eine Herzogin gegeben hatte, die sich um solche Angelegenheiten kümmerte.

Er biss die Zähne zusammen. Es war eindeutig, wohin dieses Gespräch führen würde.

»Als ich noch ein junges Mädchen war, waren die Silvesterbälle der Montgomerys im ganzen Land berühmt«, fuhr die Königin fort. »Ihr Großvater hat immer ein grandioses Feuerwerk veranstaltet. Natürlich fand der Ball früher in Montgomery Castle statt, aber Claremont eignet sich sicher auch dafür.«

»Sie wünschen, dass ich einen Silvesterball ausrichte.« Seine Stimme klang staubtrocken.

Sie klatschte fröhlich in die Hände. »Oh, welch vorzügliche Idee. Sie sind natürlich etwas spät mit den Einladungen, aber sicher werden die Gäste ihre Pläne dafür gern ändern. Niemand wird den Eindruck erwecken wollen, dass er nicht zu dem Ereignis des Jahres eingeladen worden ist. Also, tun Sie Ihre Pflicht, Montgomery. Geben Sie einen Ball und feiern Sie fröhlich.«

Feiern Sie fröhlich. Die Worte sprangen spöttisch in Sebastians Kopf hin und her, während der ratternde Zug ihn nach Wiltshire zurückbrachte. Sebastian wandte den Blick von dem sich verdunkelnden Horizont ab.

Ramsey hatte sein Notizbuch, den Füllfederhalter und die Löschwiege auf dem schmalen Tisch vor ihm zurechtgelegt und wollte sich gerade in die Dienstbotenecke des Waggons zurückziehen.

»Ramsey, erstellen Sie eine Liste von Gästen, die zu einem Silvesterball eingeladen werden müssen.«

Obwohl ausgezeichnet ausgebildet, konnte Ramsey den überraschten Ausdruck nicht unterdrücken, der ihm übers Gesicht huschte. Er gewann die Beherrschung jedoch schnell wieder. »Jawohl, Euer Gnaden.«

»Ein Feuerwerk muss auch stattfinden. Die Kosten spielen keine Rolle.«

»Sehr wohl, Euer Gnaden.«

»Und für den Ball«, fügte Sebastian düster hinzu, »brauche ich ein winterliches Thema. Und das alles bis nächste Woche.«

»Wie Sie wünschen, Euer Gnaden.« Ramsey griff in seine Jackentasche und zog ein schmales silbernes Zigarettenetui hervor. Er legte es neben die Löschwiege und zog sich zurück.

Sebastian griff zum Füllfederhalter. Mit ihrem Vergeltungsschlag hatte die Königin wie beabsichtigt seinen wunden Punkt getroffen. Ein Ball war nicht gerade eine Bestrafung, aber sie wusste ganz genau, wie sehr er solche gesellschaftlichen Ereignisse verabscheute. Die lärmende Menge, das unermüdliche Geschnatter, die stickige Luft, die Störung seines Hausfriedens und seiner Arbeit. Und er hatte nicht mal eine Herzogin an seiner Seite, die ihm den Großteil der Organisation und Gastgeberpflichten abnehmen würde. Unvermittelt schoss ihm ein Gedanke durch den Kopf: Hegte die Königin in Wahrheit die

Absicht, ihn deutlich spüren zu lassen, dass er eine Ehefrau brauchte?

Er legte den Stift zur Seite und griff nach einer Zigarette. Daran brauchte sie ihn nicht zu erinnern. Er sollte längst eine Herzogin haben, die den Haushalt führte und ihm obendrein eine Schar Söhne geschenkt hatte. Und jede einzelne Mutter, die in seinen Kreisen verkehrte, wusste das auch. Jedes Mal, wenn er sich irgendwo auf einer Festlichkeit sehen ließ, führten sie ihm ihre Debütantinnen-Töchter vor. Siebzehnjährige Mädchen, die sich nichts sehnlicher wünschten, als die nächste Herzogin von Montgomery zu werden. Und keine wagte es, ihm ins Gesicht zu sehen. Sein Mund verzog sich zu einem sarkastischen Lächeln. Seine zukünftige Ehefrau würde noch eine Menge mehr ertragen müssen als nur seinen Anblick.

Ungebeten kamen ihm strahlend grüne Augen in den Sinn. Die Frau vom Parliament Square. Sie hatte sich nicht gescheut, ihm in die Augen zu schauen. Sie hatte ihm sogar Widerworte gegeben. Noch keine Dame aus seiner Bekanntschaft hatte Derartiges gewagt. Und Frauen von niedrigerem Stand erst recht nicht. Das war undenkbar. Sie hingegen hatte ihm die Meinung gesagt. Sie hatte sich aus der Herde gelöst, der gesichtslosen Menge, die sich an den Rändern seines Lebens herumtrieb, und sich ihm in den Weg gestellt. Ein wirklich dreistes Frauenzimmer. Vermutlich geistesverwirrt.

Er schlug sein Notizbuch auf, nahm den Federhalter zur Hand und konzentrierte sich auf die Aufgabe, die er erledigen musste. Montgomery Castle. Ein Geschenk der Krone an den ersten Herzog für seine Verdienste während der Schlacht bei Hastings im Jahr 1066, und vom achtzehnten Herzog beim Kartenspiel verloren. Sebastian war fest entschlossen, dafür zu sorgen, dass das Schloss in den Besitz der Familie zurückfiel. Und wenn es das Letzte war, was er tat.

4. KAPITEL

»Sie wirken abgelenkt, Miss Archer.«

Ein messerscharfer Blick durchbohrte Annabelle über den Rand einer Metallbrille hinweg, und ein Anflug von Schuldgefühlen durchzuckte sie.

In seinem Tweedjackett mit Lederbesätzen an den Ellbogen, der hohen Stirn und den hochgezogenen Augenbrauen, wirkte Professor Jenkins durch und durch wie der geniale Akademiker, der er war. Trotz seiner erst knapp vierzig Jahre zählte der frühere Brieffreund ihres Vaters zu den Koryphäen auf dem Gebiet des Kriegswesens der griechischen Antike. Das allein war Grund genug, um ihm ihre volle Aufmerksamkeit während seines morgendlichen Tutoriums zu schenken.

»Entschuldigen Sie, Professor.«

Er beugte sich über seinen Schreibtisch zu ihr. »Es liegt an der verflixten Strickerei, nicht wahr?«

»Wie bitte?«

»Die Strickerei«, wiederholte er und warf einen verärgerten Blick zu Mrs Forsyth. »Dieses Geklacker der Nadeln … Klick-Klack-Klick … das Geräusch ist wirklich nervtötend. Wie ein tropfender Wasserhahn.«

Das Klackern hinter Annabelle verstummte abrupt, und Mrs Forsyths Entrüstung breitete sich fast greifbar im Zimmer aus. Annabelle wand sich peinlich berührt. Die Frau fühlte sich zu Recht beleidigt. Immerhin zahlte Annabelle ihr sechs Pence pro Stunde für ihre Anwesenheit, weil Gilbert, der Teufel möge ihn holen, mit einer Sache recht behalten hatte: Sie brauchte eine Anstandsdame. Noch dazu eine, die von der Direktorin ihres Colleges gebilligt wurde. Weiblichen Studenten war es nicht gestattet, das Stadtzentrum ohne Begleitung zu betreten, und natürlich durften sie erst recht nicht mit einem Professor allein sein. Mrs Forsyth, eine ältliche Witwe, die sich elegant zu kleiden wusste, machte ganz gewiss den Eindruck einer ehrbaren Aufpasserin.

Wenn sich Professor Jenkins jedoch durch ihre Handarbeit gestört fühlte, musste Annabelle sich eine andere Lösung einfallen lassen. Immerhin war er eine Autorität auf seinem Gebiet. In seinen Unterrichtsstunden verwandelten sich verblichene alte Geschichtsbücher in bedeutende Fenster zur Vergangenheit, und sein außergewöhnlicher Intellekt inspirierte sie und regte ihren Verstand an. Außerdem nahm er die Mühe und den Weg auf sich, um sie in dem Klassenraum zu unterrichten, den die Universität den Studentinnen zur Verfügung stellte – eine kleine Kammer mit nicht zusammenpassenden Möbeln über einer Bäckerei in der Little Clarendon Street.

Einer Bäckerei. Und das war die Krux an der Situation. Nicht das Geklapper der Stricknadeln lenkte sie ab, sondern der Duft von frisch gebackenem Brot, der durch die Ritzen in der Tür drang.

Unter ihnen auf der Straße rumpelten die Räder eines Karrens lärmend übers Kopfsteinpflaster.

Professor Jenkins schlug seine Ausgabe von Thukydides mit einem dumpfen Geräusch zu. »Das reicht für heute«, sagte er. »Ich hege keine Zweifel, dass Sie mir morgen einen vorzüglich scharfsinnigen Aufsatz über dieses Kapitel vorlegen werden.«

Morgen? Die Wärme, die sein Lob in ihr auslöste, verflüchtigte sich rasch. Wenn sie den Aufsatz morgen abliefern sollte, stand ihr eine weitere Nacht an ihrem Schreibtisch bevor. Die Nachtschichten mehrten sich allmählich schneller als in Chorleywood.

Sie beobachtete Jenkins verstohlen, während sie ihren Füller und das Notizbuch in ihrer Tasche verstaute. Es hatte sie überrascht, dass der Professor trotz all der Jahre trockener akademischer Korrespondenz mit ihrem Vater noch so jung wirkte. Er war schlaksig und sein Gesicht dank eines Lebens in dämmrigen Archiven nur von wenigen Falten durchzogen. Außerdem war er recht sprunghaft, eben noch tief in Gedanken versunken, und im nächsten Augenblick äußerte er eine scharfe Beobachtung. Ihn zu handhaben könnte eine ziemliche Herausforderung werden.

Das Scheppern von Metalltöpfen drang aus der Bäckerei zu ihnen herauf.

Jenkins zwickte sich den Nasenrücken. »Kommen Sie das nächste Mal bitte in mein Büro in St. John's«, sagte er.

St. John's. Eines der ältesten und vermögendsten Colleges in Oxford. Es hieß, dass allein die Weinsammlung so wertvoll sei wie die Kronjuwelen.

»Aber ohne Stricknadeln und Garn«, sagte Jenkins. »Verstanden?«

Mit einer verstimmten Mrs Forsyth im Schlepptau eilte Annabelle nach dem Unterricht durch die Prachtstraße St. Giles. Gern hätte sie Zeit zum Schlendern gehabt, um die bezaubernden Sandsteingebäude zu betrachten, die die Straße säumten, aber sie wollte nicht zu spät zum Suffragistinnen-Treffen kommen. Dennoch spürte sie das jahrhundertealte Wissen und den geheimnisvollen Hauch, den die verwitterten

Gebäude ausstrahlten. Vor ein paar Tagen hatte sie verstohlen einen Blick hinter eine der mittelalterlichen Türen in den Mauern geworfen und einen der schönen Gärten in den Colleges für männliche Studenten entdeckt, eine kleine Insel aus exotischen Bäumen, spät blühenden Blumen und versteckten Nischen, verschlossen wie ein Juwel in einem Schatzkästchen. Vielleicht würde sie es eines Tages wagen, sich hineinzuschleichen.

In dieser Woche trafen sich die Suffragistinnen im Hotel Randolph. Hattie und ihre Großtante, die als ihre Anstandsdame fungierte, hatten für das Trimester in dem noblen Hotel eine Suite gemietet und sich als Gastgeberinnen angeboten. Der Gemeinschaftsraum in ihrem College Lady Margaret Hall hätte für ihre kleine Gruppe auch gereicht, aber die Direktorin Miss Wordsworth erlaubte keine politischen Aktivitäten auf dem Universitätsgelände. »Ich toleriere die Geldgeber Ihres Stipendiums, aber nutzen Sie das Vertrauen, das die Universität in Sie setzt, weise«, hatte sie Annabelle während ihres ersten Gesprächs geraten. Miss Wordsworth war eine interessante Frau. Sie zahlte aus eigener Tasche Tutoren, um Frauen eine höhere Bildung zu ermöglichen, aber sie sah keinen Grund, sich für das Frauenwahlrecht einzusetzen.

»Was genau versucht Ihr Verein eigentlich zu bezwecken?«, fragte Mrs Forsyth schnaufend. Ah, wenn sie solche Dinge sagte, ähnelte sie auf unheimliche Weise Annabelles Tante May. *Was genau versucht mein Neffe damit zu bezwecken, wenn er dir eine solch übermäßige Bildung angedeihen lässt?* Etwas in diesem Sinne hatte Tante May täglich in den langen Wintermonaten gebrummelt, die sie zusammen im Norden des Landes verbracht hatten. Hatte sie sich deshalb Mrs Forsyth aus der Liste der vom College gebilligten Anstandsdamen ausgesucht? Unauffällig musterte sie die Frau aus dem Augenwinkel. Durch die kleine Brille, die auf ihrer Nasenspitze thronte, ähnelte sie Tante May tatsächlich auch äußerlich ein wenig.

»Wir wollen die Regierung dazu bringen, dass das Eigentumsgesetz für verheiratete Frauen angepasst wird«, erklärte sie. »Damit Frauen ihren Besitz auch nach einer Heirat in ihrem Namen behalten können.«

Mrs Forsyth runzelte die Stirn. »Aber wozu soll das gut sein? Die weltlichen Güter ihres Gatten gehören doch auch ihr?«

»Nicht dem Namen nach«, erwiderte Annabelle bedächtig. »Und da nur Grundbesitzer und Haushaltsvorstände ein Stimmrecht haben, muss der Besitz einer Frau auch auf ihren Namen eingetragen sein, wenn auch sie ein Stimmrecht bei einer Wahl ausüben möchte.«

Mrs Forsyth schnalzte mit der Zunge. »Nun wird mir klar, warum ein hübsches Mädchen wie Sie immer noch ledig ist. Sie sind nicht nur ein Bücherwurm, sondern noch dazu eine politische Aktivistin mit radikalen Ansichten. Keine guten Voraussetzungen für eine Ehefrau.«

»Das ist wohl richtig«, stimmte Annabelle zu, denn es war sinnlos so zu tun, als sei es anders. Sie würde für keinen Mann in ihrem Bekanntenkreis eine gute, gehorsame Ehefrau abgeben. Vermutlich war das schon so, seit sie zum ersten Mal von Männern wie Achilles, Odysseus, Iason gelesen hatte, Helden, Seefahrern und Halbgöttern, die sich auf den sieben Weltmeeren auskannten. Männer, die sie mit auf ein Abenteuer nehmen könnten. Vielleicht hätte ihr Vater ihr statt der *Ilias* lieber das Märchen von Dornröschen zum Lesen geben sollen, dann wäre ihr Leben wohl ganz anders verlaufen.

Gerade noch rechtzeitig traf Annabelle bei der Versammlung im *Randolph* ein. Lucie kramte in einer Tasche, die neben einem kleinen Pult stand. Ein Dutzend Damen saß im Halbkreis vor dem Kamin und unterhielt sich. Der Kamin war hübsch, aus rosa Marmor. Über dem Sims hing ein großer, goldgerahmter Spiegel. Blattgold vermutete Annabelle, während sie ihren Mantel einem Dienstmädchen reichte.

Hattie war nirgendwo zu entdecken, doch jeder Stuhl war besetzt. Nur auf dem Sofa, neben einer jungen Frau in einem abgetragenen Plaid, war noch ein Platz frei. Das karierte Manteltuch erkannte Annabelle wieder. Die Frau war auch auf dem Parliament Square gewesen – Lady Catriona Campbell. Sie war keine Studentin, sondern Assistentin ihres Vaters, Alastair Campbell, einem Professor in Oxford und schottischem Grafen, dem eine Burg in den Highlands gehörte. Und nun überraschte Lady Catriona sie damit, dass sie Annabelle zu sich winkte und ein Stück zur Seite rückte, um ihr mehr Platz zu machen.

Blicke folgten ihr, als sie zu dem Sofa hinüberging. Ja, sie war sich bewusst, dass ihr Tageskleid schlicht und altmodisch war. Zwischen den seidenen, eng geschnittenen Roben der Damen musste sie wie ein Relikt aus der Vergangenheit wirken, allerdings nicht so antik wie das Schultertuch von Lady Campbell.

Behutsam setzte sie sich auf das Samtpolster.

»Ich glaube, wir sind uns noch nicht vorgestellt worden«, sagte sie zu Lady Campbell. »Ich bin Annabelle Archer.«

Die Frau sah nicht aus wie die Tochter eines Grafen. Ihr Gesicht wurde von einer großen runden Brille halb verdeckt, und ihr schwarzes Haar war zu einem einfachen Dutt geschlungen. Außerdem trug sie ihr Tuch eher wie eine Schildkröte ihren Panzer.

»Ich kenne Sie«, erwiderte Lady Campbell. »Sie sind das Mädchen mit dem Stipendium.«

Der schottische Akzent milderte ihren sachlichen Ton.

Annabelles Lächeln schien sie zu ermutigen, denn ihre rechte Hand tauchte unter dem Tuch auf. »Sag Catriona zu mir. Ich habe gesehen, dass du in der vergangenen Woche versucht hast, den Herzog von Montgomery für unsere Sache zu gewinnen. Das fand ich ziemlich mutig.«

Montgomery. Der Name brachte die Erinnerung wieder zurück – sein aristokratisches Gesicht mit der hochnäsigen Miene, der kalte Blick, sein fester Griff, mit dem er sie vor dem Sturz bewahrt hatte … Sie war nicht stolz darauf, aber die Begegnung hatte sie so sehr beschäftigt, dass sie ihn im Adelskalender *Annals of the Aristocracy* nachgeschlagen hatte. Wie bei jedem Herzog, der etwas auf sich hielt, ging sein Stammbaum in gerader Linie zurück zu Wilhelm dem Eroberer. Seine Vorfahren hatten den Thronanwärter im Jahr 1066 dabei unterstützt, das Gesicht und die Geschicke des Königreichs zu verändern. Im Laufe der Jahre hatte Montgomerys Familie noch mehr Landbesitz und Vermögen angehäuft. Mit neunzehn Jahren war er Herzog geworden. Ziemlich jung für einen Mann, der einen großen Teil des Landes besaß, aber beim Gedanken an seine herrische Art fiel es ihr schwer, sich vorzustellen, dass er jemals ein Kind gewesen war. Vielleicht war er wie ein blonder griechischer Halbgott bereits ausgewachsen auf die Welt gekommen …

»Meine Damen.« Lucie schlug einen dicken Papierstapel auf ihr Pult. Zufrieden, dass die Aufmerksamkeit aller Anwesenden auf sie gerichtet war, ließ sie einen finsteren Blick über die Runde schweifen. »Unsere Mission ist jetzt noch schwieriger geworden. Der Herzog von Montgomery ist der neue Wahlkampagnenberater der Torys.«

Tja, wenn man vom Teufel sprach.

Entsetztes Gemurmel erhob sich im Raum. Annabelle wusste, dass manche Torys bereit waren, für das Frauenwahlrecht zu stimmen, aber die meisten waren dagegen. Bei den Mitgliedern der konkurrierenden Liberal Party verhielt es sich genau umgekehrt: Die meisten befürworteten das Frauenwahlrecht, nur wenige sprachen sich dagegen aus. Der mächtige Herzog unterstützte somit die falsche Partei.

Lucie kam mit dem Papierstapel hinter dem Pult hervor. »Dramatische Umstände erfordern drastische Maßnahmen«, sagte sie und verteilte die Blätter. »Ich schlage daher vor, dass wir die Regierungsmitglieder von jetzt an in ihren Büros aufsuchen, nachdem wir vorher alles Wissenswerte über sie herausgefunden haben: ihre Vorlieben, Abneigungen und vor allem ihre Schwächen. Dann können wir unsere Strategie gezielt auf jeden Mann abstimmen. Hält er sich für einen Rechtsexperten? Dann können wir mit Plato argumentieren. Nimmt er an, dass seine Kinder darunter leiden müssten, wenn seine Ehefrau das Wahlrecht erhält? Erzählt ihm, dass unabhängige Frauen bessere Mütter abgeben. Kurz gesagt, meine Damen, kennt eure Feinde.«

Annabelle nickte. Strategie und Manipulation führten gewöhnlich zum Ziel.

Das Blatt, das Lucie ihr reichte, war ordentlich in Abschnitte eingeteilt: allgemeine Merkmale, Abstimmungsverhalten, Skandale und Gerüchte …

Verflixt. An solche Informationen kam sie in ihren Kreisen kaum heran. Sie würde die Skandalpresse und öffentlich verfügbare Archive durchstöbern müssen, bloß wann? Die Studienaufgaben und die Nachhilfestunden, die sie gab, um Gilbert Geld schicken zu können, sorgten jetzt schon dafür, dass sie bis spät in die Nacht arbeiten musste.

Die Tür zum Vorzimmer öffnete sich quietschend, und Hattie schlich sich ins Zimmer. Lucie schenkte ihr einen finsteren Blick, und sie lächelte entschuldigend, ehe sie sich neben Annabelle setzte, in eine Wolke aus teurem Parfüm gehüllt.

»Guten Morgen, Catriona, Annabelle«, trällerte sie. »Ich bin zu spät. Was habe ich versäumt?«

Annabelle reichte ihr das Blatt. »Wir sollen einflussreiche Männer ausspionieren.«

»Wie aufregend. Oh, damit könnte man auch ein fabelhaftes Handbuch geeigneter heiratswürdiger Junggesellen erstellen!«

Ein verächtliches Schnauben drang aus Lucies Richtung zu ihnen herüber. »Heiratswürdige Junggesellen? Hast du denn bei unseren Treffen gar nicht aufgepasst?«

Hattie hob empört die Augenbrauen.

»Kein Mann ist eine gute, heiratswürdige Partie, solange eine Frau in dem Augenblick, in dem sie ihm ihr Jawort gibt, sein Eigentum wird«, erklärte Lucie mit Nachdruck.

»Es stimmt jedoch, dass Mütter, die ihre Töchter verheiraten wollen, über eine Menge der gewünschten Informationen verfügen«, wagte sich Lady Henley von der Couch gegenüber vor.

»Beschaffen Sie sich die Informationen auf jede erdenkliche Weise«, gestand Lucie zu. »Aber bitte nicht durch eine Ehe.«

»Wie kommst du auf den Gedanken, dass die Parlamentsmitglieder uns empfangen werden?«, wollte Catriona wissen.

»Im März wird gewählt. Politiker geben sich in den Monaten davor gern bürgernah.« Lucie wandte sich an Annabelle; ihr elfenhaftes Gesicht zeigte eine erwartungsvolle Miene. »Was hältst du von diesem Ansatz?«

»Die Idee ist hervorragend«, sagte Annabelle aufrichtig.

Lucie lächelte zufrieden. »Du hast mich inspiriert. Nachdem du Montgomery angesprochen hast, als wäre er ein normaler Sterblicher wie unsereins, bin ich einen Schritt zurückgegangen und habe unsere Strategie mit frischem Blick betrachtet.«

»Informationen über Montgomery zu bekommen wird nicht einfach werden«, meinte Hattie. »Er ist zwar geschieden, und wir alle wissen, dass er sein altes Schloss zurückhaben will. Aber in der Klatschpresse steht über ihn rein gar nichts, und ich habe alle Blätter gelesen.«

Lucie zog die Nase kraus. »Weil er ein Günstling der Königin ist, deshalb traut die Presse sich nicht an ihn heran. Nein, bei ihm müssen wir zu drastischeren Maßnahmen greifen. Catriona, gibst du seinem Bruder, Lord Peregrin, nicht Nachhilfestunden?«

Catriona schüttelte den Kopf. »Das war im letzten Trimester, in der Hieroglyphenschrift.«

»Hervorragend«, sagte Lucie. »Dann finde eine Ausrede, warum sich eure Wege noch einmal kreuzen, und dann umschmeichelst du ihn …«

Catriona machte eine bestürzte Miene. »Ich? Oh nein.«

Lucie verengte die Augen zu Schlitzen. »Und warum nicht? Ihr seid bereits bekannt.«

»Ich habe ihm bloß die Hieroglyphenschrift beigebracht«, murmelte Catriona. »Das ist ganz etwas anderes als …«

»… ihn zu umschmeicheln«, ergänzte Hattie.

»Aber …«

Catriona machte Anstalten, sich in ihrem Plaid zu verkriechen.

»Schon gut«, sagte Lucie brüsk. »Dann wird sich eben Annabelle darum kümmern.

Erstaunt blickte Annabelle auf. »Ich?«

»Wenn du so freundlich wärst.«

»Es tut mir leid, aber mir fällt kein einziger Grund ein, wie ich mit Seiner Lordschaft Bekanntschaft schließen könnte.«

Lucie wirkte verärgert. »Du brauchst doch keinen Grund. Du bist die Schönste von uns allen. Gib dich unendlich beeindruckt, egal, was er sagt, und schon vertraut dir jeder junge Mann aus freien Stücken all seine Geheimnisse an.«

»Ich bin nicht …«, fing Annabelle an, doch Hattie schnitt ihr das Wort ab.

»Oh doch, das bist du«, sagte sie heiter. »Du bist wirklich hübsch und liebreizend. Ich habe schon überlegt, dich zu fragen, ob du mir für meine Helena von Troja Modell sitzen würdest. Wärst du dazu bereit?«

Annabelle blinzelte verwirrt. »Wie bitte? Ich verstehe nicht.«

Hattie spreizte ihre Finger. »Ich studiere die schönen Künste. Ich male. Zum Glück gibt es Handschuhe, ich habe die geschundensten Hände von ganz England.«

Nein, das sind meine Hände, dachte Annabelle. Die Schwielen würden wohl nie wieder verschwinden. »Ich fühle mich geehrt«, sagte sie, »aber ich habe leider keine Zeit, um dir für ein Gemälde Modell zu sitzen.«

»Ich muss es im nächsten Trimester abgeben«, erklärte Hattie. In ihre runden Augen trat ein flehender Blick.

Lucie räusperte sich. »Lord Peregrin«, sagte sie. »Finde eine Möglichkeit, ihn kennenzulernen.«

Die Frauen tauschten unschlüssige Blicke.

»Wenn wir etwas von Lord Peregrin wollen, müssen wir ihm im Gegenzug etwas anbieten«, stellte Annabelle das Offensichtliche fest.

»Wir könnten ihn bezahlen«, schlug Hattie vor.

Annabelle schüttelte den Kopf. »Er wird wohl kaum Geld benötigen.«

»Junge Männer benötigen immer Geld«, sagte Hattie. »Aber du hast recht. Das reicht sicher nicht, ihn zum Tratschen über seinen Bruder zu verleiten.«

»Vielleicht sollten wir einen Weg finden, gleich an Montgomery selbst heranzukommen.«

»Bloß wie?«, überlegte Hattie. »Er ist so ungesellig.«

Grübelndes Schweigen breitete sich im Zimmer aus.

»Ich glaube, es gibt etwas, das Lord Peregrin gerne hätte«, sagte Catriona leise.

Hattie beugte sich vor. »Ach ja?«

Catriona senkte den Blick auf ihre Hände. »Seine Trinkgesellschaft hätte gern den Schlüssel zum Weinkeller von St. John's.«

Hattie schnappte nach Luft. »Oh ja! Das würde er unbedingt wollen.«

Annabelle überlief ein aufgeregtes Kribbeln. Oxfords Zechbruderschaften waren dafür berüchtigt, dass sie im starken Wettkampf lagen, so berüchtigt, dass es sogar bis an die empfindsamen Ohren der Studentinnen gedrungen war. Der Ruhm der Vorherrschaft über andere Trinkgesellschaften, so hieß es, war mehr wert als ein ausgezeichnetes Examen, und so begehrt, wie einen Wettkampf gegen Cambridge zu gewinnen. Die Reichen setzten schon seltsame Prioritäten.

»Aber wie gelangen wir an den Schlüssel?«, fragte Annabelle.

Catriona sah auf. »Mein Vater hat ihn.«

Natürlich. Als Dekan in St. John's besaß Professor Campbell sicher alle möglichen Schlüssel.

Unwillkürlich musste Annabelle grinsen, was nur selten vorkam. Und Hattie sah aus wie eine Katze, die sich den Kanarienvogel holen wollte.

»Oje«, seufzte Catriona. »Die Sache ist den Einsatz hoffentlich wert.«

Die Sonne war schon untergegangen, als Annabelle die knarrende Treppe zu ihrem Zimmer im Lady Margaret Hall College hochstieg. Es gab nur acht andere Studentinnen in ihrem Jahrgang in Lady Margaret Hall, eine davon, nämlich Hattie, residierte im *Randolph*. Deshalb fanden sie alle in einem bescheidenen, kleinen Backsteinhaus am Rand der Stadt bequem Platz. Natürlich war es nicht so komfortabel wie das *Randolph*. Dennoch stieg eine wohlige Wärme in ihr auf, als sie die Tür zu ihrer Kammer öffnete. Das gedämpfte Licht der Gaslampe tauchte den Raum in einen goldenen Schein. Links stand ein schmales Bett, rechts ein Kleiderschrank und vor dem Fenster ein klappriger Schreibtisch. *Ihr* Schreibtisch.

An dem sie sich in die Mythen der griechischen Antike vertiefen und lateinische Rätsel lösen konnte. *Ihr* Bett. In dem sie allein schlief, ungestört. Kein Kinderfuß trat nachts im Schlaf nach ihr, und keine von Gilberts Töchtern stibitzte ihr die Decke. Sie musste nur einen Zettel draußen an die Tür hängen, mit der Nachricht, dass sie beschäftigt war, und schon blieb die Welt außen vor und störte sie nicht.

Sie schlang die Arme um ihren Leib. Ein eigenes Zimmer – das war solch ein schönes Geschenk.

Sie wollte das Beste daraus machen und die fleißigste und aufmerksamste Studentin sein, die sie sein konnte.

Aber zunächst … sie stöhnte auf. Zunächst musste sie einer Gruppe Suffragistinnen dabei helfen, den einflussreichsten Herzog Englands auszuspionieren.

5. KAPITEL

November, 1879

Sebastian durchbohrte Peregrin mit einem Blick über den Rand des Briefes hinweg, der die unerwartete Ankunft seines Bruders in Claremont begleitet hatte.

»Du bist in deinen Kursen durchgefallen.«

»Ja, Sir.«

»Du hast die Studiengebühr für dieses Semester nicht bezahlt.«

Peregrin fuhr sich nervös mit der Hand durch das Haar und zerraufte es dabei. »Das stimmt.«

Sebastians Versuch, seinem leichtlebigen Bruder finanzielle Verantwortung beizubringen, indem er ihm sein eigenes Konto zur Verfügung stellte, war also kläglich gescheitert.

»Und heute Morgen ist Weatherly ein frisch vergoldetes Regenfallrohr in St. John's hochgeklettert, weil du ihn mit einem Schwert gejagt hast?«

»Es war ein Florett«, murmelte Peregrin. »Und Weatherly hatte es verdient.«

Sebastian legte den Brief auf seinen Schreibtisch, auf dem sich bereits ordentliche Dokumentenstapel türmten, die sowohl dringend als auch wichtig waren. Er hatte keine Zeit für solche Sperenzchen. Peregrin war nicht auf den Kopf gefallen, und er war auch kein kleiner Junge mehr. Es gab also keinen Grund, warum er sich wie ein dummer kleiner Junge aufführte, aber schon seit einem Jahr machte er genau das und verursachte Schwierigkeiten, die es nach jeder Logik eigentlich gar nicht geben sollte.

»Warst du betrunken?«

Peregrin rutschte unruhig auf seinem Stuhl hin und her. »Nein. Ich hatte bloß einen Scotch. Vielleicht zwei.«

Wenn er zwei zugab, dann konnte man getrost von der doppelten Menge ausgehen. Alkohol noch vor dem Mittag. Tja, der Apfel fiel wohl nicht weit vom Stamm, wie es so schön hieß.

»Ich bin enttäuscht.« Selbst in seinen Ohren klang er unterkühlt.

Peregrins Nase und seine Wangen färbten sich rot, was ihn seltsam kindlich wirken ließ. Mit fast neunzehn Jahren war er jedoch ein Mann. Sebastian hatte in diesem Alter bereits ein Herzogtum übernehmen müssen. Aber vermutlich war er auch nie so jung und sorglos gewesen wie Peregrin.

Sein Blick schweifte über seinen Bruder hinweg zur Wand. Die sechs Gemälde der Anwesen, die einst sein Vater verspielt hatte, befanden sich rechts von der Tür, nur das von Montgomery Castle hing immer noch links. Vor sechzehn Jahren hatte er angeordnet, dass man die Gemälde der verlorenen Anwesen links von der Tür aufhängte, als tägliche Mahnung an das, was sein Vater während der kurzen Zeit seiner Regentschaft über das Herzogtum verloren, verkauft oder zugrunde gerichtet hatte. Zugegeben: Das Fundament zerfiel seit Jahrzehnten, und bereits sein Großvater hatte das Fideikommiss aufgelöst und nicht alle darunterfallenden Ländereien zusammengehalten. Aber sein Vater hatte die Wahl gehabt: entweder die finanziellen Kosten eindämmen, die ihre Anwesen auffraßen, oder aufgeben. Er hatte sich zum Aufgeben entschlossen, und das in der Art und Weise, wie ein Montgomery alles erledigte – mit brutaler Effektivität. Der Prozess, um die Anwesen zurückzuerlangen, war geschmacklos gewesen, eine endlose Folge von Machtspielen, eingeforderter Gefallen und missachteter Traditionen. Sebastian konnte gut nachvollziehen, warum seine Mutter lieber in Frankreich lebte. So konnte sie leichter ignorieren, wozu er geworden war – ein Herzog mit Kaufmannsverstand. Er setzte alles daran, Montgomery Castle zurückzubekommen. Dabei fühlte er sich dem Anwesen nicht einmal besonders verbunden. Es war dunkel und zugig und die Rohrleitungen in fürchterlichem Zustand. Und wenn er es schließlich zurückerlangte, würde es nur ein weiterer Klotz an seinem Bein sein und ein zusätzliches Loch in seine Börse reißen. Aber was ihm gehörte, wollte er auch haben. Pflicht war Pflicht. Im nächsten März würde das Gemälde von Montgomery Castle endlich wieder auf der richtigen Seite der Tür hängen. Und ja, es war ein äußerst ungünstiger Zeitpunkt, dass sein zukünftiger Erbe ausgerechnet jetzt den Dorftrottel spielen musste.

Er musterte Peregrin verärgert. »Du hast das Studiengeld dafür verwendet, um deine Freunde auszuhalten, nehme ich an.«

»Ja, Sir.«

Er wartete.

»Und ich … Ich hab gespielt. Karten.«

Sebastians Miene versteinerte. »Und Frauen?«

Eine fleckige Röte überzog Peregrins Gesicht. »Du wirst wohl kaum erwarten, dass ich das zugebe«, stammelte er.

Insgeheim musste Sebastian ihm zustimmen. Was sein Bruder hinter geschlossenen Schlafzimmertüren tat, ging ihn nichts an. Andererseits konnte nur weniges einen vermögenden, leichtsinnigen jungen Lord schneller zu Fall bringen als eine gewiefte Glücksritterin.

»Du weißt doch, wie es ist«, sagte er. »Wenn ich ihre Eltern nicht kenne, hat sie es darauf abgesehen, dich auszunehmen wie eine Weihnachtsgans.«

»Es gibt keine Frau«, sagte Peregrin bockig, woraus man schließen konnte, dass es sehr wohl eine gab.

Sebastian machte sich in Gedanken eine Notiz, seinen Privatdetektiv die Halbwelt nach ihr durchkämmen zu lassen, um diese Madame, wer immer sie auch war, darüber zu informieren, dass sie einen anderen mit ihren Avancen beglücken sollte.

Er tippte mit dem Zeigefinger auf den Brief. »Ich werde das Regenfallrohr von deiner Apanage bezahlen.«

»Jawohl.«

»Außerdem wirst du mich nicht nach Frankreich begleiten. Du wirst hierbleiben und lernen.«

Kurz zögerte Peregrin, dann nickte er grimmig.

»Und du wirst während der Hausgesellschaft an Silvester in Penderyn bleiben.«

Peregrin erbleichte. »Aber …«

Mit einem Blick erstickte Sebastian den Protest seines Bruders im Keim, aber die Sehnen an Peregrins Hals traten hervor. Unverständlich für Sebastian genoss Peregrin Hausgesellschaften und Feuerwerk. Tatsächlich schien sein Bruder umso glücklicher, je mehr Trubel ihn umgab, und er war hocherfreut gewesen, als er erfuhr, dass die Tradition des Silvesterballes wieder aufgenommen werden sollte. Auf Penderyn, ihrem Anwesen in Wales, passierte hingegen nie etwas.

»Kann ich stattdessen eine Tracht Prügel mit dem Rohrstock wählen?«, fragte Peregrin.

Sebastian runzelte die Stirn. »In deinem Alter? Nein. Außerdem brauchst du mehr Zeit, um über dein törichtes Verhalten nachzudenken als bloß ein paar Minuten.«

Peregrin senkte den Blick auf den Boden.

Dennoch hatte Sebastian es bemerkt – das Aufblitzen in den Augen seines Bruders. Hätte er es nicht besser gewusst, hätte er es für Hass gehalten. Seltsamerweise versetzte ihm der Gedanke einen Stich.

Er lehnte sich in seinem Stuhl zurück. Irgendwann in den sechzehn Jahren, die er Peregrin erzog, musste er versagt haben, denn er wuchs ganz offensichtlich nicht zu dem Mann heran, der er sein sollte. Oder vielleicht … Womöglich wuchs Peregrin genau zu dem Mann heran, der er war. Einem Mann wie ihrem Vater.

Nur über meine Leiche.

Peregrin hielt den Kopf immer noch gesenkt. Seine Ohren waren gerötet.

»Du darfst jetzt gehen«, sagte Sebastian. »Tatsächlich möchte ich dich bis zu den Trimesterferien hier nicht mehr sehen.«

Lord Peregrin war ganz anders, als Annabelle erwartet hatte. Mit seinen funkelnden braungrünen Augen und dem aschblonden Haar wirkte er jungenhaft, nahbar, sogar sympathisch. Ganz im Gegensatz zu seinem Bruder.

Sie, Hattie und Catriona trafen ihn an eine Säule von St. John's gelehnt an, eine halb aufgerauchte Zigarette in der Hand, die er höflich löschte, als sie sich näherten.

Er musterte ihre kleine Gruppe leicht belustigt. »Meine Damen, nennen Sie mich einen Optimisten«, sagte er. »Dieser Weinkellerschlüssel würde uns einen großen Vorteil vor jeder Zechbruderschaft in Oxford verschaffen, daher schaudert es mich, nach dem Preis zu fragen. Was wollen Sie dafür? Ein Goldenes Vlies? Einen Kopf auf einem Silbertablett? Meine Seele?«

Er sprach mit demselben affektierten Tonfall wie die jungen Lords, denen Annabelle bei früheren Dinnergesellschaften im Herrenhaus begegnet war; Männer, die sich gern an ihrem eigenen Wortwitz ergötzten. Man brauchte schon gute Ohren, um die Vorsicht in seiner Stimme wahrzunehmen. Er war kein Narr.

Sie schenkte ihm einen Blick, von dem sie hoffte, dass er kokett war. »Ihre Seele ist vor uns sicher, Mylord. Wir bitten bloß um eine Einladung zu Ihrer nächsten Hausgesellschaft in Claremont.«

Er blinzelte. »Eine Hausgesellschaft«, wiederholte er. »Eine Einladung zu einer normalen Hausgesellschaft?«

»Ja.« Sie fragte sich, wie wohl eine unnormale Hausgesellschaft ablief.

»Und warum wollen Sie ausgerechnet das, wo Sie doch jeden erdenklichen Wunsch hätten äußern können?« Er wirkte ehrlich erstaunt.

Zum Glück waren sie darauf vorbereitet. Sie seufzte gespielt sehnsüchtig. »Schauen Sie uns doch an.« Sie deutete auf ihren alten Mantel. »Wir sind Blaustrümpfe. Uns eilt der Ruf voraus, dass wir in jeder Hinsicht schrecklich unmodisch sind. Sie hingegen verkehren in den elegantesten Kreisen von Oxfordshire.«

Und das entsprach sogar der Wahrheit. Sie konnte sich keine modischen Kleider leisten, Catriona schien kein Interesse daran zu haben und Hattie … Nun, sie hatte ganz eigenwillige Vorstellungen von Mode. An diesem Tag trug sie eine gigantische türkisfarbene Feder an ihrem Hut, die den kleinen Kopfschmuck jedes Mal anhob, wenn der Wind auffrischte.

Auf diese wippende Feder richtete sich nun Lord Peregrins Blick. »Nun ja«, sagte er. »Ich verstehe.« Seine eigene Aufmachung zeugte von Geld und gutem Geschmack: ein verwegen schräg sitzender Zylinder, ein grauer Mantel mitsamt locker um den Hals geschlungenem Schal und makellos glänzende Schuhe. All das trug er mit einer aufgesetzt lässigen Sorglosigkeit, die vorspiegelte, dass er sich überhaupt nichts aus Mode mache.

Sein Blick kehrte zu Annabelle zurück. »Sie möchten quasi durch Beziehungen zur vornehmen Gesellschaft modisch werden.«

»Richtig, Mylord.«

Er nickte. »Das ist allzu verständlich.«

Dennoch zögerte er.

Sie zog den Schlüssel aus ihrer Manteltasche. Er war schwer und sah mittelalterlich aus. Sie ließ ihn an ihrem Finger schwingen. Ein Mal, zwei Mal, mit großem Erfolg. Lord Peregrin lehnte nun nicht mehr lässig an der Säule. Er hatte sich aufgerichtet und fixierte den Schlüssel wie ein Falke seine Beute.

»Wie es der Zufall will«, sagte er bedächtig, »ist tatsächlich eine Hausgesellschaft in der Woche vor Weihnachten geplant. Allerdings ist es eine intime, informelle Angelegenheit, nur ungefähr ein Dutzend Gentlemen sind eingeladen. Und der Herzog wird nicht anwesend sein.« Er zuckte entschuldigend mit den Schultern.

In Annabelles Brust löste sich ein Knoten der Anspannung, den sie zuvor gar nicht gespürt hatte. Wenn der Herzog nicht zu Hause war, würde diese haarsträubende Mission für ihre Freundinnen deutlich leichter werden.

»Seine Gnaden wird verreist sein?«, wiederholte sie.

Peregrin starrte immer noch den Schlüssel an. »Er besucht unsere Mutter in Frankreich.«

Sie wandte sich zu Hattie und Catriona und tat so, als müssten sie sich das erst noch überlegen.

»Was meint ihr? Zählt das trotzdem als Hausgesellschaft?«

»Ich denke schon«, piepste Hattie. Catriona nickte hastig.

Du liebe Güte, beide Mädchen wirkten nervös, und ihre Gesichter waren gerötet. Hoffentlich würde Lord Peregrin das ihrer überempfindlichen Mauerblümchen-Natur zuschreiben.

»In diesem Fall werden wir unseren Teil der Abmachung erfüllen«, sagte sie und streckte Lord Peregrin den Schlüssel auf ihrer Handfläche entgegen. »Sie haben zwei Stunden Zeit, um eine Kopie davon anzufertigen.«

»Moment«, sagte Hattie und legte ihre Hand auf die von Annabelle. »Zuerst wollen wir Ihr Wort als Gentleman«, verlangte sie.

Er schenkte ihnen ein schiefes Grinsen. Dann legte er die rechte Faust über sein Herz und verbeugte sich. »Bei meiner Ehre, Miss Greenfield. Sie sind in Claremont Palace herzlich willkommen.

6. KAPITEL

Dezember, 1879

Kaum hatte die Kutsche den Bahnhof in Marlborough verlassen, musste sich Annabelle ihre Niederlage eingestehen: Thukydides in einem ratternden Wagen zu übersetzen war unmöglich. Sie legte das Buch in den Schoß.

»Da ist sie ja«, rief Hattie munter von der gegenüberliegenden Sitzbank.

Annabelle verzog das Gesicht. Ihr war übel. Catriona, die neben ihr saß, las ruhig weiter, während sie auf ihrem Sitz durchgeschüttelt wurde, und Hatties Großtante, die sie als Anstandsdame begleitete, schnarchte bereits selig mit offenem Mund in der Ecke gegenüber.

»Du wirkst ein wenig blass oder eher gesagt leicht grün um die Nase«, stellte Hattie mit künstlerisch scharfsichtigem Auge fest. »Bist du sicher, dass es klug ist, in einem fahrenden Wagen zu lesen?«

»Ich muss noch einen Aufsatz schreiben.«

»Du hast jetzt ein paar Tage frei«, merkte Hattie an.

Annabelle schenkte ihr einen finsteren Blick. »Mir blieb ja kaum eine andere Wahl.«

Der Gedanke, dass sie unterwegs zu einer Hausgesellschaft auf dem Anwesen des Herzogs war, gefiel ihr nicht. Wie naiv war sie doch in ihrer Annahme gewesen, dass es genügen würde, wenn sie den Damen eine Einladung beschaffte. Lucie hatte darauf bestanden, dass Annabelle ebenfalls an der Gesellschaft teilnahm, da drei trojanische Pferde hinter den Linien des Feindes besser seien als zwei. Und da Lucie ihr das Stipendium finanzierte, blieb ihr gar nichts anderes übrig, als sich in die Höhle des Löwen zu begeben. Sie hatte ein paar durchaus gute Ausreden vorgebracht. Die glaubhafteste war, dass sie nichts für den Anlass Passendes im Schrank hatte. Ihre Reisetruhe, die sorgsam mit Lady Henleys ausrangierten Tageskleidern und Abendroben aus vergangenen Saisons gepackt war, klapperte im Moment oben auf dem Kutschendach. Lucie selbst begleitete sie nicht. Sie war als radikale Suffragistin bekannt, weshalb der Herzog sie sicher nicht so ohne Weiteres in seinem Haus dulden würde.

Der Herzog ist aber nicht zu Hause.

Und selbst wenn er es wäre, würde er sich wohl kaum an sie erinnern. Bestimmt hinterließen Begegnungen mit Bürgerlichen keinen großen Eindruck bei ihm. Aber dennoch. Lag es nur am Lesen, dass ihr so übel war? Ihr letzter Besuch in einem hochherrschaftlichen Haus hatte in einer Katastrophe geendet …

Sie zog den Vorhang vorm Kutschenfenster zurück und betrachtete die vorbeiziehende Landschaft. Der Morgenhimmel war bewölkt, Schneeflocken trieben vorbei und hüllten die Hügel von Wiltshire in eine weiße Decke.

»Dauert die Fahrt lange?«, fragte Annabelle.

»Nicht einmal eine Stunde«, antwortete Hattie. »Allerdings, wenn es weiter so heftig schneit, kommen wir womöglich nicht mehr durch.«

Hoffentlich würden die Straßen nach Kent freibleiben. *Ich erwarte dich am 22. Dezember in Chorleywood*, hatte Gilbert ihr geschrieben. In kaum einer Woche würde sie wieder Böden schrubben, Pasteten backen, Feuerholz aufstapeln, und das alles mit einem auf den Rücken gebundenen, quengelnden Kind. Hoffentlich war sie in den drei Monaten an der Universität nicht verweichlicht. Ob sie Gilberts Gattin nun mochte oder nicht, die Frau konnte jede helfende Hand gebrauchen.

»Verrate mir, was dein Interesse an diesem Thema geweckt hat!« Hattie betrachtete das Buch auf Annabelles Schoß; es trug den Titel »Die Geschichte des Peloponnesischen Krieges«.

Annabelle vermied wohlweislich den Blick auf die verschwimmenden Buchstaben. »Offen gestanden hatte ich keine große Wahl. Mein Vater hat mir Altgriechisch beigebracht, sobald ich lesen konnte. Die Messenischen Kriege waren sein Fachgebiet.«

»War er Dozent in Oxford?«

»Nein, er ging nach Durham. Er war ein dritter Sohn, daher wurde er Priester. Er hat sich das meiste selbst angelesen.«

»Wenn Frauen das Studium nur früher erlaubt worden wäre«, meinte Hattie, »dann gäbe es sicher weniger Bücher über Gräueltaten und Kriege und mehr über Romantik und die schönen Dinge des Lebens.«

»Aber in diesen Büchern gibt es doch reichlich Romantik. Nimm Helena von Troja zum Beispiel. Menelaos hat tausend Schiffe losgeschickt, um sie zurückzugewinnen.«

Hattie schürzte die Lippen. »Also ich fand ja tausend Schiffe immer schon ein wenig übertrieben. Und Menelaos und Paris haben um Helena gekämpft wie Hunde um einen Knochen. Niemand hat sie gefragt, was sie will. Selbst ihre Besessenheit von Paris war durch einen vergifteten Pfeil hervorgerufen. Was ist daran romantisch?«

»Die Leidenschaft«, erklärte Annabelle. »Amors Pfeile sind mit Leidenschaft getränkt.«

»Ob Leidenschaft oder Gift, beides vernebelt den Menschen die Sinne.«

Damit hatte sie nicht ganz unrecht. Die alten Griechen hatten Leidenschaft als einen Ausdruck des Wahnsinns betrachtet, der das Blut infizierte. Und auch heute noch sorgte das Feuer der Leidenschaft für durchbrennende Paare, rechtswidrige Duelle und kitschige Romanzen. Selbst die vernünftige Tochter eines Vikars konnte dadurch vom rechten Weg abkommen.

»Platon war allerdings schon romantisch«, sagte Hattie. »War er es nicht, der gesagt hat, dass unsere Seele vor unserer Geburt in zwei Hälften geteilt wurde und wir unser ganzes Leben damit verbringen, nach unserer fehlenden Hälfte zu suchen, damit wir uns wieder als ein Ganzes fühlen?«

»Ja, so etwas hat er gesagt.«

Und er hatte die Vorstellung als lächerlich abgetan, weshalb sein Stück über Seelenverwandte auch als Satire galt. Das behielt Annabelle jedoch für sich, weil sie nicht das Herz hatte, dieses verträumte Strahlen aus Hatties Gesicht zu vertreiben.

»Ich sehne mich so sehr danach, meinen verlorenen Seelengefährten zu finden«, sagte Hattie und seufzte. »Catriona, wie sieht dein Seelengefährte aus? Catriona?«

Catriona tauchte aus ihrem Buch auf und blinzelte verwirrt wie eine aufgeschreckte Eule. »Mein Seelengefährte?«

»Deine andere Hälfte«, half Hattie ihr auf die Sprünge. »Dein idealer Ehegatte.«

Catriona schüttelte den Kopf. »Also, das weiß ich nicht so genau.«

»Aber eine Frau muss doch wissen, was sie sich von einem Mann wünscht!«

»Ich glaube, er sollte Gelehrter sein«, überlegte Catriona. »Und mir erlauben, meine Studien zu verfolgen.«

»Ah.« Hattie nickte. »Also ein moderner Gentleman.«

»Oh ja. Und dein Traummann?«, fragte Catriona rasch.

»Jung«, sagte Hattie. »Er muss jung sein und einen Titel haben und sollte blond sein. Dieser dunkle Goldton einer antiken römischen Münze.«

»Das ist … eine ziemlich genaue Vorstellung«, meinte Catriona.

»Er sitzt mir für meine Gemälde Modell«, fuhr Hattie fort. »Und ein großväterlicher Sir Galahad ist ja wohl kaum denkbar, nicht wahr? Oder habt ihr je einen Ritter in strahlender Rüstung gesehen, der nicht jung und gut aussehend war?«

Annabelle verkniff sich ein spöttisches Lachen. Kleine Dorfmädchen schwärmten für Ritter und Prinzen. Aber für eine junge Frau wie Hattie gab es Ritter und Prinzen eben nicht nur im Märchen; sie kamen zum Dinner zu ihren Eltern nach St. James. Und wenn einer von ihnen Hattie heiraten würde, dann würde er sie sicher behüten und verwöhnen, denn immerhin war Hatties Vater Julien Greenfield, und ihr Mann müsste ihm gegenüber Rechenschaft ablegen.

Unter solchen Umständen konnte sich selbst Annabelle eine Ehe vorstellen – mit einem Mann, der seine Frau gut behandelte und ihr eine Schar von Dienstboten zur Verfügung stellte, die nach ihren Wünschen den Haushalt verrichteten.

Seelengefährte oder nicht, für sie würde eine Ehe jedoch einen endlosen Kreislauf von Schrubben, Flicken und Schuften für die Familie bedeuten, mit der zusätzlichen Verpflichtung, dass sie es einem Mann erlauben müsste, ihren Körper zu seinem Vergnügen zu nutzen … Unwillkürlich grub sie die Finger in das Samtpolster der Kutsche. Was wäre wohl schlimmer? Das Bett mit einem Mann zu teilen, der ihr gleichgültig war, oder mit einem, der die Macht hatte, ihr das Herz zu brechen?

»Annabelle«, wandte Hattie sich unvermeidlich auch an sie, »erzähl uns von deinem Seelengefährten.«

»Er scheint woanders beschäftigt zu sein. Daher vertraue ich lieber auf meine eigene Seelenhälfte.«

Sie wich Hatties enttäuschtem Blick aus und drehte den Kopf wieder zum Fenster. Ein Dorf war dort zu sehen. Honigfarbene Cottages säumten die Straße und wirkten durch die verschneiten Dächer und Kamine wie mit Zuckerguss verzierte Lebkuchenhäuschen. Mehrere gut im Futter stehende Schweine spazierten über den Bürgersteig. Immerhin schien der Herzog sich gut um seine Pächter zu kümmern.

Grundgütiger. »Ist das Claremont?« Sie tippte mit dem Zeigefinger an die kalte Scheibe.

Hattie beugte sich zu ihr. »Oh ja, das muss es sein. Was für ein hübsches Haus.«

»Haus« und »hübsch« beschrieben nicht einmal annähernd das Gebäude, das vor ihnen in Sicht kam. Claremont erhob sich wie ein verzauberter Fels aus der Erde – riesig, prachtvoll und unversöhnlich. Geschmiegt an einen sanft aufsteigenden Hügel überblickte das palastartige Herrenhaus das Land so Ehrfurcht gebietend wie ein König auf seinem Thron.

Das Geklapper der Pferdehufe verlor sich fast ungehört in dem riesigen gepflasterten Hof. Eine einsame Gestalt erwartete sie am Fuß der grauen Steintreppe, die zum Anwesen hinaufführte. Lord Peregrin. Er wirkte übernächtigt und seine Krawatte war zerknittert, aber er half ihnen mit festem Griff aus der Kutsche.

»Es ist mir ein Vergnügen, Sie hier begrüßen zu dürfen, meine Damen.« Er ergriff Catrionas Hand und legte sie in seine Armbeuge, was ihre Freundin prompt zum Erröten brachte. Mit dem anderen Arm hakte er sich bei Tante Greenfield unter und führte sie die Stufen hinauf. »Die Gentlemen erwarten Sie schon sehnlichst.«

Die Eingangshalle von Claremont erstreckte sich über drei Stockwerke hoch unter einer Glaskuppel. Statuen schmückten die Balustraden der oberen Stockwerke. Der Boden, mit quadratischen Marmorfliesen in Weiß und Schwarz verlegt, wirkte wie ein riesiges Schachbrett. Wie passend für den Mann, der als einer der besten Strategen der Königin galt.

Annabelle atmete tief durch und richtete sich auf. *Alles ganz normal.* Sie würde das Wochenende schon überstehen. Sie wusste, wie man Messer und Gabel benutzte, und dass man das Besteck von außen nach innen aufnahm, und auch wie man vor wem knickste. Sie sprach fließend Französisch, Latein und Griechisch, konnte singen und Piano spielen und sich über die Geschichte des Orients und Okzidents unterhalten. Dafür hatten ihr nach der Antike verrückter Vater und ihre Urgroßmutter mütterlicherseits gesorgt. Mit gallischer Entschlossenheit hatte ihre zierliche *grand-mère* die bourbonische Etikette an ihre Nachfahren vererbt, bis hinunter zu ihren Abkömmlingen im Pfarrhaus. Das hatte Annabelle zu einer Kuriosität in Kent gemacht, viel zu belesen, wie sie Hattie bereits erzählt hatte. Wer hätte gedacht, dass ihr dieses Wissen nun dabei helfen würde, im Herrenhaus eines Herzogs nicht ins Fettnäpfchen zu treten?

Lord Peregrin führte sie zu einer Reihe von Dienstboten, die vor der Prunktreppe aufgereiht standen.

»Wie es aussieht, werden wir bald eingeschneit sein«, sagte er. »Daher schlage ich vor, wir machen noch in dieser Stunde einen Ausritt durch den Garten.«

Catriona und Hattie zeigten sich begeistert von diesem Plan, aber sie konnten ja auch reiten. Annabelles Erfahrung mit Pferden beschränkte sich darauf, im Männersattel auf einem alten Ackergaul zu sitzen, was sie kaum dazu befähigte, auf einem Vollblut zu reiten, noch dazu im Damensattel.

»Vielen Dank, aber ich verzichte«, sagte sie daher. »Ich arbeite lieber noch ein wenig an meiner Übersetzung.«

»Wie Sie wünschen«, erwiderte Peregrin höflich. »Jeanne zeigt Ihnen Ihr Zimmer. Bitte zögern Sie nicht zu sagen, wenn Sie etwas brauchen. Egal, was Sie wünschen oder benötigen, wird Ihnen erfüllt werden, und sei es auch noch so ausgefallen.«

»Dann gebe ich besser acht, was ich mir hier wünsche«, erwiderte sie, und er schenkte ihr sein gewohnt verschmitztes, schiefes Lächeln.

»Deeeevereux.«

Das lallende Gebrüll hallte von den Wänden wider, und das Lächeln entglitt Peregrin. »Ähm, wenn Sie mich kurz entschuldigen würden, meine Damen. Wie es scheint, haben die Herren den Brandy entdeckt.«

Das Himmelbett in ihrem Gästezimmer war beinahe unschicklich luxuriös. Es war riesig und die smaragdgrünen Samtvorhänge so dick wie Moos. Ein Berg Seidenkissen in strahlend bunten Farben, die schillerten wie Juwelen, war darauf verteilt. Sie konnte es kaum erwarten, sich auf der weichen, sauberen Matratze auszustrecken.

Zwei Stockwerke unter den großen Fenstern befand sich der Hof. Ordentlich zurechtgestutzte Eiben umringten den Springbrunnen in der Mitte. Dahinter breitete sich bis zum Horizont der »Garten« aus, wie Peregrin es nannte – tatsächlich war es eine riesige verschneite Parklandschaft.

»Brauchen Sie noch etwas, Miss?«

Jeanne, das Dienstmädchen, stand wartend in der Tür, die Hände vor der Schürze verschränkt.

Wie es schien, stieg Annabelle die ganze Pracht schnell zu Kopf. Warum sollte sie hier in ihrem Zimmer an ihrer Übersetzung arbeiten, wenn es noch gut zweihundert weitere Räume gab?

Sie griff nach ihrem Thukydides und einem Notizbuch. »Könnten Sie mir bitte die Bibliothek zeigen?«

»Natürlich, Miss. Welche?«

Es gab mehr als eine? »Nun, die hübscheste.«

Jeanne nickte, als sei die Bitte mehr als verständlich. »Folgen Sie mir bitte, Miss.«

Die Bibliothek versteckte sich hinter einer Rundbogentür aus Eichenholz, die knarrend aufschwang, als Jeanne sie öffnete. Zwei dunkle Regalreihen erstreckten sich vor ihr, und durch ein großes Buntglasfenster fiel Licht, das wie ein Prisma farbige Tupfer auf den Boden zauberte. Ein Weg aus Perserteppichen führte zu einem Kamin, in dem ein Feuer knisterte. Ein Lehnsessel stand einladend davor.

Zögernd trat Annabelle über die Schwelle. Sie ließ den Blick durch das Zimmer schweifen, das ihr auf unheimliche Weise vertraut vorkam, als ob jemand ihre Gedanken gelesen und ihre Vorstellung von einer schönen Bibliothek bis ins letzte Detail umgesetzt hätte.

»Die Decke ist besonders hübsch, nicht wahr, Miss?«

Annabelle legte den Kopf in den Nacken. An der dunkelblauen, gewölbten Decke schimmerten all die Sterne einer mondlosen Nacht.

»Es ist wunderschön.« Tatsächlich betrachtete sie gerade ein originalgetreues Abbild eines echten Nachthimmels ... im Winter, wenn sie sich nicht täuschte.

»Die Sterne sind aus echtem Gold«, sagte Jeanne stolz. »Klingeln Sie einfach, wenn Sie noch etwas brauchen, Miss.«

Die Tür schloss sich leise hinter ihr.

Stille. Es war so ruhig. Wenn sie den Atem anhielt, konnte sie die Staubflocken tanzen hören.

Sie schlenderte zum Kamin und fuhr dabei mit den Fingerspitzen über ledergebundene Buchrücken, das glatte Rund eines Globus und poliertes Ebenholz. Das Gefühl von Wohlstand und Komfort.

Der Sessel vor dem Kamin war robust und maskulin. Davor stand, eine große Beinlänge entfernt, ein gepolsterter Schemel, und in Griffweite befand sich ein kleiner Tisch. Ein leichter Hauch von Tabak lag in der Luft.

Unschlüssig blieb sie stehen. Es wäre ziemlich gewagt, den Sessel des Hausherrn zu benutzen.

Aber der Hausherr war nicht da.

Wohlig seufzend sank sie in das weiche Polster.

Gleich würde sie ihr Buch öffnen. Aber sie hatte schon lange nicht mehr einfach nur dagesessen und nichts getan. Seit Jahren nicht mehr.

Das Feuer wärmte sie höchst angenehm, und mit halb geschlossenen Lidern betrachtete sie die Motive des Buntglasfensters – mystische Vögel und Blumen, kunstvoll verschlungen. Davor wirbelten unaufhörlich Schneeflocken zu Boden. Die Flammen knisterten leise …

Abrupt wachte sie auf. Sie spürte, dass jemand im Zimmer war, nah und lauernd.

Sie riss die Augen auf, und ihr Herz hämmerte wild. Ein Mann schaute auf sie herab. Sie hatte seine breite Brust genau vor sich. Ihr Puls rauschte ihr in den Ohren, als sie sich zwang, den Kopf zu heben. Eine schwarze Seidenkrawatte, perfekt gebunden. Ein weißer steifer Kragen. Ein kantiges Kinn.

Noch bevor sie die Augen auf sein Gesicht richtete, wusste sie bereits, wer vor ihr stand. Und dennoch – ihr Magen flatterte, als sie sich schließlich dem eisgrauen Blick des Herzogs von Montgomery stellte.

7. KAPITEL

Die Pupillen des Herzogs waren so klein wie Stecknadelköpfe.

Die feinen Härchen auf Annabelles Armen hatten sich gesträubt wie das Fell einer fauchenden Katze.

Oh, er hatte sie nicht vergessen. Wie er so auf sie hinunterblickte, umhüllte ihn seine Verärgerung wie frostiger Nebel.

»Was machen Sie in meinem Haus?«

Seine Stimme klang genauso fesselnd wie in ihrer Erinnerung. Mit kühler, beherrschter Präzision schnitt sie mitten durch ihre rasenden Gedanken. Dieser Mann war nicht zu manipulieren.

Es gelang ihr aufzustehen. »Euer Gnaden, ich dachte, Sie seien in Frankreich.«

Das hätte sie nicht sagen sollen. Seine Miene wechselte von aufgebracht zu fassungslos. »Miss Archer, nicht wahr?«, sagte er beinahe freundlich. Äußerst beunruhigend.

»Ja, Euer Gnaden.«

Er war nicht zurückgewichen. Viel zu nah stand er vor ihr und ragte beinahe einen ganzen Kopf über ihr auf. Falls er vorhatte, sie durch seine Größe einzuschüchtern, hatte er sich geschnitten, denn Einschüchterung löste ein starkes Gefühl in ihr aus: Widerstand. Er kam ihr jedoch nicht wie ein Mann vor, der Widerstand duldete.

Sein maßgeschneiderter schwarzer Mantel umhüllte bemerkenswert breite Schultern und eine schlanke Taille. Sein kurz geschnittenes blondes Haar sah in der Dezembersonne beinahe weiß aus. Er war streng und farblos wie der Winter selbst. Und wie der Winter konnte er ihr sicherlich das Blut in den Adern gefrieren lassen, wenn er es darauf anlegte.

»Sie sind die Begleiterin meines Bruders, nehme ich an«, sagte er.

Ihr gefiel der zweideutige Tonfall nicht, den er dem Wort »Begleiterin« gegeben hatte. »Lord Peregrin und ich sind lediglich miteinander bekannt, Euer Gnaden.«

Sie schwankte leicht nach vorn, um festzustellen, ob er so höflich war, um ihr Raum zu geben. War er nicht. Sein Blick glitt über ihr Gesicht, hinunter zu ihrem Hals. Die Verachtung in seinen Augen verriet, dass ihm nichts entging: weder ihre vom Hunger ausgehöhlten Wangen noch, dass ihre Ohren keine echten Perlen schmückten und Lady Henleys altes Tageskleid von ihr selbst geändert worden war und ihrem Teint nicht schmeichelte. Innerlich wand sie sich vor Scham.

»Es ist äußerst gewagt, dass Sie sich überhaupt in mein Haus begeben«, sagte er. »Das ist selbst für eine Frau wie Sie ungewöhnlich.«

Sie blinzelte. Eine Frau wie sie? »Wir sind … bekannt«, wiederholte sie. Ihre Stimme klang seltsam hohl.

»Bekannt«, erwiderte Montgomery. »Nun, wenn Sie es so nennen möchten, Madam. Mit meinem Bruder haben Sie sich allerdings den Falschen ausgesucht. Ich habe die Börse in der Hand, und ich mache Sie darauf aufmerksam, dass es Ihnen nichts nutzen wird, meinen Bruder zu umschmeicheln.«

Hitze stieg ihr in die Wangen.

Er war nicht etwa deswegen wütend, weil er sie schlafend in seinem Sessel vorgefunden hatte, sondern weil er sie für die Mätresse seines Bruders hielt.

Sie und Lord Peregrin? Lächerlich.

Und doch hatte ein Blick Seine Gnaden davon überzeugt, dass sie sich für Geld an Adelige verkaufte.

Ihr Herz schlug so heftig, dass es in ihren Ohren klang. Ihr Temperament, das sie so lange gezügelt hatte, richtete sich auf wie eine gereizte Schlange und übernahm die Oberhand. Sie ließ ihren Blick abschätzend über ihn gleiten, von seinem kantigen Gesicht bis hinunter zu den blank polierten Schuhen und wieder hinauf. Sie konnte auch nicht das höhnische Lächeln unterdrücken, welches ihn wissen ließ, dass er gewogen und für zu leicht befunden worden war.

»Euer Gnaden«, hauchte sie. »Ich bin sicher, Ihre *Börse* ist … von beeindruckender Größe. Aber mich können Sie nicht kaufen.«

Er wurde still wie ein Stein. »Wollen Sie damit etwa unterstellen, dass ich Ihnen eben ein Angebot gemacht habe?«

»Nun, ist das nicht gewöhnlich der Grund, warum ein Gentleman gegenüber einer Frau wie mir seine Börse erwähnt?«

Ein Muskel in seiner Wange zuckte, und das war wie eine kalte Dusche für sie.

Nein, das war nicht gut.

Immerhin gehörte er zu den einflussreichsten Männern in England.

Unerwartet beugte er sich zu ihr vor. »Sie werden mein Anwesen auf der Stelle verlassen, sobald die Straßen wieder frei sind«, sagte er leise. »Sie werden gehen und sich zukünftig von meinem Bruder fernhalten. Habe ich mich klar ausgedrückt?«

Ihr fehlten die Worte. Er stand so nah, sein Duft stieg ihr in die Nase, eine verstörende maskuline Mischung aus Wäschestärke und Rasierseife. Sie nickte knapp.

Er trat zurück, und sein Blick schweifte zur Tür.

Er warf sie tatsächlich hinaus.

Ihre Hand zuckte mit dem Drang, ihm eine Ohrfeige zu verpassen, die ihm die Arroganz geradewegs aus dem noblen Gesicht wischen würde. Aber diese Arroganz war tief bis ins Mark verwurzelt.

Sie griff sich ihren Thukydides und ihr Notizbuch von dem Beistelltisch. Auf ihrem Weg zur Tür bohrte sich sein Blick kalt und unnachgiebig wie der Lauf einer Pistole zwischen ihre Schultern.

Die Frau hielt das Buch wie einen Schutzschild an sich gepresst, als sie die Bibliothek verließ, hoch erhobenen Hauptes und mit stocksteifer Haltung. Sie schloss die Tür betont sanft hinter sich, und das fühlte sich fast wie eine letzte spitze Bemerkung an.

Sebastian ballte die Hände.

Auf den ersten Blick hatte er sie wiedererkannt.

Grünauge war in seinem Haus.

Grünauge war die Mätresse seines Bruders.

Dabei hatte sie so unschuldig ausgesehen, schlafend in seinem Sessel, die Knie an die Brust gezogen und eine Hand unter der Wange, den grazilen Hals entblößt. Im Profil hatte sie gewirkt wie eine Marmorstatue, eine präraffaelitische Muse. Selbst ihm hatte der Anblick den Atem geraubt. Sie hatte nicht gewirkt wie eine Frau, die unglückselige Adlige in ihre Netze lockte, was allerdings nur ein Beweis für ihr Talent darstellte.

Ihre Augen hatten sie verraten. Ihr Blick war intelligent, selbstbeherrscht und alles andere als unschuldig. Die letzten Zweifel an ihrer Tugendhaftigkeit hatte ihre Reaktion ausgeräumt: Keine wohlerzogene Dame wäre seinem Missfallen mit solch einer Unverschämtheit begegnet. Sie hätte ihm am liebsten eine Ohrfeige verpasst, das hatte er förmlich in den Knochen gespürt. Verrückt.

Er stolzierte zur Tür.

Dass ihn die Königin für eine Krisensitzung *umgehend* aus der Bretagne zurückbeorderte hatte, war ärgerlich. Dass er nach einer zwanzig Stunden dauernden Reise in seinem Haus eine Horde betrunkener kleiner Lords vorfand, war inakzeptabel. Dass er jedoch in seiner eigenen Bibliothek verspottet wurde, überschritt jegliche Grenzen.

Ein langes, besorgtes Gesicht erwartete ihn, als er in den Flur trat. »Nun, Bonville.«

»Euer Gnaden.« Der Butler, der sonst in jeder Situation so unerschütterlich wirkte, machte nun einen reichlich panischen Eindruck. »Ich übernehme die volle Verantwortung für diese … Situation.«

»Dazu besteht kein Anlass«, erwiderte Sebastian. »Aber ich verlange eine Erklärung.«

Seine Haushälterin war wie ein nervöses Huhn um ihn herumgeflattert, als er ohne Vorankündigung durch die Haustür getreten war. Immerhin hatte sie ihm die Namen der Gäste nennen können, doch bereits nach dem ersten Namen hatte er sie unterbrochen, da er die genannte Frau nicht kannte.

»Gestern Abend sind ein Dutzend Gentlemen unerwartet eingetroffen«, sagte Bonville. »Lord Peregrin hat mir auf die Schulter geklopft und gesagt: ›Bonville, seien Sie ein netter Kerl. Sie bereiten doch bereits die Hausgesellschaft für Neujahr vor. Daher sollten doch reichlich Speisen und Getränke vorrätig sein.‹ Ein Dutzend, Euer Gnaden. Das Küchenpersonal …«

Ah, Peregrin, Peregrin. Kurz überlegte Sebastian, ob er seinen Bruder an den Ohren ins Arbeitszimmer schleifen und ihm trotz seines Alters eine ordentliche Tracht Prügel verpassen sollte. Später. Um seinen Bruder würde er sich später kümmern, wenn der Ärger nicht mehr heiß wie ein Lavastrom durch seine Adern pulsierte. Erst einmal musste er den Gastgeber für diese ungeladenen Gäste spielen, wenn er nicht vor aller Welt zugeben wollte, hinter seinem Rücken von einem Achtzehnjährigen überrumpelt worden zu sein. Eiserne Selbstbeherrschung hielt ihn davon ab, vor seinem Butler mit den Zähnen zu knirschen.

»Und heute Morgen sind weitere Gäste eingetroffen«, fuhr Bonville hastig fort. »Drei junge Damen und ihre Anstandsdame, und wir sind uns nicht sicher, ob es überhaupt alles Damen sind.«

»Sind es nicht«, sagte Sebastian grimmig.

Moment. Eine Anstandsdame?

»Das habe ich mir schon gedacht«, meinte Bonville. »Warum sollte sich die Tochter des Grafen von Wester Ross so ein grässliches Plaid umwerfen und wie eine Jakobiterin herumlaufen …«

Sebastian hob eine Hand. »Lady Catriona ist hier?«

»Das wird behauptet, Euer Gnaden.«

Verdammt. Er hätte sich die Gästeliste bis zum Ende anhören sollen, bevor er sich auf die Suche nach dieser Madam gemacht hatte.

»Sie haben drei Damen erwähnt«, fuhr er fort. »Wer noch?«

»Miss Harriet Greenfield und ihre Tante, Mrs Greenfield-Carruther. Wir haben ihnen die Suite mit der vergoldeten Decke gegeben.«

Greenfields Tochter und Lady Catriona. Keine von beiden würde sich in unangemessener Gesellschaft sehen lassen. Peregrin hatte seine Mätresse offenbar doch nicht in sein Haus gebracht. Im Nachhinein betrachtet ließ Miss Archers Reaktion auch nicht darauf schließen, dass sie irgendwelche Erfahrung darin besaß, Männer zu umgarnen.

Sebastian runzelte die Stirn. Die Erschöpfung von der Reise

hatte ihm wohl das Hirn benebelt, sonst wäre ihm niemals ein solch grober Fehler unterlaufen. Das erklärte jedoch noch lange nicht, wie die Frau in seinen Sessel kam.

»Sie studieren alle in Oxford«, stellte er unvermittelt fest.

»Euer Gnaden?«

»Die Frauen«, erklärte er. »Greenfields Tochter und Lady Catriona und vermutlich auch die dritte – das sind Blaustrümpfe. Ihre Manieren und ihr Kleidungsgeschmack können … entsetzlich zu wünschen übrig lassen.«

»Ich verstehe.« Bonville rümpfte die Nase und klang schon wieder wie gewohnt.

»Bonville, Sie gehören zu den fähigsten Butlern in England, nicht wahr?«

Eine leichte Verlegenheitsröte überzog die hageren Wangen des Mannes. »Ich bin stets bestrebt, mein Bestes zu geben, Euer Gnaden.«

»Und das gelingt Ihnen auch. Zeigen Sie Ihr Können und kümmern Sie sich um diese Situation. Sagen Sie dem Küchenpersonal, dass es für die nächsten beiden Tage den doppelten Lohn erhält.«

Bonville schritt schließlich wie gewohnt aufrecht davon.

Blieb nur noch eine Sache zu klären: Er hatte gerade einen Gast hinausgeworfen, der trotz seiner Unverfrorenheit jegliches Recht auf seine Gastfreundschaft hatte. Großartig. Nur sehr selten änderte er seine Entscheidungen. Allerdings konnte die kleine Kratzbürste ruhig noch eine Weile vor sich hin schmoren. Er schickte einen Diener zum Stall, um sein Pferd satteln zu lassen. Nichts beruhigte ihn mehr als ein langer Ausritt über die Felder.

Sie werden mein Anwesen auf der Stelle verlassen …

Die so ruhig geäußerten Worte schrillten in Annabelles

Kopf so durchdringend wie eine Feuerwehrglocke. Der Herzog von Montgomery hatte sie aus dem Haus geworfen.

Dabei hatte sie noch nicht mal ausgepackt.

Beim Betreten ihres Zimmers stellte sie fest, dass man ihren Koffer bereits ausgepackt hatte. Der Flakon mit ihrem Jasminparfüm und die alte Bürste ihrer Mutter lagen auf der Frisierkommode, die Bücher und ihre Notizen auf dem Schreibtisch, auch »Debrett's Etiquette Manual«, ein Buch mit Benimm-Regeln, das sie gewissenhaft gelesen hatte, damit sie während der Hausgesellschaft keinen Fauxpas beging.

Ihr Blick fiel auf den Hefter, in dem sie die Profile einflussreicher Männer festhalten sollten.

Mit drei Schritten stand sie neben dem Schreibtisch.

Allgemeine Beschreibung des Charakters des Gentlemans.

Sie zog die Kappe von ihrem Füllfederhalter, als würde sie einen Dolch aus der Scheide ziehen.

Der Herzog von M.: unmöglich, arrogant, anmaßend. Die Feder kratzte über das Papier. *Ein aufgeblasener Esel!*

Schnaubend wischte sie sich eine Locke aus dem Gesicht. Unerwartet fing sie ihr Bild im Spiegel ein und keuchte auf. In ihren Augen lag ein harter Glanz, und ihre rotbraunen Locken schlängelten sich in alle Richtungen: eine Medusa, keine Helena von Troja.

Sie presste die Hände auf ihre heißen Wangen. Was war nur in sie gefahren? Sie wusste doch, wie man mit arroganten Männern umging. Sie wusste, was sie sagen musste, und wichtiger noch, was nicht. Jeder Narr wusste, dass man einen Aristokraten des Königreichs nicht reizen sollte, selbst wenn er ein Esel war. Vor *allem* dann nicht, wenn er ein Esel war.

Ihr Spiegelbild blickte sie verärgert an. *Du hast eben ein ungezügeltes Temperament – gerade hast du lediglich dein wahres Wesen gezeigt.*

Sie schloss die Augen. Ja, ihre Gefühle hatten auch früher schon zu oft die Oberhand gewonnen. Und nein, sie hatte ihren Platz nie wirklich gekannt. Wo andere sich zu Recht einschüchtern ließen, fühlte sie sich angespornt, sich der Herausforderung zu stellen.

Sie hatte versucht, diesen Makel tief in sich zu verschließen.

Der Herzog hatte ihn jedoch erkannt. Jeder Gentleman würde davor zurückschrecken, eine unschuldige Frau zu beleidigen. Er jedoch hatte geradewegs in ihre Seele geschaut und ihre Verruchtheit erkannt.

Hattie und Catriona ... was sollte sie den beiden bloß sagen? Das Band der Freundschaft war noch so zerbrechlich; sie hatten es gerade erst geknüpft.

Ich muss gehen.

In dem kleinen Lebkuchendorf, an dem sie vorbeigekommen waren, gab es ein Gasthaus. Sie sah das schmiedeeiserne Schild noch vor sich. Wie weit war das Dorf entfernt? Kaum mehr als sieben Meilen. Sieben Meilen waren leicht zu schaffen.

Ein Bündel musste erst mal genügen – ihr Parfümflakon, die Bürste, Notizen, ihr Nachtgewand und eine Chemise zum Wechseln. Zuletzt noch die Bücher. Sie packte schnell und sorgfältig. Ihre Wangen glühten immer noch; die Anwesenheit des Herzogs war erdrückend, selbst in diesem Zimmer konnte sie ihr nicht entkommen. Und sie würde ihm in diesem Gemäuer auch nicht aus dem Weg gehen können, denn ihm gehörte jeder Stein und alles darin.

Sie musste ihren Freundinnen eine Nachricht hinterlassen, also holte sie ihr Notizbuch wieder heraus.

»Wie wäre es damit?«, murmelte sie. »Ich habe den Herzog von Montgomery von Angesicht zu Angesicht beleidigt, und er hält mich für ein Flittchen. Daher ist es das Beste, wenn ich abreise.« Man stelle sich die Verwirrung vor, die das hervorrufen würde …

Rasch schrieb sie ein paar unverfängliche Zeilen und legte den Zettel auf den Schreibtisch.

Sie schnürte ihre Stiefel und ging zum Fenster. Die Sonne stand immer noch hoch am Himmel. Das hieß, sie hatte sicherlich noch drei oder vier Stunden Tageslicht. Das war machbar.

Zwei Reiter kamen auf dem Hof in Sicht und hinterließen dunkle Spuren auf der makellosen weißen Schneedecke.

Das erste Pferd schien wie aus einem Wintermärchen entsprungen: ein weißer Hengst, dessen kräftige Muskeln sich so grazil abzeichneten, dass es schien, als würde er über den Schnee schweben. Hätte Hattie ihn gesehen, hätte sie ihn sicher als Modell für das Pferd ihres verflixten Sir Galahad genommen. Es hätte allerdings ein pechschwarzes Pferd sein müssen, um zu der Seele des Reiters zu passen, der kein Geringerer war als Montgomery. Sie krallte die Hand in den dicken Samtvorhang. Seine herzogliche Haltung; die Leichtigkeit, mit der er das tänzelnde Tier kontrollierte … Erneut stieg Wut in ihr auf. Wäre es nicht großartig, wenn das hübsche Pferd ihn abwerfen würde und er auf seinem Hintern landete.

Als hätte er ihren Blick bemerkt, drehte er den Kopf in ihre Richtung, und sie erstarrte. Einen Moment lang hatte sie eine sehr lebhafte Erinnerung an seinen Duft in der Nase.

Sie schnappte sich ihr Bündel und floh.

8. KAPITEL

Im Nachhinein wäre es klüger gewesen, sie hätte sich in ihrem Zimmer verkrochen und vorgegeben, indisponiert zu sein. Das wäre zumindest die pragmatische Lösung gewesen. Der beschwerliche Marsch durch kniehohe Schneeverwehungen führte ihr das deutlich vor Augen. Leider waren ihr Klugheit und Pragmatismus im Verlauf des Tages abhandengekommen. Das passierte nun mal, wenn die Vergangenheit unerwartet mit der Gegenwart kollidierte: Sie weckte alte Dämonen, und man handelte nicht immer vernünftig.

Sieben Jahre waren vergangen, seit sie in einer anderen prächtigen Bibliothek gestanden und ein anderer Aristokrat sie heruntergeputzt und ihr Herz in Stücke gerissen hatte. Man sollte meinen, dass inzwischen genügend Zeit vergangen war, um diesen Vorfall für immer zu vergessen. Die gebildete Stimme des Herzogs, seine herablassende Art und verächtliche Vorverurteilung hatten ihr jedoch alles wieder in Erinnerung gerufen. Es war wie ein Schlag ins Gesicht.

Dennoch hätte sie sich beherrschen und ihm nicht solche bissigen Erwiderungen an den Kopf werfen sollen. »Gallischer Stolz« hatte Tante May das genannt. Gallisches Temperament. *Zügle es, Mädchen, du kannst es dir nicht leisten.*

Vor sieben Jahren, an dem Tag, als der Vater ihres Geliebten sie ein geldgieriges Flittchen genannt hatte und sie daraufhin von ihrem Vater zu Tante May geschickt wurde, war ihr gallischer Stolz in ihr erstarrt wie ein gefangener Hase. Und seit jenem Tag hatte er sich auch nicht mehr in ihr geregt.

Keuchend blieb sie stehen und rückte ihr Bündel zurecht. Der vor ihr liegende Weg war von den weißen Feldern rechts und links kaum zu unterscheiden. Inzwischen hatten sich die Wolken verzogen, und der Wind hatte sich gelegt. Die Bäume auf dem Hügel erhoben sich schwarz und starr wie Scherenschnitte vor dem blassen Himmel. Noch gut fünf weitere Meilen lagen vor ihr, das wusste sie, denn sie konnte Entfernungen gut einschätzen. Das hatte sie lernen müssen. Frauen wie sie gingen überallhin zu Fuß.

Sie hatte noch keine weitere Meile hinter sich gebracht, als gedämpfter Hufschlag hinter ihr erklang.

Sie drehte sich um.

Ein großes braunes Pferd galoppierte auf sie zu, der Reiter hatte sich eng an dessen Hals gedrückt.

Sie verharrte, steif vor Schreck. Das Pferd sah teuer und edel aus, sicher stammte es aus dem Stall eines Adeligen. Ihr Magen zog sich zusammen, als der Reiter neben ihr das Pferd zügelte.

»Ma'am.« Der junge Mann glitt aus dem Sattel und zog die Mütze vom Kopf. Sein schweißfeuchtes rotes Haar stand in alle Richtungen ab. »McMahon, Stallbursche, zu Ihren Diensten. Man hat mich geschickt, um Sie zurückzuholen.«

Nein.

Nein, auf keinen Fall würde sie in dieses Haus zurückkehren.

»Ich danke Ihnen für Ihre Mühe«, erklärte sie, »aber ich gehe ins Dorf.« Sie deutete mit einem Daumen über die Schulter.

Überraschung huschte über McMahons Gesicht. »Nach Hawthorne? Das ist doch viel zu weit weg. Es ist kalt, Sie werden sich verkühlen.«

»Mir ist warm genug, und ich bin schnell zu Fuß.«

»Ja, Sie sind weiter gekommen, als wir erwartet hatten. Sie müssen erschöpft sein«, sagte er. »Ich soll Sie zurück zum Herrenhaus bringen.«

Er hörte nicht zu, das taten sie nie.

Sie schenkte ihm ein strahlendes Lächeln, und er blinzelte, gebannt. Wie alle Männer, wenn sie ihnen ein breites Lächeln schenkte.

»Ich sehe hier aber nur ein Pferd, McMahon.«

Sein Gesicht hellte sich auf. »Keine Sorge. Ich überlasse Ihnen das Pferd.«

»Wenn Sie neben mir herlaufen müssen, werden wir aber sicher zwei Stunden zum Haus unterwegs sein. Und es dauert vermutlich nur ein wenig länger bis nach Hawthorne.«

Stirnrunzelnd überdachte McMahon die Situation. Vermutlich wurde ihm gerade klar, dass er sie nicht einfach aufs Pferd setzen konnte, wenn sie sich nicht bereit erklärte, mit ihm zurückzureiten.

»Seine Gnaden wird darüber nicht erfreut sein«, stellte er schließlich fest.

Seine Gnaden? Warum schickte der Herzog jetzt nach ihr, obwohl er sie doch selbst hinausgeworfen hatte?

Weil er gern das Heft in der Hand behielt, dieser herrschsüchtige Schnösel. »Richten Sie dem Herzog aus, dass ich abgelehnt habe.«

McMahon klappte der Mund auf.

»Und dass ich mich beharrlich geweigert habe, mit Ihnen nach Claremont zu reiten«, ergänzte sie. »Wie eine wahrhaft zänkische Kratzbürste.«

Der Stallbursche schüttelte den Kopf. »Das … das kann ich ihm nicht sagen.«

»Es wird ihn nicht überraschen.«

»Sehen Sie, …«

»Einen schönen Tag noch, McMahon.«

Sie kehrte ihm nicht den Rücken zu, denn sie hatte schließlich gute Manieren, ausgezeichnete sogar.

McMahon wirkte ziemlich unglücklich. Würde der Herzog seine Wut über ihren Ungehorsam an dem Jungen auslassen? Sie presste die Lippen zusammen. Dennoch: Sie musste an sich selbst denken.

McMahon murmelte noch etwas, dann setzte er seine Mütze wieder auf, stieg aufs Pferd und galoppierte davon. Bald war er nur noch ein kleiner Punkt am Horizont.

Mit doppelter Anstrengung kämpfte sie sich voran, Rastlosigkeit trieb sie dazu. Der Herzog hatte den Befehl gegeben, sie zurückzuholen, und er war ein Mann, der seinen Willen gewöhnlich bekam. Sie musste noch schneller sein, obwohl ihr die Chemise bereits schweißnass am Rücken klebte und ihr Gesicht vor Kälte prickelte. Sie musste dringend ins Warme.

Keine halbe Stunde später hörte sie erneut Hufschlag hinter sich.

Sie drehte sich um, in Erwartung des großen braunen Pferdes.

Das Tier war jedoch schneeweiß.

Oje.

Der Reiter näherte sich rasch, und die aufrechte Haltung war unverkennbar. Es war Montgomery höchstpersönlich. Mit einem reiterlosen Pferd im Schlepptau.

Sie drehte sich um, ihr Verstand war plötzlich so eingefroren wie ihr Gesicht.

Montgomery war selbst gekommen, um sie zu holen.

Wie eine Windbö stürmte er heran, auf donnernden Hufen, und schnitt ihr den Weg ab, sodass die Pferde schnaubend eine dampfende Mauer vor ihr bildeten.

Als ob sie so töricht wäre, jetzt noch vor ihm wegzulaufen.

Sie knickste, und als sie sich erhob, starrte er missbilligend auf sie herunter. So hätten seine Vorfahren wohl auf dem Schlachtfeld ausgesehen, gebieterische Männer auf Schlachtrössern, die mit ihrer Stimme den Soldaten das Signal gaben, die Säbel zu ziehen und sich für Ruhm und Ehre kopfüber in die Gefahr zu stürzen. Für sie gab es weder Ruhm noch Ehre, sondern nur Gefahr, das stand fest. Seine Miene war steinern.

»Guten Tag, Miss Archer«, grüßte er täuschend freundlich. »Sagen Sie, was genau haben Sie gehofft, hiermit zu bezwecken?« Er zog mit dem rechten Zeigefinger einen vagen Kreis von ihr zu dem verschneiten Weg.

»Ich befolge Ihre Anweisung, Euer Gnaden. Die Straße ist frei, daher habe ich Ihr Haus verlassen.«

»Wie Ihnen bei einiger Überlegung sicher klar gewesen sein muss, bezog sich meine Bemerkung auf eine Reise mit der Kutsche, nicht zu Fuß.«

»Ich würde es niemals wagen, Vermutungen über Ihre Anordnungen anzustellen, Euer Gnaden.«

Seine Miene verfinsterte sich. »Wenn ich also unmissverständlich gesagt hätte, dass ich damit keine Reise zu Fuß meine, wären Sie geblieben?«

Darauf konnte sie nun schweigen oder frech lügen. Sie wussten jedoch beide, dass sie trotzdem gegangen wäre.

Montgomery nickte wieder kaum merklich, dann schwang er sich geschmeidig aus dem Sattel. Die Reitgerte in der Hand näherte er sich ihr. Der Schnee knirschte bedrohlich unter seinen Stiefeln.

Sie stemmte die Absätze in den Boden und wich keinen Schritt zurück. Sie befanden sich unter freiem Himmel, hier konnte er ihr nichts vorschreiben wie in seiner Bibliothek. Dennoch wirkte er beunruhigend unnachgiebig in dem schweren marineblauen Mantel, den eine doppelte Reihe blanker silberner Knöpfe zierte. Er hatte sich nicht einmal die Mühe gemacht, sein Pferd festzubinden. Es blieb auch so brav stehen. Vermutlich hatte er das arme Tier durch seine endlosen Maßregelungen dahingehend konditioniert.

Montgomery baute sich einen Schritt vor ihr auf, sein Blick durchbohrte sie, und in seinen eisgrauen Augen stand Verärgerung.

»Ich würde niemals eine Frau anweisen, irgendwohin zu laufen«, sagte er. »Also steigen Sie bitte auf.« Er deutete mit der Gerte auf das zweite Pferd.

Das Tier ragte vor ihr in den Himmel und tänzelte nervös. Außerdem würde sie nicht einmal mit Montgomery zum Herrenhaus zurückkehren, wenn er in einer edlen vierspännigen Karosse vorgefahren wäre.

»In einer Stunde bin ich in Hawthorne, Euer Gnaden.«

»Sind Sie nicht«, erwiderte er. »In einer Stunde ist es dunkel, und Sie werden krank sein.« Das sagte er mit einer solchen Selbstverständlichkeit, als würde er über den Verlauf der Natur bestimmen. »Obendrein könnten Sie sich bis dahin ein paar Zehen abgefroren haben«, ergänzte er.

Unwillkürlich krümmte sie die Füße in den Stiefeln. Verflixt, sie spürte ihre Zehen tatsächlich kaum noch. »Ich weiß Ihre Sorge zu schätzen …«

»Ich sorge mich keineswegs. Allerdings werde ich auch nicht zulassen, dass eine Frau auf meinem Land zu Schaden kommt«, erklärte er.

Natürlich. »Ich habe nicht vor, zu Schaden zu kommen. Ich will bloß schnellstmöglich nach Hawthorne.«

Er musterte sie eiskalt. »Sie setzen Ihren Stolz über Ihre Sicherheit, Miss Archer.«

Dagegen konnte sie nichts einwenden. Sie presste die Lippen zusammen, denn in ihr erwachte der ungewohnte Drang, die Zähne zu fletschen.

»Steigen Sie auf«, befahl Montgomery.

»Ich ziehe es vor, das nicht zu tun, Euer Gnaden. Das Tier ist riesig.«

Er klopfte mit der Reitgerte gegen seinen rechten Stiefel, und sie vermutete, dass er am liebsten etwas anderem diesen Klaps verpasst hätte.

»In Hawthorne gibt es einen Gasthof, dort werde ich mir ein Zimmer nehmen«, sagte sie rasch. »Und …«

»Und dann wird sich herumsprechen, dass ich meine Gäste hinaus in die Kälte schicke?«, blaffte Montgomery. »Ganz sicher nicht. Sie tragen nicht einmal einen anständigen Mantel.«

Sie schaute an sich herab. »Das ist ein anständiger Mantel.«

»Und er ist völlig ungeeignet für einen Acht-Meilen-Marsch unter diesen Wetterbedingungen«, schoss er zurück. Die Worte »albernes Frauenzimmer« hingen unausgesprochen in der Luft. So eine Beleidigung würde er natürlich nie laut aussprechen, und das musste er auch gar nicht. Der verächtliche Tonfall, der in seiner kultivierten Stimme mitschwang, war verletzend genug.

Sie betrachtete seine breitschultrige Gestalt; ganz eindeutig war er ihr in Kraft und Größe überlegen. Sie fragte sich, was er wohl machen würde, wenn sie versuchte, sich an ihm vorbeizudrängen.

»Also gut«, sagte er. Und dann tat er etwas völlig Unerwartetes. Er nahm seinen Hut ab. »Zwar ist das kaum der geeignete Ort dafür, aber wie es scheint, werden wir hier sonst wohl noch eine ganze Weile verbringen.« Er klemmte sich den Hut unter den rechten Arm und suchte ihren Blick. »Miss Archer, ich entschuldige mich dafür, dass ich Sie bei unserer letzten Begegnung so kränkend behandelt habe. Bitte geben Sie mir die

Ehre und bleiben Sie in Claremont, bis die Hausgesellschaft morgen abreist.«

Die ganze Welt schien auf dem windstillen Hügel in Wiltshire zu verstummen. Sie hörte das Geräusch ihres eigenen Atems und das leise Klopfen ihres Herzens, als sie ihn betrachtete, wie er vor ihr stand, den Hut formell unter einem Arm. Sein Atem bildete, wie ihrer, weiße Wölkchen in der Luft.

Kein Mann hatte sich je bei ihr entschuldigt.

Und nun, da es passiert war, wusste sie nicht, was sie tun sollte.

Montgomery hob ungeduldig die Brauen.

Nun. Er war immerhin ein Herzog und offenbar nicht daran gewohnt, sich zu entschuldigen. Ganz egal, für was.

»Warum?«, fragte sie leise. »Warum sollten Sie eine Frau wie mich in Ihr Heim einladen?«

Er schenkte ihr einen unlesbaren Blick. »Ich werde nicht zulassen, dass einer Frau, wer sie auch sein möge, auf meinem Anwesen etwas zustößt. Unser Gespräch gründete zudem auf einem Missverständnis. Es ist offensichtlich, dass mein Bruder vor Ihnen sicher ist.«

Sie wand sich innerlich. Hatte er Peregrin nach der Natur ihrer Bekanntschaft gefragt? Oder schlimmer noch, Hattie und Catriona? Die Fragen, die das aufwerfen würde …

»Das musste mir niemand sagen«, sagte er unvermittelt, als hätte er ihre Gedanken gelesen. In seine Miene war ein neuer Ausdruck getreten, und es dauerte einen Moment, bis sie ihn entschlüsseln konnte – leichte Belustigung.

»Das ist beruhigend«, erwiderte sie, obwohl sie das Gegenteil empfand.

Seine Lippen zuckten. »Ich bin durch eine rein analytische, deduktive Schlussfolgerung darauf gekommen. Logik, wenn Sie so wollen.«

»Das ist eine gute Methode«, stimmte sie zu und fragte sich, worauf er denn nun hinauswollte.

»Sie haben unmissverständlich klargemacht, dass Sie sich nicht von einem Herzog kaufen lassen«, erklärte er. »Daraus schließe ich, dass mein jüngerer Bruder erst recht nicht für Sie infrage kommt.«

Sie blinzelte. Versuchte er etwa mit ihr zu scherzen?

Seine Miene verriet nichts, deshalb sagte sie: »Aber wäre das nicht eher eine induktive Schlussfolgerung, also die Ableitung einer allgemeingültigen Regel aus einem Einzelfall, Euer Gnaden?«

Er verharrte reglos. Ein Funkeln tauchte in seinen Augen auf. »Nein, deduktiv, ganz sicher, da sich hier die Schlussfolgerung notwendigerweise aus einer gegebenen Voraussetzung ergibt«, erwiderte er aalglatt.

Deduktiv, ganz sicher. Die Annahme, dass eine Frau einen Herzog einem Mann von geringem Stand immer vorziehen würde, war für ihn also eine allgemeingültige Regel. Fast wie ein Naturgesetz, so wie die Tatsache, dass alle Menschen sterblich waren. Seine Arroganz war wirklich kaum zu übertreffen.

»Natürlich«, murmelte sie.

Er lächelte, nur leicht, doch ihre Aufmerksamkeit richtete sich unwillkürlich auf seinen Mund, der näher betrachtet ziemlich faszinierend war. Verführerisch sogar, und wohlgeformt, mit einer bemerkenswerten Weichheit, die seine Unterlippe umspielte, wenn er lächelte. Ja, man könnte seinen Mund fast sinnlich nennen, wie ein Versprechen, dass der reservierte Herzog sich aufs Küssen verstand …

Er wird mich küssen. Der Gedanke tauchte so plötzlich und klar in ihrem Kopf auf wie ein Blitz am Horizont, eher eine Feststellung als eine Überlegung.

Ihr Herz klopfte plötzlich wie wild.

Sie senkte den Blick. Und schaute ihn wieder an. Nein, dieser neue Montgomery war immer noch da. Mit dem attraktiven Mund und dem feinsinnigen Humor in den tiefen Seen seiner Augen.

In dem Moment wusste sie, dass der Mann, für den sie ihn noch vor einer Minute gehalten hatte, nicht mehr existierte.

Sie schüttelte den Kopf. »Ich kann nicht mit Ihnen zurückkehren«, sagte sie. Zum Glück klang ihre Stimme fest. »Ich kann nicht reiten.«

Er runzelte die Stirn. »Überhaupt nicht?«

»Jedenfalls nicht im Damensattel.«

Verflixt. Auf keinen Fall wollte sie ihm Bilder in den Kopf setzen, wie sie mit geschürzten Röcken und breitbeinig auf dem Rücken eines Pferdes saß.

»Verstehe.« Er schnalzte mit der Zunge, und sein Pferd hob die Nase aus dem Schnee und kam zu ihm herüber, wobei es das zweite Pferd mit sich zog.

Montgomery fasste die Zügel mit einer Hand. »Sie reiten mit mir«, befahl er.

Das war nun ganz und gar nicht die Schlussfolgerung, zu der er hatte kommen sollen. »Ist das ein weiterer Ihrer Scherze, Euer Gnaden?«

Er wirkte leicht entsetzt. »Ich mache nie Scherze.«

Sie sollte also mit ihm auf dem Pferd sitzen und sich an ihn klammern wie eine Jungfrau in Nöten in einer Liebeschmonzette?

Ihre innere Stimme schrie förmlich »Nein«, und das musste er wohl erraten haben, denn seine Miene verhärtete sich.

»Das erscheint mir gefährlich«, gab sie zu bedenken.

»Ich bin ein guter Reiter.« Er klemmte die Gerte unter den Steigbügelriemen. Damit er die Hände frei hatte, um ihr hinaufzuhelfen, vermutete sie. Ein Schauder überflog sie, ob vor Hitze oder Kälte wusste sie nicht.

Sie konnte sich immer noch an ihm vorbeidrängen und bis zu dem Dorf laufen, so weit weg von diesem Mann wie möglich.

Sein Blick war undurchdringlich. »Kommen Sie her.«

Zu ihrer Überraschung machte sie tatsächlich einen Schritt auf ihn zu, als hätte er sie an einem unsichtbaren Faden zu sich gezogen. Er verschenkte keine Zeit, packte sie am Ellbogen und drückte sie mit dem Rücken an den warmen Körper des Pferdes.

Sie roch Schweiß, Leder und Wolle. Der Wollgeruch musste von ihm stammen, denn er stand wieder viel zu nahe, und sie war zwischen dem Hengst und seiner breiten Brust gefangen.

»Fast ohne Widerspruch, Miss Archer?«, murmelte er. Sein Blick haftete auf ihrem Gesicht. »Dann ist Ihnen inzwischen wohl doch kalt.«

Sie starrte ihn an, blickte ihm tief in die Augen. Sie konnte nicht anders; ihre Blicke entwickelten in seiner Nähe einen eigenen Willen, an Anarchie grenzend, als würde ihr Körper vergessen, dass nicht alle Blicke gleich waren. Vielleicht lag es an den Kontrasten seiner Augen, die sie so in seinen Bann zogen, die blasse, klare Iris, umschlossen von einem dunklen Ring, das Aufblitzen von gezügelter Intensität in kühlen Tiefen.

Er fixierte ihre Lippen.

Ihr Mund wurde trocken.

Und dann runzelte er verärgert die Stirn. »Sie klappern ja schon mit den Zähnen«, sagte er. »Das ist lächerlich.«

Seine Hand wanderte zum obersten Knopf seines Mantels, eine Geste so alt wie der Instinkt, und Annabelle erstarrte. Der Herzog ebenfalls, seine Hand hielt in der Bewegung inne.

Seine Miene wirkte fast ein wenig verdutzt, als er sie ansah, und sie wusste, dass sein Impuls, ihr seinen Mantel zu geben, sie beide überrascht hatte. Während er es als seine Pflicht betrachten mochte, sie vor dem Erfrieren auf seinem Anwesen zu schützen, würde es doch zu weit gehen, wenn er sie wie eine feine Dame in seinen Mantel hüllte. Sie war keine feine Dame. Ihr Schutz lag nicht in seiner Verantwortung.

Er löste seinen Schal. »Nehmen Sie den hier.« Er klang nun strenger als zuvor. Auf diesen Kampf sollte sie sich nicht einlassen. Wortlos schlang sie sich den Schal um den Hals und versuchte, den Duft nach Zedernseife und Mann zu ignorieren, der von der weichen Wolle aufstieg.

Montgomery packte sie fest um ihre Hüften, gleich darauf saß sie auf dem Rücken des tänzelnden Hengstes, halb auf seinem Hals, halb im Sattel, und klammerte sich an die glänzende weiße Mähne.

Grundgütiger.

Und dann saß Montgomery hinter ihr, schockierend nahe.

»Darf ich?« Erneut schockierte er sie, als er einen Arm um ihre Taille legte und sie an seine Brust drückte. Eine bemerkenswert muskulöse Brust.

Hitze wallte in ihr auf und durchströmte sie bis zu den Zehen. Sie hatte gehofft, dieses Gefühl nie wieder zu verspüren. Doch die Wärme war überall, und ihr Körper wurde durch die Nähe zu solch maskuliner Stärke weich wie Pudding.

Sie hätte ins Dorf laufen sollen, die Entscheidung war so leicht gewesen.

Sie beschloss, dieses Gefühl zu ignorieren, das war ja nicht allzu schwer …

Sein linker Oberschenkel presste sich an ihren, und sie schnappte nach Luft. »Moment, bitte.«

Er zügelte das Pferd. »Was ist?«

»Bitte bringen Sie mich ins Dorf, Euer Gnaden, zum Gasthaus. Der Weg ist viel kürzer.«

Er verharrte einen Moment reglos. Dann wurde sein Griff um ihre Taille fester. »Dafür ist es jetzt zu spät.«

Dann trieb er das Pferd zum Galopp an.

9. KAPITEL

Miss Archer roch nach Jasmin, ein Duft so süß und warm wie ein Sommerabend in Spanien. Ein krasser Gegensatz zu den schneebedeckten Feldern, die an ihnen vorüberflogen, und völlig unvereinbar mit dem zitternden sturen Wesen in seinen Armen.

Entschlossen wie ein General auf einem Feldzug war sie durch den Schnee marschiert und hatte mit ihm diskutiert, bis ihr die Zähne klapperten. Ihre störrische Gegenwehr hatte ihm zwei Möglichkeiten gelassen: Die erste bestand darin, sie sich wie ein Barbar über die Schulter zu werfen und mitzunehmen, die zweite, mit ihr zu verhandeln. Sebastian presste missbilligend die Lippen zusammen. Bisher hatte er nie verhandelt, es sei denn, die gegnerische Partei hatte ihm etwas anzubieten. Dennoch hatte Miss Archer ihn dazu gebracht, sich auf einem Hügel bei ihr zu entschuldigen und sogar mit ihr zu scherzen, um die Mauer ihrer Abwehr einzureißen. Selbst der Scherz war außer Kontrolle geraten, als sie völlig unerwartet eine kluge Erwiderung darauf gab. Vermutlich war es kein Wunder, dass ein Blaustrumpf wie sie den Unterschied zwischen einer deduktiven und induktiven Schlussfolgerung kannte.

Es war bereits dunkel, als sie endlich die Auffahrt von Claremont hinauftrabten. Die Laternen an der Fassade warfen ihr gelbes Licht auf das Pflaster im Hof. Sein Pferd entschloss sich zu Ungehorsam und steuerte geradewegs die Ställe an, weshalb er sich vorbeugte und die Zügel anzog. Im selben Moment drehte Miss Archer den Kopf zur Seite, und seine Nase landete in ihren weichen Locken und sein Mund an ihrem kalten rechten Ohr.

Sie verharrte stocksteif.

Er richtete sich auf. »Pardon.«

Die Kühle ihrer Haut verweilte auf seinen Lippen.

Die Nacht wäre längst hereingebrochen gewesen, bevor Miss Archer das Dorf erreicht hätte. Sie hätte sich im Dunkeln verirren können und am Morgen hätte man sie dann in einem seiner Felder gefunden, erfroren in einem geflickten Mantel.

Der rätselhafte Drang, sie zu schütteln, erfasste ihn.

»Euer Gnaden.« Sein Stallmeister tauchte neben ihm auf und musterte die Frau in Sebastians Armen mit unverhohlener Neugier.

»Stevens«, sagte er knapp. »Das zweite Pferd.«

Miss Archer rutschte im Sattel herum, wodurch sich ihre wohlgerundete Kehrseite noch fester an seinen Schoß presste. Stumm fluchend schwang sich Sebastian aus dem Sattel, sobald Stevens aus dem Weg gegangen war.

Ihr Gesicht war nun über ihm, reglos und blass wie der Mond. Er hob die Arme, um ihr beim Absteigen zu helfen, doch sie regte sich nicht. Ihre Fäuste umklammerten immer noch die Pferdemähne.

»Wenn ich Ihnen helfen darf, Miss.« War sie dort oben eingefroren? Sie war verdächtig still.

Das Pferd tänzelte zur Seite und wollte in den Stall. Sie hielt sich immer noch fest.

Er legte seine Hände dorthin, wo er unter all dem Stoff ihre Taille vermutete, und machte sich daran, sie vom Pferd zu pflücken, als er ein leises Wimmern vernahm.

»Was ist nun wieder?«

»Ich bin nicht sicher, ob meine Beine mich tragen werden.«

Erst da dämmerte ihm, dass sie vermutlich noch nie mit einem Pferd galoppiert war. Vermutlich konnte die hohe Geschwindigkeit einem unerfahrenen Reiter Angst einjagen. Auch sein Gesicht fühlte sich vom kalten Wind wie taub an.

»Ich versichere Ihnen, ich fange Sie auf«, erwiderte er schroff.

Sie fiel ihm förmlich in die Arme und ließ sich unbeholfen an ihm herabgleiten, die Hände fest um seine Schultern geschlungen, bis ihre Füße den Boden berührten. Sie blickte zu ihm auf, doch im Gaslicht konnte man die Farbe ihrer Augen nicht erkennen. Er wusste jedoch, dass sie grün waren, ein überraschend sanfter, heller Ton wie bei Flechten. Er hatte sich vorhin auf dem Hügel ausgiebig davon überzeugt.

Ihm wurde bewusst, dass er sie immer noch festhielt. Er ließ sie los und trat einen Schritt zurück, doch eine Hand legte er stützend um ihren Ellbogen. »Können Sie stehen?«

»Ja, Euer Gnaden.«

Sie schien verstört. Zweifellos war sie daran gewöhnt, sonst immer sicher auf eigenen Beinen zu stehen.

Er legte ihre Hand auf seinen Arm, nur um sicherzugehen, dass sie nicht stürzte. Ihre Handschuhe waren abgetragen, und er verspürte das absurde Verlangen, sie mit seiner anderen Hand zu bedecken, bis Stevens, der langsamste Stallmeister im ganzen Land, herüberkam, um sich um das Pferd zu kümmern.

Er schleifte Miss Archer förmlich die Treppe hinauf. In der Halle des hellen, warmen Hauses wurden sie schon erwartet. Mrs Beecham stand bereit, und hinter ihr nahm er zwei junge Damen wahr, die wohl zu Miss Archer stürmen würden, sobald er von der Bildfläche verschwand.

Miss Archer nahm ihre Hand von seinem Arm. Ihre Miene

wirkte so zugeknöpft wie ihr nutzloser Mantel. Das machte jedoch nichts. Sie war immer noch bezaubernd.

Ihre Schönheit war ihm bereits früher aufgefallen, auf dem Hügel. Selbst ohne strategisch angelegten zierenden Putz, der ein weniger scharfsichtiges männliches Auge täuschen könnte, selbst mit geröteter Nase und vom Wind zerzausten Haaren war sie bezaubernd. Sie hatte diese zeitlose Schönheit, für die Mode und Rang keine Rolle spielten: einen grazilen Hals, hohe Wangenknochen, einen sanft geschwungenen Mund. Dieser Mund. Die rosigen vollen Lippen hätten einer Kurtisane in der Bretagne gehören sollen, nicht einer Engländerin, einem Blaustrumpf, einem Mädchen vom Land. Ihm wurde bewusst, dass er sie anstarrte und in eine der Kategorien von Frauen, die er kannte, einzuordnen versuchte, doch erstaunlicherweise passte sie in keine Schublade.

Sie trug immer noch seinen Schal, und das eingestickte Wappen der Montgomerys lag wie eine Brosche auf der Wölbung ihrer linken Brust. Eine seltsame, feurige Hitze durchströmte ihn bei dem Anblick und äscherte jegliches Maß und Vernunft ein. *Begierde.* Einen Moment lang pulsierte sie in jeder Faser seines Körpers, ein brennendes Verlangen, eine fast körperliche Anziehung, die ihn in ihren Bann zog.

Grundgütiger.

Er machte einen Schritt zurück.

Ein Blick aus flechtengrünen Augen folgte ihm misstrauisch.

»Ich nehme an, wir sehen uns beim Dinner.« Sein kühler Tonfall machte es zu einem Befehl, und ihr Mund zuckte rebellisch.

Er stolzierte davon und schmeckte fast animalische Befriedigung beim Gedanken daran, wie es wäre, mit seinen Zähnen über ihre volle Unterlippe zu streifen.

Eine Stunde später blickte Sebastian sein Spiegelbild über dem Waschstand an und fühlte sich wieder wie er selbst. Ein Bad, eine Rasur, ein Kammerdiener, der wusste, was er tat. Von außen betrachtet hätte niemand, nicht einmal er, vermuten können, dass er erst am Morgen von Bord der Fähre in Dover gegangen und danach einem unglaublich sturen Frauenzimmer hinterhergejagt war. In seiner Brust herrschte allerdings immer noch eine ungeahnte Leere, ein Gefühl von Unwohlsein. Womöglich spürte er allmählich sein Alter.

»Wie ich höre, sind die jungen Herren erfreut, dass Sie ihnen so unerwartet beim Dinner Gesellschaft leisten werden, Euer Gnaden«, sagte Ramsey, als er ihm die Krawattennadel feststeckte.

Sebastians Mund verzog sich zu einem ironischen Lächeln. Zumindest einer der jungen Herren war ganz sicher nicht erfreut über die Aussicht, mit ihm dinieren zu müssen. Von Peregrin einmal abgesehen, war er sich durchaus der Tatsache bewusst, dass seine Anwesenheit ein Dinner für die Gäste nicht unbedingt angenehmer machte. Wenn er einen Raum betrat, verstummten Gespräche und Gelächter, und alle wirkten ein wenig gezwungen. Jeder wollte etwas von einem Herzog, alle konnten etwas durch ihn gewinnen oder verlieren. Seine Anwesenheit wob ein Netz aus Misstrauen und Wachsamkeit, das Tatsachen und impulsive Stimmungen einfing wie eine Spinne eine verirrte Fliege. Irgendwann kam im Leben eines jeden Herzogs der Zeitpunkt, an dem ihm kaum jemand noch ehrlich die Meinung sagte. Er könnte auf bestem Wege in Teufels Küche sein, selbst dann würde ihm jeder Platz machen und ihm noch eine gute Reise wünschen.

»Ramsey«, sagte er. Der Kammerdiener bürstete gerade den bereits makellosen Ärmel seines Dinnerjackets aus.

»Euer Gnaden?«

»Wenn Sie mich in meinem Arbeitszimmer überraschen würden, wie ich inmitten eines großen Durcheinanders stehe und zwei Beine ragen unter meinem Schreibtisch hervor, was würden Sie tun?«

Ramsey verharrte reglos. Vorsichtig versuchte er, mit einem Blick die Stimmung seines Herrn einzuschätzen, obwohl er inzwischen wissen müsste, dass er an Sebastians Miene nichts ablesen konnte, was dieser nicht zu zeigen wünschte. »Nun, Euer Gnaden«, sagte er schließlich, »vermutlich würde ich einen Besen holen.«

Ja, in der Tat, das würde er wohl.

»Das ist alles, Ramsey.«

Jetzt musste er seine Gäste ins Speisezimmer geleiten und die nächsten drei Stunden gegen den Drang ankämpfen, seinen Bruder zu erwürgen.

Peregrin näherte sich dem Platz neben Sebastian wie ein gut erzogener Mann, dem eine Auspeitschung am Pranger bevorstand: gefasst, bleich und ziemlich steif in den Beinen. Sein gewöhnlich kunstvoll zerzauster Haarschopf war nun sorgfältig gekämmt und gescheitelt. Er wich jedoch feige Sebastians Blick aus. Herr, gib mir Kraft, dachte Sebastian. Wenn er morgen vom Pferd stürzen und dabei zu Tode kommen würde, würden achthundert Jahre Familiengeschichte in die Hände dieses Jungen übergehen. Montgomery Castle wäre dann wohl für immer für seine Familie verloren. Peregrin nicht auf der Stelle den Hals umzudrehen kostete Sebastian große Mühe.

Stühle schabten über den Boden und Kleider raschelten, als die Gäste sich setzten. Am unteren Ende des Tisches gab es einen kleinen Tumult, weil Lord Hampshire und Lord Palmer mit den Wimpern klimperten und den Männern zu ihrer Linken gespielt kokette Blicke zuwarfen. James Tomlinson fächelte sich derweil theatralisch Luft zu. Sie saßen auf den Stühlen, die Damen zugewiesen worden wären, hätte jemand mit Verstand diese Hausgesellschaft arrangiert. So aber saßen nun Julien Greenfields ältliche Tante und drei Blaustrümpfe zwischen dreizehn jungen Männern verteilt. Sebastian machte sich nicht die Mühe, das zu verstehen.

»Wie erfrischend, mit so vielen jungen Leuten am Tisch zu sitzen«, sagte Greenfields Tante laut zu seiner Rechten.

»Ja, nicht wahr?«, erwiderte er höflich.

Peregrin schien äußerst fasziniert vom Anblick seines leeren Tellers zu sein.

Diener trugen den ersten Gang auf, nahmen die silbernen Hauben von Tellern. Zum Vorschein kam Fasan in einer blutroten Soße.

Besteck klapperte, und Weingläser reflektierten den Schein der Kerzen.

Peregrin hatte immer noch nicht den Mut aufgebracht, ihn anzusehen. Sebastian musterte finster das Profil seines Bruders; seine Wut stand kurz vorm Überbrodeln.

Langsam hob Peregrin den Kopf.

Ein Schauder überlief den jungen Mann, als sich ihre Blicke trafen.

Sebastian lächelte leicht. »Wie schmeckt der Fasan?«

Peregrin riss die Augen auf. »Ausgezeichnet, danke.« Er stocherte mit der Gabel auf seinem Teller herum. »Ich hoffe, deine Reise war ereignislos?«

»Das war sie.« Sebastian trank einen Schluck Wasser. »Erst bei meiner Ankunft hier wurde es interessant.«

Peregrin schluckte hörbar.

Die Gäste unterhielten sich angeregt. Er vernahm Miss Archers sanfte Altstimme vom anderen Ende des Tisches, gefolgt von dem viel zu lauten Gelächter der eifrigen jungen Männer an ihrer Seite. Fast hätte er geschnaubt. Worin auch immer Miss Archers Interessen bestehen mochten, es stand fest, dass keiner dieser Jungen in der Lage war, sie fesselnd zu unterhalten.

»Ich werde morgen nach London reisen«, sagte er zu Peregrin. »Nach meiner Rückkehr am Montag erwarte ich dich um sechs Uhr in meinem Arbeitszimmer.«

Er hätte es nicht für möglich gehalten, doch das Gesicht seines Bruders wurde noch bleicher.

Nur, um zu sehen, was passieren würde, griff er zu seinem Messer und zerteilte das Fleisch auf seinem Teller mit einem präzisen Schnitt.

Peregrins Gabel fiel klirrend auf den Tisch.

Sechzehn Köpfe drehten sich zu ihnen, als wäre ein Schuss abgefeuert worden.

10. KAPITEL

Annabelle wurde durch ein leises Klappern geweckt, das sie nicht einordnen konnte. Sie beschloss, es zu ignorieren, denn das Kissen unter ihrer Wange war verlockend weich, wie eine Wolke.

Und … völlig ungewohnt.

Es war auch bereits nach sechs Uhr, das spürte sie in ihren Knochen.

Sie hatte verschlafen.

Mit einem Ruck fuhr sie hoch, und in den Schatten ertönte ein leiser Schrei.

Die Umrisse im Zimmer wurden klarer: verschnörkelte Bettpfosten, hohe Fenster, das Glitzern eines Kronleuchters. Sie befand sich im Haus des Herzogs von Montgomery, und vor dem Kamin stand ein Dienstmädchen mit einem Schürhaken in der Hand.

Annabelle sank zurück in die Kissen. Es gab kein Feuer, um das sie sich kümmern musste, keinen Cousin und auch kein Dutzend Kinder, die auf ihr Frühstück warteten …

Sie rieb sich mit einer Hand übers Gesicht. Ihre Stirn war feucht. »Wie spät ist es?«

»Ungefähr halb sieben, Miss«, antwortete das Mädchen. »Soll ich Ihnen Tee bringen?«

Wie verführerisch, Tee im Bett. Obwohl sie eine halbe Stunde länger als sonst geschlafen hatte, fühlte sie sich seltsam matt. Aber sie musste immer noch einen Text übersetzen, bevor der Tag seinen Lauf nahm. Sie zwang ein Bein aus dem Bett. Ihr Fuß fühlte sich bleischwer an.

»Gibt es um diese Uhrzeit schon Frühstück im Speisezimmer?«, fragte sie.

Das Mädchen machte große Augen, als sie zu begreifen glaubte, was Annabelle vorhatte. Vermutlich hatte sie noch nie erlebt, dass ein Hausgast vor Mittag aufgestanden war. Das war in der adeligen Gesellschaft nicht üblich, wie Annabelle aus sicheren Quellen wusste.

Ein Dienstbote führte sie ins Frühstückszimmer, blieb abrupt stehen und klackte die Fersen aneinander. »Euer Gnaden, Miss Archer«, verkündete er.

Sie erstarrte vor Schreck.

Tatsächlich. Es saß bereits jemand am Kopfende des Tisches. Seine Gestalt wurde durch eine aufgeschlagene Zeitung verborgen, aber es war zweifellos der Herr des Hauses.

Natürlich war sie ausgerechnet Gast des einzigen Adeligen in ganz England, der vor Mittag auf den Beinen war.

Montgomery sah sie über den Rand der Zeitung an. Seine Augen waren erschreckend wach trotz der frühen Stunde, und sein Blick löste ein warmes Flattern in ihrem Bauch aus. Sie verschränkte die Hände vor ihrem Bauch.

Montgomery hob eine Augenbraue. »Miss Archer, stimmt etwas nicht?«

Ja.

Er machte sie nervös.

Seine verflixt scharfsichtigen Augen und sein natürliches Selbstbewusstsein hinterließen ihre Spuren bei ihr, und sie konnte das Gefühl, das er in ihr weckte, nicht abschütteln. Wie von selbst stieg die Erinnerung an seinen starken Arm auf, der sie fest umschlungen hielt, seine harte Brust an ihrem Rücken, seine kühlen Lippen an ihrem Ohr. Sein Duft, kaum wahrnehmbar und doch unwiderstehlich, hatte an ihr gehaftet, bis sie am gestrigen Abend ein Bad genommen hatte. Ihr Körper wusste nun Dinge über ihn und war verwirrt – sie mochte den Mann ja nicht einmal.

»Mir wurde gesagt, dass ich hier frühstücken könne, Euer Gnaden.«

»Das ist richtig«, sagte er, und sie gewann den Eindruck, dass er beim Sprechen eine Reihe von Entscheidungen traf. Er legte die Zeitung zur Seite und winkte einem Dienstboten zu, der daraufhin ein Gedeck für sie zu seiner Linken herrichtete.

Ihr wurde flau. Das war nicht der Platz, an dem sie sitzen sollte. Aber er hatte die Zeitung bereits zusammengefaltet, als sei die Sache schon beschlossen.

Der Weg zu dem ihr zugewiesenen Platz, vorbei an zahllosen leeren Stühlen und dem meterlangen Tisch, kam ihr endlos lang vor.

Montgomery beobachtete sie mit seiner typisch verschlossenen aristokratischen Miene. Eine Diamantnadel glitzerte gleichermaßen undurchdringlich in seiner Seidenkrawatte.

»Ich hoffe, es liegt nicht an Ihrem Zimmer, dass Sie so früh auf den Beinen sind?«, fragte er.

»Das Zimmer ist wundervoll, Euer Gnaden. Ich finde lediglich, dass es nicht mehr so früh am Tag ist.«

Das schien sein Interesse zu wecken. »In der Tat, das stimmt.«

Im Gegensatz zu ihr hatte er sich wohl nicht erst daran gewöhnen müssen, bereits im Morgengrauen aufzustehen. Vermutlich genoss er es sogar.

Der Dienstbote, der ihr den Stuhl herausgezogen hatte,

beugte sich über ihre Schulter. »Wünschen Sie Tee oder Kaffee, Miss Archer?«

»Tee, bitte«, sagte sie und erinnerte sich gerade noch rechtzeitig daran, ihm nicht zu danken, denn in einem solchen Haus bedankte man sich nicht beim Personal. Er fragte sie, ob er ihr einen Teller zusammenstellen sollte, und da es ihr peinlich gewesen wäre, noch einmal aufzustehen, nachdem sie sich eben erst gesetzt hatte, stimmte sie zu. Eigentlich verspürte sie gar keinen Appetit. Das Mädchen hatte ihr das Korsett wohl enger geschnürt, als sie es gewöhnt war.

Montgomery schien sein Frühstück schon längst beendet zu haben. Neben dem Stapel Zeitungen stand eine leere Tasse. Warum hatte er sie angewiesen, sich neben ihn zu setzen? Er war in seine Lektüre vertieft gewesen. Aber sie wusste inzwischen, dass er seine Pflichten als Gastgeber ernst nahm. Sich höflich zu zeigen war für ihn vermutlich genauso eine Pflicht, wie in der Kälte nach einem eigensinnigen Gast zu suchen, um diesen vor sich selbst zu retten. *Sehr höflich.* Diese Erkenntnis musste sie in seinem Charakterprofil festhalten. Natürlich stieß diese Höflichkeit an ihre Grenzen, wenn er jemanden für ein geldgieriges Flittchen hielt.

»Sie gehören zu Lady Lucinda Tedburys Suffragistinnen«, stellte er fest.

Nun. *Nimmt kein Blatt vor den Mund.*

»Ja, Euer Gnaden.«

»Warum?«

Sie nahm sein Interesse wahr, es wirkte aufrichtig.

Schweißperlen sammelten sich in ihrem Nacken.

Ihr Feind schenkte ihr ein offenes Ohr, aber sie war nicht in Bestform. *Bleib ruhig. Und gelassen.*

»Ich bin eine Frau«, sagte sie. »Da ist es doch selbstverständlich, dass ich mich für Frauenrechte einsetze.«

Montgomery zuckte auf erstaunlich gallische Weise mit einer Schulter. »Viele Frauen setzen sich nicht für Frauenrechte ein«, sagte er. »Und ob das Eigentumsgesetz von 1870 nun modifiziert wird oder nicht, dürfte für Sie persönlich keine Rolle spielen.«

Da war sie wieder, die Arroganz. Natürlich nahm er an, dass sie kein Eigentum besaß, das sie an einen Ehemann verlieren könnte, und deshalb so oder so keinen Anspruch auf ein Stimmrecht hätte. Seine Überheblichkeit war umso ärgerlicher, da er den Nagel auf den Kopf traf.

Sie leckte sich über die trockenen Lippen. »Außerdem glaube ich an die Morallehre von Aristoteles«, sagte sie. »Und Aristoteles sagt, dass ein größerer Wert darin liegt, nach dem Wohl der Allgemeinheit zu streben als nach dem eigenen.«

»Aber in der griechischen Demokratie hatten die Frauen auch kein Wahlrecht«, sagte er. Der Anflug eines Lächelns umspielte seine Mundwinkel. Es schien fast, als genieße er dieses Gespräch.

Das Funkeln in seinen Augen machte sie wagemutig. »Man vergaß, die Frauenrechte als Allgemeinwohl zu erwähnen«, sagte sie. »Das passiert schnell, es wird oft vergessen.«

Er nickte. »Aber was sagen Sie zu der Tatsache, dass auch Männer ohne Grundbesitz kein Wahlrecht haben?«

Er genoss es tatsächlich. Wie ein Kater, der mit der Maus spielte, bevor er sie verspeiste.

Ein Hämmern setzte in ihren Schläfen ein, und sie konnte vor Kopfschmerzen kaum klar denken. Aber sie waren allein, und er hörte ihr zu. Sie musste es versuchen.

»Vielleicht sollte es mehr Gleichberechtigung auch für Männer geben, Euer Gnaden.« Das war das Falscheste, was sie sagen konnte.

Er schüttelte den Kopf. »Sozialistin und Feministin zugleich«, stellte er fest. »Muss ich mir Sorgen machen, dass Sie mein Personal beeinflussen wollen, während Sie unter meinem Dach weilen, Miss Archer? Werde ich mit einer Meuterei zu rechnen haben, wenn ich morgen aus London zurückkehre?«

»Das würde ich niemals wagen«, murmelte sie. »Vermutlich gibt es im Keller noch ein Verlies.«

Er musterte sie mit habichtgleichem Blick. »Das ist in der Tat so«, sagte er. »Geht es Ihnen gut, Miss?«

»Ja, mir geht es gut.« Verlies? Sie konnte wohl nicht länger leugnen, dass sie leichtes Fieber hatte.

Der Dienstbote kehrte zurück und stellte ihr einen Teller vor die Nase. Bücklinge, gebratene Nierchen und einen grünen Brei. Ein heißer salziger Geruch stieg ihr in die Nase, und ihr wurde übel.

Montgomery schnipste mit den Fingern. »Bringen Sie Miss Archer eine geschälte Orange«, sagte er zu niemand Bestimmtem.

Sie starrte auf seine Hand, die nun wieder auf dem Tisch lag; er trug keine Handschuhe.

Sie war elegant, diese Hand, mit langen, grazilen Fingern. Sie hätte einem Mann gehören können, der ein klassisches Instrument beherrschte. An seinem kleinen Finger steckte ein Siegelring mit einem blauen Saphir, der das Licht zu verschlucken schien wie ein kleiner Ozean.

Sie spürte seinen Blick auf sich ruhen, spürte, dass ihm ihre Musterung nicht entgangen war.

»Das ist der *Manchester Guardian*«, sagte sie schnell und nickte zu einer Zeitung, die auf dem Stapel lag.

Montgomery schenkte ihr einen ironischen Blick. »Ich nehme an, Sie haben mich für einen *Times*-Leser gehalten?«

»Nein, eher für einen *Morning Post*-Leser.« Diese Zeitung war noch spießiger als die *Times*. Suffragistinnen lasen den *Guardian*.

»Schuldig in allen Anklagepunkten«, sagte er und hob den *Guardian* hoch. Darunter kam die *Times* zum Vorschein und darunter die *Morning Post*.

»Das ist eine sehr umfangreiche Lektüre, Euer Gnaden.«

»Eigentlich nicht. Wenn man verstehen will, was im Land vorgeht, muss man sich einen Überblick über die Meinung aller Seiten verschaffen.«

Sie erinnerte sich daran, dass die Königin diesen Mann beauftragt hatte, die Torys zum Wahlsieg zu führen. Natürlich wollte er wissen, was im Land passierte, damit er die Geschicke besser steuern konnte.

Oh, sie hatte es bereits auf dem Parliament Square geahnt, als sich ihre Blicke trafen; so, wie sich alle Wesen gleicher Art erkannten – Montgomery war ein sehr kluger Mann. Das war ebenso beunruhigend wie das vertrauliche Wissen, dass sich unter seiner seidenen Weste ein ziemlich muskulöser Körper verbarg.

Sie griff nach der Tasse, das zarte Porzellan klirrte und Tee schwappte über den Rand.

»Entschuldigung«, murmelte sie.

Montgomery musterte sie aufmerksam.

Ein Diener kam herbeigeeilt und trug die Tasse mitsamt der überschwemmten Untertasse weg.

Sie versuchte, sich zu strecken, mehr Luft in ihre Lungen zu bekommen. Es nutzte nichts; ein Felsbrocken schien auf ihrer Brust zu lasten.

»Es tut mir leid«, flüsterte sie. »würden Sie mich bitte entschuldigen.«

Er sagte etwas, doch sie konnte es nicht verstehen. Ihre Beine waren schwer, dennoch kämpfte sie sich hoch. Ein Schritt, noch einer, weg vom Tisch. Ihr Blick verdunkelte sich.

Oh, lieber Gott, bitte nicht.

Stuhlbeine scharrten über den Boden, dann fiel sie kopfüber in einen schwarzen Tunnel.

Als Annabelle wieder zu sich kam, lag sie flach auf dem Rücken und hatte das Gefühl, eine Million Bienen schwirrten in ihrem Körper umher. Sie lag auf einem Sofa, die Füße hochgelagert, und der durchdringende Geruch von Riechsalz biss ihr in die Nase. Mehrere Personen beugten sich über sie. Die Haushälterin Mrs Beecham, der Butler und Montgomery.

Die Miene des Herzogs war grimmig. »Ihnen ging es doch nicht gut«, stellte er fest.

Sie schenkte ihm einen finsteren Blick. Schließlich hatte er durch seine düstere Prophezeiung auf den Feldern gestern praktisch dafür gesorgt, dass sie krank wurde.

»Mir geht es gut genug, Euer Gnaden.«

Er kniete sich neben sie, sein Blick war hart. »Sie hätten sich den Kopf auf dem Boden aufgeschlagen, wenn ich Sie nicht aufgefangen hätte.«

Die Jungfrau in Nöten, erst auf seinem Pferd und nun auch noch nach einem Ohnmachtsanfall in seinen Armen. Der Drang, laut loszulachen, überkam sie, doch ihr Lachen klang erstickt. Mrs Beecham schlug besorgt eine Hand über den Mund.

»Mein Arzt wird bald eintreffen«, sagte Montgomery.

Ein Arzt? Sie richtete sich auf. »Ich kann nicht …«

Er legte ihr die Hand auf die Schulter und drückte sie wieder nach unten – sanft, aber nachdrücklich.

»Vielleicht ist sie im Fieberwahn«, sagte der Butler zu Mrs Beecham, als könne Annabelle ihn nicht hören, obwohl er direkt neben dem Sofa stand.

»Sie verstehen nicht«, begehrte sie auf und verabscheute, wie verzweifelt ihre Stimme klang. Seit ihrer Kindheit war sie nicht mehr krank gewesen. Das konnte sie sich gar nicht leisten, denn es gab immer etwas zu tun. Nun war es die Arbeit für ihr Studium, ihre Nachhilfeschüler …

»Wen soll ich benachrichtigen?«, fragte Montgomery.

Langsam drangen die Worte in ihren Verstand. »Professor Jenkins«, sagte sie. »Ich glaube, ich werde die Übersetzung nicht rechtzeitig fertigstellen können.«

»Sie ist eindeutig im Fieberwahn«, sagte Mrs Beecham. »Das arme Mädchen.«

»Ich meinte Ihre Verwandtschaft, Miss Archer«, erwiderte Montgomery ungeduldig.

»Oh«, sagte sie. »Da gibt es niemanden.«

Was hätte es schon für einen Sinn, Gilbert zu benachrichtigen? Immerhin war sie diejenige, die die Familie versorgte, und wenn er vernahm, dass sie krank war, würde er sich nur aufregen. Tränen brannten ihr in den Augen. Wenn sie mit ihrem Studium in Rückstand geriet, setzte sie ihr Stipendium aufs Spiel und ihre Zukunft. »Es gibt niemanden«, wiederholte sie. »Ich kann nicht … krank sein.«

Stille legte sich über das Zimmer.

»Verstehe«, meinte Montgomery schließlich.

Sie schaute ihn an, denn sein Tonfall war verdächtig freundlich geworden.

»Sie sind hier in guten Händen.« Seine Hand lag immer noch auf ihrer Schulter und gab ihr Halt, was gut war, denn ihr Körper schien nur noch aus heißem Dampf zu bestehen.

»Ich kann es mir nicht leisten …« Einen Arzt holen zu lassen, wollte sie sagen, aber er schüttelte den Kopf.

»Sie sind hier in Sicherheit.«

Sicherheit.

Ein großes Versprechen. Aber er klang so selbstsicher, dass sie ihm glaubte. Man konnte ihm getrost eine Weile die Führung überlassen. Offenbar musste man einen Mann nicht mögen, um ihm zu vertrauen.

Wie ein Tiger lief Sebastian vor Miss Archers Zimmer auf und ab und schaute immer wieder stirnrunzelnd auf seine Taschenuhr. Wie es aussah, würde er längst nach London aufgebrochen sein, bevor Dr. Bärwald eintraf, und er musste sich wohl auf seinen Butler verlassen und darauf vertrauen, dass er dem Arzt alle nötigen Informationen gab.

Wie ein gefällter Baum war Miss Archer nach wenigen Schritten in Ohnmacht gefallen. Und der Anflug von Panik in ihren Augen gerade eben … Nein, er wollte sich deswegen nicht schuldig fühlen. Sie war eine erwachsene Frau, im Vollbesitz ihrer geistigen Kräfte. Es war ganz allein ihre Entscheidung gewesen, sich in einem fadenscheinigen Mantel in die Kälte zu wagen.

Er steckte die Uhr in die Tasche und wandte sich an Bonville. »Sollte sich Miss Archers Zustand verschlimmern, während ich in London bin, schicken Sie mir ein Telegramm nach Belgravia.«

Der Butler presste überrascht die Lippen zusammen, bevor er antwortete. »Sehr wohl, Euer Gnaden.«

»Und, Bonville?«

Der Butler trat näher. »Euer Gnaden?«

»Veranlassen Sie, dass Erkundigungen über Miss Archer eingeholt werden. Sie wissen, an wen Sie sich wenden müssen.«

11. KAPITEL

Abrupt fuhr Annabelle aus dem Schlaf hoch. Ihr Herz raste, und sie schnappte nach Luft. Es war wieder der alte Albtraum gewesen, der Fall aus großer Höhe, und im selben Moment, als sich jede Faser ihres Körpers anspannte und auf einen harten Aufprall vorbereitete, war sie aufgewacht.

Das helle Licht eines Wintermorgens traf sie nun mit voller Wucht.

»Verflixt!« Ihre Stimme klang mehr wie ein Krächzen.

»Du bist wach.« Hattie sprang aus dem Sessel vor dem Kamin, Catriona erhob sich etwas gesitteter. Die Matratze sank ein, als sich beide auf die Bettkante setzten und sie mit ihren Blicken fixierten.

Annabelle richtete sich mühsam auf und schob sich den zerzausten Zopf über die Schulter. »Wie spät ist es?«

»Neun Uhr«, antwortete Hattie und reichte ihr ein Glas Wasser. »Am 16. Dezember«, fügte sie noch hinzu.

Grundgütiger. Montag. Also hatte sie einen Tag und zwei Nächte durchgeschlafen. Sie erinnerte sich an kaum etwas. Gierig trank sie einen Schluck Wasser.

Hattie legte ihr eine Hand auf die Stirn. »Wie fühlst du dich?«

Angeschlagen. Als wäre sie unter einer Mauer verschüttet gewesen. »Ein wenig müde«, sagte sie. »Danke.«

Dunkle Ringe hatten sich unter den Augen ihrer Freundinnen gebildet. Vermutlich hatte sie ihre fürsorglichen Hände in ihren Fieberträumen auf ihrem Gesicht gespürt. Sie hatten dafür gesorgt, dass sie genug zu trinken bekam, und ihr kalte Umschläge gegen das Fieber gemacht.

Ihr schnürte es die Kehle zu. »Ich wollte euch diese Hausgesellschaft bestimmt nicht verderben.« Eigentlich … »Sollten wir nicht gestern schon abreisen?«

»Du warst nicht in der Verfassung für eine Reise, daher haben wir eine Nachricht geschickt und sind geblieben«, erklärte Catriona. »Wir werden dir hier noch ein paar Tage Gesellschaft leisten.«

Erschrocken stellte Annabelle das Glas ab. »Das ist sehr nett, aber nicht notwendig.«

»Tatata«, machte Hattie. »Wir können dich ja wohl kaum allein lassen. Der Herzog ist Junggeselle.«

Verflixt, das war nur allzu wahr.

Unruhig rutschte sie unter der Decke hin und her. Es bereitete ihr körperliches Unbehagen, sich pflegen zu lassen. Es kam ihr so vor, als trage sie ein juckendes Korsett. Vielleicht waren das auch Gewissensbisse. Wie es aussah, warteten ihre Freundinnen höflich und geduldig auf eine Erklärung für all das.

Sie fragte sich, wie groß ihr Mitgefühl wohl sein würde, wenn sie den wahren Grund kannten, warum sie Hals über Kopf aus dem Haus gestürmt war.

Meine Damen, vor sieben Jahren hatte ich einen Geliebten. Nein, nicht den romantischen Briefeschreiber, der sich einen Kuss oder auch zwei stiehlt. Vielmehr die Sorte Mann, die dir die Röcke hochschiebt und dir die Unschuld raubt. Sein Vater hat mich mit ähnlichen Worten beschimpft wie der Herzog, deshalb bin ich geflüchtet.

»Es tut mir leid«, sagte sie. »Wie ich in meiner Nachricht schon erklärt habe, hat mich der Herzog erkannt, und das führte zu einem Missverständnis. Ich habe zu überstürzt gehandelt.«

»Aber genau das ist es ja, was uns Sorge bereitet«, meinte Hattie. »Du bist sonst immer so umsichtig. Wir können uns gar nicht vorstellen, dass du so übereilt handelst, es sei denn …«

»Es sei denn?«

»Sag, hat er sich dir gegenüber grässlich verhalten?«

Sie haben sich den Falschen ausgesucht. Es wird Ihnen nichts nutzen, meinen Bruder zu umschmeicheln. Bei der Erinnerung an Montgomerys Worte stieg unwillkürlich Scham in ihr auf. »Nun, er hat sich zumindest nicht von seiner charmantesten Seite gezeigt«, sagte sie.

Hattie presste die Lippen zusammen. »Ach, hat er denn überhaupt eine charmante Seite?«

Nein, die hatte er nicht.

Dann dachte sie jedoch daran, wie er auf diesem Hügel gestanden hatte, den Hut unter dem Arm. Ernsthaft. Aufrichtig. Und das war so viel mehr wert als Charme.

»Sein Kammerdinner hat das für dich gebracht.« Catriona deutete auf den Nachttisch. Dort lag ein Stapel Bücher.

»Es liegt auch ein Brief dabei.« Hattie reichte ihr den Umschlag. »Wir sterben fast vor Neugier, was drin steht.«

Das Papier war dick und glatt wie Seide. Das Wappen des Herzogs war in goldenen Schnörkeln auf dem Blatt eingeprägt.

Liebe Miss Archer,

Seine Gnaden der Herzog von Montgomery wünscht Ihnen eine baldige Genesung. Er möchte Ihnen die beiliegenden Bücher überlassen: Voltaire, Rousseau und Locke sowie etwas leich-

tere Lektüre. Falls Sie ein spezielles Buch wünschen, zögern Sie bitte nicht, danach zu fragen. Die Bibliothek steht Ihnen zur Verfügung.

Zu Ihren Diensten
Ramsey

Annabelle reichte den Brief ihren Freundinnen. »Er wünscht mir eine baldige Genesung.« Sie las die Titel der Bücher. Voltaire, Rousseau, Locke. Alles Philosophen mit demokratischen Vorstellungen. Den Autor des letzten Buches, eines ziemlich umfangreichen Werkes, kannte sie nicht.

»Dostojewski«, erklärte Catriona. »Eine russische Novelle, die erst kürzlich ins Englische übersetzt wurde. Wie ich höre, ist sie in London der letzte Schrei.«

Annabelle schlug das Buch auf. »*Schuld und Sühne*. Eine schockierende Erzählung über einen Studenten und die Gefahren der ideologischen Intoxikation«, las sie vor und sah auf. »Seine Gnaden schickt mir eine Botschaft über politischen Aktivismus«, meinte sie sarkastisch.

Oder war das seine Vorstellung von einem Scherz? Sie wusste inzwischen, dass sich unter der kühlen Fassade ein feinsinniger Humor verbarg. Falls es ein Scherz sein sollte, dann war er seltsam vertraulich.

Erschöpft sank sie in die Kissen. Sie wusste nicht, ob sie lachen oder die Stirn runzeln sollte. Dass sie ihn mochte, war zu viel gesagt. Aber sie wünschte, sie würde diesen rätselhaften Mann verstehen.

Ein zögerliches Klopfen an der Tür lenkte Sebastians Blick von seiner Arbeit am Schreibtisch zur Uhr. Sein Bruder war pünktlich auf die Minute. Wie bedauerlich, dass Peregrin solche Disziplin nur an den Tag legte, wenn er das Gefühl hatte, dass die Schlinge um seinen Hals sich zuzog. Das musste sich ändern.

Mit finsterer Miene schlich sein Bruder ins Zimmer.

»Setz dich«, forderte Sebastian ihn auf.

Peregrin blieb stehen. »Darf ich mich zuerst entschuldigen?« Dunkle Augenringe zeichneten sein Gesicht. Wie es aussah, hatte er kaum geschlafen.

»Du darfst.«

Peregrin holte Luft. »Es tut mir leid, was ich getan habe«, fing er an. »Ich wollte nur ein wenig Gesellschaft vor der Reise nach Wales. Ich wollte dich ganz sicher nicht provozieren. Meine Freunde sollten bei deiner Rückkehr längst weg sein.«

Das alles klang gut, bis auf den letzten Satz. In Sebastians Ohren rauschte es leise. »Wie dem auch sei, hast du dir mögliche Konsequenzen doch vorher gewiss überlegt.«

Peregrin schluckte. »Die Wahrheit ist, als mir die möglichen Folgen bewusst wurden, habe ich gedacht, dass ich die Einladung nicht mehr zurücknehmen könnte.«

»Setz dich«, wiederholte Sebastian. »Genau das ist das Problem, nicht wahr? Du verfängst dich in den Fallstricken deiner eigenen Pläne, weil du nicht nachdenkst und dir die Konsequenzen nicht im Vorhinein klarmachst.« Er faltete die Hände auf dem Tisch. »So verhalten sich Kleinkinder, Peregrin. Die Männerwelt, in der du dich bewegst, funktioniert so nicht. Man zahlt immer einen Preis für sein Handeln, und den wird niemand für dich übernehmen.«

Peregrin senkte den Blick. »Ich weiß, dass ich dafür eine Strafe verdient habe.«

»Ich werde dich nicht bestrafen.«

In den braungrünen Augen seines Bruders stand ein misstrauischer Ausdruck.

»Was aber nicht heißt, dass du keine Strafe verdient hättest«, erklärte Sebastian. »Aber da vorherige Strafen bisher zu keiner Besserung deines Charakters geführt haben, sehe ich keinen Sinn darin.« Er griff zu dem Brief, den er aus London mitgebracht hatte. »Ich habe mich gestern mit Admiral Blyton getroffen.«

Peregrin verharrte reglos.

Sebastian reichte ihm das Schreiben über den Tisch. »Das ist die Bestätigung für deine Aufnahme in die Royal Navy.«

Ein Ansturm der Gefühle flog über Peregrins Gesicht: Verwirrung, Fassungslosigkeit, Panik. Die Panik gewann die Oberhand. Er stand auf, jegliches Blut war aus seinem Gesicht gewichen. »Nein.«

Sebastian musterte ihn finster. »Setz dich wieder hin. Und ja.«

Peregrin umklammerte die Schreibtischkante. »Ich bin kein Soldat.«

»Das ist offensichtlich«, bestätigte Sebastian. »Wenn du einer wärst, würdest du wenigstens ein Mindestmaß an Disziplin an den Tag legen und ich wäre nicht auf sechzehn ungeladene Gäste in meinem Haus gestoßen.«

Peregrin blinzelte, als sähe er seinen Bruder zum ersten Mal. »Du willst mich wegen einer Hausgesellschaft in den Tod schicken?«

»In den Tod?« Das Rauschen in Sebastians Ohren verstärkte sich. »Peregrin, es geht hier um eine Ausbildung, nicht darum, dich in einen Krieg zu schicken.«

»Aber diese Schiffe. Man hört immer wieder, dass dort tödliche Krankheiten wüten, und es gibt vergammeltes Essen und … Ratten!«

»In der Navy mit den höchsten Hygienestandards der Welt? Unfug.«

»Ich wäre wochenlang, ja monatelang auf See!«

»Daran ist noch kein Mann gestorben«, erwiderte Sebastian ungerührt. »Im Februar wirst du nach Plymouth reisen. Und jetzt unterschreib.«

Peregrin starrte auf den Stift und das Papier vor ihm, als sei es ein Schierlingsbecher, den man ihm reichte.

Als er aufsah, bebten seine Lippen. »Du … du kannst mich nicht dazu zwingen.«

Diese Bemerkung hatte nicht einmal eine Antwort verdient. Wenn er wollte, konnte er Peregrin sehr wohl zu allem Möglichen zwingen. Er könnte ihn einsperren oder aus dem Haus werfen, ihm den Unterhalt streichen und die feine Gesellschaft gegen ihn aufbringen. Er könnte ihm das letzte Hemd nehmen, und niemand würde es wagen, ihn deswegen zur Rechenschaft zu ziehen. Das war das Los jüngerer Söhne und Brüder.

Schweißperlen bildeten sich auf Peregrins Stirn. »Ich könnte mich dir beweisen«, krächzte er. »Lass mich eines der Anwesen im Norden verwalten, für ein Jahr …«

»Unterschreib.«

»Bruder, bitte.« Die Worte purzelten ihm so hilflos aus dem Mund wie Vögel, die man im Flug vom Himmel geschossen hatte.

Sebastian hielt inne.

Die Angst in Peregrins Stimme fühlte sich wie ein Schlag in die Magengrube an.

Sein eigener Bruder hatte Angst vor ihm, als sei er ein wahnsinniger Tyrann, der völlig unvernünftige, unzumutbare Dinge verlangte.

Mit einem Ruck stand er auf. Argwohn huschte über Peregrins Gesicht, und das ärgerte Sebastian nur noch mehr. Er umrundete den Tisch und konnte sich gerade noch zurückhalten, seinen Bruder am Kragen zu packen.

»Steh auf.«

Peregrin erhob sich zögernd. Sebastian packte ihn an der Schulter und drehte ihn zur Wand.

»Schau dir das an«, sagte er und deutete auf die Gemälde der Familienanwesen.

»Hier geht es nicht nur um dich. Wir besitzen zwölf Anwesen in zwei Ländern. Unsere Familie ist eine der ältesten in Großbritannien. Wir gehören zu den größten Grundbesitzern in England, und wenn ich morgen vom Pferd stürze und mir das Genick breche, liegt die Verantwortung für all das in deinen Händen.« Er drehte seinen Bruder zu sich. »Wenn du nicht fähig bist, die Last dieser Verantwortung zu tragen, wird sie dich wie unter einer Lawine begraben und du wärst nicht der Einzige, der darin untergeht. Glaubst du, man kann mit dem Leben Tausender Angestellter und Pächter spielen? Zum Teufel, selbst Montgomery Castle zurückzuerlangen ist eine komplizierte Mission, und es vergeht kein Tag, an dem ich die Tatsache, dass unser Familiensitz sich in den Händen eines anderen Mannes befindet, nicht verfluche.«

In Peregrins Augen leuchtete der wilde, verzweifelte Blick eines Mannes, den man in die Ecke gedrängt hatte. »Aber das ist ja der Punkt«, sagte er. »Ich will das alles nicht.«

»Wie bitte?«

»Ich kann das nicht, verstehst du es nicht?« Seine Stimme wurde lauter. »Ich kann das nicht. Ich kann nicht wie du sein.«

»Mäßige deinen Ton.« Sebastians Stimme war gefährlich leise geworden.

Peregrin wand sich in seinem Griff. »Dir ist es doch egal, was mit mir passiert. Wenn ich nicht dein Erbe wäre, würdest du mich nicht mal wahrnehmen. Aber ich kann kein Herzog sein.«

Diese Enthüllungen fühlten sich wie Ohrfeigen an. Plötzlich fügten sich die Puzzleteile zu einem Bild, und Dinge, die lange wie ein Rätsel erschienen, ergaben einen Sinn. Eine eisige Wut brach sich Bahn. »Ging es etwa die ganze Zeit allein darum? Dein absurdes Verhalten? Hast du dich nur deshalb so aufgeführt, um mir zu beweisen, wie unfähig du für diese Stellung bist?«

In Peregrins Augen stand ein hitziger Blick, mit einer Hand umfasste er Sebastians Arm, der ihn festhielt. »Ich bin kein Herzog, das ist nicht mein Platz.«

»Die Erbfolge sieht das anders, ob es dir nun gefällt oder nicht«, erwiderte Sebastian frostig.

»Du könntest dir Söhne zulegen«, schoss Peregrin zurück. »Warum hast du nicht längst welche? Warum soll ich dafür büßen?«

Nase an Nase standen sie sich gegenüber, und Sebastian hatte eine Hand in das Jackett seines Bruders gekrallt. Peregrins Gesicht war vor Wut verzerrt, dann erschlaffte er unvermittelt in Sebastians Griff, wie ein Welpe, den man am Genick gepackt hatte. Dies hielt Sebastian so unvermittelt auf, als wäre er gegen eine Mauer gerannt.

So weit hätte es nie kommen dürfen.

Er ließ den Arm sinken und machte einen Schritt zurück. Sein Herz schlug zu hart, zu schnell.

Peregrin sackte in sich zusammen.

Verdammt. Sebastian zog seine Ärmel zurecht.

Peregrins Wangen waren flammend rot, aber er hatte sich wieder gefasst, wartete, beobachtete ihn trotzig und badete zweifellos in Selbstmitleid.

Vor gar nicht allzu langer Zeit hatte ihm der flauschige Lockenkopf seines Bruders kaum bis zum Ellbogen gereicht. Und er soll ihn nicht wahrgenommen haben? Sebastian schüttelte den Kopf. Er würde sein Leben für seinen Bruder geben, sich für ihn so selbstverständlich einer Pistolenkugel in den Weg werfen, wie er atmete.

Seine Stimme klang unerbittlich, als er das Wort ergriff. »Du wirst im Februar nach Plymouth reisen. Und ich werde vergessen, was du heute gesagt hast.«

Peregrin schloss die Augen. Dann nickte er langsam. »Jawohl, Sir.« Er nickte immer noch, als er den Blick senkte und seine Schuhe anstarrte. Sebastian wusste instinktiv, dass sein Bruder gegen Tränen ankämpfte.

Er drehte sich um und blickte aus dem Fenster. Durch die Schwärze der Nacht sah er nur sein eigenes verzerrtes Spiegelbild in der Scheibe. »Ich rate dir, es als Chance zu sehen, nicht als Strafe.« Vermutlich sollte er noch etwas hinzufügen, aber wie gewöhnlich, wenn Tränen ins Spiel kamen, versagten ihm die Worte. »Unterschreib, dann darfst du gehen.«

Sebastians frühere Ehefrau hatte in ihrem Tagebuch notiert, dass dort, wo andere ein Herz hätten, bei ihm nur ein Eisklumpen zu finden sei. Er war geneigt, ihr da zuzustimmen. Er wurde kaltblütig, wenn er sich mit Widerständen konfrontiert sah; ein Reflex, wie bei anderen, deren Puls angesichts einer Gefahr in die Höhe schnellte. Wenn das herzlos war, dann war es eben so. Es hatte jedoch Vorteile, dass er unter allen Umständen ruhig Blut bewahrte. Außer sein Bruder traf mit der Präzision von Paris seine Achillesferse.

Du könntest Söhne haben … warum hast du nicht längst welche?

Es war beinahe Mitternacht, das Feuer prasselte leise im Kamin, aber die Stimme seines Bruders hallte immer noch im Arbeitszimmer wider und ließ ihn nach seinem Zigarettenetui greifen.

Er lehnte sich im Sessel zurück und blies eine Rauchwolke aus.

Durch die wabernden grauen Rauchfäden erwachte Montgomery Castle auf der dunklen Wand des Arbeitszimmers zum Leben. Die Burg war oft von Nebel eingehüllt. Ein Ort voller Schatten und Echos der Vergangenheit. Es hatte sich nie wie ein Zuhause angefühlt, und inzwischen war es immer mehr zu einem Klotz am Bein, einer Fessel geworden. Aber Pflicht war nun mal Pflicht. Man verlor keinen jahrhundertealten Familiensitz bei einem Kartenspiel.

Warum hast du nicht längst welche?

Sein Bruder war ein Dummkopf. Aber in gewisser Weise hatte er recht.

Sebastian bückte sich und schloss die unterste Schreibtischschublade auf.

Dort schillerte der rüschenverzierte gelbe Seideneinband des Tagebuchs. Früher hatte es ein kleines verziertes Schloss gehabt, das jedoch keinen Widerstand geboten hatte.

Er schlug es auf.

Beim Anblick der schnörkeligen, mädchenhaften Schrift versteifte er sich. Er hatte es nur ein Mal gelesen, aber die bedeutsamen Stellen hatten sich ihm förmlich ins Gedächtnis gebrannt. Nun, nach fast zwei Jahren, mochten sie vielleicht anders klingen.

12. Januar 1878
M. hat heute offiziell um meine Hand angehalten. Ich wusste, dass dieser Tag kommen würde. Es war so lange arrangiert, aber ich fühle mich seltsam hin und her gerissen. Was mehr könnte eine junge Dame erstreben, als Herzogin zu werden? Und ich möchte zu gerne eine Herzogin sein. Mama und Papa sind natürlich hocherfreut. Aber ich kann nicht leugnen, dass mein Herz sich nach T. sehnt. Er ist so verzweifelt. Er hat mich sogar gebeten, mit ihm durchzubrennen, und mir ewige Liebe

geschworen. Es ist furchtbar romantisch. Wenn der Titel nicht wäre, würde ich mich gewiss niemals für den Herzog entscheiden. Er ist überhaupt nicht romantisch, nur grässlich wortkarg und ernst, und ich habe ihn noch nie tanzen gesehen. Er ist bei Weitem der uncharmanteste Gentleman der feinen Gesellschaft.

Nun ja.

Sebastian legte das Tagebuch zurück in die Schublade.

Kaum sechs Monate später war sie mit dem jungen Mann durchgebrannt, den sie zu lieben glaubte. Und er hatte es nicht kommen sehen. Welche Ironie, wo er doch sonst andere Menschen für sein politisches Tagesgeschäft so ausgezeichnet lesen konnte. Nein, er hatte nicht bemerkt, dass seine eigene Frau seiner zunehmend überdrüssig geworden war, dass sie immer mehr Groll gegen ihn hegte und nicht zögern würde, das Pulverfass anzuzünden, auf dem er saß. Zu seiner Rechtfertigung konnte man nur vorbringen, dass man schon Hellseher sein musste, um eine Frau aus guter Familie zu durchschauen. Immerhin wurden sie dazu erzogen, zu gefallen und alles mit einem Lächeln zu ertragen. Und andere passende Ehefrauen würden nicht anders sein. Für eine Ehe mit ihm kam natürlich nur ein Diamant reinsten Wassers infrage, eine Frau aus höchsten Adelskreisen. Jetzt noch mehr als vor der Scheidung, wenn auch nur, um die bösen Zungen im Zaum und seine Feinde in Schach zu halten. Er würde nie wissen, ob die zukünftige Herzogin ihn lediglich ertrug …

Ein Klopfen lenkte seinen Blick zur Tür. »Herein.«

Ramsey trat leise in den Raum, ein Silbertablett mit einem Umschlag darauf in der Hand. »Euer Gnaden. Dieser Brief ist für Sie. Es tut mir leid, dass sich die Überbringung verzögert hat.«

»Von wem ist er?«

»Miss Archer, Euer Gnaden.«

Er richtete sich auf. »Wie geht es ihr?«

»Sie ist immer noch recht schwach, soweit ich weiß, und hat immer noch Fieber.«

Aber sie konnte schon wieder schreiben; das musste ein gutes Zeichen sein. Allerdings hatte sie auch versucht, mit ihm über Politik zu debattieren, obwohl sie einer Ohnmacht nahe war. Sie war eine wirklich störrische Frau.

Er öffnete den Brief. »Hat der Detektiv schon Informationen über sie geschickt?«

»Nein, Euer Gnaden.«

Störrisch und geheimnisvoll.

Ihre Handschrift war keineswegs mädchenhaft, sondern klar und schnörkellos, die Handschrift eines Menschen, der viel und schnell schrieb.

Euer Gnaden,

ich danke Ihnen für Ihre Gastfreundschaft und bin bestrebt, so bald als möglich zu genesen.
Vielen Dank, dass Sie mir so großzügig so viele Bücher zur Verfügung stellen. Ich bin vor allem neugierig auf die russische Erzählung über ideologische Intoxikation. Natürlich eine rein zufällige Wahl Ihrerseits, nicht wahr?

Hochachtungsvoll
A. Archer

Störrisch, geheimnisvoll und geistreich.

Er hatte ihr die Bücher geschickt, weil es die Höflichkeit gebot, einen bettlägerigen Gast auf diese Weise zu unterhalten. Und ja, er hatte die Bücher aus guten Gründen ausgewählt, weil er wusste, dass sie die Lektüre zum Nachdenken anregen würde, und ihre Meinung dazu interessierte ihn. Dank ihrer ausdrucksstarken Augen konnte er leicht deuten, was in Miss Archer vorging, trotzdem fand er sie unberechenbar. Eines war jedoch gewiss – diese Frau würde einem Mann gehörig die Hölle heißmachen, wenn ihr etwas an ihm missfiel. Er legte gewiss keinen großen Wert auf Widerspruchsgeist, sein Leben war momentan bereits chaotisch genug durch all die rebellische Insubordination. Sie würde jedoch wenigstens Lärm schlagen, bevor der Mann in ihrem Leben sie überrollte. Gab es überhaupt einen Mann in ihrem Leben? Sie hatte gesagt, sie hätte niemanden …

Ihm wurde bewusst, dass sein Diener immer noch auf eine Antwort wartete, während er in Grübeleien über Annabelle Archer verfallen war.

Er steckte ihren Brief in seine Brusttasche. »Das wäre alles, Ramsey.«

12. KAPITEL

Am nächsten Morgen fing Sebastian Dr. Bärwald vor dem Zimmer von Miss Archer ab. Der junge Arzt wirkte bestürzt.

»Aber, Euer Gnaden, wenn Sie nicht mit ihr verwandt oder ihr Gatte sind, darf ich Ihnen über Miss Archers Zustand keine Einzelheiten mitteilen.«

»Sie hat keinen Gatten oder Verwandten in der Nähe«, erwiderte Sebastian ungeduldig. »Im Moment ist sie in meiner Obhut.«

»Bei allem nötigen Respekt, Euer Gnaden, aber sie ist meine Patientin.«

»Was sich leicht ändern lässt«, erwiderte Sebastian. Bärwald machte große Augen hinter seiner Brille. Normalerweise brachte Sebastian seine Stellung nicht ins Spiel, um seinen Willen durchzusetzen; zumindest bei Bärwald hatte er das zuvor noch nicht getan. Mehrere Sekunden vergingen, in denen sie sich schweigend anstarrten.

Der Arzt senkte zuerst den Blick. »Nun gut«, sagte er mit deutlich wahrnehmbarem Akzent. »Sie ist bereits auf dem Wege der Besserung. Sie haben eine recht robuste Konstitution, diese Frauen vom Land. Aber unter uns, der Grund, warum die Erkältung sie so mitgenommen hat, liegt darin, dass sie unter langzeitiger Erschöpfung leidet. Sie zeigt Symptome von Mangelerscheinungen und Unterernährung.«

Das war erschreckend. »Das sieht man ihr gar nicht an.«

»Wie ich schon sagte, sie hat eine robuste Konstitution.« Der Arzt zuckte mit den Schultern. »Damit sie sich jedoch vollständig erholen kann, sollte sie auch nach Abklingen des Fiebers mindestens eine Woche lang nicht reisen.«

»Das ist kein Problem«, sagte Sebastian automatisch.

»Dessen bin ich mir nicht so sicher«, murmelte Bärwald.

»Wie kommen Sie darauf?«

»Das Fräulein widersetzt sich meinen Anordnungen, Euer Gnaden.«

Sebastian verspürte den ungewohnten Drang, die Augen zu verdrehen. »Ja. Das sieht dem Fräulein ähnlich.«

»Moderne Frauen.« Bärwald schüttelte den Kopf. »Kaum kommen sie in den Genuss einer weiterführenden Bildung, glauben sie schon, alles besser zu wissen als ein Arzt.«

»Oh, sie wird Ihren Anordnungen Folge leisten«, sagte Sebastian und blickte zu ihrer Tür. Unterernährt?

Ein flaues Gefühl breitete sich in seiner Magengrube aus. Nicht, solange er die Verantwortung für sie trug. Er würde dafür sorgen, dass sie bis Weihnachten ordentlich aß. Egal, welche Sorgen sie auch plagen mochten, sie würden vor den Toren von Claremont bleiben.

»Eine Woche!« Annabelles Ärger kochte erneut hoch, als Catriona und Hattie nach ihrem morgendlichen Ausritt in ihr Zimmer spazierten. »Ich sitze hier bis Weihnachten fest.«

Hattie setzte sich an die Frisierkommode und begutachtete ihre vom Wind geröteten Wangen. »Also, mir gefällt der Gedanke«, sagte sie. »Stell dir nur vor, womöglich lädt dich der Herzog zu seiner Hausgesellschaft ein. Wir könnten den Ball gemeinsam besuchen.«

Annabelle verschlug es die Sprache. Sie lag aufgerichtet

in dem riesigen Bett, von vielen Kissen gestützt, ihr Kopf schmerzte, und ein Ball war nun wirklich das Letzte, was sie im Sinn hatte.

»Ich werde gemeinsam mit euch abreisen. So einfach ist das.«

»Nein!«, kam es einstimmig zurück.

Annabelle musterte ihre Freundinnen finster. »Auch du, mein Freund Brutus?«

»Dr. Bärwald hat sicher nur dein Bestes im Sinn«, beschwichtigte Hattie.

Dr. Bärwald hatte zudem weder eine Ahnung von den Aufgaben, die sie für Professor Jenkins erledigen musste, noch von ihren Nachhilfeschülern. Außerdem wusste er auch nicht, dass man sie in Chorleywood erwartete. Sobald sie das Bett wieder verlassen konnte, wollte sie Montgomery bitten, ihr eine Kutsche zur Verfügung zu stellen. »Ich habe Tantchen gebeten, als Anstandsdame hierzubleiben«, sagte Hattie. »Das macht sie wirklich gerne.«

Na, großartig! Annabelle blickte zu dem Samthimmel des Bettes. Sie konnte sich nicht daran erinnern, jemals so sehr von anderen Menschen abhängig gewesen zu sein, und es war ihr zutiefst zuwider.

Nun, womöglich nicht alles.

Die Bücher nicht.

Und die Mahlzeiten auch nicht. Die Küche schickte ihr fast mehr, als sie verspeisen konnte. Die Suppe gestern war köstlich gewesen, mit großen Hähnchenstücken in der Brühe und noch warmen, süßen Brötchen als Beilage. Sie hatte nichts davon übrig gelassen. Und jeden Morgen zum Frühstück gab es exotische Früchte: Orangen, Weintrauben, Pfirsiche, die sie ebenfalls alle aufaß, mit reichlich dicker goldgelber Vanillesoße.

Catriona zog sich einen Stuhl zum Bett. »Soll ich dir noch ein wenig aus *Schuld und Sühne* vorlesen?«

Hattie stieß am Frisiertisch einen unwilligen Laut aus. »Können wir nicht um eine nettere Lektüre bitten? Wie wäre es mit einem Buch von Jane Austen?«, schlug sie vor. »Ich sage euch, ich muss erst einen Stammbaum zeichnen, um mir einen Überblick über all die Personen in diesem Roman zu verschaffen. Und warum muss derselbe Charakter drei völlig unterschiedliche Namen haben?«

»Ich bezweifle, dass der Herzog Frauenromane in seiner Bibliothek stehen hat, Hattie«, sagte Annabelle.

»Und wie wäre es mit Tomlinsons reizendem Sonett? Das könnten wir doch noch mal lesen.«

Annabelle beäugte den Stapel mit Genesungskarten auf ihrem Nachttisch. Anstelle von Blumen hatte das Dutzend junger Herren vor der Abreise versucht, sich ihr zu Ehren mit verschiedenen Gedichten gegenseitig zu übertreffen. Lord Peregrin hatte ihr außerdem noch ein Kartenspiel geschickt, das man offensichtlich allein spielen konnte. Sie griff nach James Tomlinsons Sonnet. Seine jambischen Pentameter waren wackelig, aber Hattie fand, dass dies die Geste nur noch charmanter machte. Wenn er nur einen Titel besäße; dann stünde Tomlinson auf Hatties Liste verfügbarer Junggesellen ziemlich weit oben.

Montgomery hingegen hatte sich nicht einmal die Mühe gemacht, auf ihren Dankesbrief zu antworten. Natürlich gab es auch keinen Grund dazu. Dennoch ertappte sie sich des Öfteren, wie sie auf die Schritte eines Dienstboten mit Silbertablett lauschte. Nein, sie würde dieses Bett und Claremont verlassen, sobald sie ihre Beine wieder trugen.

In der Nacht schlief sie unruhig und träumte davon, in ein schwarzes Loch zu stürzen. Als sie aufwachte, war die Dunkelheit von der tiefen Stille der Stunden kurz nach Mitternacht erfüllt. Und jemand war in ihrem Zimmer gewesen.

Schläfrig drehte sie das Licht der Gaslampe neben ihrem Bett hoch.

Ein neues Buch lag auf ihrem Nachttisch, versehen mit einer eleganten Karte.

Sie öffnete den Brief sorgsam und zivilisiert.

Die unbekannte Handschrift nahm mit kühner Präzision das Blatt ein.

Miss Archer,

wie ich höre, schätzen Sie Jane Austens Werke …

Diese verflixte Hattie. Was würde Montgomery bei einem solch wahllosen und unersättlichen Lektüregeschmack nun bloß von ihr denken?

… und wir haben mehrere ihrer Bücher in der Bibliothek. Ich habe – rein zufällig natürlich – eine Ausgabe von Stolz und Vorurteil *für Sie ausgewählt. Scheuen Sie sich nicht, nach weiteren Büchern zu fragen.*

M.

Stolz und Vorurteil. Nun bestand kein Zweifel mehr daran, dass sie ein Spiel spielten. Mit Buchtiteln.

Leicht fuhr sie mit der Fingerspitze über das »M.«, das so selbstsicher in schwarzer Tinte niedergeschrieben war.

Er ist so arrogant, und diese Sorte Mann gefällt dir nicht.

Das durfte sie nicht vergessen, solange sie in dieser schillernden Seifenblase gefangen war, in der die Mahlzeiten auf ein Klingelzeichen kamen und die Bibliothek einen Sternenhimmel hatte.

Dennoch schien die Rastlosigkeit, die sie den ganzen Tag über verspürt hatte, allmählich abzuebben. Sie löschte das Licht, streckte sich lang aus und fiel im Nu in einen tiefen, festen Schlaf wie ein kleines Kind.

Seit dem Morgen hatte Sebastian eine Menge erledigen können, denn man kam gut voran, wenn man keine Gäste unterhalten musste. Er hatte die Berichte von allen Ländereien gelesen, hatte sich für eine neue Bewässerungsmethode für die Anwesen im Norden entschieden und die letzte Säule der Tory-Kampagne entworfen. Er brauchte jedoch die Unterstützung der Königin, um diesen Ansatz durchzusetzen, denn Disraeli würde sicher Einwände erheben. Aber da er gerade sehr zu seinem Unwillen die Rechnung für das größte verdammte Feuerwerk in ganz England unterzeichnet hatte, würde Ihre Majestät ihm diesen Gefallen gewiss erweisen.

Es klopfte, und Ramsey betrat leise das Zimmer.

»Euer Gnaden, das Festkomitee hat noch einen weiteren Vorschlag für die Dekoration.«

Kaum zu glauben. »Ramsey, ich habe keine Zeit, um irgendwelche Dekorationen zu besprechen.«

»Sehr wohl, aber dieses eine bestimmte Detail erfordert womöglich Ihre Aufmerksamkeit.«

»Worum geht es?«

»Rentiere.«

»Lebende Rentiere?«

»Ja, Euer Gnaden.« Ramsey verzog keine Miene.

»Im Ballsaal?«

»Ja. Offenbar sind die Tiere bei den Gästen sehr beliebt.«

Sebastian rieb sich die Schläfen. »Ramsey, glauben Sie ernsthaft, ich gebe mein Einverständnis dafür, dass eine Herde Huftiere mein Parkett zertrampelt, bloß um die Massen zu erfreuen?«

»Nein, Euer Gnaden.«

»Dann seien Sie so freundlich und belästigen Sie mich nicht weiter damit.«

»Jawohl, Euer Gnaden.«

Sebastian betrachtete die ordentlichen Stapel Papier auf seinem Schreibtisch. »Gab es Post für mich?«

»Ich habe alles heute Morgen wie gewöhnlich auf Ihren Tisch gelegt«, antwortete Ramsey.

Das wusste er. Er hatte eine Nachricht von Caroline erhalten, Lady Lingham, in der sie ihn bat, Miss Archer zu ihrem alljährlichen Weihnachtsdinner am 24. Dezember mitzubringen. Die Nachricht über seinen Gast war schnell und weit gereist, und natürlich war sie auch Caroline zu Ohren gekommen.

»Sind Sie sicher, dass in der Zwischenzeit keine weitere Nachricht für mich vorliegt?«

Ramsey wusste es besser, als sich erstaunt darüber zu zeigen, dass sein Dienstherr darauf beharrte, es müsse ein weiterer Brief eingetroffen sein. »Ja, aber falls Sie einen bestimmten Absender im Sinn haben, könnte ich nachfragen …«

Er schüttelte den Kopf. »Nein. Sagen Sie dem Stallburschen, er soll mein Pferd satteln.«

Annabelle hatte sich den Sessel vors Fenster rücken lassen. Die Sonne hatte sich am Horizont rosa verfärbt, aber das Licht war immer noch gut genug, um Lucies Brief zu lesen, der während ihres Nachmittagsschlafes eingetroffen war.

Liebe Annabelle,

es tut mir leid zu hören, dass Du krank bist. Es sei denn, dies ist eine List, um hinter den Feindeslinien zu bleiben. In diesem Fall beglückwünsche ich Dich und verneige mich tief vor Deinem Engagement für unsere Sache.
Ich habe jedoch wenig Hoffnung, dass wir M. für uns gewinnen können. Kürzlich habe ich durch eine meiner geheimen Quellen erfahren, dass die Königin ihm versprochen hat, ihm seinen Familienstammsitz zurück zu verschaffen, wenn er den Torys bei der Wahl zum Sieg verhilft. Ich glaube, er würde Himmel und Hölle in Bewegung setzen, um Disraeli die Macht weiterhin zu sichern. Daher müssen wir den Kampf rasch an andere Fronten verlegen. Wie ich hörte, planen die Suffragistinnen von Manchester eine große Demonstration auf dem Parliament Square für das Wahlkampftreffen der Torys im Januar. Ich koordiniere die Veranstaltung gerade mit Millicent Fawcetts Ortsgruppe.
Ich bin der festen Überzeugung, dass wir an einem Strang ziehen und alle in England verstreuten Suffragistinnen-Gruppen nach London holen sollten. Stärke zeigt sich in der Masse. Es ist jedoch alles immer noch geheim, daher muss ich Dich bitten, diese Information vertraulich zu behandeln. Was …

Hufschlag auf dem Pflaster drang zu ihr hoch. Sie ließ den Brief in den Schoß sinken. Ihren Morgenmantel umfassend beugte sie sich nach vorne und lugte nach unten. Ihr Herz machte einen Satz, als sie das weiße Pferd vor dem Brunnen sah. Ihr erster Impuls war, sich zurückzulehnen, aber etwas hielt sie fest.

Der Herzog hob den Kopf und schaute zu ihrem Fenster hoch.

Ihr Herz trommelte ein wildes Stakkato.

Montgomery hob die Hand und berührte die Krempe seines

Hutes. Langsam und so zielstrebig, dass man es nicht anders als einen Gruß verstehen konnte.

Sie sank zurück in den Sessel.

Sie hatte ihm noch nicht für das letzte Buch gedankt. Sie hatte sich viel zu viele Gedanken um die richtigen Worte gemacht, und jeder Versuch klang hoffnungslos unbeholfen. Außerdem gefiel es ihr insgeheim, dass sie ihm nun auf eine Antwort schuldig war. Das war viel besser, als auf einen Brief von einem Mann zu warten, der ihren Puls beschleunigte.

Am nächsten Morgen war das Fieber verschwunden. Draußen strahlte der Morgenhimmel blau und wolkenlos wie ein frisch gewaschenes Laken. Unten im Hof glitzerten Schneereste, als hätte man Diamanten sorglos verstreut.

Oh, sie konnte die frische Luft beinahe schmecken.

Ein schneller Blick in den Spiegel verriet ihr, dass sie präsentabel aussah. Das Bad am vergangenen Abend hatte auch einen Großteil der Erschöpfung weggespült, und dank der süßen Brötchen mit Vanillesoße waren auch ihre Wangen wieder weich gerundet. Sie steckte sich die Haare zu einem einfachen Knoten, putzte sich die Zähne und wusch sich das Gesicht mit dem nach Rosen duftenden Wasser in der Waschschüssel. Chemise, Korsett, nur leicht gebunden, Lady Henleys graues Tageskleid, ein Hut. Sie streifte ihren Mantel über und schlüpfte aus der Tür.

Sie suchte sich ihren Weg durch das Labyrinth der Treppen und Flure zum Erdgeschoss. Hinter dem Haus erstreckte sich eine riesige Steinterrasse, die geschwungen war wie der Bug eines Schiffes. Eine der Glastüren, die nach draußen führten, war nur angelehnt.

Sie schritt auf die Terrasse und atmete tief die klare Luft ein. Mit geschlossenen Augen genoss sie die Wärme der Sonne auf ihrer Haut. Als sie die Augen wieder aufschlug, stockte ihr der Atem.

Mit dem Rücken zu ihr stand Montgomery am Geländer.

Selbst von hinten wirkte der Herzog unnahbar. Sein Mantel spannte sich leicht über den Schultern, und er war so bewegungslos wie die verwitterten Steinstatuen zu seiner Rechten und Linken.

Es rührte sie, als sie ihn so sah – so reglos und ... einsam. Womöglich trat sie deswegen nicht auf Zehenspitzen den Rückweg ins Haus an.

Und natürlich hatte er ihre Anwesenheit längst bemerkt. Er drehte sich ohne große Eile zu ihr um.

Ihr Mund fühlte sich plötzlich staubtrocken an. Wann hatte sie angefangen, ihn attraktiv zu finden? Denn das war er. Im Moment sah er so faszinierend frisch und kühl aus wie der Wintermorgen.

Prompt runzelte er die Stirn. »Sind Sie sicher, dass Sie sich schon in die Kälte wagen sollten?«

»Mir geht es schon viel besser, Euer Gnaden.« Sie schlenderte zu ihm. »Das Fieber ist seit gestern weg.«

Der Ausblick von der Terrasse war herrlich. Vor ihr erstreckten sich symmetrische Muster aus akkurat geschnittenen Hecken, so wie es die französischen Könige bevorzugt hatten. Im Sommer konnte man von hier bestimmt das Sprudeln der Brunnen hören.

Montgomery musterte sie immer noch prüfend.

Mit gesenkten Lidern, so wie es sich gehörte, stellte sie sich seinem Blick. »Ich konnte es einfach nicht länger in meinem Zimmer aushalten.«

Die Falten auf seiner Stirn vertieften sich. »Benötigen Sie denn etwas?«

»Nein. Sie haben mir alles zur Verfügung gestellt, was ich

brauche, und noch viel mehr. Vielen Dank. Ich fühle mich nur recht schnell … eingesperrt.«

Er lächelte leicht. »Ja«, sagte er. »Das sieht Ihnen ähnlich.«

Es war bemerkenswert, dass er sich offenbar eine Meinung über sie gebildet hatte. Aber womöglich war diese nicht besonders schmeichelhaft. Vielleicht hielt er den Drang nach frischer Luft bei einer Frau für einen Makel.

»Darf ich fragen, was Sie zu dieser Schlussfolgerung veranlasst?«

»Zum zweiten Mal innerhalb weniger Tage erlebe ich nun, wie Sie einen warmen Ort verlassen, um sich der Kälte auszusetzen«, sagte er. »So verhält sich keine Frau, die es sich gern gefallen lässt, sich in einem Käfig aufzuhalten, und sei er noch so golden.«

»Mir war nicht bewusst, dass es Frauen gibt, die sich gern einsperren lassen.«

Diese Bemerkung schien ihn zu amüsieren. »Die meisten schon. Jede Medaille hat zwei Seiten, und so ist Sicherheit unweigerlich auch mit Einschränkungen verbunden. So wie Gesetze oder ein warmes Zimmer sie bieten. Oder ein Ehemann. Die meisten Frauen wünschen sich die Sicherheit, die eine Ehe ihnen bietet, und akzeptieren daher die Einschränkungen.«

Sicherheit.

Auch sie sehnte sich danach. Allerdings war sie offenbar nicht bereit, jeden Preis dafür zu zahlen. Das hatte sie natürlich bereits gewusst. Es verblüffte sie jedoch, dass er es ebenfalls herausgefunden hatte.

»Das heißt nicht, dass Frauen nicht trotzdem die Freiheit bevorzugen würden«, sagte sie.

»Freiheit.« Montgomery gab dem Wort einen nachdenklichen Klang. »Ziehen Sie diese vor?«

Seine Miene gab keinen Aufschluss darüber, warum er sie das fragte. Sie senkte den Blick, denn ihm weiter in die scharfsichtigen Augen zu schauen, löste ein seltsames Gefühl in ihr aus, eine Wärme tief in ihrer Brust und ein Flattern in der Magengrube. Schlichte, bedeutungslose Gesten bekamen plötzlich eine Botschaft. Ihre Sinne schärften sich, und ihr Herz schlug zu schnell und zu laut.

Sie konzentrierte sich auf ihre Hände, die nebeneinander auf dem steinernen Geländer lagen. Ihre Handschuhe wirkten schäbig im Vergleich zu seinen eleganten Lederhandschuhen. Sie faltete ihre Hände vor sich.

»Ja, ich bevorzuge die Freiheit«, sagte sie. »John Stuart Mill war der Ansicht, dass es besser sei, man habe eine Wahl, auch wenn diese das Leben komplizierter macht. Er sagte, es sei besser, ein unzufriedener Mensch zu sein als ein zufriedenes Schwein.«

Montgomery gab einen Laut von sich; fast wie ein Lachen, das er wohl gerade noch rechtzeitig erstickte. »Ein fesselnder Gedanke«, sagte er. »Wollen Sie damit etwa andeuten, dass die meisten ihrer Geschlechtsgenossinnen nicht ganz menschlich sind?«

»Keineswegs. Ich deute gar nichts an«, erwiderte sie hastig. »Mir ist durchaus bewusst, dass wir Frauen, so wie die Dinge derzeit stehen, oft einen viel zu hohen Preis für unsere Unabhängigkeit zahlen.«

»Alles hat immer seinen Preis«, stellte Montgomery fest.

Er schien jedoch nicht verärgert über ihre philosophischen Überlegungen, und er machte auch keine Anstalten, sie wegen ihrer Äußerung über John Stuart Mill zurechtzuweisen. Ein unerwartetes Hochgefühl durchströmte sie, fast so wie bei ihrer Diskussion beim Frühstück über das Frauenwahlrecht. Es hatte etwas für sich, mit einem belesenen Mann zu debattieren, der niemandem etwas beweisen musste. Es brauchte schon mehr als eine gebildete Frau mit einer eigenen Meinung, damit er sich bedroht fühlte. Und das sorgte für eine fast selbstverständliche, absurd angenehme Vertraulichkeit. *Er ist immer noch ein Feind deiner Sache, du dumme Gans.*

Montgomery wandte sich zu den Stufen, die hinunter in den französischen Garten führten. »Kommen Sie und begleiten Sie mich, wenn Sie möchten.«

Sie hatte schon einen Schritt gemacht, als ihr dämmerte, dass sie mit ihm durch den Garten schlendern würde. Allein. Wie von selbst schweifte ihr Blick auf der Suche nach einer Anstandsdame über die Terrasse. Sie bemerkte genau den Augenblick, in dem er ihre missliche Lage begriff. In seine Miene trat ein leicht spöttischer Ausdruck. *Glauben Sie etwa, dass mich hier irgendjemand aufhalten oder mich zur Rechenschaft ziehen könnte*, besagte dieser Ausdruck. Und ein herausforderndes Funkeln schimmerte in seinen Augen. Leider hatte sie noch nie einer guten Herausforderung widerstehen können. Sie musste ihm jedoch zugutehalten, dass er keine Miene verzog, als sie wortlos ihre Hand auf seinen dargebotenen Arm legte. Er führte er sie die Treppe hinunter und dann nach links auf einen Kiesweg.

»Was glauben Sie, würden die Menschen tun, wenn man ihnen morgen ihre Freiheit auf einem Silbertablett präsentierte?«, fragte er.

Sie würden aufatmen. »Sie würden wohl ein sinnvolles Leben führen und es nach ihrem Gusto gestalten.«

Montgomery schüttelte den Kopf. »Sie wären außer sich vor Angst. Warum, glauben Sie wohl, rebellieren manche junge Leute, bis man ihnen die Grenzen aufzeigt?«

»Um fähige Erwachsene zu werden, die eigenständig denken und sich ihre Meinung selbst bilden?«

»Wohl kaum. Sie wollen ein Gefühl für sich selbst bekommen, in dem sie ihre Grenzen ausloten. Um sich darüber zu vergewissern, dass etwas sie davon abhält, die Orientierung zu verlieren, egal, was sie tun.« Offenbar hatte er jemanden ganz Bestimmten im Sinn, denn seine Stimme wurde schroffer.

»Warum fragt man den betreffenden Rebellen nicht einfach nach seiner Motivation?«, wagte sie sich vor.

»Aber das bedeutet, man würde annehmen, was er zu wollen glaubt, sei auch das, was tatsächlich das Beste für ihn ist.« Und diese geäußerte Annahme schien er eindeutig auszuschließen.

Die Morgensonne zeigte sich unversöhnlich und brachte jede Falte in seinem Gesicht zum Vorschein. Es musste ziemlich anstrengend sein, durchs Leben zu schreiten und immer besser wissen zu müssen, was jeder Einzelne brauchte als jener Mensch selbst. Aber das machte auch seine Anziehungskraft zum Teil aus, oder nicht? In einer Welt, in der jeder vom trüben Strom des Schicksals mitgerissen wurde und hektisch in die eine oder andere Richtung paddelte, war seine unerschütterliche Selbstsicherheit wie ein Fels in der Brandung. Er war ein Mann, der die Führung übernahm und seine Aufgaben dann auch nicht vermasselte.

Aus heiterem Himmel schoss ihr ein Gedanke durch den Kopf: *Wie wäre es wohl, mit so einem Mann verheiratet zu sein?*

Frei. An der Seite eines Mannes, der sich kümmerte, konnte eine Frau frei sein.

Fast wäre sie auf dem völlig ebenen Pfad ins Stolpern geraten. Was für ein alberner Gedanke. Freiheit war vermutlich so ziemlich das Letzte, was ein dominanter Mann wie Montgomery zu bieten hatte. Durch seinen Reichtum und seine Stellung in der Gesellschaft konnte er gewiss mehr Sicherheit bieten, als eine Frau sich je wünschen würde, aber jede Frau, die nur ein wenig an ihrer Unabhängigkeit hing, würde von seinem

Schutzinstinkt erdrückt werden. Er würde alle Entscheidungen für sie treffen wollen und Gehorsam verlangen, weil er davon überzeugt war, dass er immer alles besser wusste, im und außerhalb des Ehebettes. Und nein, sie hätte sich ihn wirklich nicht im Bett vorstellen sollen, wie er seine ehelichen Pflichten erfüllte, die Augen vor Begierde schimmernd und das blonde Haar schweißnass an seinen Schläfen …

Sie richtete ihren Blick stur auf den Weg. Seine gnadenlos scharfsichtigen Augen würden sonst sofort bemerken, dass sich ihr verräterischer Körper von den Zehen bis in die Haarspitzen gerötet hatte.

»Also«, murmelte sie, »ist es immer eine Entscheidung zwischen Freiheit und Sicherheit, Euer Gnaden?«

»Tatsächlich ist es gewöhnlich ein Kompromiss aus beidem, denke ich«, antwortete er.

Sie bogen um eine Ecke, und ein flaches Gebäude mit einer großen Glaskuppel kam in Sicht. Lange Reihen von Fenstern, vom Boden bis zum Dach, reflektierten die Morgensonne, und sie hob schützend eine Hand über die Augen.

»Was ist das da vorne?«

»Ein Kompromiss«, antwortete Montgomery und führte sie zu dem Gebäude. Vor einem Seiteneingang blieb er stehen und öffnete die Tür.

Ein Dickicht und die tropische Wärme eines Dschungels begrüßten sie. Die hoch aufragenden Pflanzen in allen Grünschattierungen schluckten das Licht, das durch die Glaskuppel fiel.

»Ein Gewächshaus«, sagte sie leise.

Die Luft war stickig, angefüllt vom Geruch nach feuchter Erde, überreifen Früchten, Nektar und Verfall. Ein Steinpfad verschwand in dem Grün vor ihnen, getupft von rosa und roten Blüten, die sie wie Irrlichter verlockten, dem Weg zu folgen.

Und es war wunderbar warm. Ja, sie hatte tatsächlich gefroren. Offenbar hatte Montgomery es bemerkt und geahnt, dass sie sich trotzdem weigern würde, ins Haus zurückzukehren.

Ein Kompromiss.

Sie drehte sich zu ihm um. »Es ist magisch.«

Magisch? Und diese romantische Bemerkung kam ausgerechnet aus dem Mund einer Frau, die Thukydides las. In Griechisch. Aber inzwischen hatte Sebastian gelernt, dass Miss Archer viele Facetten zu bieten hatte.

Und mal wieder betrachtete er ihr Gesicht. Er hatte ein ziemlich gutes Auge, manchmal zu gut – ihm fiel jeder Fehler in den Haushaltsbüchern sofort auf, und auch jede schiefe Note in einer Komposition. Miss Archer jedoch entsprach äußerlich bis auf Genaueste seinen Vorstellungen von ästhetischer Schönheit, als hätte es in seinem Kopf eine Blaupause gegeben, die nun Wirklichkeit geworden war. Dadurch schien sie ihm seltsam vertraut, als ob er sie schon lange kannte und sie nun endlich wieder in sein Leben getreten war. Ein Ding der Unmöglichkeit, natürlich. Zwar redete und benahm sie sich wie eine Landadelige, aber sein Informant hatte endlich seinen Bericht geschickt, aus dem hervorging, dass Miss Archer als Magd in dem heruntergekommenen Cottage ihres Cousins in Kent gearbeitet hatte.

Ihre grünen Augen weiteten sich. »Bilde ich mir das nur ein oder fühlt sich der Fußboden warm an?«

»Das ist die Bodenheizung.«

Sie gab einen Laut der Begeisterung von sich, und ein wohliger Schauer lief ihm über den Rücken.

»Das Gebäude ist mit modernster Technik ausgestattet«, erklärte er. »Es ist sehr effizient und zweckmäßig gestaltet, weshalb man das ganze Jahr über darin anbauen und ernten kann.«

Ihre Augen glitzerten belustigt. »Das überrascht mich nicht, Euer Gnaden.«

Sie schlenderte den Pfad entlang, und er folgte ihr, seltsam fasziniert von dem Schwingen ihrer Röcke.

»Wie haben Sie all diese Pflanzen zusammengetragen?«, fragte sie.

»Ich habe einen Botaniker damit beauftragt. Er reist in die entsprechenden Länder, um sie zu besorgen, oder er kauft sie von anderen Händlern hier in England.«

Mit der Fingerspitze berührte sie die zarten rosa Blüten eines Oleanders. »Was für ein wunderbarer Beruf«, sagte sie. »Alle Ecken der Welt bereisen zu können, um schöne Sachen zurückzubringen.«

Es fiel ihm schwer, den Blick von ihrem strahlenden Gesicht abzuwenden.

Eigentlich hatte er gar keine Zeit für Gewächshaus-Spaziergänge mit ihr. Er musste eine Revolte von Tory-Hinterbänklern in den Griff bekommen, die sein letzter Kampagnenentwurf ausgelöst hatte, und sollte in seinem Arbeitszimmer sitzen, um Appellbriefe zu schreiben. Er war nur aus einem Grund hier: weil er hier sein wollte. Und er fühlte sich nicht einmal geneigt, zu hinterfragen, warum ihm die Gesellschaft einer höchst unpassenden Frau – einer Bürgerlichen, eines Blaustrumpfs, einer Suffragistin – ihm solches Vergnügen bereitete.

»In welche Ecke der Welt würden Sie denn gerne einmal reisen, Miss Archer?«

Ihr Blick glitt über sein Gesicht. Vermutlich versuchte sie herauszufinden, ob die Frage ernst gemeint war. Sie gab nicht gern etwas über sich preis.

»Ich würde gern einmal Persien bereisen«, sagte sie schließlich.

Die meisten Menschen hätten wohl Paris als Antwort gegeben. Oder Rom. »Ein weit gestecktes Ziel.«

Sie schüttelte den Kopf. »Ich habe früher oft davon geträumt, eine griechische Galeone zu besitzen. In meiner Fantasie bin ich bereits über die sieben Weltmeere gesegelt.«

»Eine griechische Galeone?« Aber natürlich, sie studierte die Klassiker. »Hat Odysseus Sie dazu inspiriert?«

Sie musterte ihn aus dem Augenwinkel. »Möglich.«

»Warum Persien?«, fragte er neugierig. »Odysseus hat nie das Mittelmeer verlassen.«

»Weil«, sagte sie bedächtig, »es die Theorie gibt, dass Persien und Griechenland sich gegenseitig stark beeinflusst haben: in der Architektur, der Regierungsform, der Literatur. Es gibt jedoch wenig belastbare Beweise dafür, und jede Seite leugnet, von der anderen inspiriert worden zu sein. Und mein Professor konzentriert seine Forschungen auf diesen Bereich.«

»Das ist wohl Professor Jenkins?«

»Ja, genau! Kennen Sie seine Arbeit?«

»Ich habe den Mann nie getroffen, aber mein Sekretär liest seine Anträge. Ich finanziere manche seiner Expeditionen. Vermutlich haben Sie schon von der Royal Society gehört?«

»Natürlich. Ich wusste nur nicht, dass Sie zu den Förderern zählen.«

»Meine Familie gehört zu den Gründungsmitgliedern.«

Sie musterte ihn wohlwollend, und er hätte sich fast vor Stolz noch ein Stückchen mehr aufgerichtet. Absurd.

»Vielen Dank dafür«, sagte sie. »Professor Jenkins hat vor, im April Forschungen im Peloponnes zu unternehmen.«

»Mit welchem Ziel?«

»Auf dem Grund der Bucht von Pylos wurde ein Kriegsschiff gefunden, und man will Teile davon heben, um sie zu untersuchen.«

Sie war deutlich lebhafter geworden, als sie davon erzählte. Ihr Körper sprühte förmlich vor unterdrückter Leidenschaft, und verdammt, das lenkte seine Gedanken in eine gänzlich unakademische Richtung …

»Ist er freundlich zu Ihnen, dieser Professor Jenkins?«, fragte er und gab vor, das Thermostat an einem Baum zu prüfen.

»Oh ja«, sagte sie fröhlich. »Er gibt mir viele Hausaufgaben, aber er hat mir auch geholfen, meinen Platz in Oxford zu bekommen. Ich bin ihm sehr dankbar.«

Aus rätselhaften Gründen gefiel ihm das nicht sonderlich. »Wie hat er Ihnen denn geholfen?«

»Er war ein Brieffreund meines verstorbenen Vaters«, erklärte sie. »Nach dem Tod meines Vaters sortierte ich seine Unterlagen und fand ein halb fertiges Schreiben an Professor Jenkins. Ich habe es beendet, und er hat mir darauf geantwortet. Wir haben jahrelangen Briefverkehr gepflegt.«

»Und er hat sich nie reserviert gezeigt, solche akademischen Angelegenheiten mit einer Frau zu diskutieren?«

Die Frage schien sie ein wenig zu ärgern.

»Nein. Mein Vater war mir ein guter Lehrer, wie sich herausstellte. Und …«

»Und?«

»Und aus meiner Unterschrift ist wohl auch nicht so eindeutig hervorgegangen, dass ich eine Frau bin. A. Archer.«

Sie reckte das Kinn, eine Aufforderung an ihn, ihre kleine List zu verdammen.

Fast hätte er gelächelt. »Wann haben Sie ihm die Wahrheit gestanden?«

»Als ich wusste, dass ich seine Hilfe benötigen würde, um mir einen Studienplatz in Oxford zu sichern. Er war mir nicht böse, überhaupt nicht. Und dafür bin ich ihm dankbar«, wiederholte sie.

Sie sollte nicht dankbar sein müssen. Sie hatte sich als fähig erwiesen und sollte ihre Chance allein deswegen erhalten.

Das große Terrarium an der Wand zog ihre Aufmerksamkeit an.

»Was ist das?« Sie deutete mit einem schlanken Finger auf eine Reihe grüner Kokons, die an einem Ast hinter dem Glas hingen.

»Larven. Schmetterlingskokons.«

Sie schaute ihn über die Schulter an. »Sie züchten Schmetterlinge, Euer Gnaden?«

»Die Idee meines Bruders. Nachdem ich Einwände gegen seinen Vorschlag erhob, eine Horde Affen hier zu halten.«

Sie lachte. Ein kleiner Ausbruch ehrlicher Belustigung, wobei ihre hübschen Zähne und ihre rosa Zunge aufblitzten. Er verspürte ein Kribbeln, als hätte er einen Schluck zuckrige Limonade getrunken. Begierde. Er wollte ihr lachendes Gesicht in beiden Händen halten und küssen. Überall. Ihre Stirn, ihre Wangen, ihre Nase. Ihren Mund …

Sie hatte sich bereits wieder zum Terrarium gewandt und beugte sich vor.

»Ich glaube, ich habe eine Raupe entdeckt«, sagte sie atemlos. »Wie faszinierend.«

»Sehr.«

Ein blasser Streifen Haut lugte zwischen ihrem Kragen und ihrem Haaransatz im Nacken hervor. Eine verirrte Locke, die sich in der feuchten Luft kringelte, schmiegte sich an ihren Hals. Es war so verlockend, die seidige Strähne um einen Finger zu wickeln … die zarte Haut ihres Halses mit seinen Lippen zu erkunden.

Sie versteifte sich, als hätte er seine Gedanken laut ausgesprochen. Erst da wurde ihm bewusst, dass er sich über sie gebeugt hatte, um ihren Duft einzuatmen.

Grundgütiger.

Er richtete sich auf. Ihm schwirrte der Kopf. Die feuchte, stickige Luft vernebelte ihm eindeutig das Gehirn.

Einen argwöhnischen Ausdruck in den Augen drehte sie sich um. »Ich hätte nicht gedacht, dass Schmetterlinge in einem Terrarium überleben können.«

»Wir lassen sie frei, wenn sie schlüpfen.« Seine Stimme klang heiser. »Der Deckel lässt sich öffnen.« Er zeigte es ihr. »Und alles, was Flügel hat, kann wegfliegen.«

Sie lächelte nicht.

Unvermittelt begriff er, dass sie offenbar keine unerfahrene Frau war. Er sah dieselbe Erkenntnis in ihren Augen, die sie wohl zweifellos in seinen sah: dass sie ein Mann und eine Frau waren, allein an einem ungestörten, tropisch warmen Ort und er sich wie von einem unsichtbaren Seil zu ihr hingezogen fühlte. Dass er das Verlangen verspürte, seine Finger unter ihren Mantel zu schieben und sie an sich zu ziehen. Und während er sie so ansah, wurde ihr Mund weicher, so als ob sie es begrüßen würde, wenn …

Ein Paradiesvogel stieß einen Schrei aus und landete mit einem Plumps auf dem Terrarium.

Sie schrak zusammen.

»Ah, Peregrin«, sagte er verärgert. »Er füttert die Vögel. Sie glauben, es gibt Futter, wenn man hier steht.«

Zwei schamrote Flecken brannten auf ihren Wangen, nicht die Art von Röte, die er gerne bei einer Frau auslöste. Sie machte einen Schritt zur Seite, außerhalb seiner Reichweite, und er starrte den Vogel böse an.

»Euer Gnaden, ich wollte meine Abreise mit Ihnen besprechen.«

Eine Dusche mit einem Kübel Eiswasser hätte denselben Effekt auf ihn gehabt.

Es dauerte einen Moment, bis er eine Antwort zustande brachte. »Ich nehme an, Sie wollen den Rat des Arztes missachten und sofort abreisen.«

Sie nickte.

»Wie Sie erwähnten, gibt es niemanden, der sich um Sie kümmern kann.«

»Ich habe Verwandte in Kent, und man erwartet mich dort.«

Der Cousin mit dem heruntergekommenen Haus. Das bedeutete sicherlich weiteren Schlafentzug und Mangelernährung.

»Die ärztliche Anordnung ist unmissverständlich«, erwiderte er. »Sieben Tage. Sie sind mir in Claremont willkommen.«

Entschlossenheit funkelte in ihren Augen. »Vielen Dank, aber ich muss mich um einige Angelegenheiten kümmern.«

»Angelegenheiten, die wichtiger sind als Ihre Gesundheit?«

Sie senkte den Blick. »Ich bin inzwischen wieder völlig genesen.«

Das stimmte nicht, sie litt immer noch unter extremer Sturheit.

Schweiß lief ihm den Nacken hinunter, denn er stand in seinem verdammten Wintermantel in einem heißen Gewächshaus. »Selbstverständlich können Sie Claremont jederzeit verlassen«, sagte er. »Aber ich bitte Sie, Rücksicht auf mein Gewissen zu nehmen, denn immerhin wäre ich derjenige, der Ihnen eine Kutsche zur Verfügung stellen würde.«

Das brachte sie offenbar ins Grübeln.

Ah. Also kümmerte sie sich mehr um andere als um sich selbst.

»Und Ihre Freundinnen«, fügte er hinzu. »Sie waren so besorgt um Sie und haben Sie so aufmerksam gepflegt. All die durchwachten Nächte an Ihrem Bett wären jedoch vergebens, wenn Sie einen Rückfall erleiden.«

Ihre Miene verriet, dass sie genau wusste, was er vorhatte, und dass es funktionierte, was sie ihm übel nahm. Gut, das sollte ihm recht sein, wenn es seinen Zweck erfüllte. Wäre sie die Seine, dann würden sie dieses Gespräch gar nicht erst führen. Dann läge sie oben im Bett, eingekuschelt und warm.

»Nun«, sagte sie widerstrebend. »Vermutlich ist es doch vernünftiger, wenn ich noch einen oder zwei Tage bleibe.«

Beunruhigend, wie sehr ihm diese Vorstellung gefiel. »Bis Weihnachten.«

Sie nickte zögernd. »Bis Weihnachten.«

Auf dem Rückweg zum Haus schwieg sie. Ihr Gesicht wirkte angespannt und zu blass. Der Spaziergang hatte sie erschöpft. Was musste man tun, damit sie zuließ, nein, damit sie erwartete, dass sich jemand um sie kümmerte?

Sie war fünfundzwanzig. Zu jung für die unerschütterliche Selbstbeherrschtheit, die sie an den Tag legte. Zu alt, um noch unverheiratet zu sein. Das musste jedoch ihre freie Entscheidung gewesen sein, wenn nicht jeder Mann in Kent taub und blind war. Im Bericht seines Informanten stand, dass sie zwei Jahre woanders gelebt habe und erst nach dem Tod ihres Vaters zurückgekehrt sei. Eine junge Frau verließ ihr Elternhaus selten für ganze zwei Jahre aus erfreulichen Gründen. *Welchen Preis hast du für deine Unabhängigkeit bezahlt, Annabelle?*

»Würden Sie mir morgen früh auf einem Spaziergang durch die Ställe Gesellschaft leisten?«, fragte er.

Sie musterte ihn mit undurchdringlicher Miene.

»In den Ställen ist es warm«, sagte er. »Und die Pferde gehören zu den edelsten in England.«

Sie schwieg lange, ehe sie sich zu einer Antwort entschloss. »Das hängt davon ab, ob mein Gesundheitszustand es zulässt.«

Vermutlich eher davon, ob ihre Stimmung es zuließ.

Vor der Terrassentreppe bot er ihr seinen Arm. Zögernd legte sie ihre Hand darauf. Das, was im Gewächshaus passiert war, hatte sie verunsichert.

Aber was war eigentlich passiert?

Nichts. Verlangen war eine völlig normale Reaktion beim Anblick einer wunderschönen Frau, oder nicht?

13. KAPITEL

Der Morgen war unerwartet angenehm, mit wolkenlosem, strahlend blauem Himmel und einer guten Jagdbeute an Vögeln. Sebastian hatte nicht erwartet, so gut zu treffen, nachdem er die halbe Nacht Briefe schreibend im Arbeitszimmer verbracht hatte, um renitente Parteimitglieder unter Druck zu setzen und die zugänglicheren mit Argumenten von seinen Plänen zu überzeugen. Seine Zufriedenheit erreichte ihren Höhepunkt, als er sah, wie eine schlanke Gestalt aus dem Haus trat und auf die Ställe zusteuerte.

»Offenbar geht es Ihnen wieder besser, Miss Archer«, sagte er über das Gekläffe der Beagles hinweg, die um seine Füße herumwuselten.

Ihr Blick glitt erst über ihn, dann über Stevens, der die erlegten Fasane an Schnüren um seinen Hals trug.

»Mir schien, ich schulde Ihrem Pferd noch eine Belohnung«, sagte sie und zeigte ihm einen kleinen Apfel. »Weil es doch vor ein paar Tagen die doppelte Last tragen musste.«

Vor ein paar Tagen, wo er sie beinahe nach Claremont hätte zurückschleifen müssen. Beinahe konnte er ihr Gewicht wieder in seinen Armen spüren, das Gefühl ihrer weichen Locken an seinem Gesicht.

»Dieses Pferd arbeitet gerade mit McMahon im Paddock«, sagte Stevens.

Sebastian reichte ihm sein Gewehr. »Gut, kommen Sie dann zum Paddock.«

Sie entspannte sich sichtlich, und er wusste, dass er richtig geraten hatte – sie bevorzugte es, heute nicht mit ihm allein zu sein. Und dennoch war sie gekommen.

Sie gingen schweigend nebeneinanderher. Es machte Freude, mit ihr spazieren zu gehen, da sie wie von selbst in die langen Schritte einer Frau vom Land gefallen war. *Weil sie eine Frau vom Land ist.* Er betrachtete ihr ebenmäßiges Profil und fragte sich, wie viel von ihrem französischen Blut blau war. Aus dem Bericht seines Informanten hatte er erfahren, dass ihre Vorfahren mütterlicherseits während der Revolution mit einem Grafen aus Frankreich geflohen waren. Und die Franzosen waren berüchtigt dafür, ihren weiblichen Bediensteten uneheliche Kinder anzuhängen.

»Gehen Sie gern auf die Jagd, Euer Gnaden?« Sie klang höflich. Auf unverfängliche Konversation bedacht.

»Ja«, antwortete er. »Das ist eine der wenigen Freuden, die man als Gutsherr hat.« Gut. Es kam ihm fast so vor, als hätte er gestern nicht kurz davorgestanden, ihren wundervollen Hals zu küssen.

»Und die anderen Freuden?«, fragte sie, mit einer Spur Ironie in der Stimme.

»Das Land mit den richtigen Methoden zu bewirtschaften. Dafür zu sorgen, dass es produktiv und nachhaltig genutzt wird und eine reiche Ernte erzielt und nicht brachliegt und verlottert.«

Zum ersten Mal an diesem Morgen verfing sich ihr Blick mit seinem. »Ich dachte, das sei Aufgabe des Verwalters.«

»Und meine Verwalter berichten an mich«, sagte er. »Also liegt die Verantwortung letztendlich bei mir.« Für sämtliche einhundertzwanzigtausend Morgen. In der ersten Woche nach dem plötzlichen Ableben seines Vaters hatte er sich im Arbeitszimmer eingesperrt, um die Bücher, Dokumente und Verträge durchzusehen, und war völlig fassungslos darüber gewesen, dass sein Vater trinken, am Spieltisch sitzen und sich mit seiner Mätresse vergnügen konnte, während zehntausend Morgen aufgrund schlechter Verwaltung brachlagen und heruntergewirtschaftet wurden. Eine weitere Woche und zahllose Zigaretten später war er zu dem Schluss gekommen, dass sein Vater wohl getrunken und gespielt hatte, weil ihn die Verwaltung der Ländereien überforderte. Aufgrund der knappen liquiden Mittel und einiger schlechter Investitionen waren ihre Güter zu einem Fass ohne Boden geworden und fraßen das Geld förmlich auf. Seit der industriellen Revolution verursachten in ganz Großbritannien viele Ländereien meist mehr Kosten, als sie einbrachten. Er konnte jedoch nicht erwarten, dass Annabelle Archer trotz ihrer Gelehrigkeit über solche Dinge Bescheid wusste, denn die Aristokratie zog es vor, so zu tun, als stünde ihr guter Name nicht auf tönernen Füßen.

Auf der Koppel herrschte reges Treiben. Einige der alten, ausgemusterten Pferde beknabberten am anderen Ende gegenseitig ihr Fell. McMahon trainierte den Schimmel an der Longe. Das weiße Fell schimmerte im Sonnenlicht und betonte das Spiel der kräftigen Muskeln.

Annabelle legte die Hände auf den Zaun, den Blick auf den Hengst gerichtet. »Er ist wunderschön«, sagte sie. »So stark und doch so anmutig.«

»Das liegt in seiner Rasse«, sagte er. »Der Andalusier ist eine Kreuzung zwischen europäischen Warmblütern und arabischen Vollblütern, das Beste aus zwei Welten.«

Sie schenkte ihm ein leichtes Lächeln, eins von der Sorte, die ihm Rätsel aufgaben.

»Wie heißt er?«, fragte sie.

Er ratterte den offiziellen, ziemlichen langen spanischen Namen herunter, der auf den Papieren des Hengstes stand.

»Du liebe Güte«, sagte sie. »Und welchen Namen haben Sie ihm gegeben?«

»Gar keinen«, sagte er, und als er ihre nachdenkliche Miene bemerkte, fügte er hinzu: »Er ist ein Pferd.« Man konnte einem Hund einen Namen geben, aber einem Pferd?

Die Zahnrädchen surrten in ihrem Kopf, das konnte man ihrem Gesicht deutlich ansehen.

»Heraus mit der Sprache, Miss Archer«, sagte er. »Sie haben ihn doch bereits getauft.«

Sie betrachtete das Pferd, während sie ihre Augen mit der Hand vor der blendenden Sonne schützte. »Er sieht aus wie ein Apollo.«

Der griechische Gott des Lichts. Warum nicht? Der Name passte zu dem Hengst.

Eins der alten Pferde kam herübergetrottet. Seine Ohren zuckten neugierig.

»Und wer bist du?«, lockte Annabelle das Pferd, und es versetzte Sebastian unwillkürlich einen Stich, dass ihr Tonfall nun deutlich herzlicher klang als im Gespräch mit ihm. Der Wallach schnupperte an ihrer Hand und blähte die Nüstern, als er den Apfel roch.

Sie hob stirnrunzelnd den Blick zu ihm. »Warum ist sein Fell so zerfressen? Ist er krank?«

»Nein, nur alt. Fast dreißig Jahre.«

Sie tätschelte das schnuppernde graue Maul. »Ist er nicht zu gebrechlich für die Arbeit?«

»Wir arbeiten nicht mehr mit ihm, er ist in Pension.«

Erstaunt blickte sie ihn an. »Sie behalten Ihre alten Pferde?«

»Ja.«

»Warum?«

»Weil sie mir gute Dienste geleistet haben und keine Notwendigkeit besteht, sie bereits vor ihrem natürlichen Tod zu Seife zu verwandeln.«

Sie schwieg einen Moment. Dann streichelte sie das Pferd und murmelte dabei etwas wie »aber es wäre so viel effizienter«. Die Bemerkung hätte ihn verärgern können, aber ihr Ton war so liebevoll wie zuvor, als sie den alten Klepper begrüßt hatte. Irgendetwas in seiner Brust antwortete darauf; durch die ewige Kälte brach eine warme Woge, und das Gefühl ähnelte dem Brennen nach einem großen Schluck Scotch. Dabei hatte er seit fast zwanzig Jahren keinen Tropfen Alkohol mehr angerührt. Konnte man von der Gegenwart einer Frau betrunken werden?

Sie schaute ihn aus dem Augenwinkel an, und was immer es auch war, das in ihrem Blick lag, ihm schwirrte dadurch der Kopf.

Ja. Offenbar konnte man von einer Frau betrunken werden. Verflixt, ausgerechnet jetzt musste Stevens pflichtbewusst auftauchen und ihrer wohligen Zweisamkeit ein Ende bereiten.

»Annabelle, du musst mir unbedingt noch deine Maße geben, bevor ich heute abreise«, sagte Hattie.

Annabelle hob den Blick von dem Brief, den sie gerade schrieb.

Das graue Licht der Nachmittagssonne erhellte den Salon. Hattie flegelte sich wie eine Konigin der Antike seitwärts auf dem Sofa, eine Schale mit Weintrauben auf dem niedrigen Tisch vor sich.

»Und warum sollte ich das tun, Miss Greenfield?«

»Weil ich das Gefühl habe, dass du zu Montgomerys Silvesterball eingeladen wirst. Deshalb brauchst du ein Ballkleid.«

»Das ist höchst unwahrscheinlich.«

»Wieso? Du bist auch zu Lady Linghams Weihnachtsdinner eingeladen.«

»Aber nur, weil ich zu diesem Zeitpunkt immer noch in Claremont festsitzen werde.«

»Gut, aber stell dir nur vor, es passiert noch etwas Unerwartetes und du erhältst eine Einladung zur bedeutendsten Hausgesellschaft des Jahres. Nur musst du leider absagen, weil du nichts anzuziehen hast.«

»Stell du dir nur vor, ich bestelle mir ein Ballkleid und werde nicht eingeladen.«

Hattie ließ eine weitere Weintraube in ihren Mund plumpsen. »Dann hättest du wenigstens ein Ballkleid, was nie schlecht ist.«

Annabelle seufzte. »Catriona, sag du doch auch mal etwas dazu.«

Catriona hatte es sich in einem großen Lehnsessel gemütlich gemacht und schaute nun pflichtbewusst von ihrem Notizbuch auf. »Ich würde ja jeden Ball meiden, sofern es mir möglich wäre, aber da mein Vater auf meiner Teilnahme besteht, wäre es mir lieber, wir würden alle drei zusammen gehen.«

Annabelles Augen wurden schmal. »Das ist nicht sehr hilfreich, meine Liebe.«

»Bei Celeste gibt es eine neue smaragdgrüne Seide«, erzählte Hattie. »Das hat mir meine Schwester geschrieben.« Sie deutete auf einen Brief neben der Obstschale. »Du würdest in Smaragdgrün fantastisch aussehen.«

Celeste. Die Schneiderin aus der Bond Street, die so berühmt war, dass sie es sich erlauben konnte, nur ihren Vornamen zu verwenden. Ihr Name war in aller Munde, doch Menschen wie Annabelle kannten sie nur aus den Modemagazinen, die Hattie in den Gemeinschaftsraum ihres Colleges geschmuggelt hatte. *Ihre Seidenroben sind so fließend wie Wasser. Ihre Kreationen schmeicheln einer Dame wie die Goldfassung einem Diamanten.*

Annabelle begutachtete den Brief, den sie Gilbert schrieb. Sie behauptete darin, dass sie sich in Catrionas Residenz am St. John's College von einer Krankheit erholte. Wenn sie erzählte, dass sie Weihnachten mit dem Herzog von Montgomery verbringen würde und sich über Seidenstoffe von Celeste unterhielt, würde er vermutlich annehmen, dass sie bereits nach drei Monaten Studium den Verstand verloren hätte, und sie schneller nach Chorleywood zurückbeordern, als sie »Frohe Weihnachten« sagen konnte.

Sie nahm den Füllfederhalter wieder auf.

»Willst du nicht wenigstens darüber nachdenken?« Hattie klang enttäuscht.

»Ich kann mir keine Ballrobe leisten.«

Verlegenes Schweigen senkte sich über den Raum.

»Ich habe mich schon gefragt, was ich dir zu Weihnachten schenken soll.«

Annabelle warf ihrer Freundin einen mahnenden Blick zu. »Hattie, ich bin keins deiner Wohltätigkeitsprojekte.«

Zumindest hatte Hattie den Anstand, zerknirscht auszusehen. Wenn auch nur für eine Sekunde. Dann lächelte sie listig. »Aber natürlich nicht«, sagte sie. »Du wirst dafür natürlich eine Gegenleistung erbringen. Und zwar wirst du mir fünf Stunden pro Woche Modell sitzen, als Helena von Troja.«

Schon wieder Helena von Troja?

»Smaragdgrüne Seide«, trällerte Hattie. »Champagner, Walzer, heiratswürdige Junggesellen. Und …«

Annabelle hob abwehrend die Hände. »Schon gut, schon gut. Ich gebe dir meine Maße und sitze dir als Helena von Troja Modell.«

Hatties Gesicht leuchtete so strahlend wie der Weihnachtsbaum im großen Salon von Claremont. »Fabelhaft!«

In der Ecke schlug die Standuhr zwei Mal.

»Entschuldigt mich bitte«, sagte Hattie. »Tantchen wird ihr Mittagsschläfchen sicher gleich beenden.«

Catriona schaute der Freundin ehrfurchtsvoll nach, bis die Tür hinter ihr zufiel. »Sie hat es gerade geschafft, dich zu überreden, für ein Gemälde Modell zu sitzen, für das du nicht Modell sitzen möchtest, um ein Kleid zu bekommen, das du gar nicht haben willst.«

Annabelle zuckte mit den Schultern. »Das spielt keine Rolle. Ich werde sowieso nicht eingeladen.«

»Ich denke, Hattie hat nicht ganz unrecht.«

Annabelle runzelte die Stirn. »Was meinst du damit?«

»Es ist nur so ein Gefühl.«

Das war verdächtig. Catriona äußerte sonst nie Gefühle. Gewöhnlich untermauerte eine lange Liste von Fakten ihre Worte.

»Welches Kleid wirst du zum Weihnachtsdinner tragen?«, fragte Catriona nun.

»Das hellblaue Damastkleid.« Es war das Eleganteste, das man ihr gegeben hatte, aber sie hatte es bereits hier in Claremont getragen. Es musste trotzdem reichen.

»Ich habe gehört, dass Lady Lingham und der Herzog ein … Arrangement haben«, sagte Catriona.

Oh.

Die Röte auf Catrionas Wangen ließ wenig Zweifel darüber, welcher Natur dieses Arrangement war.

Warum sollte sie das überraschen? Männer von Montgomerys Rang hatten gewöhnlich eine Mätresse, die sie irgendwo versteckten. Aber ein Arrangement mit einer Frau gleichen Standes?

Sie versuchte, beiläufig zu klingen. »Wie ist sie denn so, die Gräfin?«

»Sie ist seine Nachbarin. Älter und verwitwet«, antwortete Catriona. »Womöglich hat sie Einfluss auf seine Meinung. Vielleicht sollten wir Damen wie sie in unsere Kampagne mit einbeziehen und versuchen, sie von unserem Vorhaben zu überzeugen.«

»Das ist eine großartige Idee«, murmelte Annabelle. Sie bewegte sich unruhig auf dem Stuhl. Ein unangenehmes Jucken plagte sie plötzlich. »Weißt du, das blaue Kleid sieht ganz schrecklich an mir aus.«

»Ach wirklich?«

»Ja. Die Farbe schmeichelt mir nicht, und es plustert sich an den falschen Stellen auf.«

»Könntest du es nicht mit einem Band verzieren?«

»Wohl schon, aber das wäre so, als würde man ein Band an einem Wrack anbringen.«

»Normalerweise neigst du nicht zu Übertreibungen«, sagte Catriona bedächtig. »Bedrückt dich etwas?«

»Nein«, erwiderte Annabelle. Sie tippte mit dem Füllfederhalter auf den Brief, Tinte kleckste aufs Blatt. »Mir ist nur gerade eingefallen, dass ich noch gar nicht so alt bin, mich aber nicht erinnern kann, wann ich zuletzt ein hübsches Kleid getragen habe.«

Vor einer Ewigkeit hatte sie einmal Geschmack besessen, hatte sich gern Bänder ins Haar geflochten und Ohrschmuck getragen, der die Farbe ihrer Augen zur Geltung brachte. Seit dem Sommer mit William hatte sie daran keine Freunde mehr gefunden. Ihr Aussehen war bestenfalls ein leeres Versprechen, im schlimmsten Fall jedoch eine Last. Und nun … Nun verspürte sie den fast überwältigenden Drang, aus diesem tristen grauen Kokon auszubrechen, den sie schon so lange trug.

Aber das konnte sie nicht. Im Moment war sie genau so, wie sie sein musste, um sich eine respektable, unabhängige Zukunft aufzubauen.

Sie könnte sich jedoch von Montgomery fernhalten. Gestern im Gewächshaus hatte er sie küssen wollen. Sie kannte diesen Blick, den er ihr neben dem Terrarium geschenkt hatte, allzu gut. Dieses eindringliche Starren, die männlichen Absichten, die sich dahinter verbargen. Solch intensiven Blicken folgte gewöhnlich der Versuch, sie zu umarmen, der wiederum mit einer Ohrfeige für den betreffenden Mann endete. Montgomery hatte sich ihr jedoch nicht genähert. Noch schockierender war jedoch die Tatsache, dass sie ihn vermutlich nicht abgewiesen hätte. Nein, vielmehr hatte sie an diesem Morgen wieder seine Gesellschaft gesucht. Wenig hilfreich war auch das Wissen, dass er seine alten Klepper behielt, als schlüge ein mitfühlendes Herz in seiner harten Brust …

Sie musste ihm bis zu diesem Weihnachtsdinner irgendwie aus dem Weg gehen. Kein gemeinsames Frühstück mehr, keine Briefe, Spaziergänge und vertraulichen Gespräche. Was hatte sie sich dabei nur gedacht?

Während der Fahrt zu Lady Linghams Weihnachtsdinner herrschte unangenehmes Schweigen. Womöglich hatte Montgomery aus Gründen der Zweckmäßigkeit beschlossen, dass sie zu viert in einer Kutsche fuhren – er, Peregrin, Tantchen Greenfield und Annabelle.

Tantchen schlief immer wieder ein, wobei ihr Kopf auf Annabelles Schulter sackte, und die beiden Männer ihr gegenüber wirkten schrecklich ernst, was nur teilweise ihren dunklen Mänteln geschuldet war. Sie schienen verärgert übereinander zu sein und starrten entschlossen ins Nichts, ein Blick, der zu Montgomery passte, aber nicht zu Peregrin. In den vergangenen Tagen hatte sie viel Zeit mit dem jungen Lord verbracht, zunächst, um dem Herzog aus dem Weg zu gehen, aber bald schon, weil sie feststellte, dass Peregrin ausgenommen freundlich und geistreich war. *Höhere Mächte zwingen mich dazu, Platos Politeia während meiner Weihnachtsferien zu bearbeiten*, hatte er ihr gebeichtet. *Kennen Sie dieses Buch vielleicht zufällig?*

Es hatte ihr große Freude bereitet, ihm Nachhilfestunden zu geben, denn es hatte sie, wenn auch nur kurz, von der absurden Anziehung zu Montgomery abgelenkt.

Nun aber verspürte sie diesen Bann so stark wie eh und je. Ja, sie konnte es nicht länger leugnen. Dieser ernste Aristokrat ihr gegenüber beherrschte ihre Gedanken. Trotz seiner kühlen, gelangweilten Miene wärmte seine Nähe sie selbst jetzt wie ein Feuer.

Sie zwang sich, den Blick von ihm loszureißen und auf ihre Hände in ihrem Schoß zu senken. Sie sah ihn jedoch immer noch, wie den Schein eines Feuers, der sich in ihr Sichtfeld drängte. Vielleicht würde das Dinner mit seinem »Arrangement« die Flamme dieser Schwärmerei zum Erlöschen bringen.

Sie verspürte ein Flattern in der Magengrube, als Lingham Hall in Sicht kam. Das Gebäude war wirklich reizend, ein Herrenhaus in praktischer Größe mit einer glatten georgianischen Sandsteinfassade. Blattlose Weinreben rankten sich um den von Säulen gestützten Eingang, wo der Butler bereits auf sie wartete.

Kaum hatten sie das Foyer betreten, eilte eine schlanke, große Frau Anfang vierzig auf sie zu. Selbstbewusst klackerten ihre Absätze über den Marmorboden.

»Montgomery!« Ihre elegante rechte Hand verweilte einen Moment länger als schicklich auf seinem Arm.

Annabelle konnte es ihr nicht verübeln. Montgomerys breite Schultern füllten den schwarzen Frack perfekt aus, und das helle Grau seiner Weste ließ seine Augen wie poliertes Silber glänzen. Er war das Inbild maskuliner Eleganz; jede Frau, die es sich leisten konnte, wäre versucht, ihn verstohlen zu berühren.

»Und Sie müssen Miss Archer sein.« In der Miene der Gräfin spiegelte sich leichte Neugier. »Sie Ärmste, wie schrecklich, zu solch einer fröhlichen Zeit krank zu werden.«

Ihr Vater hätte Lady Lingham als Dame mit »langem Gesicht und vielen Zähnen« beschrieben, eine äußerliche Erscheinung, die als ansprechend galt, weil sie von jahrhundertelangem Reichtum und gutem Stammbaum zeugte. Außerdem hatte sie ein Händchen für mühelose Eleganz. Ihre seidig glänzende graue Robe schmiegte sich an den richtigen Stellen an ihre zierliche Figur, und der Knoten, zu dem sie ihre Haare geschlungen trug, wirkte täuschend schlicht. Sicher hatte die Zofe mindestens eine Stunde gebraucht, um diese Frisur zu kreieren. Annabelle könnte sie mit ihrem üppigen, lockigen Haar niemals tragen.

Beim Betreten des Salons zog der Herzog die Blicke eines Dutzend Augenpaare an, wie ein Magnet Metall. Lady Lingham löste sich von seinem Arm und weckte Annabelles Misstrauen, weil sie sich bei ihr unterhakte, als seien sie alte Freundinnen. »Kommen Sie, Miss Archer, drehen wir eine Runde durchs Zimmer.«

Argwöhnisch ließ Annabelle sich von ihr führen. Sie waren ungefähr gleich groß, aber die Gräfin war zierlich wie ein Vogel, die Berührung ihrer behandschuhten Hand auf ihrem Arm kaum zu spüren. In den Winkeln ihrer kühlen blauen Augen waren feine Linien erkennbar. Es waren äußerst scharfsichtige Augen. Montgomery hatte sich keine einfältige Frau für sein Arrangement ausgewählt, und Annabelle wusste nicht so recht, ob sie das gut oder schlecht finden sollte.

»Vielen Dank für die Einladung, Mylady«, sagte sie.

In Lady Linghams Augen trat ein Funkeln. »Die Freude ist ganz meinerseits. Die ganze Nachbarschaft redet von Ihnen.« Sie lachte leicht. »Oh, kein Grund, so erschrocken zu blicken. Natürlich gibt es Klatsch und Tratsch, aber die Gerüchte sind viel zu absurd, um Schaden zu verursachen. Meine Zofe behauptet beispielsweise beharrlich, dass man Montgomery mit Ihnen auf seinem Pferd gesehen hat. Er soll wie ein Ritter in glänzender Rüstung mit Ihnen als seiner Prinzessin über die Felder galoppiert sein.«

Wie bitte?

»Ach du liebe Güte«, brachte sie mühsam hervor.

»Ganz genau.« Lady Lingham schüttelte den Kopf. »Also, sorgen Sie sich nicht. Jeder weiß, dass Montgomery sich niemals derart zur Schau stellen würde. Er hat mir erzählt, Sie stammen aus einer Vikarfamilie?«

»Ja, Mylady.« Was hatte Montgomery der Gräfin noch über sie erzählt?«

»Wie bezaubernd«, sagte Lady Lingham. »Da habe ich genau den richtigen Tischherrn für Sie.«

Inzwischen hatten sie einen schmächtigen, dunkelhaarigen Mann erreicht, der ganz allein neben einer großen Topfpflanze stand.

»Miss Archer, darf ich Ihnen Peter Humphrys vorstellen, meinen Vikar.«

Peter Humphrys errötete heftig und verbeugte sich viel zu tief. »Was für eine Freude, Miss Archer, Sie kennenzulernen«, rief er. »Dieser wundervolle Abend ist soeben noch wundervoller geworden.« Prompt folgte er ihnen durch den Raum, während Lady Lingham sie den anderen Gästen vorstellte.

Da war der Graf Marsden, ein korpulenter, rotgesichtiger, älterer Gentleman, der geradewegs durch sie hindurchsah. Seine Gattin berührte immer wieder mit knochigen Fingern den eiergroßen Rubinanhänger ihrer Kette, die zu schwer für ihren dünnen Hals zu sein schien. Viscount Easton hatte seine halbwüchsigen Kinder, einen Sohn und eine Tochter, mitgebracht, und zum Schluss machte sie Bekanntschaft mit einem älteren Paar, den Richmonds, deren beide Töchter Annabelles blaues Kleid mitleidig musterten.

Im Speisesaal wurde der Abend nicht angenehmer. Annabelles Platz befand sich am Fußende, gegenüber den Kindern von Viscount Easton. Montgomery saß als Lady Linghams Ehrengast am Kopfende zur Rechten ihrer Gastgeberin. Sein hellblonder Haarschopf tauchte immer wieder am Rande von Annabelles Blickfeld auf, wenn er sich zur Gräfin beugte, um ihr aufmerksam zuzuhören.

Peter Humphrys hob den Metallbecher neben seinem Weinglas an seine Nase und schnupperte daran. »*Mint Julep*«, verkündete er und schmatzte genüsslich. »Vorsicht, Miss Archer. Dieser Cocktail enthält einen großen Schuss Bourbon.«

Ihr Becher fühlte sich kalt an, und der Inhalt roch nach Minze.

Lady Linghams Gelächter am anderen Tischende verriet, dass sich die Gräfin köstlich amüsierte. Sie gaben ein schönes Paar ab, Lady Lingham und Montgomery. Ob zu viele Zähne oder nicht, sie reflektierte mit ihrer Weiblichkeit seine Maskulinität, war gleichermaßen nüchtern und diszipliniert, kultiviert und unergründlich; die beiden waren quasi Adam und Eva der Aristokratie.

Hatte Annabelle erst nur zögerlich an ihrem Mint Julep genippt, nahm sie nun einen herzhaften Schluck. Ein trügerisch süßlicher Geschmack breitete sich in ihrem Gaumen aus, denn sie konnte den Alkohol nicht schmecken. *Wunderbar.*

»Unterscheidet sich die Flora in Wiltshire sehr von der, die Sie in Kent beobachten?«, fragte Peter Humphrys.

»Das kann ich nicht sagen. Ich finde, dass beide derzeit gleichermaßen von Schnee bedeckt sind, Mr Humphrys.«

Er stieß einen verblüfften Grunzlaut aus. Köpfe drehten sich in ihre Richtung, und Augenbrauen wurden missbilligend gehoben. Das Easton-Mädchen grinste. Annabelle leerte ihren Becher in einem Zug und bedeutete einem Diener, ihr nachzuschenken.

Der Vikar lehnte sich so nah zu ihr, als wolle er ein Geheimnis mit ihr teilen. »Neben dem Pfarrhaus gibt es ein schönes Wäldchen«, sagte er. »Im Frühjahr beobachte ich dort oft Buntspechte, *dendrocopos major*.«

Sie zwang sich zu einem Lächeln.

»Mögen Sie Vögel, Miss Archer?« Er klang hoffnungsvoll.

»Ich finde sie faszinierend. Vor allem Spechte.«

Wäre sie eine normale Frau, würde sie ihre Netze nach dem Vikar auswerfen. Heiratswürdige Junggesellen – also freundliche, ehrbare Männer mit einer guten Arbeit – waren selten. Aber sie hatte einen Sommer der Leidenschaft erlebt, und das hatte sie verändert. Wie die antike Dichterin Sappho schon sagte: *Eros erschüttert bebend die Seele mir, wie im Gebirge der Sturm, der auf Eichen stürzt.* Sie hatte vom Apfel der Versuchung gekostet, Demut und Bescheidenheit kamen nun für sie nicht mehr infrage. Ihre Leidenschaft hatte Männer wie Peter Humphrys für sie ruiniert.

Anderswo am Tisch nahm die höflich belanglose Konversation eine ungewöhnliche Wendung.

»Natürlich versuchen sie, den Frauen das Wahlrecht zu sichern«, sagte Lord Marsden. »Weil sie wissen, dass sie nur von Idioten gewählt werden. Merken Sie sich meine Worte: Sollten Frauen das Wahlrecht bekommen, werden die Liberalen für immer an der Macht bleiben.«

Seine Frau streckte in einer beschwichtigenden Geste die

schmale Hand über den Tisch nach seinem Ärmel aus. Marsden ignorierte sie. »Idioten«, wiederholte er.

»Vorsicht, Tuppy«, meinte Lady Lingham am Kopfende. »Heute Abend sitzen einige sehr kluge Frauen am Tisch.«

Tuppy, Lord Marsden, winkte mit einer klobigen Pranke ab. »Sie wissen doch, wie ich das meine, meine Liebe.«

Die Frauen am Tisch tauschten verstohlene Blicke, offenbar war sich keine sicher, wie Lord Marsden seine Bemerkung gemeint hatte.

»Miss Archer studiert in Oxford«, verkündete Lady Lingham. »Was sagen Sie nun dazu?«

Annabelle drehte den Kopf abrupt in ihre Richtung.

Die Gräfin lächelte. Nicht unfreundlich, sondern eher neugierig. Für Adelige konnte alles zum Spiel werden.

Marsden musterte Annabelle mit schmalen Augen. »Ach tatsächlich?«

Ihr Puls beschleunigte sich und rauschte ihr in den Ohren. »Ja, Mylord.«

Aus dem Augenwinkel nahm sie wahr, wie Montgomery sein Besteck niederlegte.

»Und welchen Zweck soll eine solche übermäßige Bildung haben?«, fragte Marsden.

Sämtliche anderen Gespräche waren verstummt, die gesamte Aufmerksamkeit richtete sich auf sie, heiß und entlarvend wie ein Gasglühlicht. Hitze kroch von ihrem Hals hinauf in ihre Wangen.

»Ich glaube, eine höhere Bildung wird meine Fähigkeiten verbessern und mir in allen Lebensbereichen nutzen, ganz egal, wonach ich strebe, Mylord.«

Ein zwiespältiges Gemurmel erhob sich am Tisch. Menschen, die sich verbessern mussten und nach etwas strebten, waren offenbar nicht mit einem guten Stand im Leben gesegnet.

»Und streben Sie etwa nach dem Wahlrecht?«, hakte der Earl nach.

Das alkoholische Getränk hatte sich zu einem Kloß in ihrer Kehle verdichtet. Lucie würde es ihr niemals verzeihen, wenn sie sich gleich mehrere einflussreiche Gentlemen auf einmal zum Feind machte. Sie würde es sich selbst nicht verzeihen können, wenn sie sich vor einem ganz speziellen Mann zum Narren machte.

»Ja, ich glaube schon, dass man auch Frauen das Wahlrecht geben sollte.«

Marsden sah sich triumphierend um.

»Warum gibt man nicht einfach jedem, der Politik begreift, das Wahlrecht und schließt alle anderen aus, egal ob Mann oder Frau«, sagte Lady Lingham freundlich.

Marsden stieß ein höhnisches Lachen aus. »Weil eine Frau von Natur aus nicht dafür gemacht ist, Politik oder ähnlich gelagerte komplexe Angelegenheiten zu begreifen.«

»Von Natur aus?« Nun klang Lady Lingham nicht mehr so freundlich.

»Oh ja.« Der Earl wandte sich wieder an Annabelle. »Haben Sie den Artikel gelesen, der kürzlich von der Marchioness von Hampshire publiziert wurde? Er handelte vom weiblichen Gehirn?«

»Leider nein.«

»Lady Hampshire ist beeindruckend«, sagte Lady Marsden.

Alle am Tisch nickten.

»Hören Sie gut zu, Miss«, fuhr Marsden fort. »Lady Hampshire ist strikt dagegen, dass Frauen eine höhere Bildung anstreben sollten, ganz zu schweigen vom Wahlrecht und politischen Aufgaben. Die Wissenschaft hat erwiesen, dass das Gehirn einer Frau kleiner als das eines Mannes ist. Noch dazu ist es anders verschlungen.« Er machte mit den Händen eine rollende Geste. »Selbst wenn Sie, Miss Archer, dieselben Bücher lesen und dieselben Reden hören wie ein Mann, würde Ihr Gehirn daher niemals die gleichen qualifizierten und fundierten Schlussfolgerungen daraus ziehen. Sie speisen Ihr Gehirn mit denselben Informationen, aber in den Windungen geht irgendwo etwas verloren, weshalb Sie zu einem anderen Ergebnis von minderer Qualität gelangen.«

Er sah sie erwartungsvoll an.

»Das klingt beunruhigend«, gab sie zu.

»Das ist es«, erwiderte er ungeduldig. »Warum also folgen Sie nicht Lady Hampshires Rat und bleiben wohlbehalten in Ihrer weiblichen Rolle, statt Ihr Gehirn mit Dingen zu verwirren, die es gar nicht begreifen kann?«

Sie konnte wohl kaum die Urteilskraft der »beeindruckenden« Lady Hampshire vor diesem Publikum anzweifeln, und Marsden wusste das. In seinen Augen glänzten Selbstzufriedenheit und Triumph.

Wahrscheinlich lag es daran, und an dem großen Glas Bourbon, dass sie ihren Mund nicht halten konnte. »Nun, Mylord, wenn aber das weibliche Gehirn gar nicht imstande ist, politische Angelegenheiten qualifiziert zu beurteilen und Analysen zu erstellen, wie Lady Hampshire glaubt, warum sollte dann jemand ihrer Analyse über Frauen in der Politik vertrauen?«

Schweigen legte sich über den Saal.

Peregrin stieß einen erstickten Laut aus und hob rasch die Serviette an den Mund, doch in seinen Augen glänzte kaum verhohlene Schadenfreude.

»Wirklich, Miss Archer«, sagte Lord Easton bedächtig. »Sie sollten überlegen, Jura zu studieren. Sie würden meinem alten Anwalt Beadle ordentlich Konkurrenz bieten.«

»Hört, hört«, sagte Richmond. »Außerdem ist sie viel netter anzusehen als Beadle.«

Einige lachten, was Marsden sichtlich erzürnte, denn er bekam einen roten Kopf. »Dass der Liberalismus so rasant um sich greift, ist nicht zum Lachen«, blaffte er.

»Rasant um sich greifender Liberalismus ist hier nicht ihr Problem, Marsden.«

Der Herzog hatte den ganzen Abend so wenig gesprochen, dass seine Bemerkung nun einschlug wie ein Blitz.

Alle Köpfe drehten sich zu ihm.

Montgomerys Miene war steinern.

Marsden wirkte unsicher. »Wie würden Sie es denn bezeichnen, Herzog?«

Montgomery hob sein Glas. »Es nennt sich Logik.« Er prostete Annabelle als kleines, aber unmissverständliches Zeichen der Anerkennung zu.

Wärme durchflutete sie. Sein Blick hatte ihr kurz den Atem geraubt, eine Mischung aus quecksilbriger Verärgerung und … Bewunderung?

Alle anderen betrachteten sie nun misstrauisch. Alle, außer Lady Lingham. Ihre Miene wirkte nachdenklich.

»Darauf können wir doch alle anstoßen«, sagte sie kurz darauf betont fröhlich und hob ihr Glas. »Auf die Logik.«

Nach dem Dinner wechselte die Gesellschaft zurück in den Salon. Peter klebte förmlich an Annabelles Seite und erzählte ihr alles Mögliche über Vögel, deren lateinische Namen er falsch aussprach. Sie war jedoch beinahe dankbar dafür, denn so konnte sie vorgeben, in ein Gespräch vertieft zu sein und die mordlustigen Blicke, die Lord Marsden ihr zuwarf, nicht zu bemerken. Weder Montgomery noch die Gräfin waren zu sehen.

Sie entdeckte eine angelehnte Tür zur Terrasse, und sobald die sauertöpfischen Schwestern Richmond den Vikar in ein

Gespräch zogen, ergriff sie die Gelegenheit zur Flucht und stürzte sich kopfüber in die Dunkelheit.

Sofort drang das geistlose Geplauder nur noch gedämpft an ihr Ohr.

Noch nie hatte sich die kalte, saubere Luft so gut angefühlt. Gierig atmete sie ein.

Und verharrte unvermittelt.

Noch jemand stand auf der Terrasse. Ein Mann. Er hatte das Gesicht zum Nachthimmel gewandt. Im Fackelschein erkannte sie Peregrins schlanke Gestalt, noch bevor er sich umdrehte.

»Miss Archer.« Höflich drückte er seine Zigarette aus.

»Lord Peregrin.« Sie gesellte sich zu ihm und blickte hinauf zu den Sternen. »Haben Sie dort oben etwas Spezielles gesucht?«

»Den Polarstern. Wussten Sie, dass Matrosen ihn Tausende Jahre lang zur Orientierung nutzten?«

»Ja, seit den Phöniziern.«

Er lachte. »Haben Sie rein zufällig den Unterricht im Mädchenpensionat versäumt, in dem man beigebracht bekommt, sich in Gegenwart eines Mannes bescheiden unwissend zu geben?«

»Ich fürchte ja.« Sie hatte nie ein Mädchenpensionat besucht.

»Das ist Marsden ganz sicher auch aufgefallen«, sagte Peregrin. Sein Blick wurde spekulativ. »Ich glaube nicht, dass er sich so bald von der öffentlichen Zurechtweisung meines Bruders erholen wird.«

Da wechselte sie lieber schnell das Thema. »Freuen Sie sich schon auf das Feuerwerk?«

Peregrin versteifte sich. »Ich werde zum Silvesterball nicht hier sein.«

»Das tut mir leid.« Sie meinte es aufrichtig. Er war in Claremont sehr freundlich zu ihr gewesen und nicht nur oberflächlich höflich. Erst gestern hatte er sich die Zeit genommen und ihr die englische Erstausgabe der *Odyssee* in Montgomerys Bibliothek gezeigt und war sichtlich amüsiert über ihre Begeisterung gewesen. Und nun schien er so niedergeschlagen wie zuvor in der Kutsche.

»Ich habe noch nie ein Feuerwerk erlebt«, sagte sie, um ihn abzulenken.

Er runzelte die Stirn. »Noch nie?« Während er sich noch darüber wunderte, zogen ihre nackten Arme seine Aufmerksamkeit an. »Ich lasse Ihren Mantel holen.«

»Das habe ich bereits veranlasst«, kam eine tiefe Stimme aus dem Dunkel.

Sie zuckten beide zusammen.

Wie lange hatte Montgomery schon dort im Schatten gestanden?

Im flackernden Licht konnte Annabelle unmöglich seine Stimmung deuten, als er sich ihnen anschloss.

War er wegen Lord Marsden wütend auf sie?

»Montgomery«, sagte Peregrin, »ich überlasse Miss Archer deiner Obhut. Miss.« Er nickte Annabelle zu und schlenderte ins Haus zurück.

Montgomery blickte ihm nach, als überlegte er, ihn zurückzurufen. Schließlich sagte er: »Verstecken Sie sich hier draußen etwa, Miss Archer?«

Sie wand sich verlegen. »Ich würde es nicht Verstecken nennen, sondern eher strategisches Ausweichen.«

Er gab einen leisen Laut von sich. Ein Schnauben? Aus Missbilligung oder Spott?

»Danke«, sagte sie. »Vielen Dank, dass Sie …« *Mich in Schutz genommen haben?*

Denn genau das hatte er mit seiner Einmischung getan. Noch dazu vor seinesgleichen.

»Das ist nicht der Rede wert«, meinte er.

»Sie haben wiederholt angedeutet, dass ich ein Problem mit Autoritäten hätte«, sagte sie leichthin. »Allmählich bin ich geneigt, Ihnen zuzustimmen.«

Montgomery lehnte sich an das Geländer. »Ein Problem mit Autoritäten oder mit Dummheit?«

»Wie bitte?«

»Das vorgetragene Argument bei der Diskussion hatte offenkundig einen logischen Fehler. Ich nehme an, die Versuchung, auf diesen hinzuweisen, war einfach zu stark.«

Sie lachte verblüfft. »Das stimmt.«

Einen Moment lang schauten sie sich schweigend an. Seine Mundwinkel zuckten, als müsse er sich ein Lächeln verkneifen. Im selben Augenblick fiel ihr auf, dass sie ihn strahlend anlachte.

Sie wandte sich dem dunklen Garten unter der Terrasse zu. »Liegt der Sinn einer Autoritätsperson nicht darin, dass man diese nicht infrage stellen darf, komme, was wolle?«

»Nein«, antwortete er. »Zunächst einmal ist Marsden nicht Ihr Oberbefehlshaber. Und zweitens wird ein Anführer, der nicht weiß, was er tut, sich letztendlich mit einer Meuterei herumschlagen müssen.«

»Befürworten Sie etwa die These, dass eine führende Stellung auf Verdiensten gründen sollte, Euer Gnaden?« Die Bemerkung kam eindeutig sarkastischer aus ihrem Mund, als sie beabsichtigt hatte. Denn schließlich stand er allein aufgrund seines Geburtsrechtes auf der Kommandobrücke des Schiffs.

Er schwieg ziemlich lange, und ihr wurde bewusst, dass sie ihre Wut über Marsden und womöglich ihre Enttäuschung über seine Liaison mit Lady Lingham an ihm ausließ. Und er ließ es sich gefallen, so wie eine ausgewachsene Katze die Pfotenhiebe eines Babykätzchens hinnehmen würde.

»Erzählen Sie mir«, sagte er, »wie frustrierend ist es, von Menschen umgeben zu sein, die allein aufgrund ihres gesellschaftlichen Ranges bessergestellt sind als Sie, obwohl sie Ihnen an Klugheit nicht das Wasser reichen können?«

Ihr fehlten die Worte, und sie starrte ins Dunkel.

Woher konnte er so viel über sie wissen?

Und warum weckte dieses Wissen in ihr den Drang, ihm noch mehr Geheimnisse von sich anzuvertrauen? Warum wollte sie ihm erzählen, dass es sie langsam vergiftete, täglich Männer umschmeicheln und beschwichtigen zu müssen, nur um einen Hauch von Selbstbestimmtheit zu haben? Dass sie befürchtete, ihr Herz würde dadurch eines Tages ebenso verhärten wie ihr Gesicht.

Sie schüttelte den Kopf. »Es ist, wie es ist, Euer Gnaden. Mir ist es schon immer schwergefallen, mich Respektspersonen unterzuordnen. Ich fürchte, das ist einer meiner Charaktermängel.«

»Ein Mangel«, wiederholte er. »Wissen Sie, die wichtigste Lektion, die ich während meiner Kadettenzeit in Sandhurst gelernt habe, war eine über Führungsqualitäten. Es gibt viele Gründe, warum Menschen einem anderen folgen, aber ein Soldat wird seinem Kommandeur nur aus zwei Gründen Respekt zollen: wegen seiner Kompetenz und Rechtschaffenheit.«

Es überraschte sie nicht, dass er auf der Militärakademie Sandhurst gewesen war und nicht in Oxford oder Cambridge. Viele adelige Familien schickten ihre Kinder dorthin und ehrlich gesagt, passte das Militär irgendwie zu Montgomery.

»Das glaube ich gern«, antwortete sie. »Aber ich bin kein Soldat.«

»Vielleicht doch. Im Herzen.«

Was für eine seltsame Bemerkung für einen Mann wie ihn. Sie, ein Soldat. Aber es weckte ein Echo in ihr, es brachte eine

Saite tief in ihrer Brust zum Klingen. Ja, es tat fast weh. »Ein Soldat muss scharfsichtig sein und sich ein eigenes Urteil bilden können, denn sein Leben hängt von den Fähigkeiten seines Kommandeurs ab«, überlegte sie leise.

Er zuckte mit den Schultern. »So wie das Leben einer Frau zum Großteil von den Fähigkeiten der Männer in ihrem Leben abhängt.«

»Sie werden feststellen, dass das manchmal auch anders herum ist«, erwiderte sie sarkastisch und dachte dabei an Gilbert, der nicht dazu imstande war, sich seinen Lohn so einzuteilen, dass er bis zum Monatsende reichte. Und an ihren Vater, der, vertieft in ein Buch, die Mahlzeiten vergessen hatte.

»Haben Sie deshalb nicht geheiratet? Weil die Männer in Kent unfähig sind?«

Er äußerte dies ganz beiläufig, als sei es keine empörend neugierige Frage zu ihrem Privatleben.

Sie war zu perplex, um überhaupt zu antworten.

Zwei Flammen tanzten in seinen Augen, ein Spiegelbild der Fackeln.

»Entschuldigen Sie, diese Bemerkung war ungehörig«, sagte er, als sie weiter schwieg.

Scharf beobachtet, Euer Gnaden, das war sie. Allerdings glaubte sie nicht, dass ihm die Frage unüberlegt herausgerutscht war. Er schien so gut wie nichts, was er sagte oder tat, dem Zufall zu überlassen.

»Ich wünsche keine Ehe«, sagte sie. »Die Gründe sind meine Privatangelegenheit.«

Die Tür hinter ihnen knarrte, und ein Diener erschien mit ihrem Mantel. Dankbar für die Unterbrechung, schmiegte sie sich in den schützenden Stoff, als sei es eine Rüstung. Stumm verharrten sie nebeneinander, sie und Montgomery, und taten so, als beobachteten sie den Nachthimmel.

»Warum haben Sie Sterne an die Decke der Bibliothek malen lassen?«, fragte sie.

»Das war die Idee meines Vaters«, antwortete er. »Für derlei Dinge hatte er eine Schwäche.«

»Für Astronomie?«

Sie konnte sein sarkastisches Lächeln mehr spüren als sehen.

»Nein«, sagte er. »Für teure Flausen.«

Der verstorbene Herzog wäre ihr womöglich sympathisch gewesen. »Warum der Winterhimmel?«

Montgomery schwieg, was ihr sagte, dass sie sich wohl auf sehr persönliches Terrain gewagt hatte.

»Weil ich im Winter geboren bin«, antwortete er schließlich. »Die Decke in der Bibliothek zeigt den Himmel über Montgomery Castle in der Nacht meiner Geburt.«

Sein Tonfall verriet ihr, dass sie darauf besser nichts erwidern sollte. Womöglich gefiel es ihm genauso wenig wie ihr, solch persönliche Einzelheiten über sich preiszugeben. Und doch hatte er es getan. Eine Information als Dank für eine andere. Schließlich war er ein gerechter Mann.

»Haben Sie wirklich noch nie ein Feuerwerk erlebt?«, fragte er.

»Nein. Auf dem Land in Kent sind solche Vergnügungen eher rar gesät.«

»Dann bleiben Sie doch zum Silvesterball«, sagte er. »Falls Sie mir diese ziemlich spontane Einladung vergeben mögen.«

Zum zweiten Mal innerhalb weniger Minuten hatte er sie verblüfft. Ihre Gedanken schwirrten wie Bienen umher; der Vorschlag war absurd, sie sollte nicht einmal darüber nachdenken. Und wie sollte sie Gilbert bezahlen, wenn sie noch eine weitere Woche nicht arbeitete? Die Kleider. Vielleicht konnte sie die schlecht sitzenden, aber qualitativ hochwertigen Kleider an eine Schneiderin verkaufen …

Die Tür, die der Diener geschlossen hatte, schwang auf, und Gelächter drang aus dem Salon zu ihnen heraus. Lady Linghams langer Schatten fiel zwischen sie. »Da sind Sie ja.« Sie klang erfreut. »Montgomery, ich muss Ihnen Miss Archer entführen. Ich möchte die Damen gern mit dem ersten Lingham Sherry dieses Jahres verköstigen.«

Auf dem Rückweg nach Claremont fielen Annabelle in der Kutsche beinahe die Augen zu. Ihre Lieder waren schwer vom Lingham Sherry und zu viel Mint Julep. Gleich morgen früh musste sie Hattie eine Nachricht schicken. Nun brauchte sie doch eine Robe, denn sie war auf einen Ball eingeladen.

Montgomerys Miene wirkte so unergründlich und grüblerisch wie auf der Hinfahrt, womöglich noch nachdenklicher. Warum hatte er sie zu dem Ball eingeladen? Warum fand sie seine ernste Art so anziehend? Ihre Gedanken gingen auf Wanderschaft, und sie malte sich aus, dass sie allein in der Kutsche säßen, in einem anderen Leben, in dem sie sich zu ihm lehnen und seinen harten Mund küssen konnte. Sanft, beharrlich, voller Wärme, bis seine Lippen weich wurden und sich seine Schultern lockerten. Es war eine Ewigkeit her, seit sie einen Mann geküsst hatte, aber wenn sie ihn ansah, flammten all die köstlichen Erinnerungen wieder auf … der verführerische Tanz zweier Zungen, harte Muskeln unter ihren Handflächen, ein starker Körper, der sich leidenschaftlich an sie presste, das berauschende Gefühl, das ihre Knie weich werden ließ …

Er drehte den Kopf zu ihr, als hätte sie seinen Namen geflüstert.

Schläfrig lächelte sie ihn an.

Sein Blick verdunkelte sich wie der Himmel vor einem Sturm. Die unvermittelte Hitze in seinen Augen zog sie in seinen Bann, und sie versank darin, verlor sich in seinen Tiefen, als er das schützende Tor zu seiner Seele für einen Augenblick weit öffnete. Sie hörte ein leises Aufkeuchen, und womöglich kam es von ihr. Denn da war es, das Feuer, das sie hinter dem Eis vermutet hatte, und es glühte tausend Grad heißer als prasselnden Flammen. Oh, sie alle hatten sich geirrt, die Menschen, die ihn als kühl und unnahbar bezeichneten. Er war ein Mann, der keine halben Sachen machte, und das wusste er. Deshalb zügelte er sich selbst. Ließe er los, würde er so heiß brennen, wie er sich kalt zeigte, und die dunkle Kraft ihrer Leidenschaft würde auf die seine prallen wie eine Welle gegen einen Felsen, statt ihn in die Tiefe zu reißen.

Er ist meine andere Hälfte.

Der Gedanke brachte sie so sicher in die Realität zurück, als hätte man ihr einen Kübel mit eiskaltem Wasser übergegossen.

Träumen war eine Sache. Aber dieses geheime Band zwischen ihm und ihr fühlte sich nicht länger wie ein Traum an. Es schien real zu sein. Und das durfte nicht sein.

Sie erschauerte.

Ihr gegenüber hatte Montgomery die Hände zu Fäusten geballt.

Sie schwankte vor Müdigkeit, als sie ihr Zimmer in Claremont betrat. Es dauerte einen Moment, bis sie das große rechteckige Paket am Fußende des Bettes wahrnahm.

Es war in grünes Papier gehüllt und mit einer roten Satinschleife verziert. Sie konnte sich nicht daran erinnern, wann sie zuletzt ein Geschenk bekommen hatte, aber auf dem Schildchen an der Schleife stand eindeutig ihr Name.

Mit ungelenken Fingern öffnete sie die Schleife, dann den Karton.

Der Geruch nach neuer Wolle stieg auf, als sie den Deckel abnahm.

Ein Mantel. Jagdgrün, mit üppigem Pelzbesatz an Ärmeln und Kragen.

Perplex griff sie zu der beigelegten Karte.

Sehr geehrte Miss Archer,

das Personal von Claremont wünscht Ihnen frohe Weihnachten und ein gesundes neues Jahr.

Zu Ihren Diensten
Ramsey

Sie schlüpfte in den Mantel, der sie einhüllte wie eine dicke Daunendecke. Sie drehte sich vor dem Spiegel der Frisierkommode hin und her. Wundervoll. Ein klassisch zeitloser Schnitt, nicht die neueste Mode.

Aus Kaninchenpelz, nicht Nerz, angemessen, aber perfekt verarbeitet. Dieser Mantel war dafür gemacht, sie zu wärmen, und das womöglich für immer.

Sie sank auf das Bett.

Das Personal war stets höflich zu ihr gewesen, aber warum sollte es sich zu einer solch großzügigen Geste veranlasste sehen?

Montgomery hingegen zog jedes Mal eine finstere Miene, wenn er ihren alten Mantel sah. Er hätte jedoch gegen alle Regeln des Anstands und der Etikette verstoßen, wenn er ihr solch ein teures Geschenk direkt übergeben hätte, und es wäre ihr unmöglich gewesen, es anzunehmen.

Sie fuhr mit den Fingerspitzen über den weichen Pelz.

Das ging weit über jegliche Geste der Höflichkeit hinaus. Und das führte zu der Frage: Was wollte Montgomery von ihr?

14. KAPITEL

Vor ein paar Tagen, nach dem Spaziergang zum Gewächshaus, war es Sebastian völlig vernünftig vorgekommen, einen Mantel für Miss Archer anfertigen zu lassen. Ihrer war nutzlos, und er verfügte über die Möglichkeiten, ihr einen zu schenken, daher hatte er es getan. Das Klack-Klack seiner Stiefelabsätze begleitete seine schnellen Schritte durch die Stallungen. Er hatte sich etwas vorgemacht. Das war ihm gestern Abend in dem Moment bewusst geworden, als er mit Marsden am liebsten vor die Tür gegangen wäre. Es lag klar auf der Hand: Er wollte Annabelle Archer, Bürgerliche, Blaustrumpf und Suffragistin, in seinem Bett. Er verzehrte sich danach, sie unter sich zu spüren, und das mit einer Heftigkeit, wie er sie seit einer Ewigkeit nicht mehr empfunden hatte … wenn nicht gar noch nie.

Er bog in den Boxengang ein und verharrte abrupt, denn dort stand sie, als hätten seine Gedanken sie herbeibeschworen. Sie trug den jagdgrünen Mantel, und die Morgensonne, die durchs Fenster hinter ihr schien, zeichnete einen goldenen Schein um ihr Haar.

Eine Woge primitiver Befriedigung erfüllte ihn. Es gefiel ihm, dass sie etwas trug, das er für sie ausgewählt hatte. Er war sich nicht sicher gewesen, ob sie das Geschenk überhaupt annehmen würde. Was er jedoch mit Sicherheit wusste, war, dass sie ihn gerade argwöhnisch ansah.

Apollo wieherte schrill und buhlte unverfroren um seine Aufmerksamkeit.

»Sch-t.« Er legte dem Pferd eine Hand aufs Maul, ohne den Blick von Annabelle zu nehmen.

Erst als sie ihn verwundert ansah, wurde ihm bewusst, dass er sie noch nicht gegrüßt hatte.

»Guten Morgen, Miss Archer.«

Sie knickste. »Frohe Weihnachten, Euer Gnaden.«

»Ah, ja.« Sehr redegewandt, seine Antwort. Er räusperte sich. »Was führt Sie zu so früher Stunde in den Stall?«

Irgendetwas hatte sie wie magisch zueinander gezogen, denn sie standen sich plötzlich sehr nah gegenüber. Er nahm ihren feinen blumigen Duft wahr, der den Geruch nach Staub, Leder und Pferd überdeckte. Sein Blut geriet in Wallung wie am gestrigen Abend in der Kutsche, als ihr schläfriges Lächeln ihn so erregt hatte, dass er sie sich wie ein Neandertaler beinahe auf der Stelle gegriffen hätte.

Sie machte einen kleinen Schritt zurück. »Das Personal hat mir ein Weihnachtsgeschenk gemacht.« Sie deutete auf den Mantel.

»Das sehe ich«, sagte er. »Die Farbe schmeichelt Ihnen.«

Sie faltete sittsam die Hände vor dem Bauch, aber in ihren Augen stand eine Hitze, die ihn bis ins Mark wärmte.

»Würden Sie ihnen bitte in meinem Namen danken«, fuhr sie fort. »Das Geschenk ist sehr großzügig. Und genau das, was ich brauche.«

Er könnte ihr noch so viel mehr geben.

Andererseits aber auch wieder nicht.

Es widersprach seiner Natur, sich nicht das zu holen, was er begehrte, aber dieses Mal konnte er das nicht. Sie stand gesellschaftlich weit unter ihm und war noch dazu ein Gast seines Hauses. Seine guten Manieren, und auch sein Ehrgefühl, geboten es, dass er sie nicht mit seinen Avancen belästigte, denn wie sollte sie ihn unter diesen Umständen abweisen können, falls sie es wünschte?

Da war es nur gut, dass sich die Stunden, in denen er Zeit mit ihr allein verbringen konnte, bald einem Ende näherten. Für die nächsten beiden Tage hatte er schon vor Längerem Termine in der Stadt vereinbart, um dem Chaos der letzten Ball-Vorbereitungen zu entgehen. Eine Entscheidung, die ihm vernünftig vorgekommen war, bevor sie in sein Leben getreten war.

»Ich reise heute nach London«, sagte er. Sie blinzelte, offenbar irritierte sie sein unvermittelt kühler Ton. »Und ich habe einen Brief von Lady Lingham erhalten. Sie schlägt Ihnen Mr Peter Humphrys als Begleitung für den Ball vor.«

Die Wärme in ihren Augen, in der er eben noch gebadet hatte, verglühte. »Das ist sehr umsichtig von Lady Lingham, Euer Gnaden«, sagte sie. »Ich habe tatsächlich noch keine Begleitung.«

Er blickte ihr nach, als sie ging, und wurde den Eindruck nicht los, dass er sie gekränkt hatte.

»Du hast doch Smaragdgrün gesagt.« Annabelles Blick flog von der geöffneten Kleiderschachtel auf ihrem Bett zu Hattie.

»Ich weiß«, sagte Hattie. »Aber ist es so nicht viel aufregender?«

»Es ist …« Sie wusste nicht, wie man die Farbe des Kleides bezeichnen sollte. Grellrosa schien nicht einmal annähernd zutreffend.

»Es ist Fuchsiarot«, erklärte Hattie. »Der letzte Schrei.«

Annabelle atmete langsam durch die Nase aus. Sie würde heute Abend auf dem Ball auffallen wie ein Pfau. Und in Anbetracht der Kürze der Zeit konnte sie sich kein anderes Kleid beschaffen. Die ersten Gäste waren kurz nach dem Frühstück eingetroffen, und seitdem rollte in der Auffahrt unter ihrem Fenster ein endloser Strom Kutschen vorbei. Entweder trug sie das fuchsiarote Kleid oder sie verzichtete auf den Ball.

»Es gefällt dir nicht.« Hattie klang niedergeschlagen.

»Ich bin sicher, du hast es gut gemeint.«

»Oje! Du bist wirklich böse auf mich.« Hatties Gesicht glühte so rot wie eine Fackel. »Ich wollte nicht ... Es ist nur so, dass alle Frauen mit grünen Augen heute Abend Smaragdgrün tragen werden. Dabei passt Fuchsia ohnehin viel besser zu deinem Teint. Es ist quasi eine Komplementärfarbe, die den perfekten Kontrast zu deinen Augen bildet. Und du trägst immer diese langweiligen Kleider ... Oh, du liebe Güte, das habe ich nicht so gemeint. Ich wollte nur ... Ich konnte einfach nicht anders. Plötzlich habe ich mich selbst sagen hören: ›Ich nehme das in Fuchsia.‹«

Annabelle hob das Kleid aus der Schachtel. Darunter kam ein hauchdünner Unterrock zum Vorschein, zusammen mit einem Paar langer Handschuhe. Zwei kleinere Schachteln lagen auf dem Bett und warteten immer noch darauf, geöffnet zu werden. Die erste enthielt ein elegantes, besticktes Samthalsband, die zweite Ohrschmuck, große Tropfenperlen, die an quadratischen rosa Steinen befestigt waren.

»Die leihe ich dir«, sagte Hattie rasch. »Denn ich weiß ja, du würdest sie nie als Geschenk akzeptieren.«

»Richtig«, bestätigte Annabelle resigniert, während sich ein Gefühl seltsamer Enge in ihrer Brust ausbreitete. Hattie hatte sich viele Gedanken über dieses Ensemble gemacht. Wie sollte sie ihr erklären, dass es sie wie eine Hochstaplerin aussehen lassen würde? Wie die Tochter eines Vikars, die für einen Abend die große Dame spielte?

Sie betrachtete das Kleid. Inzwischen schien ihr die Farbe nicht mehr gar so grell zu sein, aber es sah schrecklich schmal aus, ein figurbetonter Prinzessinnenschnitt, den sie bisher nur in den Modemagazinen im Gemeinschaftsraum des Frauencolleges gesehen hatte.

»Darunter muss ich … ein Korsett tragen, das bis zur Hüfte reicht, nicht wahr?«

Hatties Augen weiteten sich, als sie das Unaussprechliche erwähnte. »Ja, warum?«

Annabelle blickte sie in hilfloser Verzweiflung an. »Weil ich nur taillenlange Schnürleibchen habe.« Die Art von Korsett, die seit Jahren aus der Mode war, die sie aber unter ihren altmodischen Kleidern problemlos tragen konnte.

Hattie rang die Hände. »Willst du eines von meinen borgen?«

»Du bist viel kleiner als ich.«

»Und wenn wir fragen …«

»Ich kann wohl kaum andere Damen fragen, ob sie mir ihre … Dessous leihen«, erwiderte Annabelle. Mittlerweile hatte sich ihr Gesicht genauso rot verfärbt wie Hatties.

»Verflixt.« Hattie sank aufs Bett. »Ich hab es wirklich vermasselt, nicht wahr? Und dabei dachte ich, wenigstens eine von uns beiden würde heute Abend strahlen.«

Annabelle setzte sich zu ihr. »Was meinst du denn damit?«

Ihre Freundin strich mit einer Hand über die fuchsiarote Seide. »Ich werde grässlich aussehen. Mama wählt meine Kleider aus, und sie hat überhaupt keinen Modegeschmack. Ich werde Pastell tragen müssen, ohne einen Hauch von einem Dekolleté.«

Gegen ihren Willen zupfte ein Lächeln an Annabelles Mundwinkeln. »Und deshalb hast du beschlossen, deine Vorstellungen von einer modischen Robe durch mich auszuleben.«

Hattie zuckte trotzig mit den Schultern.

Annabelle ergriff ihre Hand und drückte sie liebevoll. »Du

hast eine … komplette Ballgarderobe für mich zusammengestellt, und dafür danke ich dir sehr. Ehrlich.«

Hattie drückte zögernd ihre Hand. »Aber was ist mit dem … äh … der Unterbekleidung?«, flüsterte sie.

Sie würde tun, was sie immer tat. »Ich werde pragmatisch damit umgehen.«

Das hieß, darauf zu hoffen, dass ihre natürlichen Rundungen das Kleid ausfüllen würden. Und, der Himmel möge ihr beistehen, vermutlich konnte sie nicht einmal eine lange Unterhose tragen, denn deren gröberer Stoff würde sich unter dem zarten des Kleides abzeichnen.

Unvermittelt stürmte Catriona ins Zimmer und sah sich hektisch um. »Habt ihr meine Brille gesehen?«

»Catriona!«, rief Hattie. »Du siehst ganz anders aus!«

Catriona drehte den Kopf in ihre Richtung und blinzelte. Ihr Gesicht wirkte ungewohnt nackt und irgendwie fremd. Allerdings war sie sehr hübsch. Ohne die Brille kamen ihre großen, keltisch blauen Augen mit den langen schwarzen Wimpern viel besser zur Geltung.

»Ich verstehe das nicht«, jammerte Catriona. »Ich bin heute wirklich sehr zerstreut.« Sie rauschte wieder aus dem Raum.

Hattie schenkte Annabelle einen vielsagenden Blick. »Ich glaube, sie hegt ein Tendre für Lord Peregrin«, murmelte sie. »Vermutlich hat sie die Brille abgesetzt, um zu üben. Damit sie heute Abend auf dem Ball gut aussieht.«

Annabelle runzelte die Stirn. »Aber Lord Peregrin ist vor einer Stunde nach Wales abgereist.« Sie hatte ihn in die Kutsche steigen sehen; seine Miene hatte wie versteinert gewirkt.

Sein Bruder war indes noch nicht nach Claremont zurückgekehrt.

Ein Schauer der Vorfreude rieselte ihr über den Rücken.

»Lieber Himmel, mach, dass dieses Kleid passt.«

Der Empfangssaal von Claremont war erfüllt vom Stimmengewirr einiger Hundert Menschen, die sich auf einen aufregenden Abend freuten. Juwelen und Champagnerflöten glitzerten zart im gedämpften Licht. Ein Tanzabend auf dem Land konnte es mit all dieser Eleganz bei Weitem nicht aufnehmen. Aus dem Meer unbekannter blasser Gesichter richteten sich Blicke auf Annabelle und strichen über sie wie Finger. »Seht nur, dieses Kleid«, meinte eine Dame. »Ich bin mir sicher, es ist von Celeste, aber wer ist sie?«

Ich bin die Frau, die eine Celeste-Robe ohne Pantalons trägt.

Wie befürchtet, war der Seidenrock des Kleides zu zart gewesen. Wie eine zweite Haut klebte er an dem dünnen Unterrock, was das Tragen ihrer groben Pantalons unmöglich machte. Das Gefühl, nackt zu sein, wurde noch durch das schmal geschnittene Oberteil und den tiefen Ausschnitt verstärkt. Beides betonte die Rundungen ihres Dekolletés auf furiose Weise. Abgesehen von den mit Spitzen besetzten Volants an der kleinen Schleppe gab es keine weiteren Verzierungen, welche die Aufmerksamkeit von … nun, von ihr ablenkten. Die Frau, die ihr im Spiegel entgegenblickte, hatte wie eine vermögende, modebewusste Fremde gewirkt. Als ob sie jedes Recht dazu hätte, einen solch illustren Ball zu besuchen. Das Gesicht Peter Humphrys', ihres Begleiters, hatte die Farbe Roter Bete angenommen, als sie die große Treppe heruntergekommen war.

»Annabelle.« Hattie tauchte am Arm eines jungen Gentlemans mit kastanienbraunem Haar aus der Menge auf. Sie ließ ihn stehen und eilte zu ihr.

»Du siehst hinreißend aus«, rief sie und legte eine Hand auf ihr Herz. »Oh ja. Zachary …« Sie wandte sich an ihren Begleiter. »Sieht sie nicht hinreißend aus. Ich bin so neidisch. Annabelle, darf ich dir meinen Bruder vorstellen, Zachary Greenfield?«

Mit funkelnden Augen verbeugte sich der junge Mann. »Miss Archer, Sie sind so wunderschön wie eine Lotusblume und so anmutig wie Schilfgras.«

Sobald er und Peter begannen, sich über Brandy auszutauschen, hakte sich Hattie bei ihr unter und zog sie zur Seite.

»Ich habe es dir ja gesagt«, murmelte sie und deutete auf ihr Kleid. Eine Kaskade aus Schleifen und Rüschen umhüllte ihre hübsche, füllige Figur. Die Farbe der Robe tendierte zwischen Beige und Gelb. »Apricot«, verkündete Hattie stöhnend. »Und all diese Rüschen. Ich sehe aus wie ein Reispudding.«

»Du siehst bezaubernd aus«, schwindelte Annabelle.

Hattie schenkte ihr einen vielsagenden Blick. »Ich bin sicher, mein Bruder hat seine Freunde dafür bezahlt, dass sie sich in meiner Tanzkarte eintragen.«

Wenigstens hatte Hattie eine Tanzkarte. Annabelle würde den Gästen beim Tanzen nur zuschauen. Kein Adeliger konnte sie auffordern, ohne damit Gerede auszulösen, und Mr Humphrys hatte ihr bereits mitgeteilt, dass er als Mann der Kirche nicht tanzte. Er hatte zwar verlegen eine Entschuldigung gestammelt, als sie ihn wenigstens zu einer Quadrille zu überreden versuchte, war jedoch standhaft geblieben. Daher würde sie wohl den ganzen Abend damit verbringen, auf einem der an der Wand aufgestellten Stühle zu sitzen – ein fuchsiarotes Mauerblümchen.

Mr Humphrys tauchte neben ihr auf und bot ihr seinen Arm. »Sollen wir uns in den Ballsaal begeben, Miss Archer? Ich habe gehört, dass lebende Rentiere Teil der Dekoration sein sollen.«

Die Klänge von Vivaldis *Winter* drangen durch die weit geöffneten Flügeltüren. Der Ballsaal dahinter glitzerte so kühl und hell wie ein Eispalast. Kristall-Kronleuchter schwebten unter der winterblauen Decke und malten Regenbögen und Sternenmuster an die Wände. Die Champagnerkühler und Silberschalen auf den Büffettischen spiegelten das Licht, und Arrangements aus schneeweißen Orchideen hingen wie Eiszapfen von den oberen Balkonen.

Annabelles Aufmerksamkeit wurde jedoch voll und ganz von dem Mann neben der Tür eingenommen, der die Gäste begrüßte.

Ihr Puls beschleunigte sich. Eine angenehme Aufregung erfasste ihren Körper.

Montgomery war wirklich ausnehmend attraktiv. Die klaren, eleganten Linien seiner schwarz-weißen Abendgarderobe betonten seine schlanke Gestalt und seine herben Züge.

Als die Reihe jedoch an sie kam, ihn zu begrüßen, wirkte er sichtlich perplex. Einen Moment lang verharrte er so reglos wie die Eisskulpturen, die sich vor den Wänden aneinanderreihten. Ihr entging jedoch nicht, wie sein Blick über sie glitt und kurz auf ihrem Dekolleté haftete, ein Reflex, dem er sich offenbar genauso wenig widersetzen konnte wie jeder andere Mann.

Eine leichte Röte färbte seine Wangen. »Miss Archer.« Seine Stimme klang schroff.

»Euer Gnaden.«

Er hatte sich bereits ihrer Begleitung zugewandt. »Mr Humphrys. Willkommen in Claremont.«

Kein weiteres Wort an sie.

Das versetzt ihr einen Stich.

Einen Moment lang ging sie wie betäubt neben Mr Humphrys her und kam sich dumm vor.

Was hatte sie erwartet? Dass ihm Komplimente wie »Sie sind so anmutig wie Schilfgras« über die Lippen kamen? In der Tat, ja. Offenbar sah sie in ihm inzwischen einen Mann, mit dem sie etwas verband, und hatte auf eine Bestätigung gehofft. Sie stieß den Atem aus. Gallischer Stolz? Eher gallische Wahnvorstellungen!

Steif setzte sie sich auf einen mit Samt gepolsterten Stuhl an der Wand, auf dem sie wohl den ganzen Abend verbringen würde. Peter reckte den Hals, während er den Blick durch den Ballsaal gleiten ließ.

»Ich glaube, die Rentiere sind nur ein Gerücht«, sagte sie schroff.

Er blinzelte. »Natürlich.« Dann lachte er leicht. »Das wäre ja nun auch wirklich ungeheuerlich gewesen, nicht wahr, und ziemlich unpraktisch ...«

Sie biss sich auf die Lippe. Es war nicht nett, dass sie ihre eigenartige Stimmung ausgerechnet an dem Mann ausließ, der sie stets freundlich behandelte. Ganz im Gegensatz zu Montgomery, der sich abwechselnd heiß und kalt zeigte. Im Moment unterhielt sich der Herzog mit einer prächtig gekleideten Matrone und einem hübschen Mädchen in Weiß, das immer wieder schüchtern zu ihm aufsah.

»Die Gräfin Wareham«, erklärte Peter, der ihrem Blick gefolgt war. »Ihre Tochter, Lady Sophie, gilt als eine der möglichen Kandidatinnen als die nächste Herzogin von Montgomery.«

Annabelle schnürte es die Kehle zu. »Die nächste Herzogin?«

Peter blickte zu ihr herunter. »Der Herzog wird im neuen Jahr wieder heiraten. Soll ich Ihnen ein Sandwich holen?«

»Ja, bitte«, sagte sie leise. Obwohl sie überhaupt keinen Appetit verspürte.

Auf der Tanzfläche herrschte bald Gedränge, als sich zahllose Paare zu den Orchesterklängen in der mit Parfüm und Schweiß erfüllten Luft verausgabten. Hatties gelb-beiges Kleid blitzte in der Menge auf, als Tomlinson sie bei einer Quadrille herumwirbelte. Peter Humphrys belehrte Annabelle indes über die Lebensweise der in Wiltshire heimischen Rothirsche. Mitternacht war immer noch zwei Stunden entfernt.

»Möchten Sie noch etwas Gebäck?« Mr Humphrys Blick ruhte auf ihr, wie schon die ganze Zeit.

»Nein, danke.«

»Vielleicht noch ein Sandwich?«

»Nein, danke. Das eine war bereits sehr sättigend.«

Montgomery tanzte nicht. Er stand am Rand des Ballsaals, die Hände hinter dem Rücken verschränkt, und unterhielt sich mit den Gästen. Zu viele davon waren Frauen mit Töchtern im heiratsfähigen Alter oder Männer, die über Politik reden wollten.

Ein weiterer Tanz endete, und Hattie näherte sich ihnen. Ihr rotes Haar wirkte zerzaust, und ihr Hals glänzte schweißfeucht. Eifrig fächerte sie sich Luft zu.

Mr Humphrys verbeugte sich eilfertig. »Darf ich den Damen eine Erfrischung bringen?«

»Ein Glas des rosa Champagners wäre wundervoll, bitte«, sagte Annabelle rasch.

Die Schale mit dem rosa Champagner stand am anderen Ende des Ballsaals.

»Ihr Wunsch ist mir Befehl«, rief der Vikar und warf sich in die wogende Menge.

Hattie legte spontan die Hand auf Annabelles Arm. »Stell dir vor, Tomlinson war sehr aufmerksam zu mir«, flüsterte sie. »Tatsächlich …« Sie wackelte vielsagend mit den goldbraunen Augenbrauen. »… hat er vorgeschlagen, dass wir auf der Terrasse ein wenig frische Luft schnappen.«

»Geh bitte nicht mit ihm auf die Terrasse.« Die Worte entschlüpften Annabelle, bevor sie ihnen die Schärfe nehmen konnte.

Hattie blickte sie verwirrt an.

»Es ist nur … lass dich lieber nicht darauf ein«, sagte Annabelle in freundlicherem Ton.

»Aber man kann uns vom Ballsaal aus sehen.«

»Umso schlimmer. Willst du ihn heiraten?«

Hattie zog eine Grimasse. »Heiraten? Also, nein. Er hat keinen Titel.« Sie musterte den jungen Mann unauffällig, der eben Lord Palmer auf den Rücken klopfte und in Gelächter ausbrach. »Und ein Gabriel ist er auch nicht gerade«, gab sie zu.

»Dann willst du dich bestimmt nicht vor den Augen der feinen Gesellschaft mit ihm in einer kompromittierenden Situation ertappen lassen.«

»Aber …«

»Kein Spaziergang auf der Terrasse. Keine Alkoven. Keine dunklen, verlassenen Flure«, forderte Annabelle. »Verzeih mir, wenn ich wie eine Gouvernante klinge«, fügte sie in dem Versuch hinzu, der Warnung einen scherzhaften Anstrich zu verleihen.

»Du klingst tatsächlich wie Miss Mayer«, sagte Hattie und klang dabei ganz wie ein sehr liebenswertes, sehr reiches Mädchen, das darüber grübelte, ob sie den Rat einer Frau annehmen sollte, die ungefähr ein Dutzend Stufen in der gesellschaftlichen Hierarchie unter ihr stand.

Das war wie ein Dolchstoß zwischen Annabelles Rippen. »Ich möchte nur nicht, dass du verletzt wirst«, sagte sie leise.

Tomlinson hatte offenbar gespürt, dass man über ihn sprach, denn er drehte sich halb um und hob seine Champagnerflöte in ihre Richtung. Mit den glänzenden Augen und dem lockigen Haar wirkte er ungefähr so gefährlich wie ein Pudelwelpe.

Aber er war dennoch ein Mann.

»Hattie«, sagte Annabelle, »Männer … machen manchmal ungeheuerliche Dinge, wenn sie allein mit einer Dame sind.«

Hattie runzelte die Stirn. »Ich bin vielleicht nicht so klug wie du, meine Liebe, und kann die Gentlemen nicht so gut beeinflussen, aber ich versichere dir, dass ich weiß, wie man sich unerwünschter Avancen eines Verehrers erwehrt.«

»Und was, wenn du dich ihrer gar nicht erwehren willst?«

Hatties Augen weiteten sich. »Willst du damit etwa andeuten, ich würde es zulassen, dass er … sich Freiheiten herausnimmt?«

»Nein, so habe ich das nicht gemeint«, erwiderte Annabelle hastig. »Aber manche Männer versprechen einem das Blaue vom Himmel, und damit meine ich wortwörtlich alles. Wenn man selbst nicht so durchtrieben ist, dann ist es wirklich schwierig, einen solchen Mann zu durchschauen.«

Hatties Züge entspannten sich, und sie schenkte ihr ein Lächeln. »Er kann mir versprechen, was er will, nicht wahr, solange er nicht versucht, nun ja, du weißt schon …« Sie senkte die Stimme zu einem Flüstern. »Solange er nicht versucht, mich zu küssen.«

»Und was, wenn er dich küsst und es dir so gut gefällt, dass du vergisst, dich seiner zu erwehren, und erst zu spät merkst, dass er dich hinter eine Eibenhecke bugsiert hat.«

»Eine Eibenhecke?«

Annabelle errötete. »Nun ja, irgendeine Hecke.«

In Hatties Augen stand ein träumerischer Blick statt des beabsichtigten Entsetzens. »So leidenschaftlich geküsst zu werden«, seufzte sie. »Oh, wenigstens einmal in ihrem Leben sollte jede Frau so leidenschaftlich geküsst werden, dass sie alles um sich herum vergisst.« Sie beugte sich näher zu Annabelle, und ihre Stimme klang neugierig. »Woher weißt du solche Dinge, Annabelle?«

Lord Palmer ersparte ihr eine glatte Lüge, denn er kam zu ihnen geschlendert und holte Hattie für den nächsten Tanz ab.

Peter war noch nicht wiederaufgetaucht. Statt weiter auf ihn zu warten, entschloss sich Annabelle, sich ein wenig die Beine zu vertreten … und stand plötzlich Lady Lingham gegenüber.

Die Countess sah hübsch aus in dem eleganten blauen Seidenkleid mit passendem Fächer und Ohrringen. Dennoch wurde ihre Eleganz von dem jungen Mann an ihrer Seite in den Schatten gestellt. Heiliger Strohsack. Er war einer der schönsten Männer, die Annabelle je gesehen hatte. Beeindruckend groß, weder zu kräftig noch zu schlank, sondern genau richtig proportioniert, als hätte Gott ihn nach idealen Maßen erschaffen. Glänzendes rotbraunes Haar umrahmte in weichen Wellen sein Gesicht mit den prägnanten Wangenknochen und dem perfekt geschwungenen Kinn. Ein Gesicht, das jedem der vier Erzengel hätte gehören können. Seine leuchtend rosa Weste besagte jedoch, dass er alles andere als ein himmlisches Wesen war.

Tatsächlich war die Weste fuchsiarot.

Sie hatte den Mann wohl einen Moment zu lang angestarrt, denn seine bernsteinfarbenen Augen richteten sich auf sie, ein Feuer loderte darin. Ein mulmiges Flattern machte sich in Annabelles Magengrube bemerkbar. Sie erkannte einen Frauenhelden, wenn sie einen sah.

»Miss Archer.«

Zu ihrem Missfallen winkte Lady Lingham sie mit ihrem Fächer zu sich.

Widerwillig gesellte sie sich zu den beiden.

Die Countess musterte sie, doch sie lächelte dabei, als würde sie eine Freundin begrüßen, die sie lange nicht gesehen hatte. »Miss Archer, Sie sehen fantastisch aus«, rief sie. »Ein Modell von Celeste, nicht wahr?«

»Ja, Mylady.«

»Sie können sich glücklich schätzen«, meinte Lady Lingham. »Ihre Modelle verzeihen keinen Makel.« Sie deutete mit dem Fächer auf ihren charismatischen Begleiter. »Miss Archer, darf ich Ihnen Tristan Viscount Ballentine vorstellen. Lord Ballentine, es ist mir eine Freude, Sie mit Miss Archer bekannt zu machen.«

Lord Ballentine neigte den Kopf. An seinem rechten Ohr glitzerte ein Diamantstecker.

»Lord Ballentine ist gerade erst von einem grässlichen kleinen Krieg in den Kolonien zurückgekehrt«, sagte Lady Lingham. »Er ist vor ein paar Tagen für seinen außerordentlichen Mut auf dem Schlachtfeld mit dem Victoriakreuz geehrt worden.«

»Sie beschämen mich, Mylady«, sagte Lord Ballentine und klang überhaupt nicht beschämt. Sein Blick ruhte auf Annabelles Dekolleté. »Wie kommt es, dass ich Ihre Bekanntschaft bisher nicht gemacht habe, Miss Archer? Gewöhnlich kenne ich alle außergewöhnlichen Ballschönheiten.«

Lady Lingham schürzte die Lippen. »Miss Archer kommt vom Land.«

Er runzelte die Stirn. »Vom Land? Und woher?«

»Kent, Mylord«, antwortete Annabelle.

»Wie reizend«, sagte er höflich. »Würden Sie mir die Ehre erweisen und mir beim nächsten Tanz alles über dieses idyllische Fleckchen Erde erzählen?«

Das war so ungefähr das Letzte, was sie wollte. Er war sicherlich kaum älter als sie, dennoch lag ein lüsterner Zug um seinen Mund, der von einem ausschweifenden Lebensstil und Skandalen zeugte.

»Es tut mir leid, aber ich habe Kopfschmerzen.«

Sein Lächeln wurde breiter. »Weil Sie bisher noch niemand zum Tanz geführt hat?«

Die Bemerkung machte sie sprachlos. Kein wahrer Gentleman würde eine Frau bedrängen, ob sie nun eine Lady war oder nicht. Und ganz bestimmt würde er nicht preisgeben, dass er die betreffende Dame beobachtet hatte. Allerdings schien Lord Ballentine nicht viel Wert auf Etikette zu legen, wie nicht zuletzt sein Ohrring verriet.

»Ich bin keine gute Tänzerin«, sagte sie. »Ich würde Ihre Füße nur in Gefahr bringen.«

»Schöne Frauen bringen einen Mann gewöhnlich immer auf die eine oder andere Weise in Gefahr«, erklärte er. »Meist finde ich es die Mühe wert.«

»Wie ritterlich. Ich verstehe, warum man Ihnen das Victoriakreuz verliehen hat.«

Diese Bemerkung war ein Fehler gewesen. Ballentines Lächeln war das eines sich überlegen fühlenden Duellanten, bevor er den Fehdehandschuh aufnimmt. »In der Tat«, sagte er. »Ich kann nichts gegen meine Ritterlichkeit tun – sie ist bereits im Motto meiner Familie enthalten: *vigor et valor*.«

Zweifellos hielt er sich für über die Maßen charmant, und jede andere Frau hätte sich womöglich auch durch seine Aufmerksamkeit geschmeichelt gefühlt, sie jedoch nicht.

Er bot ihr seinen Arm. Und sie konnte seine Aufforderung nicht ablehnen, ohne zu brüskieren.

»Oh, tun Sie uns schon den Gefallen und tanzen Sie mit ihm, Kindchen«, sagte Lady Lingham in scherzhaftem Ton. »Ballentine akzeptiert kein Nein, und wir werden noch bis in die frühen Morgenstunden hier stehen und herumplänkeln, wenn Sie sich nicht mit ihm auf das Parkett wagen.«

Womöglich gab es in Debrett's Etikettenführer ein Kapitel, wie man den gemeinsamen Angriff einer Gräfin und eines Viscounts abwehrte. Falls ja, hatte sie es überlesen.

Zögernd legte sie die Hand auf Ballentines Arm.

Lady Lingham klopfte dem Schuft lächelnd mit ihrem Fächer auf die Schulter. »Benehmen Sie sich.«

Die ersten Klänge der Musik erfüllten bereits den Saal.

Ein Walzer.

Ihr Unbehagen wich prompt einem Anfall von Panik. Seit sieben Jahren hatte sie keinen Walzer mehr getanzt.

Eine große warme Hand legte sich auf ihre Taille.

»Augen auf mich, meine Liebe.« Ballentines seidige Stimme kam von hoch über ihr, und sie legte den Kopf in den Nacken, um ihn anzuschauen. Er war wirklich ziemlich groß. Und dann geriet ihr Herz ins Stolpern.

Direkt über Ballentines rechter Schulter verfing sich ihr Blick mit dem Montgomerys.

Er stand auf dem Balkon über ihnen, die Augen zu lodernd silbrigen Schlitzen verengt.

Sie riss ihren Blick los und richtete ihn auf Lord Ballentines gebräunten Hals. Es war ein schöner Hals, aber er hielt ihre Aufmerksamkeit nur drei Sekunden fest, dann schwenkte sie zurück zum Balkon.

Montgomery war verschwunden.

Die Musik wurde lauter, und Lord Ballentine drehte sich mit ihr. Ihre Sorge, die Schritte vergessen zu haben, erwies sich als grundlos; der Viscount hätte auch mit einem Mehlsack tanzen können und ihn gut aussehen lassen. Er führte sie mit fester Hand und einer lässigen Anmut, die ungewöhnlich für einen Mann seiner Größe war.

»Es ist also wahr?«, fragte er mit einem amüsierten Lächeln. »Sie haben wirklich keine Ahnung, wer ich bin? Keine Gerüchte haben Ihre Meinung über mich gefärbt?« Er musterte sie mit seinem Raubtierblick.

Wie lang dauerte ein Walzer? Ein paar Minuten würde sie schon mit Lord Ballentine zurechtkommen.

»Ich weiß, dass Sie die höchste militärische Auszeichnung erhalten haben. Was soll daran schlecht sein?«

Er hob einen Mundwinkel zu einem schiefen Lächeln. »Sind Sie gebührend beeindruckt?«

»Natürlich«, antwortete sie. »Welche Frau wäre nicht beeindruckt von einem tapferen Mann in Uniform?«

»Ah ja, die Uniform. Das grelle Rot schmeichelt meinem Teint allerdings kein bisschen.« Er zwinkerte ihr zu.

Fast gegen ihren Willen war sie von seiner unverfrorenen Eitelkeit fasziniert.

»Dieser Krieg … War das der Zulukrieg?«, fragte sie.

Seine Schulter verspannte sich unter ihrer Hand. »Nein«, erwiderte er. »Afghanistan.«

Oh. »Wie ich höre, war es verheerend«, sagte sie ernst.

»Jeder Krieg in Afghanistan ist verheerend«, antwortete er. »Man begegnet jedoch nur selten einer Frau, die sich für Politik interessiert.« Seine Miene war nun höflich reserviert, so reserviert, dass sie fast ausdruckslos wirkte. Zugegeben: Es war verständlich, dass er nicht darüber plaudern wollte. Krieg war ein höchst ungeeignetes Thema für eine belanglose Konversation auf einem Ball.

»Vielleicht hätte man Sie vor meinem Ruf warnen sollen, Mylord«, sagte sie.

Das Funkeln in seinen Augen flammte wieder auf. »Oh, verraten Sie mir, in welche Gefahr habe ich mich begeben, Miss Archer?«

»Ich bin ein Blaustrumpf«, sagte sie. »Ich studiere in Oxford und lese alle Seiten einer Zeitung. Besonders die über Politik.«

Sein Blick verschleierte sich, und in der nächsten Drehung zog er sie an sich. Sein Duft nach Sandelholz und Tabak stieg ihr in die Nase. »Vorsicht«, raunte er. »Manche Männer betrachten Klugheit bei einer Frau als ziemlich starkes Aphrodisiakum.«

Für ihn wäre es vermutlich schon aphrodisierend, wenn eine Frau nur in seine Richtung blickte und atmete. Sie lehnte sich leicht zurück, um seiner Nähe zu entfliehen, und zum Glück lockerte sich sein Griff etwas.

»Wenn Sie in Oxford studieren, kennen Sie bestimmt Lady Lucinda Tedbury«, sagte er.

Sie war so überrascht, dass sie beinahe über die eigenen Füße stolperte. »Sie ist eine Freundin, Mylord.«

Ein seltsamer Ausdruck huschte über sein attraktives Gesicht. »Wie wundervoll«, meinte er. »Hat sie immer noch ihre Katze?«

»Ihre Katze?«

»Ja, Boudicca. Ein kratzbürstiges schlaues Ding, das seiner Besitzerin sehr ähnlich ist.«

Sie hatte nicht gewusst, dass Lucie eine Katze besaß, woher wusste er das also?

Erst da wurde ihr klar, dass die Musik verstummt war und er sie immer noch umfangen hielt.

Sie zog leicht, um ihre linke Hand zu lösen.

Ballentine legte ihre Hand auf seinen Arm. »Wohin darf ich Sie bringen, Miss Archer? Ich schlage einen Spaziergang auf der Terrasse vor.«

»Ich würde mich lieber wieder setzen.« Verstohlen ließ sie den Blick durch den Ballsaal gleiten. Wo war bloß der tugendhafte, leicht zu lenkende Mr Humphrys abgeblieben?

»Ach, bitte«, sagte Ballentine und musterte sie unter halb geschlossenen Lidern. »Wir beide wissen doch, dass Sie nicht zum Mauerblümchen taugen.«

Unbeirrbar steuerte er mit ihr die Terrassentüren an, und sie musste ihm folgen.

»Mylord«, sagte sie angespannt, aber er lächelte nur breit.

Ballentine akzeptiert kein Nein.

Panik durchströmte sie, und ihr Herz schlug ihr bis zum Hals. Sie würde ihm eine Szene machen müssen. Sie würde die Füße in den Boden stemmen und sich von ihm losreißen müssen, was natürlich einen Tumult auslösen würde, aber sie wollte auf keinen Fall mit diesem lüsternen Riesen allein sein …

Eine Bewegung fing ihre Aufmerksamkeit ein, und sie drehte unwillkürlich den Kopf in die Richtung, wie eine Kompassnadel, die sich nach Norden ausrichtete.

Montgomery bahnte sich seinen Weg durch die Menge, die kühlen Augen auf Lord Ballentine gerichtet wie ein Scharfschütze, der sein Ziel mit einem Gewehr anvisiert. Ballentines Arm versteifte sich unter ihrer Hand, sein Körper reagierte unwillkürlich auf die nahende Bedrohung.

Als der Herzog sie erreichte, vibrierte die Luft förmlich vor unterdrückter Spannung.

»Miss Archer«, sagte er, den Blick immer noch auf Lord Ballentine gerichtet.

»Euer Gnaden?«

»Ballentine.«

Ballentine neigte den Kopf. »Herzog.«

Montgomery bot ihr seinen Arm, ohne den Blick von Ballentine zu nehmen. »Sie erlauben.«

Ballentine gehorchte sofort. Er riss ihre Hand zwar nicht von sich, als hätte er sich verbrannt, aber er gab sie ziemlich hastig frei und verbeugte sich. »Miss Archer, es war mir eine Ehre.« Er wandte sich an Montgomery und nickte. »Herzog.«

»Ballentine.«

Annabelle schaute Lord Ballentine nach, dann auf ihre Hand, die nun auf Montgomerys Arm lag. Er hatte sie inmitten des Ballsaales gerettet. Vor aller Augen.

Sie wagte es nicht, ihn anzuschauen. Durch die Schichten von Seide und Wolle hinweg spürte sie seine harten Muskeln und die Blicke Hunderter Gäste, die auf ihnen ruhten. Eine heiße Welle stieg in ihr auf, und ihre Wangen brannten. Sie wünschte sich, dass sich ein Loch auftäte und sie verschluckte.

Das Orchester spielte die fröhliche Melodie einer Quadrille. Montgomery führte sie von der Tanzfläche fort, doch die stampfenden Schritte der Tänzer fanden einen Widerhall in ihrem rasenden Puls.

15. KAPITEL

Der Empfangsraum zog verschwommen vorbei, dann verebbten Stimmengewirr und Musik, und kühle Luft strich über ihr erhitztes Gesicht. Montgomery schaute starr geradeaus, während er neben ihr herging. Missbilligung strahlte ihm aus jeder Pore.

»Ich rate Ihnen, halten Sie sich fern von Ballentine«, sagte er.

»Ich hatte nicht die Absicht, mich ihm zu nähern, Euer Gnaden.«

»Sie haben mit ihm getanzt.«

»Weil er und Lady …« Sie biss sich auf die Lippe. Sie war ihm keine Rechenschaft schuldig. Schließlich war sie eine ungebundene Frau und traf ihre Entscheidungen selbst.

»Weisen Sie ihn ab, falls er noch einmal Ihre Gesellschaft sucht«, forderte Montgomery. »Er ist eine Gefahr für Sie.«

Sie nahm ihre Hand von seinem Arm. Ärger machte ihr die Kehle eng. »Womöglich sollte Euer Gnaden dann die Sache mit Lord Ballentine regeln.«

Er blieb abrupt stehen, was sie dazu zwang, ebenfalls stehen zu bleiben und ihn anzusehen. Sein Gesicht wirkte erhitzt. »Das habe ich gerade getan«, knurrte er, »die Sache mit Ballentine geregelt. Allerdings, in Anbetracht Ihres Aussehens heute Abend, könnte er seinen Selbsterhaltungstrieb schon längst wieder vergessen haben.«

Sie reckte ihr Kinn. »Was stimmt denn nicht mit meinem Aussehen?«

Sein Blick wanderte über ihren Hals. »Was damit nicht stimmt?«, wiederholte er.

Sie schaute ihn finster an und wünschte fast, dass er nun etwas Schreckliches sagte.

Er fluchte leise. »Sie spielen hier nicht die Kokette, oder?«

»Ich …«

Er schnitt ihr das Wort ab. »Sie sind heute Abend die verführerischste Frau im Ballsaal und ganz offensichtlich ohne Schutz. Wenn Sie mit dem ärgsten Casanova von ganz London schäkern, wird jeder andere Mann Sie als Freiwild betrachten.«

Schäkern?

Nie hatte sie ihn weniger gemocht als in diesem Moment. »Bitte machen Sie sich meinetwegen keine Umstände«, erwiderte sie spitz. »Ich bin durchaus in der Lage, mich selbst zu schützen.«

Er zog die Brauen zusammen. »In diesem Punkt sind wir unterschiedlicher Meinung.«

Er drängte sie rückwärts, und das Licht wurde schwächer und die Wände kamen näher.

Unvermittelt überlief sie ein Schauer.

Sie befand sich in einem Alkoven. Und ein Mann ragte über ihr auf. Die Musik aus dem Ballsaal klang wie aus weiter Ferne.

Verflixt.

Sie war durch ihre Auseinandersetzung so abgelenkt gewesen, dass sie ihm vertrauensvoll hierher gefolgt war wie ein Schaf, das man zur Schlachtbank führt. Denn es handelte sich schließlich um Montgomery. Er war pflichtbewusst, ernsthaft und …

Ein Mann.

Und er war ihr so nah, dass sie seinen frischen Seifenduft wahrnahm.

Instinktiv wich sie einen Schritt zurück.

Ihre nackten Schultern stießen an kühlen Putz.

In der Stille war ihr Atem hörbar. Sie konnte Montgomerys Absichten beinahe schmecken.

Mit einem Schritt überbrückte er den Abstand zwischen ihnen.

Sie hob die Hände.

Sie landeten auf seiner harten Brust.

»Euer Gnaden …«

Er stützte die Arme zu beiden Seiten neben ihrem Kopf an der Wand ab.

»Genug«, murmelte er. »Genug.«

Er senkte den Kopf, und sie spürte seine Lippen, glatt und seidig, an ihrem Hals.

War das ein Kuss?

Wie blind schaute sie über seine Schulter, als sein warmer Atem über sie strich.

Er wird mich küssen.

Das hatte sie schon länger geahnt, nicht wahr?

Seit ihrer ersten Begegnung auf dem Parliament Square, wo er so reserviert und gebieterisch gewirkt hatte, war sie sich seiner Anziehung bewusst gewesen, und das hier … das war die logische Konsequenz daraus.

Die Zeit schien stillzustehen, während sie so dastanden, Wange an Wange, sein Duft in ihrer Nase, während er reglos verharrte und auf etwas zu warten schien …

Sie zog ihn zu sich, am Aufschlag seines Fracks.

Er lehnte sich zurück, sah sie kurz forschend an, dann küsste er sie. Die Finger in ihren Haaren vergraben, öffnete er ihre Lippen mit seinen, und seine warme Zunge drang in ihren Mund.

Hitze stieg wie flüssige Lava in ihr auf.

Montgomery küsste sie.

Sie schmiegte sich an ihn, kostete ihn, ließ ihn gewähren, und seine Reserviertheit war dahin. Sein Kuss wurde sinnlicher; seine Zunge war gleichermaßen samtig und fordernd, seine Lippen wissend und weich … Ihre Knie gaben nach, und er hielt sie fester, und seine kontrollierte Stärke erweckte einen Pulsschlag in all ihren empfindsamen Stellen. Sie seufzte in seinen Mund und hörte, wie ihm der Atem stockte. Er ließ die Hände über ihre nackten Arme wandern, streichelte die empfindsame Rundung an der Seite ihrer Brust, die Kurve ihrer Taille … streifte über ihre Hüften und … erstarrte.

Seine Finger tasteten suchend über ihre Oberschenkel.

Kein Korsett, keine Unterbekleidung.

Sie löste den Mund von seinem. »Ich hatte kein …«

Er stieß einen kehliger Laut aus, dann umfasste er ihr Hinterteil und drückte sie an sich. Sie spürte ihn an ihrem Schoß, heiß und stark erregt. All ihre Gedanken lösten sich in Luft auf. Wie von selbst drängte sie sich an ihn, wollte seiner Härte mit Weichheit begegnen. Sein Kopf fiel in den Nacken, und er stöhnte leise auf, so als quälte es ihn, und ja, das wollte sie, sie wollte ihm süße Torturen bereiten, mit ihrem Körper, ihren Händen, ihrem Mund …

Unvermittelt ließ er sie los und machte einen Schritt zurück.

Nein. Sie folgte ihm, wollte ihn erneut so intim spüren.

Er umfasste ihre Hände und presste sie gegen seine Brust. »Annabelle.« Seine Stimme klang rauchig.

Nein.

Nie hätte sie damit gerechnet, dass sie dieses leichtsinnige, hemmungslose Verlangen je wieder spüren würde, und jetzt hatte er sie damit bis in jede Faser ihres Körpers erfüllt. Sie wollte ihn in sich spüren, und diese atemlose Nähe durfte nicht enden, noch nicht.

Sie stellte sich auf die Zehenspitzen und wollte ihn erneut küssen, doch er drehte den Kopf zur Seite und ihr Kuss landete auf seinem Kinn. Eine sanfte Zurückweisung, aber dennoch eine Zurückweisung.

Ihr rutschte das Herz in die Knie.

»Annabelle.«

Sie wagte es nicht, ihn anzusehen. Aber sie spürte sein wild hämmerndes Herz unter ihren Händen, die er immer noch festhielt. Sein Atem klang abgehackt. Wie ihrer.

Schweiß kühlte ihre Haut.

Aus der Ferne drangen erneut vereinzelte Orchesterklänge an ihr Ohr.

Unglaublich.

Sie hatte sich Montgomery wie eine rollige Katze an den Hals geworfen.

Entsetzt machte sie einen Schritt zurück. »Ich …« Ihre Stimme war brüchig. »Gewöhnlich mache ich so etwas nicht …«

»Sch-t.« Er lehnte seine Stirn an ihre. »Ich habe mich vergessen.« Das hatte er nicht. Wäre er nicht so beherrscht gewesen, wo hätte das wohl geendet? Es gab keinen Vorhang. Sie trug nicht einmal Unterwäsche. Was musste er von ihr denken?

Er drehte sie um und drückte beruhigend ihre Schultern. »Halt still.«

Er bewegte sich hinter ihr mit einem leisen Knacken seiner Knie – offensichtlich sammelte der Herzog verloren gegangene Haarnadeln vom Boden auf, denn im nächsten Moment machte er sich daran, ihre Frisur zu richten. Noch dazu mit erstaunlicher Geschicklichkeit. Er wusste das eine oder andere über Damenfrisuren. Und ganz sicher wusste er das eine oder andere über die Kunst der Verführung. Er hätte sich soeben jegliche Freiheiten mit ihr herausnehmen können, noch dazu in einem Alkoven, wo jeder sie hätte entdecken können.

Er legte die Hände auf ihren Nacken, mit den Daumen strich er sacht über ihren Hals.

»Ich kann hören, wie sich die Rädchen in deinem Kopf drehen«, raunte er. »Versprich mir, dass du nicht Hals über Kopf in die Nacht hinausflüchtest.«

Sie schnaubte.

»Versprich es mir, Annabelle.« Seine Stimme war leise, aber nachdrücklich.

Unwillig nickte sie.

»Gut.« Er drückte einen schnellen, sanften Kuss auf ihren Nacken. »Morgen reden wir.« Er gab ihre einen leichten Schubs. »Und nun geh.«

Auf wackeligen Beinen verließ sie den Alkoven und folgte wie betäubt den Klängen des Orchesters. Sie spürte immer noch seinen Kuss auf ihrem Nacken, flammend heiß wie ein Brandzeichen. Jemand berührte ihren Arm, und sie zuckte zusammen.

»Annabelle.« Catriona stand vor ihr.

»Da bist du ja«, sagte Annabelle und wand sich innerlich, weil ihre Stimme unnatürlich schrill klang. »Wo hast du gesteckt?«

»Dein Haar ist in Unordnung«, stellte Catriona fest.

Unwillkürlich berührte Annabelle mit einer Hand ihren Hinterkopf. »Oh, womöglich haben sich ein paar Nadeln gelöst, beim … Tanzen.«

Catrionas Augen waren hinter der Brille versteckt, ihr Blick undeutbar. Sie hatte die Brille also wiedergefunden, aber dennoch sah sie fremd aus.

Ich bin es, ich bin nicht mehr dieselbe.

Ihr Mund kribbelte von Montgomerys Küssen. Wenn sie ihn das nächste Mal sah, würde sie sich daran erinnern, wie er sich anfühlte, wie er schmeckte. Dieses Wissen stellte ihre Welt auf den Kopf.

»Du hast getanzt?«, fragte Catriona.

»Lord Ballentine hat mich zu einem Walzer aufgefordert.«

Ihre Freundin runzelte die Stirn. »Er ist ein Schwerenöter«, sagte sie. »Hat er sich benommen?«

»Wie ein Schwerenöter.«

Doch war sie so anders als er? Sie hatte sich stöhnend an Montgomerys beeindruckender Erregung gerieben, du lieber Himmel, seine Härte …

»Kannst du mir helfen, mein Haar zu richten?«, fragte sie. Plötzlich wollte sie auf keinen Fall in den Ballsaal zurückkehren, sich dort hinsetzen und so tun, als sei nichts passiert.

Catriona hakte sich bei ihr unter. »Natürlich. Zum Puderraum geht es hier lang.«

Gedankenverloren bot Sebastian dem Marquess von Whitmore die Schachtel mit den Streichhölzern an. Der Marquess hatte sich zu ihm auf den Balkon gesellt, um die bevorstehende Wahlkampagne zu besprechen. Er zögerte kurz, bevor er das Streichholzetui wieder wegsteckte. Er sehnte sich nach einer Zigarette, aber gleichzeitig wollte er das Gefühl von Annabelles Lippen auf seinen bewahren.

Sie saß inzwischen wieder auf dem Stuhl an der Wand. Ihr glänzendes Haar wirkte zerzaust, und ihre Wangen und ihr Hals waren gerötet. Sie sah aus, wie eine Frau, die in einem Alkoven verführt worden war, und die Tatsache, dass andere Männer sie so sehen konnten, weckte in ihm den Drang, sie schützend zu umkreisen wie ein Raubtier.

Sie hatte dieses Raubtier in ihm geweckt. Es hatte sich bereits in ihm geregt, als er mit ihr über die Felder galoppiert war und ihre hinreißende Kehrseite sich an seinen Schoß gedrängt hatte. Endgültig von der Leine losgerissen hatte es sich, als sie Marsden mit nichts weiter bewaffnet als ihrem rasiermesserscharfen Verstand die Stirn geboten hatte. Von da an schlichen sich befremdliche Gedanken in seinen Kopf, und noch befremdlichere Gefühle tobten nun in seiner Brust. Im vergangenen Jahr war der Graf von Bevington bei der feinen Gesellschaft in Ungnade gefallen, weil er eine Opernsängerin geheiratet hatte, und er hatte jeglichen Kontakt mit dem Mann abgebrochen. Er hatte Bevington für völlig verrückt gehalten, weil er alles für eine unpassende Frau aufs Spiel setzte: seinen guten Ruf, seine politische Karriere, den Respekt seiner halbwüchsigen Kinder. Der Mann fristete sein Dasein inzwischen mit seiner Sängerin in einer heruntergekommenen Absteige in Verona. Doch gerade eben, im Alkoven, als Annabelle sich mit ihren weichen Kurven und Lippen an ihn geschmiegt und er ihr Verlangen gespürt hatte, da hatte er für ein paar wahnsinnige Sekunden begriffen, warum manche Männer für eine Frau alles aufs Spiel setzten.

Die nicht angezündete Zigarette in seiner Hand zitterte leicht.

Beinahe hätte er die Beherrschung verloren. Wegen eines Kusses!

War Bevington so in seine Katastrophe geschlittert?

»Ein reizendes Wesen.« Whitmore lehnte sich über das Geländer. In den letzten Minuten war der lüsterne Blick des Marquess Annabelle gefolgt, als sei er ein Hund, der hinter einem saftigen Knochen herjagte.

»Heiliger Strohsack!«, murmelte Whitmore. »Ein wirklich hübscher Vorbau.«

Das Geländer wäre fast unter Sebastians Griff zerbrochen. Er durfte den Mann nicht schlagen. Er war ein wichtiger politischer Verbündeter. »Sie sprechen über eine Dame.«

»Oh, ich habe gehört, sie sei nur ein Mädchen vom Land«, erwiderte Whitmore. Offenbar entging dem Mann, in welcher Gefahr sein Kinn schwebte. »Es ist wahrlich eine Schande, dass ein solch schönes Frauenzimmer nur Plebs ist, nicht wahr? Schauen Sie sich diese Haltung an. Man stelle sich vor, dasselbe Mädchen könnte ein Diamant reinsten Wassers sein, wenn jemand ihrem Vater nur rechtzeitig einen Titel verpasst hätte.«

»Was für ein sentimentaler Gedanke«, sagte Sebastian. Die Worte kamen kalt und tonlos heraus.

»Oh, ich will mich nicht beschweren«, erwiderte Whitmore. Sein Bauch wackelte, weil er leise lachte. »Wissen Sie, unter wessen Obhut sie steht?«

Alles in Sebastian wurde still. Wie die Stille nach einem Schuss, wenn die Vögel aufhörten zu singen und der Wind den Atem anhielt.

Er holte die Streichhölzer aus seiner Brusttasche und zündete die Zigarette an. »Sie werden jedenfalls nicht Ihr Beschützer werden, Whitmore.«

Der ältere Mann zuckte erschrocken zusammen.

Ob älter oder jünger, ob Herzog oder Prinz. Er hätte diese Worte jedem anderen Mann an die Stirn geschleudert, wurde Sebastian klar. Es war beinahe so, als hätte sein Mund sie ohne sein Zutun ausgesprochen.

»Ich … äh … wusste nicht, dass die Dinge so stehen«, sagte Whitmore.

»Es gibt auch nichts zu wissen.«

Whitmore hob beschwichtigend eine Hand. »Natürlich, natürlich. Und ich würde es mir nicht im Traum einfallen lassen, mich an Ihrem Besitz zu vergreifen. So etwas tut ein kluger Mann nicht.«

Sebastian beobachtete, wie der Marquess sich zurückzog, doch er war immer noch angespannt. Whitmore war sicher nicht der einzige Anwesende, der falsche Vorstellungen über Annabelle hegte. Von seinem Aussichtspunkt auf dem Balkon konnte er sehen, wie die Männer sie umkreisten wie Geier, nur gezügelt durch den brüchigen Zaun der Etikette. Aber natürlich würden sie sich über sie erkundigen. Man würde ihr vermutlich bis nach Oxford nachstellen.

Die Zigarette zerbröselte zwischen seinen Fingern. Zum Teufel mit Manieren und Ehre. Er konnte nicht tun, was Bevington getan hatte, und sie heiraten, aber er könnte die nächstbeste Option wählen.

Er winkte mit einer Hand, und sofort löste sich ein Diener aus den Schatten.

»Einen Stift und eine Karte«, forderte Sebastian.

Er ließ die Karte in ihr Zimmer bringen, während sie mit Greenfields Tochter plauderte und seinem Blick geflissentlich auswich.

Annabelle,

triff mich um zwei Uhr nachmittags am Eingang zum Irrgarten.

Herzlichst
M.

16. KAPITEL

»Eine Mendelssohn-Matinee am Tag nach einem Ball«, grummelte Julien Greenfield. »Nur ein Sadist kann sich ein solches Programm ausdenken.«

Es war ein Uhr nachmittags, und Grüppchen aus Lords und Ladys in verschiedenen Stadien der Müdigkeit schlenderten zum Musikzimmer von Claremont. Der Ball hatte gegen drei Uhr morgens geendet, und es waren beträchtliche Mengen an Champagner und Brandy geflossen. Als die letzten Paare endlich die Tanzfläche verließen, waren die Blumendekorationen längst verwelkt, die Gespräche geistlos und die Stimmen lallend geworden.

Sebastian bewegte sich zwischen seinen Gästen wie ein Panther zwischen Schafen. Er fühlte sich aufgedreht und so ungeduldig wie sonst nur vor heiklen, wichtigen Verhandlungen, bevor er in die Kampfarena treten konnte.

»Montgomery.« Caroline löste sich aus einer Gruppe von drei Damen und schloss sich ihm an. Aus einem angeborenen Reflex bot er ihr seinen Arm.

»Mylady. Hatten Sie einen angenehmen Vormittag?«

»Ja, danke«, antwortete sie. »Aber ich bin ein wenig böse mit Ihnen. Wie machen Sie das? Sie zeigen als Einziger heute Morgen keine Spur von Müdigkeit.«

Weil ich sowieso nie viel schlafe.

Er musterte sie. Wie gewöhnlich war Caroline makellos zurechtgemacht, doch da ihm selten etwas entging, selbst wenn er etwas am liebsten übersehen wollte, fielen ihm die dunklen Ringe unter ihren Augen auf.

Er wusste, wenn er sich ihrem Blick direkt stellte, sähe er darin die Frage, die sie nie laut aussprechen würde: *Warum bist du gestern Nacht nicht zu mir gekommen?*

Er schaute stur geradeaus.

Der Himmel wusste, er brauchte eine Frau; Verlangen kribbelte unter seiner Haut wie ein Schwarm wilder Ameisen, und Caroline war all das, was er an einer Frau schätzte – sie war reif, gebildet und nicht zu schüchtern, um ihre Vorlieben und Abneigungen auszudrücken. Ein Rendezvous mit ihr endete gewöhnlich in gegenseitiger Befriedigung und nicht in einem Drama.

Er wusste jedoch auch, dass seine Verdrossenheit nicht abebben würde, selbst wenn er hundertmal mit ihr das Bett teilen würde. Nein, dieses Verlangen ging tiefer als die Suche nach der schnellen Befriedigung. Diese Sehnsucht konnte nur von einer grünäugigen Studentin gestillt werden.

Sie hatte auf seine Nachricht nicht geantwortet. Und beim Frühstück war er ihr auch nicht begegnet.

Er betrat das Musikzimmer und suchte die Reihen der Polsterstühle ab. Endlich erhaschte er einen Blick auf den vertrauten mahagonibraunen Schopf.

Seine Handflächen schwitzten. Sein Herz schlug ihm wild gegen die Rippen, und er war so atemlos, als wäre er mehrere Treppen hochgerannt.

Er stand da wie betäubt. Wie konnte ihm das passieren? Er war beinahe sechsunddreißig Jahre alt.

Annabelle hob den Kopf, und ihr klarer grüner Blick traf ihn wie ein Pfeil mitten in die Brust.

Er schluckte schwer. Oh ja, es hatte ihn wirklich erwischt.

Er spürte Carolines fragenden Blick auf sich ruhen, und im selben Moment wurde ihm bewusst, dass sein plötzliches Verharren hinter ihm einen Stau verursacht hatte. Rasch ging er weiter und steuerte seinen Stuhl in der ersten Reihe in der Nähe des Flügels an.

Annabelle saß ganz hinten, neben einer Baroness, die er kaum kannte. Beide Frauen verstanden vermutlich keinen Brocken Deutsch. Er hätte eine Übersetzung der Stücke für seine Gäste bereitlegen sollen. Plötzlich schien es ihm wichtig, dass ihr die Musik gefiel.

Caroline setzte sich neben ihn und hüllte ihn in ihren pudrigen Duft.

Er widerstand dem Drang, den Kopf zu drehen und zu Annabelle zu schauen.

Ein Anflug von Unwillen durchströmte ihn. Kaum, dass er alt genug gewesen war, seinen Verstand zu benutzen, hatte er festgestellt, dass die Hälfte der gesellschaftlichen Konventionen und Rituale jeglicher Logik und Vernunft entbehrte. Er hatte sie dennoch eingehalten, keine Frage, aber selten hatte er die dadurch auferlegten kleinlichen Grenzen als so störend empfunden wie jetzt, wo er in seinem eigenen Musikzimmer nicht neben der Frau sitzen konnte, neben der er gern sitzen würde. Um ihn herum scharrten die Menschen mit den Stühlen, stampften über das polierte Parkett, husteten und schnieften und waren schlicht unfähig, stillzusitzen. Endlich erschienen der Pianist und die Sängerinnen, ein Sopran und ein Mezzosopran, die sich das »Göttliche Duo« nannten.

Der Lärm verstummte. Sebastians Wut blieb. Das Duo war trotz seines lächerlichen Namens ausgezeichnet. Mit einer beeindruckenden Leichtigkeit hoben und senkten sie die Stimmen und boten die ganze Bandbreite menschlicher Emotionen von Melancholie bis hin zu Freude dar, und doch weigerte sich sein Verstand, sich den Melodien hinzugeben und darin zu versinken. Stattdessen vernahm er das Ticken der Uhr über dem Kamin hinter dem Pianisten überdeutlich, und seine Gedanken wanderten immer wieder zu Annabelle, die ungefähr fünfzehn Reihen hinter ihm saß.

Ganze vier Mal blickte er auf die Uhr.

Um Viertel vor zwei beendete das Duo das letzte Stück.

Um dreizehn Minuten vor zwei verebbte der Applaus, und das Publikum strömte aus dem Zimmer.

Sebastian kam nur langsam voran. Immer wieder hielten Gäste ihn auf und wollten ein Wort mit ihm wechseln, nur einen Augenblick seiner Zeit, doch die Augenblicke addierten sich. Dann versperrte ihm die voluminöse Figur der Marchioness von Hampshire den Weg. Während er pflichtbewusst Nettigkeiten mit ihr austauschte, wurde Annabelle direkt neben ihm im Strom der Menschen vorbeigespült.

Sie würdigte ihn keines Blickes.

»Haben Sie das Konzert genossen, meine Liebe?«, wandte sich Lady Hampshire mit lauter Stimme an Caroline, die immer noch an seiner Seite war.

»Ja«, antwortete sie. »Kaum zu glauben, dass solch süße Klänge aus der Feder eines biederen, stoischen Deutschen stammen.«

Süß?

Sebastian merkte zu spät, dass er die Stirn über ihre Worte runzelte.

Sie hob fragend die schmalen Augenbrauen.

»Ich nehme an«, sagte er, »dass selbst die Deutschen Gefühle haben.«

In ihre Augen trat ein verwunderter Blick, dann zuckte sie entschuldigend und kaum merklich mit den Schultern.

Als er wieder aufsah, war Annabelle verschwunden.

Er war zu spät. Dabei kam er sonst niemals zu spät. Nun musste er sich dazu zwingen, in einem würdevollen Tempo zum Irrgarten zu schreiten. Erleichterung durchströmte ihn, als der Eingang in Sicht kam. Annabelle wartete neben einer Löwenstatue auf ihn. Sie trug ihren neuen Mantel und denselben Hut wie immer, ein braunes unscheinbares Ding, das er gern für sie gegen ein Dutzend neue austauschen wollte.

»Miss Archer.« Er lüpfte seinen Zylinder.

Sie knickste. Ihre Wangen waren gerötet, aber das konnte auch von der Kälte herrühren. Er bot ihr seinen Arm. »Würden Sie mich auf einen Spaziergang begleiten?«

»Euer Gnaden …«

»Montgomery«, erwiderte er.

Sie hob eine Braue. »Euer Gnaden?«

Auch er hob eine Braue. »Angesichts der Umstände können wir wohl auf Förmlichkeiten verzichten, denke ich.«

Ihr stockte sichtlich der Atem, und er fragte sich, ob sie die Kokette spielen und die Umstände leugnen würde. Das würde er jedoch nicht zulassen. Er konnte immer noch ihre weichen Rundungen an seinem Körper spüren und sehnte sich danach, dieses Erlebnis zu wiederholen. Und das würde er. Bald.

Endlich akzeptierte sie seinen dargebotenen Arm und hakte sich unter.

Er führte sie in den Irrgarten, und eine lange Weile war nur das Knirschen des kalten Kieses unter ihren Füßen zu hören.

Absurd.

Er hatte den Handelskrieg zwischen seinem Land und dem Ottomanischen Reich allein durch Gespräche beendet, und nun wusste er nicht, wie er anfangen sollte.

»Haben Sie hier als Junge gespielt?«

Sie schaute ihn an, eine vorsichtige Verspieltheit in ihrem

Ton, die neu war, und es dauerte einen Moment, bis er seine Stimme fand. »Nein. Nie.«

Sie runzelte die Stirn. »Wie hält man einen Jungen auch nur einen Tag von einem Irrgarten fern?«

Indem man ihn mit einem Berg von Büchern und Pflichten einsperrt.

Seine Mutter, die sich der Welt stets kühl und unerschütterlich präsentierte, war insgeheim verängstigt von den Launen ihres Gatten gewesen. Deshalb hatte sie beschlossen, dass ihr ältester Sohn anders werden sollte als sein Vater.

»Wie hat Ihnen Mendelssohn gefallen?«, fragte er statt einer Antwort.

Das rief ein leichtes Lächeln bei ihr hervor. »Nun, ich würde ihn wohl nicht mit dem Wort ›süß‹ beschreiben.«

»Das ist gut«, sagte er. »Denn das ist seine Musik wirklich nicht.«

»Ich habe zwar kein Wort verstanden, aber die Stücke waren so … bewegend. Es kam mir so vor, als hätte jemand in meine Seele geschaut und …« Sie unterbrach sich, als sie sich ihrer glühenden Begeisterung bewusst wurde.

»Und was?«, hakte er nach, während er sie auf einen Seitenweg geleitete, der tiefer in den Irrgarten führte. Jedes Mal, wenn ihre Leidenschaft sich Bahn brach, verspürte er einen elementaren Ruck in seinem Körper. Nervenaufreibend. Sie ließ ihn vergessen, wer er war, ließ ihn nur noch die grundlegenden Bedürfnisse und Triebe verspüren, die einem Mann angeboren zu sein schienen. Und er war offenbar nicht gewillt, diesem Vergessen Einhalt zu gebieten.

»Melancholisch«, sagte sie leise. »So würde ich die Komposition beschreiben.«

Melancholisch war genau das Wort, das er auch verwenden würde.

Himmel hilf, er wollte eins werden mit dieser Frau.

»Das letzte Stück«, sagte sie. »Er klang so voller Wehmut, dass mir fast traurig zumute war. Wovon handelte es?«

Er nickte. »*Auf Flügeln des Gesanges*. Es handelt von einem Mann, der seine Geliebte auf eine Traumreise mitnimmt.«

Ihre Hand krallte sich unwillkürlich fester in seinen Arm. »Wie lautet der Text?«

Ihre Röcke streiften nun mit jedem Schritt sein Bein. Wenn er den Kopf drehen und sie näher an sich ziehen würde, könnte er den Duft ihrer Haare wahrnehmen.

Er schüttelte den Kopf und versuchte, die Textzeilen aus seinen benebelten Sinnen hervorzuholen. »Auf den Flügeln des Gesanges, Herzliebchen, trag ich dich fort«, sagte er. »Fort nach den Fluren des Ganges, dort weiß ich den schönsten Ort.« Er hielt inne. Rezitierte er etwa romantische Zeilen?

»Wie endet es?«, hauchte sie.

Ihre Augen glichen tiefen Seen. Womöglich würde er nie wieder auftauchen, wenn er den Sprung hineinwagte.

»Sie lieben sich unter einem Baum«, sagte er.

Er spürte ihren erschrockenen Atemzug.

In einer fließenden Bewegung bog er um die Ecke und zog sie an sich. Er gewahrte noch, wie sich ihre Augen weiteten, als er den Kopf senkte. Dann küsste er sie.

Sanft.

Ihr Mund war unglaublich weich, zart wie eine Blüte, und einen Augenblick verharrte er ganz still, während er ihre samtige Wärme genoss. Nach einer endlos erscheinenden Weile atmete er aus. Und es kam ihm so vor, als hätte er seit dem Moment, da er sie zuletzt umarmt hatte, den Atem angehalten.

Sie duftete nach Jasmin und süßer Frau.

Die Sonne schien strahlend und warm auf seine geschlossenen Lider.

Irgendwo sang ein Rotkehlchen.

Er strich mit der Zungenspitze über ihre volle Unterlippe.

Sie gab ein leises Seufzen von sich, und er öffnete die Augen.

Ihre Lider waren geschlossen, ihre Wimpern lagen wie Fächer ausgebreitet auf ihren Wangen.

Sein Herz schäumte über vor Glück, so schnell und heftig, dass es schmerzte. Wieder nahm er ihren Mund gefangen, und sie öffnete die Lippen für ihn, gewährte ihm erneut Einlass zu der berauschenden Hitze, die ihn die halbe Nacht gequält und um den Schlaf gebracht hatte. Er bog ihren Kopf leicht zurück, um den Kuss zu vertiefen, und sie ließ es zu, ließ schüchtern ihre Zunge mit seiner spielen, und seine Erregung wuchs. Wieder verharrte er. Er hatte wiedergutmachen wollen, dass er im Alkoven seine Selbstbeherrschung verloren hatte, und so umfing er sie nun mit einer Zärtlichkeit, zu der er am vergangenen Abend nicht imstande gewesen war. Sie zu spüren – ganz nah an sich – war so … gut. Ihre Zähne glitten über seine Unterlippe, und er stöhnte auf. Ohne den Kuss zu unterbrechen, zog er sich einen Handschuh aus und umfasste mit der bloßen Hand ihr Kinn. Das kühle seidige Gefühl ihrer Haut sandte eine Woge der Begierde durch seinen Körper. Er wollte mit ihr zu Boden sinken. Sämtliche Haken und Knöpfe ihres Kleides lösen und sie danach ihrer Dessous entledigen. Er wollte jeden weichen Zentimeter ihres Körpers mit seinen Händen und seiner Zunge erkunden, die blassen Rundungen ihrer Brüste, die zarte Kurve ihrer Taille, die verführerische Wärme ihres Schoßes. Vor allem dort. Er wollte sie an ihrer empfindsamsten Stelle küssen und liebkosen, bis sie sich vor Ekstase unter ihm wand.

Unvermittelt verspürte er Widerstand und stellte fest, dass sie halb über seinem Arm nach hinten lehnte und er sich mit den Hüften an ihr rieb.

Rasch ließ er von ihr ab.

Sie schaute ihn unter trägen Lidern an, ihre Frisur war durch seine Hände zerzaust. Aus dem Augenwinkel sah er seinen Handschuh im Schnee liegen.

»Annabelle«, raunte er.

Sie lächelte leicht. »Montgomery.«

Es gefiel ihm, wie sie seinen Namen aussprach, weich und rauchig. Er umfasste erneut ihr Gesicht und liebkoste ihre Unterlippe mit seinem Daumen. Sie schmiegte sich in seine Hand und küsste seine Daumenkuppe, als sei es das Natürlichste auf der Welt. Als hätten sie beide dies schon Hunderte Male getan und würden es noch Tausende Male tun.

Beunruhigt ließ er seine Hand sinken.

Er hob den Handschuh auf.

Sie beobachtete Montgomery wie in Trance, wie er vor ihr auf- und ablief, die Hände – eine ohne, die andere mit Handschuh – hinter dem Rücken verschränkt. Die Welt schien unnatürlich hell, das Grün und Weiß blendend unter dem wolkenlosen blauen Himmel. Sie fühlte sich wackelig auf den Beinen, am liebsten hätte sie die Hände wieder nach ihm ausgestreckt. Seine starken Schultern schienen ihr der richtige Platz dafür zu sein.

Sie hatte kaum geschlafen. Immer wieder hatte sie die Begegnung im Alkoven in Gedanken durchgespielt, sich an jedes Seufzen, jede Berührung erinnert und beschlossen, seiner Einladung nicht Folge zu leisten, sondern sich besser von ihm fernzuhalten. Aber da hätte sie genauso gut beschließen können, mit dem Atmen aufzuhören. Ein Blick im Musikzimmer auf ihn hatte gereicht, und ihre Füße hatten wie von selbst um Punkt zwei Uhr den Weg zum Irrgarten eingeschlagen.

Montgomery wandte sich ihr wieder zu, mit entschlossener Miene. »Annabelle, ich bin mir bewusst, dass wir uns erst kurz kennen, wenn man die Tage zählt. Und doch … sicher musst du wissen … wie sehr du meine Gedanken einnimmst.« Er schüttelte den Kopf, und als würde er sich eben erst entsinnen, nahm er den Zylinder ab und fuhr sich mit einer Hand durch die Haare und zerzauste dabei die kurzen Locken. »Tatsächlich sehne ich mich ständig nach deiner Gesellschaft und hege die Hoffnung, dass du mir ähnliche Gefühle entgegenbringst.« Er trat näher und ergriff ihre Hand. In seinen sonst so kühlen Augen lag ein zärtlicher, rauchwarmer Blick.

Ihr Herz schlug schneller. Wohin würde dieses Gespräch führen?

»Annabelle, ich möchte gern …«

Er hob den Kopf wie ein Raubtier, das Witterung aufnahm.

Nun hörte sie es auch. Schnelle Fußschritte auf dem Kies.

Montgomery runzelte unheilvoll die Stirn und entfernte sich rasch ein Stück von ihr.

Im nächsten Moment kam Ramsey in den Seitenweg gestürmt. »Euer Gnaden!« Sein Gesicht war gerötet, sein Atem ging keuchend. Sein sonst so makellos gescheiteltes braunes Haar klebte ihm schweißnass am Kopf.

Eine Gänsehaut überlief Annabelle.

»Es handelt sich besser um etwas Wichtiges, Ramsey.« Montgomerys Stimme klang kalt genug, um den armen Diener zu Eis zu erfrieren.

Der Mann zuckte zusammen. »Ich denke schon, Euer Gnaden.« Sein Blick flog nervös zwischen dem Herzog und Annabelle hin und her.

Sie zog sich das Tuch fester um die Schultern. »Ich kehre ins Haus zurück«, sagte sie. Plötzlich war sie sich ihres derangierten Aussehens überdeutlich bewusst.

Sie wartete nicht, bis Montgomery seine Zustimmung gab, sondern lief schnell den Pfad hinunter Richtung Hauptweg.

Dennoch vernahm sie Ramseys Stimme; laut und deutlich durchschnitt sie die Stille des Nachmittags. »Euer Gnaden. Ihr Bruder, Lord Peregrin … Er ist verschwunden.«

17. KAPITEL

Auf Ramseys Nachricht folgte Schweigen. Sebastian konnte keinen klaren Gedanken fassen; die Worte schwirrten unzusammenhängend und nicht greifbar in seinem Kopf herum. Mit einem Mal schärften sie sich und fuhren durch seinen Verstand wie ein Schwert.

»Wurde er entführt?«

»Unwahrscheinlich«, sagte Ramsey. »Offenbar hat Seine Lordschaft eine Nachricht hinterlassen.«

Sebastian hatte bereits den Hauptweg erreicht. Dort stand Annabelle, ihre Augen wirkten groß in ihrem bleichen Gesicht.

»Du weißt Bescheid?«, fragte Sebastian, ohne stehen zu bleiben.

»Ja«, sagte sie. »Es war leider nicht zu überhören.«

Nun. Ramsey hatte tatsächlich recht laut gesprochen.

»Komm mit.«

Vage war ihm bewusst, dass Annabelle und Ramsey laufen mussten, um Schritt mit ihm zu halten. Ihr zuliebe machte er etwas langsamer, doch seine Gedanken rasten weiter. »Wo ist sein Leibwächter?«

»Ich habe ihn zum Arbeitszimmer gebracht, wo er auf Sie wartet, Euer Gnaden«, keuchte Ramsey.

Auf der Terrasse und im Garten flanierten kleine Gruppen und Paare. Köpfe drehten sich zu Sebastian um, und die erwartungsvollen Blicke seiner Gäste griffen nach ihm wie ausgestreckte Tentakel.

Er wechselte die Richtung und steuerte auf den Personaleingang im Ostflügel zu.

»Welche Informationen haben Sie sonst noch?«

»Keine, Euer Gnaden«, antwortete Ramsey. »Ich habe mich sofort auf die Suche nach Ihnen gemacht.«

»Das war genau richtig«, sagte Sebastian, während er die Hintertür mit einem kräftigen Schubs aufstieß. Sie führte in einen dämmrig beleuchteten Flur. Zwei Dienstmädchen verharrten wie angewurzelt, und ihre Augen unter den weißen Häubchen weiteten sich so erschrocken, als hätten sie einen Geist gesehen, als er an ihnen vorbeieilte.

Wäre seinem Bruder etwas zugestoßen, gäbe es sicher keine Nachricht. *Es sei denn, es ist eine Finte.* Er schob den Gedanken beiseite, bis er sein Arbeitszimmer erreichte. Ein großer, kräftiger Mann stand neben der Tür, seinen Bowler-Hut fest in der rechten Hand. Craig Fergusson. Der Mann arbeitete bereits seit einem Jahrzehnt für ihn. Er hatte nur eine Aufgabe – auf Peregrin aufzupassen, diskret und gewissenhaft. Sebastian unterdrückte den Drang, Fergusson am Jackett zu packen und eine Erklärung aus ihm herauszuschütteln.

Ramsey drängte sich an ihm vorbei, um Sebastian die Tür zum Arbeitszimmer zu öffnen, und nach ihm traten auch die anderen ein.

Kaum hatte sich die Tür wieder geschlossen, knöpfte sich Sebastian den Leibwächter vor. »Was ist passiert?«, blaffte er.

Fergusson schluckte schwer. »Gestern Abend kehrten wir für die Nacht im Hotel in Carmarthen ein …«

»Ja, und?«

»Und heute Morgen hab ich auf Seine Lordschaft und den Kammerdiener im Flur vor dem Frühstückszimmer gewartet. Als die Abfahrtszeit des Zuges näher rückte und sie nicht kamen, wurde ich misstrauisch. Der junge Lord speist immer gern ausgiebig. Ich folgte meinem Gefühl und ging hinauf zu seinem Zimmer, um Nachforschungen anzustellen. Ich fand den Kammerdiener bewusstlos im Vorzimmer, sauber erledigt durch Laudanum …«

»Bewusstlos?«

»Ja, Euer Gnaden«, bestätigte Fergusson. »Ich hab den Mann nur mit ein paar kräftigen Ohrfeigen wach bekommen. Er ist immer noch ziemlich benebelt. Er hat erzählt, dass Lord Peregrin ihm ein Glas Wein angeboten hat. Danach sei er schnell eingeschlafen und hätte nichts mehr gehört.«

Fassungslosigkeit blendete die Sorge für einen Moment aus. »Er nimmt an, dass mein Bruder ihn betäubt hat?«

Fergusson drehte unruhig den Hut in seiner Hand. »Es scheint so, Euer Gnaden.«

Peregrins Kammerdiener stand seit fünfundzwanzig Jahren in den Diensten der Familie. Zuvor war er Sebastians Kammerdiener gewesen. Er hatte ihn an Peregrin abgetreten, um sicherzustellen, dass sein Bruder von vertrauenswürdigen Menschen umgeben war. Der Mann würde sich vermutlich nicht an irgendeinem hinterlistigen Spiel beteiligen.

»Sie sagten, es gäbe eine Nachricht?«

Fergusson nickte und holte einen Umschlag aus seiner Tasche. »Das lag auf dem Bett.«

Sebastian riss dem Mann den Brief aus der Hand. Das Briefpapier war dick und mit seinem Wappen verziert. Er brach das Siegel und schlitzte den Brief mit dem Zeigefinger auf. Nur wenige Zeilen, in Peregrins krakeliger Schrift.

Sir,

ich habe gründlich darüber nachgedacht, ob ich der Royal Navy beitreten soll, doch ich sehe mich außerstande dazu.

Hochachtungsvoll
P.

Ich sehe mich außerstande dazu.

Gut, das hieß, dass man ihn höchstwahrscheinlich nicht entführt hatte.

Sebastian schloss kurz die Augen. Sein Herz schlug wieder, trommelte heftig gegen seine Brust. *Nicht entführt. Nicht verletzt.* Die Tatsache blieb jedoch, dass der Bengel ihn hereingelegt hatte.

Er legte den Brief auf den Schreibtisch. »Irgendwelche Hinweise, wo er jetzt sein könnte?«

Fergusson schüttelte den Kopf. »Niemand hat ihn gesehen. Mehrere Züge und jede Menge Kutschen verlassen ab sechs Uhr morgens den Bahnhof. Ich habe alle Fahrpläne mitgebracht.«

Sebastian schenkte den Papieren, die Fergusson ihm auf den Tisch legte, keine Beachtung. Er wusste bereits, dass es mehrere Routen zu den Küstenstädten gab, und zumindest ein Zug hielt in Plymouth. Von dort aus gingen Fähren. Sein Bruder könnte längst auf dem Weg nach Frankreich sein. Und sein Leibwächter war hier in Claremont.

Ein Ansturm der Gefühle wogte in ihm auf, fast zu stark, ihn zu bezwingen.

Er ging hinter seinen Schreibtisch, zog ein Papier hervor und schrieb seine Anweisungen nieder.

»Lassen Sie die Kutsche vorbereiten«, wies er Ramsey an,

während er schrieb. »Und schicken Sie Edward Bryson ein Telegramm, dass ich ihn heute Abend aufsuchen werde.«

»Den Chef von Scotland Yard, Euer Gnaden?«

Sebastian schaute abrupt auf. »Gibt es noch einen Edward Bryson, der uns in dieser Situation behilflich sein könnte?«

Ramseys Gesicht färbte sich leuchtend rot. »Nein, Euer Gnaden.«

»Nachdem Sie ihm telegrafiert haben, informieren Sie das Personal in meinem Stadthaus über meine bevorstehende Ankunft. Fergusson, halten Sie sich bereit, mit mir in zwanzig Minuten nach London zu reisen.«

Ramsey und Fergusson verbeugten sich und verließen hastig das Zimmer.

Annabelle wollte ihnen folgen, und Sebastian legte den Füllfederhalter nieder. »Sie bleiben, Miss Archer«, sagte er. »Bitte«, fügte er sanfter hinzu, als er merkte, dass sie sich versteifte wie ein Stock.

Sie drehte sich um und musterte ihn argwöhnisch. Spiegelte sich sein rasender Gemütszustand womöglich in seinem Gesicht?

»Bitte bleib«, wiederholte er.

Sie nickte, doch ihre Miene blieb wachsam. Es behagte ihm nicht, dass sie sich ihm gegenüber so reserviert zeigte. Spontan ging er um den Schreibtisch, weil er zu ihr wollte, doch dann steuerte er auf das Fenster zu. Er konnte nicht in Worte fassen, was er von ihr im Moment wollte oder brauchte. Schließlich konnte er sie wohl kaum auf seinen Schreibtisch setzen und ihre Röcke raffen … Um sich abzulenken, ließ er den Blick über die Felder schweifen. Mit einer gewissen Gleichgültigkeit bemerkte er die Enge in seiner Brust, die Schwierigkeit, tief Luft zu holen. Der Tiefpunkt im Leben eines jeden Mannes war definitiv erreicht, wenn der eigene Bruder ihn hinterging.

»Ich vertraue darauf, dass du Stillschweigen über diese Sache bewahrst«, meinte er, ohne sich umzudrehen.

»Natürlich«, hörte er sie sagen. Ihre Stimme war so beruhigend, Balsam für seine Seele. Verdammt, seine Schwärmerei für sie hatte seine Sinne offenbar so sehr betäubt, dass sein Bruder diesen Plan direkt unter seiner Nase aushecken konnte. Finster blickte er auf die karge Landschaft, verärgert über sich selbst.

Annabelle konnte es den beiden Männern nicht verübeln, dass sie sich wie getadelte Schuljungen aus dem Arbeitszimmer verzogen hatten. Montgomerys Wut war Angst einflößend, sie raubte dem Raum die Luft zum Atmen. Zum Glück war sie an derlei Temperamentsausbrüche gewöhnt, denn sie hatte mit ihren eigenen starken Gefühlen bereits ähnliche Erfahrungen gemacht. Es tat ihr jedoch weh, ihn so zu sehen. Jede Faser seines Körpers schien so angespannt, als könnte er gleich zerreißen. Irgendwann hatte er den Handschuh wieder angezogen, und die Hand, die ihr Gesicht im Garten so liebevoll gestreichelt hatte, war nun zur Faust geballt. Der Anblick dieser Faust taute die Eismauer, hinter der sie ihr eigenes Herz schon so lang verbarg.

Langsam näherte sie sich ihm.

»Kennst du meinen Bruder gut?«, fragte er, ohne sich ihr zuzuwenden. »Hast du eine Ahnung, wo er sich verstecken könnte?«

»Verstecken?« Ein weiterer Schritt. »Nein. Und wir waren nie so gut miteinander bekannt, dass er sich mir anvertrauen würde.« Nun stand sie so nahe bei ihm, dass sie ihn berühren könnte. Sie zögerte. Das war höchst kühn, aber auch notwendig.

Sie schlang die Arme um seine Taille.

Er fühlte sich hart und unnachgiebig an, wie ein Felsblock in ihren Armen, der eine wütende Hitze ausstrahlte. Als er keine

Anstalten machte, sich von ihr zu lösen, legte sie eine Wange auf seinen Rücken.

Er drehte sich um und schaute sie an, ungefähr so, wie ein Löwe ein Lamm anstarren würde, dass sich in seine Höhle gewagt hatte. Ganz so, als könne er sich nicht entscheiden, ob er sie verschlingen oder lieber anbrüllen und fortjagen sollte. Sie schmiegte sich an ihn, presste das Gesicht an seine Brust, lauschte seinem Herzschlag und fragte sich, was es wohl sein würde.

Endlich legte er die Arme um sie und nahm den wenigen Trost, den sie ihm bieten konnte, an.

Er stützte sein Kinn auf ihren Kopf. »Er ist fortgelaufen«, sagte er schroff.

»Das tut mir leid«, erwiderte sie leise.

Seine Hände zogen Kreise auf ihrem Rücken. »Er hat seinen Kammerdiener betäubt.«

»Ja, es scheint so.«

Sie hatte gut daran getan, ihn nicht mit belanglosen Floskeln trösten zu wollen. Er atmete tief ein, und sie spürte, wie die Spannung allmählich aus seinen Muskeln wich.

»Er hat ein Disziplinproblem«, sagte er. »Ich habe ihn für die Royal Navy verpflichtet, und das ist nun seine Antwort.«

Oh. Das war bemerkenswert übel. Ebenso bemerkenswert wie die Tatsache, dass er ihr solch intime Einzelheiten anvertraute.

Die Uhr schlug die volle Stunde. Ganz sicher waren die zwanzig Minuten bald um, doch Montgomery machte keine Anstalten, sie freizugeben. Als sie zu ihm aufsah, hatte er den Blick auf etwas hinter ihr an der Wand gerichtet, und sie drehte sich in seinen Armen um. Eine Reihe Gemälde mit prächtigen Herrenhäusern und Schlössern bedeckte die Wand rechts von der Tür. Ein einsames Bild hing an der linken Seite. Es zeigte eine hohe Klippe, auf der ein Schloss stand, eines von der antiken, zugigen Art mit zwei Meter dicken Mauern.

»Ist das deine Burg?«

»Ja, Montgomery Castle.« Seine Stimme klang belegt, und die Anspannung kehrte in seinen Körper zurück.

Sie lehnte sich an ihn, und er umschloss sie von hinten mit den Armen und zog sie an sich.

»Sich um ein Dutzend Ländereien zu kümmern ist ein Kinderspiel im Vergleich zu der Herausforderung, einen kleinen Bruder im Zaum zu halten«, sagte er und drückte sie leicht. »Was macht dein kluger Verstand daraus, Miss Archer?«

Sie lächelte sarkastisch. »Ich nehme an, zwischenmenschliche Beziehungen erfordern einen anderen Ansatz. Einen Bruder kann man nicht wie einen Posten im Haushaltsbuch behandeln.«

»Oh, aber ich weiß genau, wie viel er mich kostet.«

»Geld, das wohl. Aber wie soll man Gefühle aufaddieren?«

Er zögerte einen Moment, ehe er sagte: »Gefühle.« Er ließ sie los und machte einen Schritt zurück. Der plötzliche Verlust seiner Wärme verwirrte sie.

»Ich muss gehen.« Er lief zu seinem Schreibtisch. »Ich muss ihn so schnell wie möglich finden.«

»Besteht die Möglichkeit, dass er von selbst zurückkehrt?«

Er schenkte ihr einen süffisanten Blick. »Natürlich nicht.« Mit einer geschmeidigen Bewegung schob er die Fahrpläne, die der Leibwächter dagelassen hatte, in eine Tasche. »Er weiß, dass er geliefert ist, sobald er sein Gesicht hier zeigt.«

In seiner ruhigen Stimme lag unverkennbar eine Drohung, und sie wusste instinktiv, dass sie es zu weit treiben würde, wenn sie sich nun für Peregrin einsetzte. Er war der festen Überzeugung, dass ein Mann nur dann Kompetenz und Führungsqualitäten bewies, wenn seine Anweisungen widerspruchslos befolgt wurden. Und nun versteckte ausgerechnet sein eigener Bruder sich vor ihm und verweigerte ihm den Gehorsam. Welch schrecklicher Schlag für seinen Stolz. Die meisten anderen Männer in seiner Situation hätten dem Leibwächter die Schuld zugeschoben.

»Du wirst ihn finden«, sagte sie leise.

In diesen Worten konnten sich viele Botschaften verstecken.

Ich vertraue dir.

Ich bin auf deiner Seite.

Mich schmerzt es, dass du Kummer hast.

Er schien sie alle wahrzunehmen, denn er hörte mit Packen auf und schaute sie an. Ihre Blicke verfingen sich über dem Perserteppich, und seine Miene wurde weicher, vielleicht weil ihr Gesicht all ihre Gefühle offenbarte – dass sie spürte, wie gekränkt er war, und dass ihr Herz seltsam schmerzte, weil sie nicht wusste, wann sie ihn wiedersehen würde.

Mit zwei großen Schritten überbrückte er den Abstand zwischen ihnen. Eine Hand ruhte auf ihrem Nacken, behutsam und besitzergreifend zugleich, und einen Herzschlag lang richtete sich seine Aufmerksamkeit so intensiv auf sie, als sei sie der Mittelpunkt der Welt für ihn.

»Ich komme zu dir zurück«, versprach er. Dann küsste er sie fest auf den Mund, danach sanft auf die Stirn, und schließlich schob er sie fast aus der Tür.

Die Scheite im Kamin knisterten und versprühten eine Wolke aus glühenden Funken, bevor sie zischend in sich zusammenfielen. Annabelle hatte sich mit Hattie und Catriona in den Blauen Salon zurückgezogen, um den Abend mit Lesen und Zeichnen zu verbringen. Das Buch in ihrer Hand diente jedoch bloß als Tarnung. In der müßigen Stille schweiften ihre Gedanken immer wieder zu Montgomery und seinen Küssen, als ob der verführerische Druck seiner Lippen das neue Zentrum der Schwerkraft geworden wäre, um das all ihre Gedanken kreisten.

Sie erschauderte. Die Emotionen, die sie empfand, waren denen in diesem schicksalhaften Sommer vor so vielen Jahren gefährlich ähnlich. Diese atemlose, leichtsinnige, berauschende Sehnsucht, sich im Strudel der Leidenschaft zu verlieren. Das Verlangen, den Kampf mit aller Macht gegen diese männliche Stärke aufzunehmen, um sich dann in einem glorreichen Glücksgefühl dem Sturm der Gefühle hinzugeben … Natürlich wusste sie es inzwischen besser als das Mädchen, das sie vor ein paar Jahren gewesen war. Ja, sie konnte sich ein paar Schlucke dieser Leidenschaft gönnen, ohne gleich kopfüber darin zu ertrinken.

Montgomery war nicht mehr zurückgekehrt, und morgen war ihr letzter Tag in Claremont. Würde er seinen Bruder finden?

»Wer ist eigentlich der nächste Erbe des Titels nach Lord Peregrin?«, fragte sie.

Hattie sah langsam von ihrem Zeichenblock auf. »Wie kommst du denn auf so etwas?«

»Nun, wir sind hier inzwischen mehrere Wochen zu Gast«, sagte Annabelle. »Dennoch ist das Profil des Herzogs immer noch unvollständig. Wir sind mit der Kampagne in Verzug.«

»Über die Erbfolge weiß ich nicht Bescheid und auch nicht, wie man dieses Wissen für unsere Zwecke nutzen könnte«, sagte Hattie. »Catriona?«

Zum ersten Mal, seit sie sich kannten, zuckte Catriona mit den Schultern. »Er wird sicher sowieso schon bald einen direkten Titelerben haben«, meinte sie. »Der Gesellschaftsklatsch lässt verlauten, dass er im nächsten Jahr heiraten wird.«

Ein hässliches Gefühl flaute in Annabelles Magengrube auf. *Eifersucht.* Wie kindisch. Natürlich musste er heiraten. Vermutlich eine der hübschen Debütantinnen, die weiß und still wie Schneeflocken durch seinen winterlichen Ballsaal geschwebt waren. Sie stand auf und schlenderte zum Kamin.

»Ich gebe zu, ich bin froh, dass er niemals eine Braut aus einer Kaufmannsfamilie in Betracht ziehen würde«, stellte Hattie fest. »Sonst würde Mama wohl versuchen, eine Partie mit meiner hübschen Schwester zu arrangieren.« Sie erschauerte sichtlich. »Mir tut die zukünftige Herzogin jetzt schon leid. Glaubt ihr, sie wird eine tragische Figur, so wie Georgiana Cavendish, Herzogin von Devonshire, die sich mit einer *Ménage à trois* arrangieren musste? Oder was wäre wohl, wenn sie ihm nur Töchter schenkt? Stellt euch nur vor, die erste Herzogin von Montgomery in achthundert Jahren zu sein, die keinen Sohn zur Welt bringt. Ich frage mich, ob er sich dann von ihr wohl auch scheiden lassen wird.«

»Zum Glück haben wir seit den georgianischen Zeiten Fortschritte gemacht«, erwiderte Annabelle leicht verärgert. »Und wenn eine Frau schon als Zuchtstute für einen Mann herhalten muss, gibt es gewiss üblere Männer als den Herzog.«

»Zuchtstute?« Hattie schnalzte mit der Zunge. »Mich deucht, du hast zu viel Zeit mit der lieben Lucie verbracht. Wo wir gerade von ihr sprechen: Was haltet ihr von ihrem Plan, uns mit Millicent Fawcetts Suffragistinnen zusammenzutun und auf dem Parliament Square zu demonstrieren?«

»Pst«, zischte Catriona. »Was, wenn dich jemand hört?«

»Aber was sagt ihr nun dazu?«, wiederholte Hattie in einem lauten Bühnenflüstern.

»Das wird Ärger geben«, erwiderte Catriona.

»Oh ja«, stimmte Hattie freudig zu. »Sehr viel Ärger.«

18. KAPITEL

Am nächsten Morgen dröhnten Trompeten und Pauken durchs Frühstückszimmer und erfüllten jeden mit patriotischer Begeisterung, außer, wie es schien, die kleine Gruppe von Suffragistinnen und Tantchen Greenfield.

»Wo kommt dieser fürchterliche Lärm her, Liebes?«, brüllte die alte Dame Catriona an.

»Das ist das Orchester«, erwiderte Catriona nicht minder laut. »Es soll heute Abend im Garten unter der Terrasse spielen.«

»Ah ja«, sagte Tantchen unbeeindruckt. »Ich wage zu behaupten, dass es nicht mehr so stimmig klingt wie meiner Tage.« Sie warf einen missbilligenden Blick über den Tisch, der an Annabelle hängen blieb. »Sie sind ziemlich blass, Kindchen. Lieber Himmel, fühlen Sie sich etwa wieder unwohl?«

Annabelle lächelte nicht gerade überzeugend. »Nein, Ma'am, mir geht es gut.«

»Wunderbar«, antwortete Tantchen Greenfield. »Das sollte auch so sein. In Ihrem Alter sollte man noch über eine robuste Gesundheit verfügen.«

In ihrem Alter sollte sie auch klüger sein, als sich nach einem Herzog zu sehnen, der nicht zurückgekehrt war.

Catriona faltete ihre Serviette zusammen. »Ich will den Männern zuschauen, die das Feuerwerk vorbereiten.«

Annabelle sprang sofort auf. »Ich begleite dich.« Frische Luft war genau das, was sie jetzt brauchte.

Das Feuerwerk wurde am anderen Ende des französischen Gartens aufgebaut. Die dünne Schneedecke war über Nacht geschmolzen und enthüllte die Kieswege, die verschnörkelten Brunnenverzierungen und verwitterten griechischen Statuen. Im Sommer, wenn die Bäume sattgrün waren und eine laue Brise durch die Blätter strich, würde der Garten bestimmt prachtvoll aussehen. Sie würde es so gerne sehen.

»Dieser Ort ist wunderschön«, sagte sie leise.

»Das stimmt.« Catriona hatte den Blick auf das Holzgestell gerichtet, das unter den Händen der Arbeiter rasch in die Höhe wuchs. »Kennst du diese Schneekugeln mit den kleinen Schlössern?«

»Äh ja?«

»Genauso ist Claremont.«

»Ich kann dir nicht ganz folgen.«

»Es ist eine Seifenblase, ein Traum. Nicht real. Zumindest nicht für uns.«

»Und Oxford ist real? Die Stadt hat sich seit den Kreuzzügen kaum verändert.« Aus rätselhaften Gründen zerrte das Gespräch an Annabelles Nerven.

Catriona hakte sich bei ihr unter. »Schon gut. Ich wollte nur sagen, dass wir in Oxford gut aufgehoben sind.«

»Natürlich«, stimmte Annabelle zu.

Eine Stunde vor Mitternacht kursierte das Gerücht, dass der Hausherr zurückgekehrt sei, und dennoch glänzte er durch Abwesenheit. Die Hausgäste versammelten sich im Empfangssaal zu einem Imbiss, Getränken und Tratsch.

»Die Raketen wurden direkt aus China hergeschickt«, sagte jemand.

»Der letzte Herzog hatte mal einen Schlangenmenschen engagiert, ich weiß nicht mehr, ob es ein Mann oder eine Frau war …«

»Und dann ist Lady Swindons Hut in Flammen aufgegangen.«

Als die große Standuhr halb zwölf schlug, forderte Lady Lingham, die offenbar die Rolle der Gastgeberin übernommen hatte, alle auf, sich auf die Terrasse zu begeben. Annabelle ließ sich von dem Strom der Menschen treiben, die in den Ballsaal schlenderten, wo die Türen zur Terrasse weit geöffnet waren. Auf dem Balkon hätte ein rätselhafter, unnahbarer Mann stehen sollen.

Aber er stand nicht dort.

Wieso nahm Montgomery an seiner eigenen Silvestergesellschaft nicht teil?

»Annabelle!« Hattie winkte ihr. »Komm zu uns rüber. Ich habe dir einen Platz freigehalten.«

Sie wurde auf die Terrasse gezogen.

Das Geplauder und Gelächter einiger Hundert alkoholisierter Aristokraten umgab sie, und für einen Moment verlor sie die Orientierung. Die Terrasse und der französische Garten hatten sich in einen Festplatz verwandelt. Eine Reihe von roten Papierlaternen flackerte in der Dunkelheit. Musik driftete aus den Tiefen des Gartens zur Terrasse.

Er war nicht hier. Das spürte sie.

Es war das Beste so. Dieser Drang, ihm nahe zu sein, war doch verrückt.

Eine Gruppe Kinder flitzte zwischen ihr und Hattie hindurch, und ihre Hand löste sich aus dem Griff ihrer Freundin.

Bevor sie erneut zu ihr aufschließen konnte, wurde sie von einem Apfel aufgehalten. Er war rubinrot und glänzte in seinem Zuckermantel.

»Einen kandierten Apfel, Mylady?« Der Frager ragte auf Stelzen über ihr auf. Seine lange, gestreifte Hose bauschte sich. Sein breites Lächeln war aufgemalt.

»Annabelle.« Hatties Stimme drang zu ihr, doch sie rührte sich nicht von der Stelle.

Verrückt oder nicht, sie musste sich verabschieden. Und zwar nicht erst, wenn sie morgen abreisen würden, ganz schrecklich formell im Hof. Am liebsten hätte sie ihm überhaupt nicht Lebewohl gesagt.

Sie machte auf dem Absatz kehrt.

Das war wider jegliche Vernunft.

Trotzdem beschleunigte sie ihre Schritte und wich immer wieder fröhlichen Gästen aus, die ihr entgegenströmten.

Im Ballsaal war die Menschenmenge bereits kleiner geworden. Unschlüssig blieb sie unter dem großen Kronleuchter stehen, ehe sie den Raum verließ und das Empfangszimmer betrat.

Der große Zeiger der Standuhr zeigte zwanzig Minuten vor Mitternacht.

Und plötzlich wusste sie, wo sie suchen musste. Sie wandte sich in Richtung Westflügel.

Hastig eilte sie die dämmrig beleuchteten Flure entlang, so lautlos wie ein Dieb. Außer Atem blieb sie vor der Tür seines Arbeitszimmers stehen. Ein Moment des Zögerns, dann klopfte sie an die dunkle Holztür.

Schweigen.

Ihre Hand schwebte über der Klinke.

Rasch wollte sie die Tür öffnen und … stellte fest, dass sie abgeschlossen war.

Mit einem Mal verließ sie der Mut.

Doch so schnell wollte sie nicht aufgeben. Sie lief zurück und orientierte sich an Gemälden und Topfpflanzen, um den

Weg zum Musikzimmer zu finden. Sie öffnete die große Doppeltür und steckte den Kopf durch den Spalt. Gähnende Leere. Der Flügel wirkte fremd und verlassen im Mondlicht.

Eine Woge der Sorge stieg in ihr auf. War er überhaupt zurückgekehrt?

Sie lief einen weiteren Korridor entlang und noch einen, bis sie jegliche Orientierung verloren hatte und sich ein Stechen in ihrer Seite bemerkbar machte. Nach Luft schnappend blieb sie stehen und hielt sich an einem Geländer fest. Ihre Brust bebte.

Sei vernünftig. Denk nach.

Claremont hatte drei Stockwerke und gut zweihundert Räume. Die konnte sie unmöglich alle durchsuchen.

Verflixt. Sie hatte sich so gut zusammengerissen und war in den letzten Jahren so vernünftig gewesen.

Wieso hatte sie zugelassen, dass Montgomery sie in eine törichte Gans verwandelte, die ihm wie eine Verrückte in seinem Haus nachjagte.

Aber war das nicht allzu verständlich?

Während ihres Aufenthalts in Kent war sie sich wie eine Schlafwandlerin vorgekommen. Oxford hatte ganz eindeutig ihre Sinne und ihren Verstand angeregt. Doch erst Montgomery hatte sie wieder zum Leben erweckt, und das, ohne es zu wollen. Er war kühl, reserviert und völlig unverblümt gewesen, und ehe sie es sich versah, war er ihr unter die Haut gegangen und hatte sich in ihr Herz geschmuggelt. Und nun wusste sie nicht, wie sie ihn daraus wieder vertreiben sollte. Sie wollte es auch gar nicht. Es fühlte sich viel zu gut an, sich wieder lebendig zu fühlen. Gesehen zu werden. Seine Küsse hatten sie von einer Einsamkeit befreit, deren volle Last sie vorher nicht einmal wahrgenommen hatte.

Sie zwang einen weiteren Atemzug in ihre Lungen. Ihr verschwitzter Rücken kühlte allmählich ab.

Noch ein Versuch, danach wollte sie zur Terrasse zurückkehren.

Sie lief eine Treppe hinauf, einen weiteren Flur hinunter, an einem erschrockenen Dienstmädchen vorbei und …

… entdeckte ihn neben der Tür zur Bibliothek mit dem Winterhimmel, wo er mit Bonville, dem Butler, redete.

Sie blieb stehen. Ihr schwirrte der Kopf.

Montgomery drehte sich zu ihr um, und in dem Moment, als sich ihre Blicke trafen, sprühten Funken den Korridor entlang.

Er musste etwas zu Bonville gesagt haben, denn der Butler verschwand in der Dunkelheit.

Ein Rauschen dröhnte ihr in den Ohren, als sie auf ihn zuging. Sie hätte sich ein paar Worte zurechtlegen sollen, einen Grund für ein Gespräch. Das hatte sie jedoch nicht getan. Sie hatte sich auf die Suche nach ihm gemacht wie ein Tier, das nach einer Hitzewelle verzweifelt nach dem Wasserloch sucht. Nun, da er leibhaftig vor ihr stand, sie beobachtete, schwand der Drang und hinterließ ein Schwindelgefühl. Unvermittelt fühlte sie sich schüchtern; es fiel ihr schwer, ihm in die Augen zu sehen. Er wirkte größer als in ihrer Erinnerung. Und auch anders. Unter der stillen Oberfläche schimmerte etwas Raues durch.

Federleicht strich er mit den Fingerspitzen über ihre linke Wange, und die Berührung wärmte ihre Haut. Er ließ die Hand zu ihrem Kinn und dann zu ihrem Hals gleiten, zu der Stelle, an der ihr Puls schlug.

»Du bist gerannt.« Seine Stimme klang rauchig.

Sie schluckte, und er strich leicht über die pulsierende Ader, als ob er sie genau an der Stelle beruhigen wolle, wo sie ihre Aufregung nicht verbergen konnte. Es wirkte.

Allmählich löste sich ihre Anspannung unter dem stetigen Auf-und-ab-Gleiten seiner Finger.

»Dein Bruder«, flüsterte sie. »Hast du ihn gefunden?«

Er ließ die Hand von ihrem Hals zu ihrer Schulter wandern und griff mit der anderen nach der Tür hinter sich. Dann zog er sie mit sich in die dunkle Stille der Bibliothek. Er drückte sie gegen die Tür, und sie vernahm das Klicken des Schlüssels, der sich im Schloss drehte.

Ein Anflug von Beklommenheit erfasste sie. Seine Nähe wirkte ebenso fesselnd, als hätte er sie mit seinem Gewicht gegen die Tür gedrängt.

Er beugte sich zu ihr. »Verrate mir, warum du gerannt bist.«

Sein Atem streifte über ihre Lippen, und sie reckte das Kinn vor Sehnsucht, seinen weichen Mund wieder auf ihrem zu spüren.

»Sag es mir«, forderte er.

»Du hast gesagt, dass du zu mir zurückkommen würdest.«

Er schüttelte den Kopf. »Nein, ich muss es dich sagen hören.«

Das Mondlicht fiel hinter ihm durch das Fenster und enthüllte die starren Umrisse seiner Schultern.

Die meisten Männer seines Ranges würden sich einfach nehmen, was sie begehrten. Das wusste sie nur zu gut. In seiner Nähe vergaß sie jegliche Vorsicht. Es bestand jedoch nicht der geringste Zweifel, dass Montgomery sie in diesem Moment begehrte. Die Spannung, die sich in seinen Muskeln zeigte, hallte in ihrem Körper wider, und sie nahm den salzigen Geruch seiner Erregung wahr. Wenn sie nun mit der Hand über seine Hose streifen würde, würde sie wohl eine harte Wölbung spüren. Die Entscheidung überließ er jedoch ihr. Ein Gefühl von ungezügelter Intensität hämmerte in ihrer Brust.

Dieser wundervolle, rätselhafte Mann.

Er sollte wissen, dass sie hier, in der ungestörten Dunkelheit, die gleiche Sehnsucht miteinander verband und sie ebenbürtig machte.

Sie ließ eine Hand unter sein Jackett schlüpfen.

Er erstarrte. Unter der glatten Seide seiner Weste spürte sie angespannte Muskeln. Ihre Berührungen wanderten höher, über die Silberkette seiner Taschenuhr und hinauf zu seiner Brust. So geschmeidig und doch so stark, so viele Stärken vereint in einem Mann ... Langsam ließ sie die Hand wieder nach unten gleiten, tiefer, über seinen straffen Bauch, bis zu seinem Schritt.

Montgomery schien den Atem anzuhalten, während sie erst zögerte und dann sanft, ganz sanft die Hand gegen ihn drückte. Unwillkürlich keuchte sie auf, als eine unerwartete Woge der Lust sie durchströmte. Sie schlang die Finger um ihn, und der leise Laut der Erregung, der über seine Lippen kam, brachte ihr Blut in Wallung. Dieser mächtige Mann klang ... hilflos. Sie liebkoste ihn, angetrieben von seiner hitzigen Erregung, von dem Rascheln feiner Wolle unter ihren Fingern.

Mit einem Stöhnen umfasste Montgomery ihr Handgelenk, presste ihren Arm gegen die Tür und ihre Lippen verschmolzen miteinander. Sobald sie ihn schmeckte, vergaß sie alles um sich herum, spürte nur noch ihn, seinen warmen Nacken unter ihrer Hand, seine seidigen Haare. Die Realität löste sich in Schatten auf, verglühte unter heißen, fordernden Küssen, von denen einer in den nächsten glitt.

Unvermittelt streifte ein kühler Luftzug ihre Kniekehlen. Ihre Röcke bauschten sich um ihre Taille, dann drängte er seinen Oberschenkel zwischen ihre Beine. Aufkeuchend genoss sie die köstliche Reibung an ihrer intimsten Stelle.

»Ja«, raunte er und grub die Finger in die Rundung ihrer Hüfte. Die nicht von einem Korsett bedeckt war. Er knurrte leise, als er es bemerkte. Mit der Hand auf ihrer Hüfte presste er sie in kurzen, rhythmischen Stößen gegen sich, und ein Prickeln erfasste sie. Sie stöhnte auf. »Bitte, ich kann nicht ...«

Er gab einen beschwichtigenden Laut von sich und fuhr mit einer Hand über ihr Bein nach oben, in den Schlitz ihrer Pantalons, über die weiche bloße Haut ihres inneren Oberschenkels … *Oh!* Mit kundigen, wissenden Fingern liebkoste er sie … Vor ein paar Minuten hatten sie noch im Flur gestanden. Wie konnte es innerhalb weniger Minuten so weit kommen? *Weil sie es schon seit Wochen wollten.* Er streichelte sie schneller, drängender, und sie zerschmolz. Er ließ einen Finger in sie gleiten, und sie bog sich ihm mit einem leisen Aufschrei entgegen.

Nein, sie waren hierbei ganz und gar nicht ebenbürtig. Er führte sie kopfüber in einen Rausch der Sinne. Gefangen zwischen seinem Oberschenkel und seinen forschenden Fingern wurde sie hilflos. Sie hielt sich an seinem Arm fest und spürte das Spiel seiner Muskeln, als er ihr Wonne bereitete, stetig, unerbittlich, bis sich die süße Spannung in einer Ekstase entlud, die sie bis in die Zehen und Fingerspitzen spürte. Ihr nächster Schrei wurde an seiner Schulter erstickt. Montgomerys andere Hand umfasste ihren Hinterkopf.

Sie klammerte sich an ihn, ihre Knie waren wie Wasser, ihr keuchender Atem laut wie Donner in ihren Ohren.

Der weiche Stoff seines Jacketts fühlte sich rau an ihrer Wange an.

Er löste sich sanft von ihr.

Kleine Punkte flammten hinter ihren geschlossenen Lidern auf und erloschen wie verglühende Sterne.

Der Nebel lichtete sich, als er mit einem Fuß gegen ihren drückte, um sich mehr Platz zwischen ihren Beinen zu verschaffen. Seine Hand bewegte sich zwischen ihnen, und sie wusste, dass er die Knöpfe seiner Hose öffnete.

Er wollte sie. Jetzt, hier, im Stehen an der Tür.

Sie umklammerte sein Jackett. »Ich … Ich will nicht …«

Oh doch. Sie wollte. Und auch wieder nicht. Sie durfte das nicht tun. Das war nie ihr Plan gewesen. Es hatte gar keinen Plan gegeben.

Er hielt inne. »Du willst aufhören?« Er klang ziemlich gelassen für einen Mann, der darauf brannte, sich sein Vergnügen zu gönnen.

Hilfe. Sie hatte diese Begierde leichtsinnig in ihm entfesselt, und nun kämpften ihre Instinkte miteinander: seine Sehnsucht zu stillen; tief vergrabene Ängste; und dann auch die offensichtliche Sorge, dass er sie für ein Flittchen halten würde.

»Ich kann nicht«, flüsterte sie. Panik überflutete sie. »Nicht … so.«

Nicht im Stehen an einer Tür. Nirgendwo, wenn sie bei Sinnen wäre.

Montgomerys Brust verspannte sich unter ihren Handflächen. »Natürlich«, murmelte er. »Morgen.«

»Morgen?« Eine unheilvolle Vorahnung überflog sie und verursachte ihr eine Gänsehaut.

»Ich werde alles schriftlich festhalten, ganz gleich, welche Bedingungen du stellst«, sagte er. »Du hast mein Wort darauf.«

Bedingungen?

Erneut wollte er sie küssen, doch ihre Miene schien ihn davon abzuhalten. Er richtete sich auf und knöpfte seine Hose zu. Um seine Lippen lag ein bedauernder Zug. »Nun, zu dieser Stunde erreiche ich meinen Anwalt nicht«, sagte er.

Ein eiskalter Schauer lief ihr über den Rücken. Sie hatte ihn also doch richtig verstanden. Er glaubte, sie wolle ein Arrangement mit ihm aushandeln.

»Du glaubst, ich will ein Arrangement mit dir aushandeln«, sprach sie ihre Gedanken aus.

Er runzelte die Stirn, als er ihren unterkühlten Tonfall vernahm. »Etwa nicht?«

Er atmete immer noch schwer und sah seltsam jungenhaft aus mit seiner zerknitterten Krawatte und dem zerzausten Haar. Der Himmel wusste, wie sie aussehen musste.

Wer würde versuchen, Vertragsbedingungen während des Liebesspiels auszuhandeln, wenn ein Mann verrückt vor Leidenschaft war und dazu geneigt, alles zu versprechen? Nur eine berechnende Kurtisane.

Übelkeit stieg in ihr hoch.

»Und du würdest alles unterzeichnen, ganz gleich, welche Bedingungen ich stelle?«, hörte sie sich selbst sagen. »Wie wäre es denn mit einer Jacht, Euer Gnaden?«

Er legte den Kopf schräg. »Wenn du eine brauchst.«

Sie stieß ein verbittertes Lachen aus.

Er hatte sie also doch nicht »gesehen«. Er kannte sie nicht.

Trotz ihrer Gespräche, Spaziergänge und atemlosen Küsse hatte er sie immer nur für eine Frau gehalten, die ihre Reize für Geld verkaufte. Niemals hätte er eine ehrbare Dame für eine schnelle Nummer gegen die Wand in seine Bibliothek gebeten.

Sie glättete ihre Röcke. »Ich habe dir bereits gesagt, dass ich mich für derlei Arrangements nicht kaufen lasse.«

Er schwieg lange. Als er das Wort ergriff, klang seine Stimme frostig. »Was willst du, Annabelle?«

Dich.

Irgendwann hatte sie angefangen, vom Unmöglichen zu träumen. »Ich will nicht deine Mätresse sein.«

Sein Blick glitt über sie, sein Erstaunen war fast greifbar, und sie wusste, was er sah: eine derangierte Frau, die frech ihre Hand auf seinen Schritt gelegt hatte.

Ihr Herz zerbrach. Sie fühlte sich nackt und töricht.

Mit fünfundzwanzig Jahren war sie immer noch so impulsiv und naiv wie als junges Mädchen.

Rasch drehte sie sich um und tastete nach dem Schlüssel in der Tür.

Eine Sekunde später stand er hinter ihr und verhinderte mit einer Hand ihren hektischen Fluchtversuch.

»Annabelle.«

Sie schüttelte den Kopf.

»Ich habe das Gefühl, dass ich dich gekränkt habe, obwohl das ganz gewiss nicht in meiner Absicht lag«, sagte er.

»Bitte«, erwiderte sie. »Ich habe dir einen falschen Eindruck vermittelt, was ich bedauere. Aber deine Mätresse werde ich nicht. Ganz gewiss nicht.«

Er zögerte zwei Herzschläge lang, vielleicht auch drei. Dann ließ er die Hand sinken und machte einen Schritt zurück. Seine Wärme verschwand mit ihm. »Wie du wünschst.«

Sein Ton klang sachlich. Fast sogar gleichgültig. Ähnlich wie bei ihrer ersten Begegnung in dieser Bibliothek.

Sie schloss die Tür auf und eilte den dunklen Flur hinunter. Aus der Ferne hörte sie das Krachen der Raketen eines weiteren Feuerwerks, das sie nicht erleben würde.

19. KAPITEL

Die Morgensonne war erst wenige Fingerbreit über den Horizont geklettert, aber die Kutsche für Sebastians wöchentlichen Termin in London stand schon zur Abfahrt bereit.

Auf halbem Wege zur Tür blieb er in der Eingangshalle stehen. »Bonville«, blaffte er.

Der Mann erschien wie aus dem Nichts. »Euer Gnaden?«

»Mit der Beleuchtung stimmt irgendetwas nicht.«

Der Butler warf einen schnellen Blick zum Kronleuchter an der Decke, dann zur Sitzecke vor dem Kamin, und ein Anflug von Panik erschien in seinen Augen. Offenbar konnte Bonville nicht erkennen, was mit der Beleuchtung nicht stimmen sollte.

»Die Lampen«, erklärte Sebastian ungeduldig und ging zur Tür. »Sie scheinen gedämpft zu sein. Ich nehme an, dass sie während der Hausgesellschaft überlastet wurden.«

In der Tat. Obwohl der Unterschied kaum wahrnehmbar war, wirkte das Haus auf ihn dadurch inakzeptabel trostlos.

Bonville folgte ihm geschäftig. »Ich werde die Gas-Spezialisten bestellen, damit sie die Leitungen und jede einzelne Lampe überprüfen, Euer Gnaden.«

Sebastian nickte kurz.

Zwei Diener öffneten die massive Doppeltür für ihn, und eine Brise kalter Morgenluft trieb ihm die Tränen in die Augen. Entschlossenen Schrittes stieg er die nassen, rutschigen

Stufen hinunter zur Kutsche. Die glitzernde Schneedecke, die Claremont einen sauberen und verwunschenen Glanz verliehen hatte, war in den vergangenen Tagen zu wässrigem Matsch geschmolzen. Nicht, dass es etwas ausmachte. In seinem Arbeitszimmer herrschte immer dasselbe Wetter.

Graue Wolken hingen über London, und die Stadt wurde langsam, aber stetig von Nieselregen durchnässt. Beim Betreten des Buckingham-Palasts glänzten seine Lederschuhe feucht, obwohl ein Schirm ihm Schutz vor dem Schauer geboten hatte.

Er erwartete keinen allzu herzlichen Empfang in den königlichen Gemächern. Weder die Königin noch Disraeli würden von seinen neuesten Empfehlungen begeistert sein. Er würde seine Strategie dennoch durchsetzen. So, wie seine Pächter einen sechsten Sinn für einen bevorstehenden Wetterumschwung hatten, wusste er eben, wann ein Plan gelingen konnte. Als er seinen Platz einnahm, quälte ihn vielmehr die Sorge, ob die Königin bereits wusste, dass sich sein momentaner Erbe abgesetzt hatte. Damit könnte sich die Büchse der Pandora öffnen und neue Probleme heraufbeschwören, was er im Moment lieber vermeiden würde.

Die Königin und der Premierminister saßen auf ihren üblichen Plätzen; sie in ihrem thronähnlichen Sessel beim Fenster, er neben dem Kamin, als ob er ständig fröstelte. Auf dem niedrigen Tisch zwischen ihnen lag Sebastians Strategiepapier.

Die Augen der Königin funkelten so dunkel wie ihre Onyx-Ohrringe. »Ich habe mit Wohlwollen zur Kenntnis genommen, dass Ihre Silvestergesellschaft ein Erfolg war«, sagte sie.

Ein unerwarteter Stich bohrte sich zwischen seine Rippen. Er würde diese Gesellschaft auf ewig mit einer schmerzlichen Zurückweisung verbinden.

»Ich freue mich, dass ich die Erwartungen erfüllen konnte, Ma'am.«

»Ich hatte keinen Zweifel daran.« Ihr Blick schweifte zu dem Papier auf dem Tisch. »Allerdings haben uns Ihre Vorschläge für die Wahlkampagne äußerst überrascht. Den Bauern nachgeben, Montgomery?«

»Sie haben sie einmal als das Rückgrat des Königreichs bezeichnet, Ma'am«, erwiderte er aalglatt.

Die Königin schürzte die Lippen, offenbar war sie sich nicht schlüssig, ob es ihr gefiel, dass ihre eigenen Worte wie ein Bumerang zurückgeschleudert kamen.

»Bauern gehören nicht zu unseren Wählern«, erklärte Disraeli. Sein weißes Haar stand am Hinterkopf ab, als hätte er in dem Sessel ein Mittagsschläfchen gehalten und keine Zeit gehabt, sich wiederherzurichten. »Belange des Ackerbaus und Pachtrechts haben im Wahlprogramm der Tories keine Priorität. Außerdem haben die Liberalen die Bauern bereits fest in den Klauen.«

»Sie sind für Gladstone leichte Beute, weil sie wegen der Getreidezollgesetze immer noch einen Groll gegen Sie hegen«, hob Sebastian hervor. »Durch einige Zugeständnisse an sie könnte man genügend von ihnen auf unsere Seite bringen.«

Disraeli bekam einen Hustenanfall. Er wurde so heftig davon geschüttelt, dass ihm Tränen in die Augen traten. »Wie viele Bauern gibt es überhaupt?«, fragte er, als er wieder zu Atem gekommen war.

»Ungefähr dreitausend.«

»Keine Zahl, die uns den Sieg bringen oder kosten könnte, nicht wahr? Selbst wenn man ihnen das Wahlrecht gibt.«

Sebastian widerstand dem Drang, sich mit einer Hand übers Gesicht zu reiben. Wie dieser Mann es geschafft hatte, sich in eine Führungsposition hinein zu lavieren, und sich noch dazu das Wohlwollen der Königin gesichert hatte, war ihm schleierhaft.

»Zählt man für jeden dieser dreitausend Bauern ein paar Handelspartner dazu, die sie jeden Freitag mit ihrer Empörung anstecken können, und schon haben wir Zehntausende empörter Händler, die ihre Wahlkreise mit Sicherheit beeinflussen werden«, erklärte er. »Die Liberal Party gibt immer noch sehr wirkungsvoll den Tories die Schuld an der Wirtschaftskrise, und das täglich, in Rathäusern und auf Marktplätzen im ganzen Königreich.«

Disraeli verzog den Mund, als hätte er etwas Bitteres gekostet. »Sie waren dabei, als ich das Tory-Manifest aufgesetzt habe. Wir stehen für die Ausweitung des Empires, bis zum endlosen Horizont. Für Ruhm. Größe. Das sind die Dinge, die Menschen Auftrieb geben, selbst denen der niedersten Schicht. Wenn wir dem Empire weiter zu Größe verhelfen, werden die Bauern uns freudig folgen.«

Sebastians Lächeln entbehrte jeglichen Humors. »Und ich zolle jedem Mann Respekt, der Ruhm und Ehre an erste Stelle setzt und dafür sogar lieber bereitwillig verhungern würde, statt seine Familie zu ernähren«, sagte er. »Aber die momentanen Umfragen sind nun mal so, wie sie sind, und sie verlangen eine Änderung unserer Taktik.«

Man musste weder vier Zeitungen jeden Morgen lesen noch einen Spion in die Reihen der Opposition einschleusen, um das zu erkennen. Er hatte, wie jeder Mann seines Ranges, Pächter. Im Gegensatz zu seinesgleichen sah er ihre Mühen. Sie spiegelten sich in den Zahlen in seinen Geschäftsbüchern wider, wenn eine Ernte schlecht ausfiel oder importiertes Getreide zu billig verkauft wurde. Es lag deutlich sichtbar vor aller Augen, wenn man sich die Mühe machte, hinzusehen. Und er hatte in den vergangenen fünf Tagen sehr genau hingesehen.

Jede Minute, in der er nicht mit dem Leiter von Scotland Yard sprach, hatte er sich in Papiere, Zahlenkolonnen und Berichte vertieft. Natürlich verschlossen Menschen, deren Emotionen hochkochten und die sich eine andere Realität wünschten, gern selbst vor unwiderlegbaren Fakten die Augen. Bedauerlich, denn er fühlte sich heute überraschend unwillig, alberne Launen nachsichtig hinzunehmen.

Die Stille in den königlichen Gemächern war erdrückend. Disraeli rutschte auf seinem Sessel hin und her, bis die Königin ein missmutiges Seufzen ausstieß. »Nun gut«, sagte sie. »Dreitausend Männer mögen kein Problem darstellen, Zehntausende könnten allerdings zu einem werden. Beaconsfield, Wir schlagen vor, dass Sie dem Rat des Herzogs Folge leisten. Vorausgesetzt, dies lässt sich diskret bewerkstelligen.«

Welch eine seltsame Sache die Macht doch ist, dachte Sebastian, als er wieder im Zug saß. Der einzige Mensch im Land, von dem er sich befehlen lassen musste, was er zu tun und zu lassen hatte, reichte ihm gerade mal bis zur Brust. Und er selbst hatte der Königin weitere Macht über sich verliehen, weil Ehre und Pflichtgefühl es ihm geboten, seine Mission zu verfolgen, und er ihre Unterstützung brauchte, um sein Ziel zu erreichen. Die Mission war es natürlich wert. Seine Ahnen hatten, von ein paar schändlichen Ausnahmen abgesehen, Hunderte von Jahren ihre Dynastie geschützt und sie zu mehr Reichtum und Ruhm geführt.

Als der rußige Nebel und der Schmutz Londons in der Ferne wie ein schlimmer Traum verblassten, fragte er sich jedoch, wo man die Grenze zog, damit man nicht zum Gefangenen einer Sache wurde, statt ihr zu dienen.

Mit kreischenden Bremsen hielt der Zug am nächsten Bahnhof.

»Oxford«, rief der Schaffner unter seinem Fenster. »Ladys und Gentlemen mit Reiseziel Oxford, bitte aussteigen.«

Der unbändige Wunsch, den Bahnhof nach dem vertrauten mahagonibraunen Schopf abzusuchen, überwältigte ihn fast. Er starrte geradeaus, woraufhin Ramsey, der ihm gegenübersaß, sich unbehaglich auf seinem Platz wand.

Vor fünf Tagen war Annabelle abgereist. Seitdem hatte er einen beeindruckenden Papierberg durchgearbeitet und rasch mehrere gute Gründe gefunden, warum er besser dran war, wenn Annabelle Archer keinen Platz mehr in seinem Leben einnahm.

Dennoch nagte es natürlich an ihm, dass sie ihm einen Korb gegeben hatte, weil er sich nicht sicher war, warum sie ihn abgewiesen hatte. Er mochte keine unerledigten Sachen. Anfangs hatte er angenommen, er würde sie mit der Zeit vergessen. Doch je mehr Tage vergingen, desto öfter dachte er an sie. Er ertappte sich dabei, wie er sich in den Ställen unwillkürlich nach ihr umsah. Er hatte wie ein Narr den Sessel angestarrt, in dem er sie bei ihrer ersten Begegnung in seinem Haus vorgefunden hatte. Jeden Morgen wachte er schmerzend hart auf, doch er konnte sich von eigener Hand keine Erlösung verschaffen. Sie blieb ihm verwehrt, bis er sich Annabelle vorstellte – ihren weichen Mund, ihr leises Stöhnen, ihren süßen, warmen einladenden Körper … verdammt. Das Letzte, was er wollte, war, Annabelle Archer noch enger mit seinen Begierden zu verknüpfen.

Ein Rucken ging durch den Wagen, als der Zug wieder anfuhr.

Der unvernünftige Drang, aufzuspringen und endlich zu handeln, schoss durch Sebastians Glieder.

Ich könnte sie haben.

Er könnte aussteigen. Sich auf die Suche nach ihr machen, sie mitnehmen, in sein Schlafzimmer bringen und sie dort bei sich behalten, bis sie ihn nicht länger in seinen Gedanken verfolgte. Seine Vorfahren hätten nicht gezögert, genau das zu tun. Selbst dieser Tage kamen Männer wie er noch mit unaussprechlichen Dingen davon …

Schnaufend ließ der Zug den Bahnsteig hinter sich.

Sebastian atmete zittrig aus. Kalter Schweiß stand ihm auf der Stirn, und einen Moment lang verharrte er in Fassungslosigkeit vor seinen dunklen Gedanken.

Es gab weitaus zivilisiertere Methoden, sie zu umwerben – ihr einen Brief schreiben oder ihr seine Aufwartung machen.

Nichts davon würde er jedoch tun.

Um Haaresbreite hätte er sie im Stehen genommen, an der Tür der Bibliothek, wie ein Betrunkener, der sich hinter einer Taverne vergnügte. Nie zuvor hatte er eine Frau auf solche Weise behandelt. Die Wahrheit war jedoch, dass in dieser Nacht ein schockierendes Gefühl von ihm Besitz ergriffen hatte: dass es ihn umbringen würde, wenn er nicht endlich eins mit ihr werden könnte.

Niemand sollte solche Macht über ihn haben.

Er öffnete die Augen und richtete den Blick auf die vorbeiziehende karge Winterlandschaft.

Der Himmel über dem Horizont hatte sich zu einem kränklich wirkenden Gelb verfärbt.

Noch einmal erlaubte er seinen Gedanken, nach Oxford zurückzukehren. Er stellte sich vor, wie Annabelle über ein Buch gebeugt saß, wie sich ihre Haare im Nacken lockten und sich die Rädchen ihres klugen Verstands eifrig drehten. Ein bittersüßer Schmerz breitete sich in seiner Brust aus. So fühlte es sich wohl an, wenn man jemanden vermisste.

Es war schwerer, schwerer Frevel, zu einem Tutorium zu spät zu kommen. Annabelles Stiefelabsätze hämmerten ein hektisches Stakkato auf den Steinboden von St. John's. Völlig außer Atem schlitterte sie vor Professor Jenkins' Arbeitszimmer zu einem Halt.

Inzwischen hetzte sie tagtäglich von einem Ort zum nächsten. Zwischen all ihren Terminen, den Suffragistinnen-Treffen, den Nachhilfestunden für schlecht zahlende Studenten und der Einhaltung ihres Versprechens, für Hattie als Helena von Troja Modell zu sitzen, ging die Ruhe und Gelassenheit, die sie sich so mühevoll angeeignet hatte, nun endgültig verloren.

Sie atmete immer noch schwer, als die Tür unvermittelt aufschwang und sich Professor Jenkins' schlaksige Gestalt vor ihr auf der Schwelle aufbaute.

Ihr Magen zog sich zusammen.

»Miss Archer«, sagte er milde, »ich dachte schon, ich höre jemanden den Kreuzgang hinuntergaloppieren.«

»Professor, es tut mir so …«

»Dieser Steinboden ist uneben. Wenn Sie stürzen und sich dabei den Kopf anschlagen, wäre das bedauerlich.« Er machte einen Schritt zur Seite. »Herein mit Ihnen.« Er zog die Augenbrauen zusammen und sagte düster: »Ihre Anstandsdame ist bereits hier.«

In Jenkins' Arbeitszimmer roch es nach vergilbtem Papier, und man hatte das Ehrfurcht gebietende Gefühl, in einer Kathedrale zu stehen. Die Kuppeldecke war höher, als der Raum breit war, und Staubkörnchen tanzten in dem Licht, das durch die Fenster fiel. Bücherregale neigten sich unter dem Gewicht der in Leder gebundenen Werke und seltsamer, unterschiedlicher Artefakte aus dem Mittelmeerraum, die meisten davon angeschlagen oder mit Rissen. Ein Schreibtisch beherrschte die Mitte des Raumes, ein hölzernes Bollwerk mit hohen Papierstapeln auf der linken Seite und einer strategisch platzierten Büste von Julius Cäsar auf der rechten. Strategisch platziert deshalb, da die blicklosen Augen des Kaisers direkt auf den Studenten ausgerichtet waren, der auf dem Stuhl gegenüber von Jenkins Platz nahm. Und an diesem Tag sorgte der verflixte Cäsar fast dafür, dass sie über ihre eigenen Füße stolperte, denn mit seiner aristokratischen Nase und der gebieterischen Miene wies er eine unheimliche Ähnlichkeit mit einem gewissen Herzog auf.

Annabelle stellte ihre schwere Tasche auf den Boden neben dem Stuhl und versuchte, ruhig zu atmen.

»Guten Abend, Mrs Forsyth.«

Die Anstandsdame schaute sie über die Spitze ihrer Nase von oben herab an, eine bemerkenswerte Fähigkeit, in Anbetracht der Tatsache, dass sie bereits saß. Murrend hatte Jenkins einen weiteren Sessel vor den Kamin gezwängt. Ein Stickrahmen – für eine lautlose Handarbeit – lag auf Mrs Forsyths Schoß.

»Sie sehen erhitzt aus«, stellte sie fest. »Das schickt sich nicht.«

»Die Farbe ihres Teints ist allein Miss Archers Angelegenheit«, grollte Jenkins, während er hinter seinem Schreibtisch Platz nahm. »Ich mache mir viel mehr Sorgen um die Wachsamkeit ihres Verstandes.«

Annabelle setzte sich. Das klang unheilvoll.

Jenkins zog einen schmalen Ordner unter einem der Papierstapel hervor und ließ ihn klatschend auf den Tisch fallen, als hätte er ihr einen Fehdehandschuh hingeworfen. »Ihr Essay war eine Überraschung.«

»Oh«, sagte Annabelle matt.

»Es war nicht gänzlich haarsträubend«, fuhr Jenkins fort. »Aber es ist eindeutig von sehr viel schwächerer Qualität als ihre gewohnten Leistungen. Zugegeben: Gewöhnlich sind

Ihre Leistungen herausragend, Ihr vorheriges Essay war vortrefflich. Aber ich bevorzuge es, die Fäulnis auszumerzen, bevor sie sich ausbreitet.«

»Fäulnis«, wiederholte Annabelle. Der Mann legte seine Worte auch für das vermeintlich schwache Geschlecht wahrlich nicht auf die Goldwaage. An einem anderen Tag, wenn sie in besserer Verfassung gewesen wäre, hätte sie das geschätzt. Nun aber hämmerte ihr Herz immer noch unangenehm laut in ihren Ohren. Schweißperlen rannen ihr über die Brust. Ihre Chemise würde klamm und kratzig an ihr kleben, noch bevor das Tutorium vorüber wäre.

»Sosehr es mich schmerzt, Fäulnis scheint mir der angemessene Begriff in diesem Fall«, sagte Jenkins. »Ihren Worten mangelt es stellenweise an Präzision. Ja, ich muss leider so weit gehen und Ihnen sagen, dass Sie sich oft viel zu schwammig ausdrücken. Und Ihre Schlussfolgerungen? Solide, aber nicht besonders originell.«

Mrs Forsyth war bemerkenswert still geworden.

Annabelle atmete tief durch.

Das hielt die Woge der Übelkeit in ihrem Magen in Schach.

Jenkins nahm seine Brille ab, und sein missbilligender Blick traf sie mit voller Wucht. »Ich habe den Eindruck gewonnen, dass Ihre Gedanken verworren waren. Deshalb muss ich fragen: War das nur ein einmaliges Versagen oder sind Sie etwa Spirituosen zugeneigt?«

Sie brauchte einen Moment, bis sie zu einer Antwort fähig war. »Fragen Sie mich etwa, ob ich … Alkohol trinke?«

»In der Tat, das tue ich.« Jenkins trommelte mit den Fingern auf die Tischplatte. »Morgens oder abends?«

Beinahe hätte sie gelacht. Der anerkannte Experte für die Peloponnesischen Kriege war der Ansicht, dass sie ihre Arbeiten im Rausch schrieb. Dieses Verhalten war bei den männlichen Studenten durchaus nicht unüblich, aber das dämpfte den Schlag kaum. Wenn sie nun auch noch ihre geistigen Fähigkeiten verlor, was blieb ihr dann noch?

»Nein, Sir«, sagte sie. »Ich trinke nicht.«

»Hm.«

Sie sah ihm an, dass er ihr die Antwort nicht abnahm. Kurz war sie versucht, ihm die viel einfachere Wahrheit hinter ihrer mangelhaften Leistung anzuvertrauen.

Sie hatte das vortreffliche Essay in Claremont verfasst, wo sie augenscheinlich glücklich auf Wolke sieben der Naivität geschwebt war. Seit ihrer Rückkehr war sie müde und hungrig. Der Verkauf von Lady Henleys Kleidern hatte ihr zwar genügend Geld eingebracht, um Gilbert das Geld für den Januar zu schicken, aber da sie Hattie Modell sitzen musste, blieb ihr weniger Zeit für Nachhilfestunden. Und das bedeutete wiederum weniger Geld und weniger Mittagessen.

Das aber konnte sie vor dem Professor wohl kaum zugeben.

»Ich werde das nächste Mal mehr Umsicht walten lassen, Professor.«

Wie aufs Stichwort fing ihr Magen laut an zu knurren. Beschämt legte sie die Hand auf den Bauch.

Jenkins runzelte die Stirn. »Wissen Sie eigentlich, dass das Gehirn auch Nahrung verlangt? Essen nährt den Verstand ebenso wie den Körper.«

»Vielen Dank für den Rat, Professor.«

»Ich selbst neige dazu, es zu vergessen«, gestand er. »Aber Sie sollten sich in dieser Sache disziplinieren.«

»Natürlich, Professor.«

Sie spürte, wie er auf ihren Bauch starrte, und stellte fest, dass sie ihn immer noch umschlungen hielt.

Und dann sah sie ein Aufblitzen der Erkenntnis in Jenkins' Augen.

Unwillkürlich sträubten sich ihr die Nackenhaare. Einen Mann wissen zu lassen, dass sie sich in einer Notlage befand, konnte nur schlimm enden.

Jenkins stand auf und ging zum nächstgelegenen Bücherregal. Seine schlanken Finger streiften über die Lederrücken. »Sind Sie vertraut mit der Expedition, die ich für April in der Pylos Bucht plane?«

»Ja.«

Er drehte sich um und schaute sie vielsagend an. »Ich benötige Hilfe bei der Vorbereitung der Forschungsreise.«

Mrs Forsyth schnaubte missbilligend.

Annabelle blinzelte verwirrt.

»Miss Archer?« Er betonte jede Silbe ihres Namens, als spräche er mit einem schwerhörigen Menschen. »Was sagen Sie dazu? Sind Sie an der Stelle interessiert? Sie hätten eine Reihe von Aufgaben: das Erledigen der Korrespondenz, die Reisearrangements abstimmen … Und das ist ein wahrer Albtraum, das kann ich Ihnen versprechen, denn Sie müssen diese mit den Einheimischen koordinieren, und die sind recht chaotisch. Sie müssten jedoch auch Übersetzungen übernehmen und Archivierungsaufgaben.«

Sie umklammerte die Armlehnen ihres Stuhls. Eine bessere Stelle konnte sie sich kaum vorstellen, aber warum fragte er sie? Sicher hatte er qualifiziertere Studenten, die er dafür auswählen konnte.

»Ich glaube, die Stelle ist sehr interessant, Sir.«

»Natürlich ist sie das«, erwiderte er. »Dann bleibt noch die Frage des Lohns. Wie viel, glauben Sie, würde die Fakultät Ihre Arbeit kosten?«

Ihre Gedanken überschlugen sich. Ihr Instinkt riet ihr, eine niedrige Summe zu nennen, um sicherzugehen, dass er sie anstellte. Aber wenn sie für Jenkins arbeitete, würde ihr keine

Zeit bleiben, um Nachhilfestunden zu geben, und Gilbert würde trotzdem jeden Monat zwei volle Pfund verlangen.

»Zwei Pfund im Monat«, sagte sie.

Jenkins neigte den Kopf. »Das klingt akzeptabel. Dann ist das also abgemacht.« Er lief zum Schreibtisch, zog eine Schublade auf und nahm etwas heraus. »Entschuldigen Sie mich bitte einen Augenblick.«

Er ging zur Tür, doch im Vorbeilaufen legte er etwas vor sie auf den Tisch.

Einen Apfel. Ein wenig schrumpelig, weil er vermutlich seit Herbst in einem dunklen Keller gelegen hatte, aber dennoch lief ihr das Wasser im Mund zusammen. Sie konnte den knackigen süßsauren Geschmack schon beinahe schmecken.

Das Geräusch der ins Schloss fallenden Tür schreckte sie auf. Vermutlich wollte Jenkins ihr ein paar Minuten geben, damit sie ungestört essen konnte.

»Seien Sie vorsichtig, Mädchen«, warnte Mrs Forsyth.

Annabelle drehte sich zu ihr um. »Es ist doch nur ein Apfel«, sagte sie.

Cäsar starrte sie ebenfalls an, auch seine steinerne Miene strahlte Missfallen aus.

Ihr Magen verkrampfte sich; eine Emotion, die sehr viel stärker war als Hunger, drohte sie zu überwältigen.

Der Versuchung standhalten oder nachgeben, das war hier die Frage. Den Blick auf den Kaiser gerichtet, griff sie nach dem Apfel und biss hinein.

20. KAPITEL

»Die schottischen Ortsgruppen haben sich bereit erklärt, zur Demonstration nach London zu kommen.«

Auf Lucies Ankündigung folgte eine wachsame Stille, die nur vom Geräusch des Regens, der leise gegen die Fenster klopfte, unterbrochen wurde. Die Suffragistinnen hatten sich in Hatties luxuriösem Salon versammelt. Die Glut im Kamin brannte langsam herunter, und Dampf stieg aus einem Dutzend zierlicher Teetassen auf. Nicht unbedingt eine Atmosphäre, in der man dazu neigte, gesetzwidrige Demonstrationen zu besprechen.

»Nun, das ist aufregend«, sagte Hattie schließlich.

Lucie schenkte ihr einen sarkastischen Blick.

Catriona nahm ihre Brille ab. »Glaubst du, es wird einen Unterschied machen, Lucie?«

»Zusammen mit den anderen Ortsgruppen, die wir mobilisieren konnten, werden geschätzt ungefähr fünfzehnhundert Frauen während eines Wahlkampftreffens der Torys in Westminster aufmarschieren«, sagte Lucie. »Also ja, ich glaube, wir werden in jeder Zeitung im Land erwähnt werden.«

»Die Gruppen im Norden haben solche Demonstrationen schon zuvor veranstaltet. Das scheint die Leute aber nur gegen uns aufzuhetzen«, wandte Catriona ein.

Lucie machte eine abwehrende Geste. »Nun, wenn wir nur

brav dasitzen und hübsch aussehen, scheinen wir erst recht nichts zu bewirken. Denn wäre dem so, warum werden wir dann immer noch als Besitz behandelt, sobald ein Mann uns seinen Ring an den Finger steckt? Ich sage, lasst uns zur Abwechslung mal Lärm machen.«

Seide raschelte, da die Damen verlegen auf ihren Sitzen herumrutschten. Lärm machen – das klang unheilvoll, wenn einem von der Wiege an beigebracht wurde, sich still zu verhalten.

»Nun«, fuhr Lucie fort, »zum nächsten Punkt. Ich habe mir die Freiheit genommen, eine Übersicht eurer Termine für die persönlichen Petitionstreffen mit Parlamentsmitgliedern aufzustellen.«

Sie zog einen schmalen Ordner aus ihrer allgegenwärtigen Ledertasche und verteilte Blätter.

In Annabelle stieg ein mulmiges Gefühl auf, als Lucie vor ihr stehen blieb.

»Annabelle, ich habe dir wieder den Herzog von Montgomery zugewiesen.«

Annabelle überlief eine Gänsehaut. »Aber du sagtest doch, es reicht, wenn ich Informationen über ihn beschaffe.«

»Ja, aber das war, bevor er Gefallen an dir gefunden hat.«

Sie erstarrte. »Was soll das heißen?«

»Wie ich höre, hat er dich zu Spaziergängen eingeladen, zu einem Weihnachtsdinner und zu seiner Hausgesellschaft.« Lucie zählte die Anlässe an ihren zierlichen Fingern ab. »Ganz eindeutig hat er dir Gehör geschenkt, also bist du die beste Frau für diese Aufgabe.«

Nun, gegen diese logische Schlussfolgerung konnte sie nichts einwenden.

Ihr Herz wummerte heftig gegen ihre Rippen. Vor zehn Tagen hatte sie Claremont verlassen, und doch bereitete allein die Erwähnung seines Namens ihr immer noch wackelige Knie.

»Ich habe ihn bei diesen Gelegenheiten nicht überzeugen können, daher wird mir das wohl auch zukünftig nicht gelingen«, sagte sie.

»Hast du ihn unverblümt darum gebeten, den Zusatz einzubringen, und er hat unmissverständlich abgelehnt?«

Jetzt wäre ein guter Moment für eine Lüge. »So konkret waren unsere Gespräche nicht, aber ich habe …«

»Dann sollten wir es versuchen.« Lucie drückte ihr das Blatt in die Hand. »Wer nicht wagt, der nicht gewinnt. Bei der Vereinbarung des Termins mit seinem Sekretär habe ich noch Lady Henley als Besucherin angegeben, aber ich bezweifle, dass der Herzog die Planänderung übel nehmen wird.«

Auf dem Blatt waren eine Adresse und ein Datum aufgeführt. Ein Zimmer im House of Lords, übermorgen.

Annabelles Herz schlug einen quälend langsamen Purzelbaum. »Ich kann nicht.«

Lucie runzelte die Stirn. »Warum nicht?«

»Ich muss zwei Essays abgeben.«

Lucie schaute sie fassungslos an. »Seit Monaten arbeiten wir darauf hin. Du bist diejenige, die auf die Idee kam, ihn einzubeziehen, und inzwischen spielt er in unserer Strategie eine der wichtigsten Rollen. Wieso werden ein paar Essays jetzt zum Hindernis?«

Drückendes Schweigen senkte sich über den Raum. Hattie wirkte verwirrt. Catriona betrachtete geflissentlich den Teppich.

Annabelle wünschte sich inständig, sie könnte ihren Freundinnen die ganze Wahrheit über Montgomery anvertrauen. Natürlich würden sie dann im Handumdrehen zu ihren ehemaligen Freundinnen werden.

»Gut, ich mache es«, murmelte sie.

Lucies Stirn glättete sich wieder.

»Ja, ich mache es«, wiederholte Annabelle. »Es wird schon gehen.«

Am Tag der Abrechnung hatte die Sonne die düsteren Wolken, die den Himmel in der vergangenen Woche verdunkelt hatten, endlich besiegt. Ihre Strahlen wärmten Annabelles Gesicht und gaben ihr Zuversicht, als sie sich auf den Weg machte. Sie würde diese Begegnung meistern.

Sie hatte ihre Fähigkeit, Gleichgültigkeit vorzuschützen, in den vergangenen Jahren perfektioniert, und womöglich würde sie tatsächlich nichts mehr empfinden. Natürlich würde sie ihm gegenüber höflich sein und … sie stieß gegen etwas Weiches, das einen teuren Duft verströmte.

»Entschuldigung«, sagte sie aus Reflex.

Die junge Dame, mit der sie zusammengestoßen war, bedachte sie mit einem finsteren Blick. Ihr offen getragener Nerzmantel glänzte in der Sonne wie ein Opal und enthüllte ein Jabot aus teurer Seidenspitze.

Hörbar schnaubend sah die Dame weg und zeigte ihr die kalte Schulter.

Annabelle biss sich auf die Lippen. Sie trug ihren alten Mantel und sah von Kopf bis Fuß nach Unterschicht aus. Gern hätte sie ihren neuen Mantel angezogen, aber womöglich hätte Montgomery das als Angebot aufgefasst. Der Himmel wusste, warum sie den Mantel überhaupt behielt. Würde sie ihn verkaufen, müsste sie sich mindestens zwei Monate lang keine Sorgen mehr um Geld machen.

Die Holzbänke in ihrem Waggon waren bereits besetzt, und sie musste sich zwischen die Wand und eine kräftige Matrone quetschen, die eine große Hanftasche auf dem Schoß hielt, die sich von Zeit zu Zeit bewegte. Der Geruch der Frau kroch in Annabelles Nase: Wolle, Öl, Rauch und – ganz leicht nur – Dung.

Sie hielt den Atem an. Der Geruch erinnerte sie an Chorleywood, offenbar war sie nicht länger immun dagegen. In der Hanftasche neben ihr begann es zu gackern.

Ich könnte erster Klasse reisen. Sie könnte auch ein spitzenbesetztes Kleid besitzen und einen Pelzmantel. Mit Montgomerys Geld könnte sie sich vermutlich jede Saison eine gänzlich neue Garderobe leisten, und ein paar Häuser. Sie müsste sich keine Sorgen mehr machen, woher sie Essen und Kleidung bekam. Sie müsste dafür nur die Beine für ihn spreizen.

Hitze durchströmte sie, ein Feuer aus Wut, Scham und Begierde. Hauptsächlich Begierde. Dass sie den Herzog besser nicht mehr leiden können sollte, war ihrem Körper offenbar egal. Er wollte allein seinen Wünschen folgen, und die bestanden wohl darin, dass sie auf dem Rücken lag, die Beine um Montgomerys Hüften geschlungen, während er … Fast hätte sie sich selbst eine Ohrfeige gegeben. Die Frau mit der Tasche musterte sie argwöhnisch aus dem Augenwinkel.

Das köstliche Prickeln an ihren intimsten Stellen verweilte jedoch.

Deshalb nannte man es wohl Versuchung. Sie präsentierte sich niemals als hässlich, lau oder harmlos. Nein, sie zeigte sich in Gestalt wonniger Glücksgefühle, die den Eindruck vermittelten, dass man genau das Richtige tat, auch wenn es falscher nicht sein konnte. Deshalb brauchte man Prinzipien. Bedauerlich, dass sie ihre jedes Mal vergaß, wenn es wirklich darauf ankam.

Als Annabelle sein Arbeitszimmer betrat, schoss Montgomery förmlich aus seinem Stuhl hoch. Es hätte amüsant sein können, aber der Anblick seines vertrauten Gesichts traf sie wie ein Schlag in die Magengrube. Sie hatte das Gefühl, als hätte man ihr jegliche Luft aus den Lungen gepresst.

»Miss Archer, bitte treten Sie näher.«

Seine Stimme flutete über sie, kühl und glatt wie Quellwasser.

Plötzlich war ihr Mund wie ausgetrocknet. »Euer Gnaden, mir ist bewusst, dass Sie Lady Henley erwartet haben. Ich hoffe, Sie hegen keine Einwände, dass ich an ihrer Stelle den Termin wahrnehme.«

»Keineswegs«, erwiderte er sarkastisch.

Ein ältlicher Sekretär erschien wie aus dem Nichts und half ihr aus dem Mantel.

Trotz ihres hochgeschlossenen derben Wollkleids fühlte sie sich nackt. Montgomery beobachtete sie mit seinen Argusaugen, und sein Blick verdunkelte sich, als er ihre eingefallenen Wangen wahrnahm.

Er trat um den imposanten Schreibtisch herum. »Lassen Sie uns allein, Carson.«

Nun hätte sie Einwände erheben sollen, aber bevor sie dazu kam, hatte sich der Sekretär schon verbeugt und das Zimmer verlassen.

Sie blieben allein zurück.

Montgomery ging langsam auf sie zu. Wie immer war er tadellos und elegant gekleidet. Der kohlegraue Anzug und die Weste betonten das reine Weiß seines Hemdes und sein blondes Haar. Nein, er hatte nicht einen Hauch seiner Attraktivität verloren.

In ihrem Magen bildete sich ein heißer Knoten.

»Danke, dass Sie sich die Zeit für die Nationale Gesellschaft für Frauenwahlrecht nehmen, Euer Gnaden«, sagte sie.

Er hielt inne, vermutlich um all die Botschaften zu verdauen, die sie ihm damit schickte. Dann deutete er auf den Stuhl vor seinem Schreibtisch. »Es ist meine Pflicht, Petitoren zu empfangen. Bitte setzen Sie sich.«

Sie nahm Platz und beschäftigte sich damit, ihren Stift und ihr winziges Notizbuch aus ihrem Retikül zu nehmen. Als sie den Kopf schließlich wieder hob, hatte Montgomery hinter seinem Schreibtisch Platz genommen. Ein seltsam weicher Ausdruck lag in seinen Augen.

Das hätte sie warnen sollen.

»Ich werde mich nicht für den Zusatz aussprechen«, sagte er.

Sie zuckte zusammen, als hätte er ihr ins Gesicht gespuckt. »Ach nein?«

Von allen Szenarien, die sie sich ausgemalt hatte, war ihr dieses nie in den Sinn gekommen.

Er schüttelte den Kopf.

»Aber … warum wolltest du dich dann überhaupt mit uns treffen?«

Seine Mundwinkel hoben sich, und ihr wurde bewusst, dass sie vergessen hatte, ihn mit der formellen Anrede und »Euer Gnaden« anzureden. Und dass sie ihm provokante Fragen stellte, was sich ein anderer Petitor nie getraut hätte. Oh, dieser verflixte Mann.

»Ich werde den Antrag nicht unterstützen«, sagte er. »Aber ich kann dir die Namen einiger Parlamentsmitglieder geben, auf die ihr euch konzentrieren solltet. Und ich kann dich beraten, wie ihr eure Kampagne generell verbessern könntet, um eure Erfolgschancen zu maximieren.«

Sie versuchte, ihre Sinne beisammenzuhalten und zu verstehen, was er gerade gesagt hatte. »Sie werden nicht für uns stimmen, aber Sie wollen uns helfen?«

»Ich bin nicht prinzipiell gegen den Antrag, Annabelle.«

Ein ungeheuerlicher Gedanke schoss ihr durch den Kopf. »Ist das … hat das persönliche Gründe?«

Eine kleine Pause folgte. »Glaubst du wirklich, ich hege Groll dir gegenüber, weil du mein Angebot abgelehnt hast?«

Sie nickte matt.

Er rieb sich mit einer Hand übers Gesicht. »Ist das dein Ernst? Das wäre weder für dich noch für mich schmeichelhaft.«

»Ich weiß nicht, was ich noch denken soll.«

»Es liegt nicht in meinem Interesse, diese Angelegenheit zu diesem Zeitpunkt offiziell zu unterstützen«, sagte er, und sie spürte, dass er keine weiteren Erklärungen liefern würde.

Ein Kloß der Enttäuschung schnürte ihr die Kehle zu. Warum fühlte sich das wie ein persönlicher Verrat an?

Sie erhob sich, weshalb er aus Höflichkeitsgründen auch aufstehen musste.

»Das ist bedauerlich«, sagte sie und fügte kleinkariert hinzu: »Ich habe Sie für einen gerechten Mann gehalten.«

Seine Miene wurde ausdruckslos. »Das bin ich«, erwiderte er kühl.

»Vielleicht können Sie mir ja dann erklären, wieso es gerecht sein soll, dass mein absolut unfähiger Cousin über mich bestimmen kann, nur weil er ein Mann ist und ich eine Frau bin? Wieso ist es gerecht, dass ich Latein und Griechisch ebenso gut beherrsche wie jeder männliche Student in Oxford, und doch werde ich in einem kleinen Zimmer über einer Bäckerei unterrichtet? Was ist daran gerecht, dass ein Mann mir sagen kann, mein Gehirn hätte falsche Windungen, während seine größte Leistung darin zu bestehen scheint, dass er in ein privilegiertes Leben geboren wurde? Und wieso muss ich bei einem Mann darum betteln, es doch bitte zu seinem Interesse zu machen, dass ich auch über die Gesetze abstimmen darf, die mein Leben jeden Tag bestimmen?«

Ihre Stimme klang schrill, und sie hielt den Stift in ihrer Hand wie einen Dolch. Sie war so aufgebracht, dass sie jede

Vorsicht fallen gelassen hatte und ihr Blut laut in ihren Ohren rauschte. Montgomery betrachtete sie völlig ungerührt, und sie hätte sich am liebsten seinen glänzenden Briefbeschwerer geschnappt und ihn gegen die Wand geworfen, nur um etwas zerbersten zu hören.

»Oh nein, das wirst du nicht tun«, sagte er und bewegte sich mit überraschender Geschwindigkeit. Bevor sie blinzeln konnte, hatte er sich vor ihr aufgebaut, und sie war zwischen ihm und dem Schreibtisch gefangen.

Sie bedachte ihn mit einem vernichtenden Blick. Dass er ihr so nahe kam, hätte sie erzürnen sollen, aber seinen Duft wahrzunehmen, vertraut und erregend, brachte sie zum Schwanken. Kummer stieg in ihr auf, und ihre Wut bekam Risse.

Sie ließ die Hand mit dem Stift sinken.

Montgomery gab einen beschwichtigenden Laut von sich. »So ist es besser«, sagte er.

»Was?«, erwiderte sie argwöhnisch.

Er machte einen kleinen Schritt zurück. »Dass du offen deine Meinung sagst«, erklärte er, »statt diese Fassade aufrechtzuerhalten.«

»Ich versichere Ihnen, das ist keine Fassade«, bemerkte sie steif.

»Spar dir den Versuch, mich wie einen Narren beeinflussen zu wollen«, schoss er zurück.

»Ich …« Sie schloss den Mund wieder.

Er hatte recht. Sie war nicht aufrichtig zu ihm gewesen.

Wenn er nur wüsste, dass sie – bis heute – in seiner Gegenwart ehrlicher gewesen war und mehr von ihrem eigentlichen Ich gezeigt hatte als bei jedem anderen Mann.

Sie wurde sich bewusst, wie nahe er ihr immer noch war, wie seine Brust sich mit jedem Atemzug hob und senkte. Wie richtig es sich anfühlte, ihm so nahe zu sein. Wie richtig es sich anfühlen würde, ihr Gesicht an seiner starken Schulter zu vergraben und seine Arme um sich zu spüren.

»Ich denke, wir sind fertig«, sagte sie.

»Wir sollten reden«, erwiderte er.

»Vielleicht könnten Sie uns Ihre Empfehlungen in einem Brief zukommen lassen«, schlug sie vor und drückte sich an ihm vorbei, um ihr Retikül zu holen.

»Annabelle.« Seine Hand schloss sich über ihrer, warm und bestimmt.

Sie schaute auf, stellte sich seinem Blick. Seine Augen waren klar und tief wie ein Gletschersee, und sie wäre am liebsten darin versunken.

»Es gibt nichts, worüber Sie und ich noch reden könnten, Euer Gnaden.«

»Das dachte ich auch«, meinte er. »Aber dann bist du unerwartet in meinem Arbeitszimmer aufgetaucht.«

Ihr Herz schlug unangenehm schnell. »Ich wurde hierhergeschickt, in offizieller Angelegenheit, um einen vereinbarten Termin wahrzunehmen.«

»Du hättest ablehnen können.«

»Das habe ich versucht, seien Sie sich gewiss.«

»Wer hätte wissen können, dass du den Termin nicht wahrgenommen hast und stattdessen in ein Café gegangen wärst?«, fragte er herausfordernd.

»Schlagen Sie etwa vor, dass ich meine Freundinnen anlügen soll?«, entgegnete sie fassungslos. Denn verflixt, sie hatte genau das in Erwägung gezogen. Dennoch stand sie nun hier in seinem Büro. »Lügen haben gewöhnlich kurze Beine und werden früher oder später aufgedeckt«, sagte sie.

Ärger und Belustigung fochten in seiner Miene miteinander, und die Tatsache, dass sie seine Gefühle so klar an seinem Gesicht ablesen konnte, zeigte, dass er nicht halb so ungerührt war, wie seine ruhige Stimme ihr Glauben machen wollte.

Und er hielt immer noch ihre Hand. Mit einem Daumen strich er über ihre Handfläche. Die Berührung löste ein warmes, prickelndes Gefühl in ihr aus.

Und natürlich entging ihm das nicht. Sein Blick wurde wärmer. »Annabelle«, sagte er leise, »wie ist es dir ergangen?«

Sie entzog ihm ihre Hand, bemüht, ihren bröckelnden Entschluss, sich gleichgültig zu zeigen, aufrechtzuerhalten.

»Mir geht es gut, danke.« Sie verstaute ihr Notizbuch und ihren Stift in ihrem Retikül.

»Schön«, hörte sie ihn sagen. »Ich muss zugeben, mir nicht. Du gehst mir nicht aus dem Kopf.«

Ihr Blick flog zu seinem Gesicht.

Da war sie wieder, diese Ernsthaftigkeit, die sich in jedem seiner Züge spiegelte.

Sie hatte nicht erwartet, dass er über Gefühle sprechen würde. Sie war sich nicht einmal sicher gewesen, ob er überhaupt Gefühle hatte.

Ihre Kehle war wie zugeschnürt. Natürlich hatte sie es gewusst, tief in ihrem Inneren. Sie hatte sich selbst belogen. Es war einfacher gewesen, diese ganze bedauerliche Affäre zu ignorieren, wenn sie sich vormachte, er empfände nichts für sie. Nun nahm er ihr sogar das.

»Solche sentimentalen Empfindungen gehen vorüber«, erwiderte sie schroff.

Er legte den Kopf schräg. »Vielleicht, aber ich halte das für höchst unwahrscheinlich. Wenn sie erst einmal entstanden ist, erweist sich meine Zuneigung meist als recht hartnäckig.«

Ja, das sah ihm ähnlich. Er machte keine halben Sachen, daher sollte sich das Objekt seiner »Zuneigung« besser auf ein dauerhaftes und noch dazu hohes Maß an Aufmerksamkeit seinerseits gefasst machen.

Ihre Schultern sackten ein. »Wie konntest du nur?«, fragte sie. »Wie konntest du nur glauben, dass ich …« Ihre Stimme brach. Die Erinnerung an die fieberhafte Intimität, die sie in seiner Bibliothek verbunden hatte, flammte vor ihren Augen auf und machte alles zunichte, was sie je über Rhetorik gelernt hatte.

»Wie konnte ich was glauben?«, hakte er sanft nach.

»In der Bibliothek. Wie konntest du nur annehmen, dass ich irgendwelche Bedingungen aushandeln will«, sagte sie. »In einem solchen Moment.«

Erkenntnis glomm in seinen Augen auf, überraschend spät für einen Mann, der als einer der besten Strategen des Landes galt.

»Ich verstehe«, sagte er. »Der Zeitpunkt hat mich zwar überrascht, aber für mich stand immer außer Frage, dass wir über die Bedingungen unserer Beziehung reden müssen, Annabelle. Ein Mann sorgt schließlich für die Frau in seinem Leben.«

In seinem *Leben*. Nicht in seinem *Bett*. Sie war durch ihre akademischen Arbeiten darin geübt, die Wahl und die Nuancen von Wörtern abzuwägen, und seine Wortwahl war herausstechend und bedeutsam.

Sie fühlte sich erhitzt und schwach, zu schwach, um ihm auszuweichen, als er eine Hand an ihr Gesicht legte. Mit den Fingerspitzen strich er leicht über ihre Unterlippe, und die zärtliche Berührung löste einen Schauer sprühender Funken in ihr aus.

Ohne zu überlegen wandte sie sich ab und ging zum nächsten Fenster.

Sein Arbeitszimmer lag in einem oberen Stockwerk, wo er einen ungehinderten Blick auf die Westminster Abbey hatte. Die hohen Türme zeigten wie Pfeile in den klaren Himmel.

Sie vernahm Schritte, dann stand er neben ihr, die Hände hinter dem Rücken verschränkt. Schweigend und sich der pulsierenden Spannung zwischen ihnen bewusst, standen sie da. Auf der Straße unter ihnen schwärmten die Menschen wie Ameisen auf einem Waldboden umher.

»Hast du in der Abbey geheiratet?«, fragte sie.

»Nein.« In seiner Stimme lag ein sarkastisches Lächeln. »Aber man wird mich dort beerdigen.«

Ruckartig wandte sie den Kopf zu ihm. Beleuchtet von der blassen Wintersonne wirkte sein markantes Profil vital und unerschütterlich, wenn nicht gar unzerstörbar. Der Gedanke, wie er kalt und bleich in einer Gruft lag, die scharfsichtigen Augen für immer geschlossen, legte sich wie eine Fessel um ihre Brust. Für einen Herzschlag lang verharrte die Welt um sie herum in völliger Stille, als sei sie plötzlich taub geworden.

Sie schlang die Arme um sich.

Wie gewöhnlich gewahrte er ihren Stimmungswechsel und wandte sich ihr zu. Sicher wusste er, dass sie immer noch komplett in seinem Bann stand. Vermutlich für die nächsten Jahre.

»Gut«, sagte sie schließlich. »Wie soll das aussehen? Dieses *uns*.«

Er verengte die Augen zu Schlitzen. »Wie würdest du es dir denn wünschen?« Seine ruhige Stimme täuschte sie nicht eine Sekunde. Sein Körper war angespannt wie der eines Panthers kurz vor dem Sprung auf seine Beute.

Trotzig zuckte sie mit den Schultern. »Woher soll ich das wissen? Ich habe keine Erfahrung mit derlei *Geschäften*.«

»Ich auch nicht«, sagte er. »Aber wie dem auch sei, wir legen die Regeln fest.«

Sie musterte ihn skeptisch. »Du hattest zuvor noch keine Mätresse?«

»Ein Mal. Aber das ist lange her.«

Nun. Er pflegte allerdings andere Arrangements, zumindest eines, mit einer gewissen Countess.

Verstohlen hatte er sich ihr genähert. Sie entzog sich seiner Reichweite und ging auf dem Teppich in der Mitte des Raumes auf und ab.

»Folgendes steht fest«, sagte sie. »Erstens: Wenn ich dein Angebot annehme, werde ich alle meine Freundinnen verlieren. Keine ehrbare Frau wird sich dann noch mit mir sehen lassen wollen.« Sein Kiefer verspannte sich, und sie sprach rasch weiter. »Zweitens: Ich würde meinen Studienplatz in Oxford verlieren, und Oxford war der Lebenstraum meines Vaters. Drittens: Wenn du meiner überdrüssig wirst und ich keine Freunde mehr habe, wer würde mir dann noch Gesellschaft leisten? Andere gefallene Frauen und der nächste freizügige Mann mit einer prall gefüllten Börse?«

Ein Feuer loderte in seinen Augen. »Zum Teufel mit anderen Männern«, sagte er und machte einen Schritt auf sie zu. »Und ich werde deiner gewiss nicht überdrüssig.«

»Wie kannst du dir da so sicher sein? Männer werden ihrer Geliebten oft überdrüssig und verlassen sie, ohne einen Blick zurückzuwerfen oder Gewissensbisse zu verspüren.«

Er hielt inne. »Hast du davor Angst?«, fragte er. »Dass ich dich irgendwann verlasse?«

»Ich habe keine Angst«, warf sie ein. »Überhaupt nicht. Ich habe bloß sehr viel zu verlieren.«

Darauf antwortete er nicht. Denn er konnte keines ihrer Argumente abstreiten. Schlimmer noch, er konnte ihr keine Lösungen anbieten. Das hatte sie erwartet, aber dennoch war sie enttäuscht.

»Und was ist mit den Dingen, die du gewinnen könntest?«, fragte er. »All das, was ich dir geben könnte?«

Sie wäre eine Närrin, wenn sie das nicht in Betracht gezogen hätte. Wenn er für sie sorgte, müsste sie sich keine Gedanken mehr ums Überleben machen. Die Sorge, die sie auf Schritt und Tritt düster wie ein Schatten verfolgte, die ständige Jagd nach Möglichkeiten, sich über Wasser zu halten, sich ein warmes Dach über dem Kopf, Nahrung und Sicherheit zu beschaffen – all das, was sie um den Schlaf brachte, konnte Montgomery mit einem Scheck und einem Stift aus dem Weg räumen. Und nichts davon reizte sie auch nur halb so sehr wie die Aussicht, Zeit mit ihm zu verbringen. Innerhalb weniger Wochen war er von einem Fremden zu einem Menschen geworden, nach dessen Nähe sie sich sehnte. Sie wollte in seinen Armen einschlafen, umhüllt von seinem Duft. Sie wollte mit ihm seine Sorgen und Freuden teilen, bis sie alt waren und sein Haar weiß wie Schnee.

Aber was er ihr anbieten konnte, war auf Sand gebaut.

Davon abgesehen, dass sie ein Leben in Sünde führen würden, würde sie außerhalb der Wände ihres eleganten Hauses unsichtbar werden. Montgomery würde der Mittelpunkt ihrer Welt sein und sie mit Leib und Seele besitzen. Sie würde ihre Tage damit verbringen, auf ihn zu warten, allein in einem leeren Haus, und die Abstände zwischen seinen Besuchen würden womöglich länger und länger werden …

Unglaublich, aber ihr Herz zauderte immer noch. Und daher sagte sie etwas, das sie am liebsten völlig vergessen hätte. »Was ist mit deiner Ehefrau?«

Er versteifte sich. »Was soll mit ihr sein?«

Sie musste die Worte förmlich aus ihrem Mund zwingen. »Alle Welt erwartet, dass du im Laufe des Jahres heiratest.«

Seine Miene verschloss sich. »Das hätte nichts mit uns zu tun.«

»Wie soll das werden?«, presste sie hervor. »Würdest du zu mir kommen, obwohl du deine Herzogin beglückt hast? Und zu ihr zurückkehren, nachdem du mit mir das Bett geteilt hast?«

»Das wäre wohl unausweichlich«, sagte er. Ein grausamer Tonfall hatte sich in seine Stimme geschlichen. Man konnte wirklich nicht behaupten, dass er mit Charme und Blendung versuchen würde, seinen Willen zu bekommen. Wenn er das bloß täte, dann wäre es so viel leichter, ihn aufzugeben.

»Und wenn deine Gattin Einwände erheben würde?«

»Das würde sie nicht tun, und das weißt du auch.«

Ja, das wusste sie in der Tat. Die Ehefrauen von Männern wie ihm mussten sich blind stellen.

Allein der Gedanke, dass er das Bett mit einer anderen Frau teilte, zerfleischte sie innerlich. »Was, wenn es ihr aber großen Kummer bereitet?«, flüsterte sie.

Montgomery lachte verbittert auf. »*Touché*, mein Herz. Bei dieser Frage kann ich nur verlieren, denn jede Antwort würde mich entweder zum Lügner stempeln oder zu einem rücksichtslosen Scheusal. Und ich bin der Ansicht, dass du weder die eine noch die andere Sorte Mann respektieren und akzeptieren würdest.«

Oh, wenn er sie bloß nicht so gut kennen würde. »Das ist kein Spiel, das es zu gewinnen gilt.«

»Nun, es fühlt sich zumindest wie eine große Niederlage an, dich gehen zu lassen«, erwiderte er, und in seinen Augen glitzerte kaum verhohlene Enttäuschung.

Lass mich nicht gehen.

Das würde er jedoch tun. Es fühlte sich an, als hätte sie jemand eine Klippe hinuntergestoßen. »Wenn ich eine Dame der feinen Gesellschaft wäre …«

»Aber das bist du nicht.« Er schnitt ihr das Wort ab. »Das bist du genauso wenig wie ich ein Schulleiter oder Kaufmann.«

Und falls sie dafür noch einen Beweis brauchte, musste sie nur aus dem Fenster zur Kathedrale schauen, wo vor achthundert Jahren Montgomerys Vorfahre Wilhelm der Eroberer zum König gekrönt worden war.

Die Endgültigkeit dieser Tatsache ragte wie eine Mauer zwischen ihnen auf. Sie konnte es nicht ertragen, ihn auch nur einen Moment länger anzuschauen. Rasch ging sie zum Schreibtisch, um ihr Retikül zu holen.

Montgomery half ihr in den Mantel. Er öffnete ihr höflich die Tür und trat zur Seite.

Sie musste die Fassade nur bis zur Droschke aufrechterhalten, dann konnte sie den Tränen freien Lauf lassen …

Sie war schon fast an ihm vorbei, als er seine Hand an ihren Ellbogen legte und sie aufhielt.

»Ich weiß, dass ihr eine Demonstration auf dem Parliament Square plant.«

Ihr Blick flog zu ihm, doch seine Miene war unleserlich.

»Wirst du uns daran hindern?«, fragte sie nach einer kurzen Pause.

»Nein, aber andere könnten das tun.«

Sie nickte. »Danke.«

Er ließ die Hand sinken. Das war das letzte Mal, dass er mich berührt hat, dachte sie.

»Würden wir der gleichen Schicht angehören«, sagte er leise, »hätte ich dir damals bei unserem Spaziergang im Irrgarten einen Heiratsantrag gemacht.«

Oh.

Die Bedeutsamkeit seiner Worte traf sie mit voller Wucht und war zu groß, um sie verarbeiten zu können. Sie fühlte sich wie unter Wasser. »Ich wünschte, du hättest mir das nicht gesagt.« Denn sie konnte niemals jemand anderes sein als die schlichte bürgerliche Miss Annabelle Archer, und nun wusste sie bis in alle Ewigkeit, welchen Preis sie dafür zahlte.

Seine Augen schimmerten spröde wie Kristalle. »Wenn ich dir nur einen guten Rat geben darf: Sagt die Demonstration ab. Das wird nur Ärger einbringen.«

Ihr Lächeln war stählern. »Womöglich geht es nicht immer darum, Ärger zu vermeiden, Euer Gnaden. Womöglich geht es in dieser Sache darum, eine Entscheidung zu treffen, auf welcher Seite der Geschichte man stehen möchte.«

21. KAPITEL

Ein Brief der griechischen Ausgrabungsgruppe in Messenien war in Professor Jenkins' Büro eingetroffen. Annabelle gelang es, aus den langen, verschachtelten Sätzen Rückschlüsse darauf zu ziehen, welche Bücher und Werkzeuge Jenkins für seine Forschungsreise benötigen würde. Die vergangene halbe Stunde hatte sie damit verbracht, die Leiter hinauf und wieder hinunter zu steigen, um besagte Bücher und Ausrüstung aus den Regalen zusammenzustellen, während ihre Gedanken schon ein paar Tausend Meilen nach Süden geeilt waren. In Griechenland setzte der Frühling eher ein. Im Moment wäre der Himmel über dem Meer wohl wolkenlos, und in der Luft würde bald der Duft nach Rosmarin und Thymian hängen.

Auf den Flügeln des Gesanges,
Herzliebchen, trag ich dich fort.
Fort nach den Fluren des Ganges,
dort weiß ich den schönsten Ort.

»Mögen Sie Mendelssohn, Miss Archer?«

Sie blickte über die Schulter, einen Fuß auf der untersten Leitersprosse. Jenkins betrachtete sie fragend von seinem Schreibtisch aus, die Spitze seines Füllfederhalters immer noch auf dem Papier.

»Bitte entschuldigen Sie, Professor. Mir war nicht bewusst, dass ich laut gesummt habe.«

Er bemerkte den wachsenden Tintenfleck auf seinem Artikel und fluchte leise. »Sie müssen sich nicht entschuldigen«, erwiderte er. »Es ist kein Ärgernis.«

Die Bemerkung machte ihr dennoch zu schaffen. Wenn ihn schon das Klicken von Mrs Forsyths Stricknadeln aufregte, musste ihn ihr Summen doch sicher erst recht stören.

»Also, mögen Sie seine Kompositionen?«, hakte er nach.

»Ja, ich mag Mendelssohn.«

Er nickte. »Sehr gewissenhafte Leute, diese Deutschen. Sehr präzise. Wussten Sie, dass diese Präzision nicht nur einen guten Ingenieur, sondern auch einen guten Komponisten ausmacht?«

»Nein, aber ich kann es mir vorstellen.« Wie jedoch aus dem Ergebnis solcher Präzision eine solche Magie erschaffen wurde, war ihr unbegreiflich.

Jenkins wandte seine Aufmerksamkeit erneut seinem Papier zu. »Professor Campbell, seine Tochter und ich besuchen am Freitag ein Konzert in der Royal Albert Hall«, sagte er. »Ein Duo gibt eine Auswahl von Mendelssohns Kompositionen zum Besten.«

Nun, das nahm ihr für einen Augenblick den Atem. »Das klingt reizend.«

»Sie sind doch mit Campbells Tochter befreundet, nicht wahr?« Jenkins' Stift kratzte über das Papier.

»Ja, Sir.«

Sie hatte es schon bald aufgegeben, auf weitere Erklärungen zu warten. Jenkins neigte dazu, in seiner riesigen Innenwelt zu versinken und ihre Gegenwart völlig zu vergessen.

Am nächsten Morgen wartete ein kleiner Umschlag in ihrem Postfach auf Annabelle.

Miss Archer,

würden Sie mir die Ehre erweisen, unsere kleine Gesellschaft am Freitag zum Konzert des Göttlichen Duos in der Royal Albert Hall zu begleiten? Wenn es Ihnen recht ist, werde ich arrangieren, dass Sie gemeinsam mit Lady Catriona nach London reisen.

C. Jenkins

Nachdenklich strich Annabelle mit dem Daumen über die Karte. Sie war weder seidig glatt noch mit goldenen Initialen geprägt. Seit ihrer Rückkehr aus Claremont hatte sie Catriona kaum zu Gesicht bekommen, und es könnte interessant sein, Christopher Jenkins außerhalb seines gewohnten Umfelds zu erleben. Außerdem hatte sie sich, ehrlich gesagt – um es in Hatties Worten auszudrücken –, etwas Zerstreuung redlich verdient.

Nach zehn Jahren als Leiter von Scotland Yard hatte Sir Edward Bryson die tiefsten Abgründe der menschlichen Seele kennengelernt und hätte sich als abgebrühten Mann bezeichnet.

Der unerschütterliche und eindringliche Blick des Herzogs von Montgomery weckte in ihm jedoch den Drang, sich zu winden und zu rechtfertigen. »Wir haben ihn zwar noch nicht gefunden, aber wir können mit großer Sicherheit sagen, dass er sich irgendwo in Mittel-England aufhält, Euer Gnaden.«

Sebastian wusste, dass er dem Mann Unbehagen bereitete. Und das wollte er auch. Er gab einhundert Pfund pro Woche für diese Mission aus, und soweit er wusste, könnte sein Bruder genauso gut tot sein. Entführt, in einem Sumpf ertränkt oder niedergeschlagen und ausgeraubt.

Er atmete tief und lange ein, um den Druck in seiner Brust zu vertreiben. »Was macht sie da so sicher, Bryson?«

»Unsere Männer in den Häfen an der Südküste haben ihn nicht gesehen«, erwiderte Bryson rasch. »Und meine Männer überwachen auch alle größeren Straßen und Gasthäuser auf dem Weg nach Norden …«

Sebastian hob eine Hand. »Das weiß ich alles, aber wie zum Teufel können Sie mir in die Augen schauen und behaupten, dass Sie mit großer Sicherheit wissen, wo sich ein einzelner Mann in einem Land von der Größe unseres Königreichs aufhält? Die Möglichkeiten sind unendlich.«

Brysons Miene versteinerte. »Bei allem Respekt, Euer Gnaden, selbst wenn sich ein junger Gentleman verkleidet, ist er aufgrund seiner Art und Sprachweise so auffällig wie ein bunter Hund. Und ausgebüxte Adelige bleiben gewöhnlich auf den Hauptstraßen und suchen den Komfort von Gasthäusern. Es kommt ihnen schlichtweg nicht in den Sinn, sich in den Wäldern zu verstecken oder sich mit bloßen Händen einen Unterschlupf zu bauen und sich von dem zu ernähren, was das Land ihnen schenkt.«

Sebastian lehnte sich in seinem Stuhl nach vorn. »Ihre Ermittlungen gründen also auf der Annahme, dass mein Bruder ein verweichlichter Trottel ist.«

Bryson runzelte die Stirn. »Sie gründen auf Erfahrungswerten. Die Möglichkeiten mögen unendlich sein, aber unser Verstand ist begrenzt. Die Menschen ziehen selten Möglichkeiten in Betracht, die außerhalb ihrer Erfahrungen und Kenntnisse liegen.«

Sebastian saß noch lange, nachdem Edward Bryson gegangen war, grübelnd an seinem Schreibtisch.

Irgendwann begab er sich in sein Ankleidezimmer; Ramsey hatte seine Abendgarderobe bereits herausgelegt.

Ein verlorener Bruder. Eine unwillige Geliebte. Eine sich in sein Leben einmischende Königin. Jedes dieser drei Dilemmas konnte schon allein dazu führen, dass ein Mann dem Alkohol verfiel. Da er jedoch nicht trank und sich gerade in London aufhielt, hatte er beschlossen, auszugehen.

Eine Stunde später verließ er durch den Seiteneingang sein Haus. Seine Kutsche wartete bereits darauf, ihn zur Royal Albert Hall zu bringen.

Das Konzerthaus sah so aus wie immer – die vier Kronleuchter, die ewig staubigen Samtvorhänge und die Bühne, die sich rechts unterhalb von Sebastians Loge befand. Und dennoch fühlte sich alles falsch an, denn drei Logen weiter hin zur Bühne saß Annabelle.

Sie hatte sich vorgebeugt und das Atrium mit großen ehrfürchtigen Augen betrachtet. Als ihr Blick endlich den seinen traf, war sie reglos erstarrt wie ein Reh vor dem Lauf eines Gewehrs.

Er hatte ihr nicht zum Gruß zugenickt, denn hätte er das getan, hätte es am nächsten Tag in der Klatschspalte der Zeitung gestanden.

Dennoch konnte er den Blick nicht von ihr abwenden. Sie sollte nicht hier sein. Dass Annabelle in der Kulisse seines Abendprogramms auftauchte, war so bizarr, wie zwei Monde am Nachthimmel zu entdecken.

Ärger und Enttäuschung kochten in ihm hoch. Würde es so in Zukunft ablaufen: Sie wies ihn ab, er versuchte, sein Leben fortzuführen, und dann tauchte sie wieder auf, wie ein chronisches, exotisches Leiden?

Caroline, Lady Lingham, legte ihm ihren Fächer auf den Arm. »Wie seltsam«, sagte sie. »Ich glaube, das ist dein bezauberndes Bauernmädchen dort drüben in der Loge von Wester Ross.«

Er wollte verdammt sein, wenn er den Köder schluckte. »Du hast gute Augen«, erwiderte er. »Aber es ist wohl kaum seltsam. Miss Archer ist mit der Tochter von Wester Ross befreundet. Siehst du, sie sitzen nebeneinander.«

Und absurderweise konnte er immer noch nicht den Blick von ihr nehmen. Sie trug ein Kleid, das er nicht kannte, eine Robe mit tiefem Ausschnitt, dic ihr milchig weißes Dekolleté mehr als nur erahnen ließ.

Er zwang sich, seine Aufmerksamkeit wieder Caroline zuzuwenden, doch da betrat ein großer, schlaksiger Mann die Loge von Wester Ross. Er beugte sich vertraulich über Annabelle und reichte ihr ein Glas Wein. Annabelle lächelte ihn so strahlend an, als hätte er ihr gerade den Heiligen Gral geschenkt.

Ein unerwartet heftiger Stich durchzuckte Sebastian, und er verengte die Augen zu Schlitzen.

Der Mann trug eine Brille mit runden Gläsern und ein schäbiges Tweedjackett. Ganz eindeutig gehörte er zur intellektuellen Sorte. Annabelles Lächeln schien ihn dazu zu ermutigen, ihr nicht von der Seite zu weichen, zweifellos um einen guten Blick in ihr Dekolleté werfen zu können. Als er sich endlich setzte, steckte dieser Mistkerl den Kopf eng mit ihr zusammen unter dem Vorwand, ihr irgendwelche Dinge im Theater zu zeigen …

»Was sagt man dazu?«, meinte Caroline mit leicht neugierigem Ton. »Sie mag zwar mit Lady Catriona befreundet sein, aber wie es scheint, ist sie heute Abend die Begleitung von diesem Professor der Royal Academy. Wie hieß er doch gleich? Jenkins, glaube ich.«

Annabelle hielt den Blick auf die Bühne gerichtet, doch sie nahm die Musik lediglich als bedeutungsloses Sirren wahr.

Montgomerys Blick brannte ihr förmlich ein Loch zwischen die Schulterblätter.

Sie hätte damit rechnen können, dass er das Konzert besuchte. Gut. Vielleicht hatte sie das insgeheim auch. Ihr Herz schien immer noch bei jeder Gelegenheit auf ihn zu warten. Vielleicht war das der wahre Grund, warum sie einen ganzen Abend damit verbracht hatte, ein altes Kleid sorgfältig aufzuhübschen und modischer zu machen. Niemals hätte sie jedoch damit gerechnet, dass er das Konzert mit der kühlen, attraktiven Lady Lingham besuchen würde.

Ihre zittrigen Finger umschlossen fest den Stiel ihres Weinglases.

Würden wir der gleichen Schicht angehören würden, hätte ich dir einen Heiratsantrag gemacht. Sie sollte diese Gefühle wie einen Schatz hüten und Dingen, die sich nicht ändern ließen, in Würde den Rücken zukehren. Seine Worte verfolgten sie jedoch und machten sie abwechselnd wütend und wehmütig. Es war so unnötig gewesen, aus einer schwierigen Situation eine Tragödie zu machen.

Auf der Bühne unter ihr erklomm das Duo die höchsten Tonleitern. Jenkins lehnte sich hin und wieder näher zu ihr und murmelte irgendetwas Kluges über die Darbietung, und sie dachte meist daran, zu nicken. Doch dann durchdrangen die ersten Klänge von »Auf den Flügeln des Gesanges« ihre Brust wie Pfeile einer Armbrust.

Sie stand auf und schnappte nach Luft.

Campbell und Jenkins erhoben sich ebenfalls.

»Geht es Ihnen nicht gut?« Jenkins musterte sie mit besorgtem Stirnrunzeln.

Sie schüttelte den Kopf. »Ich bin gleich wieder zurück.«

Jenkins legte fürsorglich die Hand an ihren Ellbogen. »Ich werde Sie begleiten.«

»Nein, bitte«, flüsterte sie. »Ich brauche nur einen Moment, ich bleibe direkt vor der Loge.«

Der Professor ließ sie los. Er zog die schweren Vorhänge für sie zur Seite, und sie eilte durch das dunkle Vestibül in den Flur.

Dort lehnte sie sich an die Wand. Ihre Brust hob und senkte sich heftig. Luft. Sie brauchte frische Luft. Der Flur endete zu ihrer Rechten, aber links folgte er dem Bogen des Atriums zur Haupttreppe.

Sie war noch nicht weit gekommen, als ein Mann sich aus dem Eingang einer Loge löste und ihr den Weg versperrte.

Ihr Herz hämmerte gegen ihre Brust. »Montgomery.«

Nie hatte er weniger wie ein Ritter in glänzender Rüstung gewirkt. Seine Augen glitzerten so kalt wie der Saphir seines Ringes.

»Geben Sie mir die Ehre«, sagte er. Dann lag seine Hand auf ihrem Rücken, und sie wurde flink durch eine Tür in einen dämmrig beleuchteten Vorraum geschoben. Vor den Fenstern zeigte sich die pechschwarze Nacht.

Sie wirbelte zu ihm herum. »Was soll das?« Ihre Stimme klang leise und schroff. Wenn man sie hier allein zusammen überraschte, war sie ruiniert.

Montgomery lehnte sich an die Tür und betrachtete sie mit verschleiertem Blick. »Was bedeutet er dir?«

Verwirrt runzelte sie die Stirn. »Wer?«

»Dein Begleiter. Der Professor.«

Unglaublich! »Ich glaube nicht, dass ich Ihnen eine Erklärung schuldig bin.«

»Er hat dich berührt«, sagte er und strich ihr dabei mit zwei behandschuhten Fingern über den Ellbogen.

Die Berührung löste ein Feuer aus, das sich wie ein Flächenbrand auf ihrer Haut ausbreitete, heiß und unkontrollierbar.

Fast wäre sie zurückgezuckt. »Ich bin nicht Ihr Besitz, Euer Gnaden, und Sie haben kein Recht, über mich zu bestimmen.«

Ein animalisches Funkeln trat in seine Augen, als hätte er im Sinn, seine Besitzansprüche hier und jetzt geltend zu machen. »Aber er schon?«, fragte er.

Unfassbar! Und dann wäre sie an ihrer bissigen Antwort fast erstickt, als sie den dunklen Ausdruck in seinem Gesicht entschlüsselte.

»Meine Güte«, sagte sie atemlos. »Sie sind eifersüchtig.«

Montgomery blinzelte. »Wie es scheint, ja.« Seine Mundwinkel verzogen sich voller Widerwillen.

»Aber das ist absurd«, sagte sie. »Sie sind mit Lady Lingham hier.«

Er zog die Brauen zusammen. »Und das ist von Bedeutung, weil …?«

»Ich weiß, dass sie Ihre … Ich weiß, dass sie … Ihre Affäre ist.«

Er machte einen Satz nach vorn und umklammerte ihre Schultern. »Sie ist keineswegs meine Affäre«, erwiderte er. »Das hat sich erledigt, seit ich dich kenne. Und du scheinst anzunehmen, dass ich mit alldem einen Plan verfolge. Ich versichere dir, das ist keineswegs der Fall.«

Er drehte sich mit ihr um, und nun stand sie gegen die Tür gepresst, gefangen zwischen Eichenholz und einem aufgebrachten Aristokraten. Vermutlich würde das Eichenholz eher nachgeben als er.

»Euer Gnaden …«

Er kam ihr so nahe, dass sich ihre Nasen beinahe berührten. Feuer und Eis kämpften in den Tiefen seiner Augen.

»Glaubst du etwa, ich habe all das geplant?«, presste er hervor. »Glaubst du, mir gefällt es, dass meine Gefühle ständig die Oberhand gewinnen?«

»Ich …«

Er schlang die Finger um ihren Nacken, und seine Lippen verschmolzen mit ihren. Der Kuss war rau, aber dies rührte von Verzweiflung, nicht Wut. Das spürte sie an seinen zärtlichen Händen, dem seidigen Spiel seiner Zunge, der Hitze seines Mundes. In Sekundenschnelle erfasste auch sie Wut, Leidenschaft und Verzweiflung. Die Vernunft riet ihr, ihn wegzustoßen, doch es gelang ihr nicht, denn seine Brust war so unnachgiebig wie eine Mauer, und ihr Mund erwiderte hungrig seine Küsse. Mit gleicher Glut eroberte sie seine Lippen, folgte seinen Liebkosungen, ließ ihre Zunge mit der seinen tanzen, bis sich ein dumpfes Ziehen in ihrem Schoß bemerkbar machte.

Sie riss den Kopf zurück und blickte ihn finster an. »Besteht die Gefahr, dass Sie mich erneut gegen eine Tür gepresst verführen wollen, Euer Gnaden?«

Das Funkeln in seinen Augen verriet, dass die Möglichkeit durchaus bestand. Mit einem Daumen strich er über ihre feuchte Unterlippe. »Lässt du dich von ihm küssen?«

Sie schob seine Hand fort. »Bitte, tu das nicht. Jenkins ist ein ehrenwerter Mann. Er schätzt mich wegen meines Verstandes.«

Er lachte spöttisch. »Wenn du das glauben willst, bitte. Aber du sollst wissen, dass ich dich wegen weitaus mehr schätze.«

»Ach, tatsächlich?«, schnappte sie. »Ich hätte nicht gedacht, dass du mich überhaupt wertschätzt, da du annahmst, ich würde freudig einwilligen, deine Hure zu werden.«

Er wich zurück, als hätte sie ihn geschlagen. »Das habe ich nicht getan.«

In seinen Augen stand der verwundete Blick eines Mannes, der aufrichtig gekränkt war.

Sie hob abwehrend die Hände. »Nun, wo ich herkomme, nennt man so eine Frau, die ihren Körper für Geld zur Verfügung stellt.«

»Aber so liegen die Dinge zwischen uns doch gar nicht.«

»Und, bitte, worin genau liegt der Unterschied?«

Sein Gesicht war aschfahl geworden. »Du wärst meinetwegen mit mir zusammen«, erwiderte er heiser. »Nicht wegen meines Geldes.«

In seiner gebieterischen Stimme schwang ein Flehen, und das machte ihrer Streitlust den Garaus. Für einen Moment schauten sie sich nur an und leckten ihre Wunden.

Denn verwundet waren sie beide.

Sie lehnte den Kopf gegen die Tür. »Selbst wenn mir mein Ruf egal wäre, würde das von dir vorgeschlagene Arrangement bedeuten, dass unsere Kinder als Bastarde aufwachsen würden.«

Die Erwähnung von Kindern schien ihn zu überraschen. Natürlich. Die Männer dachten nie an die Folgen ihres Vergnügens.

»Der Bastard eines Herzogs führt dennoch ein besseres Leben als der Großteil der britischen Bevölkerung«, sagte er.

»Was materielle Güter angeht, ja. Aber eines Tages würden unsere Kinder meine Rolle in diesem Arrangement begreifen. Und dass sie immer hinter deinen anderen Kindern zurückstehen müssten.«

Er knirschte mit den Zähnen. »Was erwartest du von mir, Annabelle? Einen verfluchten Heiratsantrag?«

Einen Heiratsantrag.

Eine Ehe. Mit Montgomery.

Die Worte trafen sie bis ins Mark und weckten einen Chor begieriger Sehnsüchte. Sie brachte die innere Stimme mit einem Kopfschütteln zum Schweigen.

»Ich erwarte gar nichts.«

Er tigerte vor ihr auf und ab. »Ich kann dir alles geben, außer einem Eheversprechen, und das weißt du. Mein Ruf hat einen

Skandal unbeschadet überlebt, das wird kaum ein zweites Mal passieren. Ein weiterer Skandal würde den Ruf meines Bruders beflecken. Und den meiner Kinder. Ich würde meine Verbündeten verlieren. Und meinen Einfluss. Mein guter Name wäre ruiniert – welch ein Mann wäre ich dann noch? Ich wäre nicht besser als mein Vater, ein Opfer seiner Launen und Leidenschaften.« Er blieb vor ihr stehen, sein Körper vibrierte vor Anspannung. »Ist es das, was du willst? Soll ich für dich meinen angestammten Platz in den Geschichtsbüchern aufgeben, um zu beweisen, wie sehr ich dich begehre?«

Der Raum schien plötzlich kleiner zu werden. Die Wände, Decke, der Boden kam auf sie zu.

Sie schloss die Augen und versuchte, das wirbelnde Gedankenkarussell in ihrem Kopf aufzuhalten. »Dieser Irrsinn zwischen uns, das muss aufhören«, brachte sie hervor.

Schweigen.

»Das ist kein Irrsinn«, knurrte er. »Es ist …«

Seine Miene versteinerte. Sie sah, wie er sich abmühte, nach den richtigen Worten suchte. Ihre Gefühle zu benennen würde jedoch keinen Unterschied machen. Sein Name und sein Ruf wären ihm immer wichtiger.

»Was auch immer es ist«, sagte sie. »Es wird vorübergehen, wenn du mich endlich in Ruhe lässt.«

22. KAPITEL

Am Morgen des Marsches zum Parlament versammelten sich die Suffragistinnen unter Lucies Leitung am Bahnhof von Oxford. Ein kalter Wind fegte über den Bahnsteig und hüllte sie in die erstickenden schwarzen Rauchwolken des wartenden Zuges.

»Ich kann es gar nicht oft genug wiederholen«, sagte Lucie. »Sosehr es mich auch schmerzt, diese Demonstration muss friedvoll ablaufen. Also keine Gesänge und keine versehentlichen oder absichtlichen Blockierungen der Eingänge zum Parlament. Kein Ansprechen von Passanten.«

Annabelle hatte Lucie davon in Kenntnis gesetzt, dass Montgomery von ihren Plänen wusste. Natürlich hatte Lucie die Demonstration dennoch nicht abgesagt. Sie schien ausgezeichneter Stimmung zu sein. Das Funkeln in ihren grauen Augen war raubtiergleich. *Ideologische Intoxikation.* Annabelle riss sich von ihren Gedanken los. Je eher sie damit aufhörte, jederzeit und überall Montgomery zu hören und zu sehen, umso besser.

»Wie steht es mit dem Banner?«, fragte Lady Henley.

Lucie nickte. »Es wird gerade im Gepäckwagen verstaut.«

»Hoffentlich«, meinte Lady Henley. »Ich habe Stunden damit verbracht, die Buchstaben vor dem Aufnähen so zu platzieren, dass der Abstand dazwischen möglichst gleichmäßig ist.«

»Mathematikkenntnisse wären dabei sicher hilfreich gewesen«, murmelte Catriona.

Annabelles Augen weiteten sich vor Überraschung. Es sah Catriona gar nicht ähnlich, solch spöttische Bemerkungen zu machen. Womöglich machte ihr Vorhaben sie nervös. Annabelle vermisste Hatties unerschütterliche Fröhlichkeit, aber alle – außer Hattie – waren sich einig, dass sie in Oxford bleiben musste. Niemand wollte sich den Zorn des allmächtigen Julien Greenfield zuziehen, falls etwas schieflaufen würde.

Nichts wird schieflaufen.

Ein durchdringender Pfiff erklang vom Zug.

»Habt ihr alle eure Schärpen?«, fragte Lucie. »Ich habe ein paar weitere mitgebracht, nur für den Fall, dass jemand seine vergessen hat.« Sie tätschelte ihre Tasche, die schwer auf ihrer Hüfte lag. Niemand trat nach vorn. Die Angst, in aller Öffentlichkeit von Lucie heruntergeputzt zu werden, hatte dafür gesorgt, dass sie alle geflissentlich ihre Schärpen eingepackt hatten.

Ihre Wege trennten sich, als Annabelle zu den Wagen der dritten Klasse ging. Vor ihr bewegte sich eine Gestalt in einem grauen Kapuzenmantel langsam wie eine Schnecke vorwärts, was die Passagiere, die sich hinter ihr auf dem Bahnsteig drängten, sichtlich verärgerte. Vor der Waggontür blieb die Person unvermittelt stehen und betrachtete die Stufen zögernd.

Von hinten wurde geschubst, und zornige Rufe wurden laut.

»Entschuldigung«, kam eine weibliche Stimme aus den Tiefen des Mantels.

Unmöglich! Entschlossen schob sich Annabelle an der Frau vorbei und baute sich vor ihr auf. »Hattie!«

»Pst!«, zischte Hattie und sah sich nervös um.

Annabelle zog sie zur Seite. »Was in aller Welt tust du hier?«

»Ich fahre nach London.«

Annabelle war entsetzt. »Das darfst du nicht.«

»Aber ich bin doch gut getarnt, siehst du?« Sie deutete auf die wollene Scheußlichkeit, die sie umhüllte.

»Getarnt? Hattie, dieser Mantel ist vor ungefähr fünfhundert Jahren aus der Mode gekommen. Du könntest nicht auffälliger aussehen.«

Ein rebellisches Funkeln glitzerte in Hatties Augen. »Ich fahre nach London.«

»Was, wenn dich jemand erkennt? Dein Vater würde fuchsteufelswild werden, und das würde uns alle in Schwierigkeiten bringen.«

»Das ist meine Sache ebenso sehr wie eure. Ich habe jedes Treffen besucht, ich habe meine Recherchearbeit gemacht. Ich möchte nicht wie eine verzärtelte Prinzessin zu Hause warten, während meine Freundinnen an der Front kämpfen.«

Grundgütiger! »Wir alle wissen doch, dass du uns unterstützen willst«, sagte Annabelle. »Niemand wird es dir verübeln, wenn du zu Hause bleibst.«

Hattie schüttelte den Kopf. »Ich bin Mr Graves bereits entkommen. Ich darf dem Mann nicht für nichts und wieder nichts Scherereien machen.«

»Wer ist Mr Graves?«

»Mein Leibwächter.«

Annabelle schwieg. Ihr war nie aufgefallen, dass Hattie einen Leibwächter hatte.

Ihre Freundin lächelte zynisch. »Er ist geübt darin, sich unsichtbar zu machen. Würdest du etwa gern mit mir spazieren gehen oder dich mit mir treffen, wenn du wüsstest, dass ein grimmiger Mann mit einer Pistole dir in den Nacken atmet? Ich weiß natürlich, dass er da ist, ob ich ihn sehe oder nicht.«

Hattie mit nach London zu nehmen war falsch, das sagte Annabelles Instinkt, der seit Langem darauf geschult war, für ihren Selbstschutz zu sorgen.

Der Schaffner blies in seine Pfeife und bedeutete ihnen, endlich einzusteigen.

»Gut«, murmelte sie. »Halte dich aber in meiner Nähe und wende den Männern niemals den Rücken zu, sonst wird man dich betatschen oder zwicken.«

»Betatschen und zwicken?« Hattie schaute sie verwirrt an.

Annabelle schenkte ihr einen vielsagenden Blick. »Du reist nicht erster Klasse.«

Der Marquess von Hartford, gegenwärtiger Besitzer von Sebastians Familienstammsitz, war ein langsamer Mann. Seine Gicht beeinträchtigte seine Beweglichkeit, und das wiederum sorgte dafür, dass jeder Flur im Parlament gefühlt eine Meile länger wurde. Sie krochen förmlich auf den Parlamentssaal zu, ohne dabei ein Wort miteinander zu wechseln. Das war Sebastian allerdings nur recht, da sie sich gegenseitig in herzlicher Abneigung zugetan waren und nichts, bis auf ebendiese, gemeinsam hatten.

»Gentlemen, das müssen Sie sich ansehen.« Der Graf von Rochester stand vor einem der Fenster im Flur, den Blick auf die Straße unter ihnen gerichtet.

Sebastians Puls beschleunigte sich. Er ahnte, was Rochesters Aufmerksamkeit gefangen nahm. Dennoch war er auf den Anblick der schnell wachsenden Menge auf dem Platz nicht vorbereitet. Ein Meer aus Frauen strömte aus allen Richtungen zusammen, die grünen Schärpen glitzerten in der Sonne.

»Na so was«, meinte Hartford. »Dann haben sich die Gerüchte doch bewahrheitet.« Er lachte. »Das könnte amüsant werden.«

»Das sind Tausende«, stellte Rochester fest. Er bebte förmlich vor Missbilligung.

»Wie dem auch sei«, meinte Hartford. »Die Polizei wird dem bald ein Ende setzen.«

»Einen solchen Aufstand muss man hart und schnell unterdrücken, sonst werden wir diesen Zirkus bald jede Woche erleben. Man sollte mehr Ordnungskräfte einstellen, die die Polizei unterstützen.«

Sebastian musterte Rochester eindringlich. »Ordner sind für diese Aufgabe wohl kaum adäquat ausgebildet.«

Hartford fuhr sich mit der Zunge über die Unterlippe. »Wenn sich diese Frauen benehmen würden, wie es sich gehört, dann hätten sie auch nichts zu befürchten, nicht wahr?«

Sebastian blickte ihn kalt an. »Sich an einem öffentlichen Platz zu versammeln ist das Recht eines jeden Einwohners unseres Königreiches.«

»Für so etwas?«, fragte Rochester. »Nur, wenn sie eine Genehmigung dafür haben.«

»Sie haben die Genehmigung«, erwiderte Sebastian.

»Das ist unmöglich.« Hartford klang verärgert. »Mit welcher Begründung? Jeder Rat hätte ein solches Anliegen abgelehnt. Mit dieser Demonstration wird der öffentliche Frieden bedroht.«

»Wie es scheint, teilt der Rat diese Befürchtung nicht.«

Rochester und Hartford runzelten die Stirn, doch sie stellten ihm zum Glück keine weiteren Fragen. Er war bekannt dafür, dass er Dinge wusste, von denen sie keine Kenntnis hatten.

Auf dem Platz hakten sich die Frauen unter und bildeten eine Menschenkette, als könnte ihre Sicherheit durch die schiere Größe der Menge garantiert werden.

War sie auch da unten?

Vermutlich. Wann hatte Annabelle jemals seinen Rat befolgt, etwas nicht zu tun?

»Unnatürliche Kreaturen«, murmelte Rochester. Gewöhnlich war er ein knochentrockener Mann, der keine Regung zeigte, aber nun war sein Gesicht vor Abneigung verzerrt.

Sebastian wusste es bereits seit einer Weile, doch nie zuvor war es offensichtlicher gewesen, dass seine Partei, die Partei der Vernunft und rationalen Interessen, überhaupt nicht vernünftig und rational agierte. Da waren Disraelis Visionen von einem weltumspannenden Empire, von Menschen, die sich mehr nach Ruhm sehnten als nach Brot. Und Rochester und Hartford, die bereit waren, es hinzunehmen, dass Frauen allein wegen ihrer Meinung verletzt wurden. Am Ende des Tages wurde ihre Partei genauso von Emotionen gesteuert wie die der Sozialisten, welche die Aristokratie abschaffen wollten. Er hatte das Gefühl, als sei es ihm in seinem Körper zu eng geworden, und er trat unruhig von einem Fuß auf den anderen, tänzelte fast so wie sein Hengst Apollo, bevor er losgaloppieren durfte.

Rochester holte seine Taschenuhr aus der Weste. »Montgomery, Sie sollen in drei Minuten die Sitzung eröffnen.«

Sebastian widerstand dem Reflex, den Platz noch einmal abzusuchen. Annabelles Wohlergehen lag nicht in seiner Verantwortung. Das hatte sie ihm unmissverständlich zu verstehen gegeben. Außerdem musste er eine Wahl gewinnen.

Der Parliament Square erinnerte Annabelle an einen Bienenstock – überall eilten Frauen geschäftig umher. Das Wetter war auf ihrer Seite, die Sonne stand hoch am Himmel und hatte die übliche winterliche Nebeldecke vertrieben. Man würde ihr Banner selbst noch aus hundert Schritten Entfernung gut erkennen.

Lucie schob sich an ihr vorbei, die Stirn zwischen den zarten Augenbrauen von einem tiefen Runzeln gezeichnet. »Es sind mehr gekommen als erwartet«, sagte sie. »Ungefähr tausend mehr.«

Das erklärte, warum es kaum Platz genug gab, um sich umzudrehen. »Ist das ein Problem?«

Das Runzeln auf Lucies Stirn blieb. »Nein«, sagte sie. »Solange alle ruhig und zivilisiert bleiben. Bleibt alle ruhig und zivilisiert.«

»Lucie …«

»Ich muss das Kommando für das Banner geben.« Lucie verschwand.

Eine Minute später wurde das Banner über ihren Hüten hochgezogen. In all seiner sechs Meter langen Pracht schwebte es über ihren Köpfen und löste einen Chor aus Ahs und Ohs aus. »Reformieren Sie das Eigentumsgesetz für verheiratete Frauen jetzt!«, verlangte es in großen Buchstaben. Kein Mann, der aus dem Fenster von Westminster blickte, konnte es übersehen.

»Oh, das ist hübsch«, murmelte Hattie.

Annabelle nickte, ein Engegefühl erfasste ihre Brust. Die Emotionen der Frauen, die sie umgaben, durchdrangen sie wie die Sonnenstrahlen das Wasser, beschleunigten ihren Puls und wärmten sie von innen. Taten sich die Menschen deshalb für eine Sache zusammen?

Big Ben schlug die Viertelstunde. Schaulustige hatten sich am Rand des Platzes versammelt, doch falls sie eine Vorstellung erwarteten, würden sie enttäuscht werden. Der Plan bestand darin, gesehen zu werden, nicht gehört.

Zur halben Stunde ging ein Ruck durch die Menge. Beunruhigt schaute Annabelle sich um. Da sie größer war als die meisten anderen, entdeckte sie den Anlass dafür sofort. Eine einheitliche Front aus glänzenden Hauben näherte sich ihnen von links. Ein Schauer der Angst jagte ihr über den Rücken. Diese Hauben gehörten den Männern der *London Metropolitan Police.*

»Was ist los?«, fragte Hattie und verrenkte sich den Hals.

»Die Polizei kommt.«

»Oh, du liebe Güte.« Hattie wurde so weiß wie Kreide.

Annabelle drückte ihr beschwichtigend die Schulter und stellte fest, dass ihre Freundin zitterte. »Uns wird schon nichts passieren«, sagte sie. »Ich nehme an, die Menge ist zu groß.«

Hattie schüttelte hektisch den Kopf. »Mein Vater … wenn er das erfährt … und dass ich Mr Graves ausgebüxt bin …«

»Vielleicht solltest du deine Schärpe abnehmen«, sagte Annabelle. »Und versuche, fröhlich auszusehen.«

Mit verängstigter Miene zog Hattie die Schärpe über ihren Kopf und wollte sie in ihre Manteltasche stecken.

»Nein«, sagte Annabelle. »Gib sie lieber mir. Man sollte sie nicht bei dir finden.«

Die Polizisten hatten sich aufgeteilt und bewegten sich rasch durch die Menge. Sie schienen zu versuchen, die Masse der Demonstrantinnen in kleinere Gruppen aufzubrechen, um sie vom Platz zu verscheuchen.

Ein grauhaariger Polizist mit Seehund-Schnauzbart blieb vor ihnen stehen. Ein jüngerer folgte ihm, und sein öliger Blick weckte sofort Annabelles Argwohn.

»Bitte folgen Sie mir, Miss«, sagte der ältere Mann. »Meine Damen, gehen Sie weiter.«

Hattie packte sie am Arm. »Was, wenn sie unsere Personalien aufnehmen?«, flüsterte sie.

»Dafür besteht kein Grund«, erwiderte Annabelle leise, aber Hatties Atem kam in alarmierend kurzen Zügen. »Kannst du den Mantel loswerden? Sobald wir auf dem Bürgersteig sind, gehst du zur Seite. Tu so, als seist du eine Zuschauerin.«

Im Laufen streifte Hattie den Mantel ab. Darunter kam eine schlichte braune Dienstbotenuniform zum Vorschein, die ihre üppigen Formen viel zu eng umhüllte. Irgendein Küchenmädchen vermisste wohl ein Kleid.

»Nun, du bist aber ein hübsches Ding, bist du.« Die ölige Stimme verursachte Annabelle eine Gänsehaut. Schmierblick hatte sie eingeholt, und sein Blick schweifte unverhohlen über Hatties Figur, während er neben ihnen her spazierte. »Wie heißt du, Schätzchen?«

Annabelles Herz raste. Mit dieser Sorte Mann musste man sehr umsichtig umgehen. Hattie tat natürlich, was jede gut erzogene junge Dame tun würde. Sie setzte eine herablassende Miene auf und ignorierte ihn.

Die Miene des Polizisten wurde grimmig. »He«, blaffte er, »ich rede mit dir.«

Annabelles Blick flog zu dem älteren Mann. Er ging ein Stück vor ihnen her und merkte vermutlich nicht mal, was hinter ihm vorging.

»Du«, sagte der Polizist. »Ja, du. Ich rede mit dir.«

Hattie schwieg weiter. Annabelles Gedanken überschlugen sich.

»Hochnäsiges Weibsstück«, murmelte der Mann, und Hattie schnappte nach Luft. Der Polizist hatte den Arm um sie geschlungen und zog sie an sich.

Annabelle handelte, ohne nachzudenken. Sie baute sich vor ihm auf. »Sir, tun Sie das nicht.« Ihre Stimme klang seltsam fremd in ihren Ohren.

Der Officer musterte sie überrascht. Dann wanderte sein Blick über sie, langsam und schleimig wie eine Schnecke. »Na, wen haben wir denn da?«

»Sir …«

»Geh weiter wie ein braves Mädchen«, sagte er. »Wir sind

beschäftigt.« Ohne den Blick von Annabelle zu nehmen, ließ er die Hand über Hatties Bauch nach oben gleiten und umfasste ihre Brust.

Hattie erstarrte und wurde unnatürlich bleich.

Der Mann verzog selbstgefällig den Mund.

Eine heiße Woge der Wut brodelte in Annabelle hoch, und ihre rechte Faust schoss mitten in das dreckige Grinsen vor ihr.

Ein Knacks, ein Aufjaulen, und der Polizist presste beide Hände an die Nase.

»Lauf«, raunte Annabelle Hattie zu. »Lauf. Schnell.« Sie gab ihrer Freundin einen Schubs.

Mit beiden Händen auf der Nase schaute der Polizist sie wutschnaubend an.

Grundgütiger! Sie musste ihn ziemlich heftig getroffen haben. Nun spürte sie auch den Schmerz in den Fingerknöcheln.

Ein Pfiff erschallte, und dann wurde sie von hinten gepackt, während Schmierblick einen Satz auf sie zumachte. *Nein.* Sie trat nach ihm, und ihr Stiefel traf sein Knie.

Er knickte ein. »Verfluchtes Miststück!«

Sie wurde herumgerissen und geschüttelt. Gewalt brach sich Bahn und pulsierte um sie herum, während sie sich panisch gegen den kräftigen Griff stemmte. Das Reißen von Stoff durchschnitt die Luft; sie stolperte und kam hart mit den Knien auf dem Pflaster auf. Ihr Hut war im Dreck gelandet und wurde bereits von stampfenden Stiefeln plattgetreten.

Das war kein Spiel mehr. Sie hatte einen von ihnen verletzt.

Irgendwer drehte ihr die Arme auf den Rücken und zog sie hoch.

Instinktiv wollte sie sich wehren und ihren Peiniger kratzen wie ein Raubtier in der Falle. Der dumpfe Schmerz in ihren Knien durchbrach jedoch den Nebelschleier in ihrem Kopf.

Egal, was sie tat, sie würden gewinnen. Also sackte sie vorerst in sich zusammen.

Sie wurde in einen nahe stehenden Polizeiwagen gestoßen; krachend schlug die Tür hinter ihr zu.

Sie richtete sich auf, schob sich das Haar aus dem Gesicht und sah sich hektisch um.

Bleiche Gesichter erwiderten ihren Blick. Frauen. Insgesamt drei saßen auf den Bänken an den Wänden.

Mühsam rappelte sie sich auf. Ein Schmerzensschrei entfuhr ihr, weil ihre Knie ihr nicht gehorchen wollten.

»Hier, setz dich, Liebes.« Eine der Frauen, kaum älter als sie selbst, klopfte auf die Holzbank neben sich.

Annabelle sank auf den Sitz und versuchte, das Zittern in ihren Gliedern zu kontrollieren. Die wütende, näselnde Stimme des Polizisten, den sie geschlagen hatte, dröhnte immer noch durch die Kutschenwände.

»Was passiert da?«, fragte sie dumpf.

Bevor jemand antworten konnte, öffnete sich die Tür erneut, und ein Polizist stieg ein.

Zum Glück nicht der, dem sie den Fausthieb versetzt hatte.

Der Wagen fuhr an, und sie wäre fast wieder von der Bank gefallen.

»Sir«, sagte sie mit brüchiger Stimme, »wohin bringen Sie uns?«

Der junge Polizist wich ihrem Blick aus. »Bitte, nicht reden, Miss.«

Sie schaute ihn an, doch er blickte nur stur nach vorn.

»Sie bringen uns ins Gefängnis, Liebes«, sagte die Frau neben ihr.

Gefängnis?

»Ich muss Sie bitten, still zu sein«, sagte der Polizist, dieses Mal in schärferem Ton. Bedeutsam legte er seinen Schlagstock über seine Beine. Auf der Bank ihr gegenüber fing eine kleine blonde Frau mit zerknitterter grüner Schärpe an zu weinen.

Kaum fünfzehn Minuten später hielt der Wagen vor einem imposanten Gebäude. Die eisernen Buchstaben über dem Eingangstor verrieten Annabelle, wo sie war: *Millbank Strafanstalt*.

Die Frauen wurden in einen muffigen Raum gebracht, wo man sie fast eine Stunde warten ließ. Nach dem Klingeln einer Glocke wurde Annabelle in ein ebenso muffiges Büro geführt. Der Mann am Schreibtisch schaute sie nicht einmal an, als sie sich setzte. Seine Augen waren auf das voluminöse Buch vor sich gerichtet, sein Stift schwebte erwartungsvoll über dem Papier.

Mit tonloser Stimme fragte er sie nach ihrem Namen und ihrer Adresse und forderte sie auf, ihm ihr Retikül auszuhändigen. Dann schob er ihr das Buch zu.

Neben ihrem Namen stand: »Blockade und Angriff auf einen Polizisten«. Annabelle unterschrieb mit zittriger Hand. »Was passiert jetzt mit mir, Sir?«

Der Mann schaute nicht auf, sondern wollte die Glocke auf seinem Schreibtisch betätigen.

»Sir«, flehte sie. Endlich hob er den Blick, dann kniff er die Augen zusammen, als hätte ihn unerwartet ein helles Licht geblendet. Er senkte die Hand auf seinen Schreibtisch. »Nun, Miss, das werden Sie morgen erfahren.«

Panik stieg in ihr auf, und ein bitterer Geschmack legte sich auf ihre Zunge. »Ich muss über Nacht hierbleiben?«

»Das ist ein ganz normales Vorgehen, Miss. Es sei denn, jemand holt Sie ab und stellt eine Kaution für Sie.«

»Kaution«, flüsterte sie. Dafür hatte sie kein Geld. Und niemand wusste, wo sie war.

Der Mann griff zur Glocke.

Flehend lehnte sie sich vor. »Sir, könnten Sie bitte eine Botschaft für mich übermitteln?«

Er zögerte, dann schüttelte er bedauernd den Kopf. »Ich fürchte, das geht heute nicht, Miss.«

»Bitte, nur eine Nachricht. An Lady Catriona Campbell.«

»Eine Lady?« Das Mitleid verschwand aus seinen Augen und wich Misstrauen.

Natürlich. Sie sah nicht aus, als würde eine feine Lady sie zur Freundin zählen. Sie hatte ihren Hut verloren, die Knöpfe ihres Mantels waren abgerissen, auch ihrem Kleid fehlten Knöpfe, und nur der Himmel wusste, wie ihre Frisur aussah. Wenn sie den Namen des Grafen von Wester Ross erwähnte, würde man sie wohl direkt in die Irrenanstalt einweisen.

Sie sank zurück auf den Stuhl. »Schon gut.«

Wenig später fand Annabelle sich mit den Frauen aus dem Polizeiwagen in einer Zelle wieder. Es gab nur ein kleines Fenster hoch in der Wand, einen Schemel und ein schmales Feldbett. Der üble Gestank nach Schmutz und Verzweiflung stieg aus den Rissen in den Dielen auf.

Die Frau mit dem nordenglischen Akzent, die ihr zuvor den Sitz neben sich im Wagen angeboten hatte, setzte sich auf die schmutzige Liege. Das blonde Mädchen nahm schüchtern neben ihr Platz und schlang die Arme um seine zierliche Gestalt. »Warum sind wir hier?«, jammerte sie.

»Ich?« Die Nordengländerin streckte die Beine aus. »Also ich bin hier, weil ich einen Polizisten in seinem Versuch behinderte, meine Brüste zu begrapschen.«

Die Frau, die neben Annabelle stand, brach in Gelächter aus. »Du nimmst in Kauf, dass man dich in Millbank einsperrt, nur weg'n bisschen Getatsche?«, fragte sie. Ihr deutlicher Cockney-Akzent veranlasste Annabelle, sie zum ersten Mal richtig anzuschauen.

Harte Augen erwiderten ihren Blick aus einem harten Gesicht. »Was guckst'n so?«, blaffte die Frau.

»Du bist keine Suffragistin«, stellte Annabelle fest.

Die Miene der Frau verzog sich verächtlich. »Nee. Ich war bloß da, um ein paar Taschen zu leeren, behaupten die.« Sie kicherte. »Sie ham aber nichts bei mir gefund'n, dem Herrgott sei Dank, sonst …« Sie machte eine Geste mit dem Finger über ihren dürren Hals.

Annabelle sank an der Wand auf den Boden.

Sie war im Gefängnis. Sie teilte sich eine Zelle mit echten Verbrecherinnen.

Allerdings hatte sie einem Polizisten die Nase blutig geschlagen, das machte sie vermutlich auch zu einer Kriminellen.

Der Raum drehte sich um sie.

Man würde sie anklagen. Und einsperren. Sie würde ihren Studienplatz verlieren … Ihr Leben ging gerade den Bach runter, und in ihrem Magen verspürte sie ein Ziehen, als würde sie von einer Klippe in den Abgrund stürzen.

Sie drückte die Stirn an die Knie. Die Kälte der Steinmauern drang durch ihre Kleider. Und sie hatte Schmerzen: ihre Brüste, die Handgelenke, ihre Kopfhaut, ihre Knie – alles tat weh. Die Schmerzen rührten davon, dass man sie grob angefasst oder gestoßen hatte.

Das lüsterne Grinsen des Polizisten blitzte vor ihrem inneren Auge auf, und ihr kam die Galle hoch. Er hatte so selbstgefällig gewirkt, wissend, dass er Hattie verletzen und demütigen konnte und dass sie machtlos dagegen sein würden.

Sie ballte die Hände zur Faust. Doch, sie hatte etwas getan. Aber selbst Tante May war nie so weit gegangen zu behaupten, dass ihr Temperament sie eines Tages noch hinter Gitter bringen würde.

Die Zeit kroch wie eine Schnecke dahin, das Licht wurde schwächer, die Schatten länger. Nach einer Weile war die Zelle in trübe Dunkelheit getaucht. Alle Viertelstunde vernahm sie das Läuten von Big Ben durchs Fenster.

Irgendwann nach sieben schwang die Zellentür auf, und ein Wachmann erschien. »Anne Hartly.«

Die Nordengländerin stand auf. »Das bin ich.«

»Ihr Bruder ist hier.«

»Das wird aber auch Zeit«, murmelte Anne Hartly. »Viel Glück«, wünschte sie über ihre Schulter, während sie beinahe über den Saum ihres engen Rockes stolperte, als sie zur Tür eilte.

Die Taschendiebin hatte nicht mal den Kopf gehoben. Die blonde Suffragistin starrte auf die Tür. Ihre Augen glitzerten in der Dunkelheit. »Ich hab niemanden«, sagte sie. »Ich hab niemanden, der mich hier rausholt.« Ihre Stimme klang schrill. »Ich habe niemanden«, wiederholte sie und wiegte sich vor und zurück. Das Feldbett quietschte dazu.

»Oi. Hör auf damit«, sagte die andere Frau.

Das Mädchen weinte leise, aber das Quietschen hielt an.

Annabelle rappelte sich auf. Sie setzte sich aufs Bett und legte dem Mädchen wortlos einen Arm um die Schultern. Die Kleine lehnte sich an sie und weinte wie ein Kind.

Es ging auf zehn Uhr zu, als sie die schweren Schritte des Wachmanns erneut vernahm.

»Miss Annabelle Archer, folgen Sie mir bitte.«

Ihre Knie knackten, als sie aufstand. Das Mädchen, Maggie, griff nach ihrer Hand und drückte sie leicht. Die Resignation hatte vor einer Weile eingesetzt.

Sie folgte dem Wachmann mit steifen Beinen und blinzelte, in das blendende Licht des Flurs.

Vielleicht war Professor Campbell, Graf von Wester Ross, gekommen, um sie abzuholen. Oder man wollte sie befragen.

Bitte lass es den Grafen sein.

Sie liefen ewig viele Stufen hinauf, und ihre Knie schmerzten wieder, als sie endlich die Treppe bewältigt hatte.

Der Wachmann hielt vor einer massiven schwarzen Tür. Ein Messingschild daran besagte, dass es sich um das Büro des Direktors handelte. Im Zimmer erwartete sie ein Mann; er hatte ihnen den Rücken zugekehrt.

Wie durch einen Schleier erkannte sie einen weißblonden Schopf.

23. KAPITEL

Das Büro des Gefängnisdirektors war erdrückend, mit niedriger Decke und dunklen Holzpaneelen an den Wänden. Der staubige Geruch alter Teppiche machte die Luft stickig.

Und Montgomery stand mitten im Raum.

Annabelles Knie wurden weich. Am liebsten wäre sie ihm in die Arme gefallen, hätte die Augen geschlossen und sich von ihm forttragen lassen. Egal wohin.

Verspätet verfiel sie in einen höflichen Knicks. »Euer Gnaden.«

Seine Miene wirkte seltsam ausdruckslos. Sein Blick wanderte über ihre schmutzigen Röcke, die fehlenden Knöpfe. Hitze stieg ihr in die Wangen.

Beschämt glättete sie mit einer Hand ihre Haare.

Nach zwei ausholenden Schritten stand er vor ihr und brachte den Geruch nach Regen und feuchter Wolle mit sich. »Sind Sie verletzt?«

Die leise Frage bewirkte, was das Gefängnis nicht geschafft hatte. Tränen brannten ihr in den Augen. Rasch blinzelte sie dagegen an. »Mir geht es gut.«

Montgomerys Aufmerksamkeit wandte sich dem Wachmann hinter ihr zu. Sein Blick wurde so kalt wie ein zugefrorener See.

»Zeigen Sie mir, wo sie gefangen gehalten wurde.«

Eine verwirrte Stille erfüllte den Raum.

»Sofort.«

»Natürlich, Euer Gnaden«, stammelte der Wachmann. »Folgen Sie mir bitte, Euer Gnaden.«

Sie schaute Montgomery nach, als er das Zimmer verließ, und zwang sich, ruhig zu bleiben, ganz ruhig. Erschrocken zuckte sie zusammen, als jemand sie am Ellbogen berührte.

»Ramsey.«

Der Kammerdiener schaute sie aus braunen Augen lächelnd an. »Miss Archer, es ist mir eine Freude, Sie wiederzusehen.« Er warf einen missbilligenden Blick durchs Zimmer. »Wenngleich auch unter recht unkonventionellen Umständen. Wenn Sie erlauben.« Er führte sie zu einem Stuhl an der Wand.

Sie setzte sich auf den harten Sitz. Ihre Knie zitterten immer noch.

»Woher weiß er, dass ich hier bin?«, fragte sie.

Ramsey nickte. »Bitte entschuldigen Sie die Verspätung. Die Konferenz in Westminster dauerte erwartungsgemäß länger. Als Seine Gnaden das Parlament verließ, warteten drei junge Damen auf ihn, die ihm mitteilten, dass die London Metropolitan Police Sie festgenommen habe. Es dauerte dann noch eine Weile, bis wir die richtige, äh, Anstalt gefunden hatten.«

Ihre Gedanken rasten. Ramseys Erklärung warf mehr Fragen auf, als sie Antworten gab. Warum hatten ihre Freundinnen ausgerechnet Montgomery aufgesucht? Und wichtiger noch, warum war er gekommen?

Ramsey verstand ihr nachdenkliches Schweigen offensichtlich falsch. »Jetzt ist alles vorbei, Miss«, beschwichtigte er. »Der Direktor dieses … Ortes … sollte jeden Moment hier sein, und dann können wir einen Strich unter all diese Unannehmlichkeiten ziehen.«

Tatsächlich tauchte der Gefängnisdirektor auf, noch bevor Montgomery zurückkehrte. Er sah aus wie ein Mann, der sich eilig wieder angezogen hatte, nachdem er es sich schon vor dem Kamin gemütlich gemacht hatte. Der Sekretär, bei dem sie ihre Anklage unterschrieben hatte, begleitete ihn. Nach seinem durchnässten Hut zu urteilen war er wohl geschickt worden, um den Direktor zu holen.

Als Montgomery wenige Minuten später wieder ins Büro marschierte, glänzten seine Augen unnatürlich hell, und ein Muskel zuckte in seiner linken Wange.

Der Gefängnisdirektor stellte sich rasch hinter seinen riesigen Schreibtisch.

»Die Zellen hier entsprechen keinem der Standards, die das Innenministerium festgelegt hat«, kam Montgomery gleich auf den Punkt. »Zu schmutzig, zu kalt und inakzeptabel überfüllt.«

Der Direktor richtete seine Krawatte. »Bedauerlicherweise gibt es eine Knappheit an ...«

»Und mit welcher Begründung wird Miss Archer festgehalten?«, schnitt Montgomery ihm das Wort ab. »Die Demonstration war erlaubt.«

Ach ja?

Der Gefängnisdirektor blätterte hektisch durch das Anklagebuch auf seinem Tisch. »Ja, sie war tatsächlich erlaubt«, bestätigte er. »Wie es scheint, wurden die Straftäterinnen, ich meine, die Damen wegen Behinderung der Justiz und Angriff auf Vollstreckungsbeamte festgehalten.« Er schaute unsicher auf. »Miss Archer hier soll ... äh ... einem Polizisten die Nase blutig geschlagen haben.«

Eine kurze Pause entstand.

»Ganz offensichtlich muss es sich hierbei um ein Missverständnis handeln«, meinte Montgomery ungerührt.

Der Gefängnisdirektor nickte. »Ganz offensichtlich, Euer Gnaden.«

»Deshalb sollte die Anklage gegen sie umgehend fallen gelassen und der Richter darüber informiert werden.«

»Gewiss, Sir.«

Montgomery machte eine Geste zu Ramsey, ohne den Blick von dem Gefängnisdirektor zu nehmen. »Wie hoch ist die Kaution?«

Der Direktor wirkte überrascht. Offenbar hatte er damit gerechnet, dass der Herzog seine Gefangene einfach nehmen und mit ihr davonspazieren würde. »Die Kaution wurde auf fünfzig Pfund festgesetzt, Euer Gnaden.«

Annabelle unterdrückte ein Keuchen. Das war eine ziemlich hohe Summe. Ramsey zog ein Scheckbuch aus seiner Tasche, und Montgomery unterschrieb den Scheck auf dem Schreibtisch des Direktors und wandte sich wortlos zum Gehen.

Ramsey bot Annabelle seinen Arm, doch sie blieb wie angewurzelt stehen.

»Miss?«, fragte Ramsey.

Montgomery drehte sich um, ein ungeduldiger Blick stand in seinen Augen. Sie ging zu ihm; eigentlich wollte sie ihm nicht so nahekommen, denn vermutlich stank sie nach Gefängnis, aber … »In der Zelle ist noch eine Suffragistin eingesperrt«, sagte sie leise. »Maggie. Sie hat niemanden, der sie befreien könnte, und sie steht Todesängste aus.«

Montgomery lehnte sich zurück und schaute sie mit einer undeutbaren Miene lange an. Dann streckte er die Hand nach Ramsey aus, der prompt das Scheckbuch wieder hervorholte.

Ein unangenehmes Schweigen breitete sich im Raum aus, während der Herzog den zweiten Scheck über fünfzig Pfund ausstellte und anschließend Maggies Entlassung befahl.

Annabelles Wangen glühten. Sie dachte an die andere Frau, und ihr Impuls, ihr zu helfen, focht gegen den gesunden Menschenverstand. Montgomery beendete ihr moralisches Dilemma, indem er nachdrücklich ihre Hand auf seinen Arm legte und sie aus dem Büro führte.

Vor dem Hintereingang wartete eine wappenlose Kutsche im strömenden Regen auf sie.

Ramsey warf dem durchnässten Kutscher eine Münze zu. »Siebenunddreißig Belgrave Square«, sagte er.

Die Kutsche fuhr rumpelnd durch die Nacht, doch innen herrschte Stille.

Licht und Schatten der Straßenlampen tanzten über Montgomerys Gesicht und ließen ihn fremd aussehen. Es war alles sehr verwirrend. Sie hatte ihn eben hundert Pfund gekostet, dabei war sie nicht einmal seine Mätresse. Er hatte die Gefängnisse von London nach ihr abgesucht, obwohl sie ihm gesagt hatte, er solle sich von ihr fernhalten. Und er war ein aufrichtiger Mann, also musste es ihm gehörig gegen den Strich gegangen sein, seine Machtstellung auszuspielen, um sie zu befreien. Ein simples Dankeschön erschien ihr absurd unzureichend für das, was er für sie getan hatte.

»Wohin fahren wir?«, fragte sie schließlich.

»Pardon«, sagte er. »Ich dachte, das wüssten Sie. Zu meiner Residenz in Belgravia.«

Er schaute sie nicht an. Abgesehen von dem Moment, in dem er ihr Gesicht nach Anzeichen von Misshandlungen abgesucht hatte, mied er schon die ganze Zeit ihren Blick. Die Erkenntnis legte sich schwer wie ein Felsbrocken auf ihre Brust.

»Es sei denn, Sie ziehen es vor, im Claridge's zu logieren«, ergänzte er, als sie nicht antwortete.

»Dem Hotel?« Selbst sie hatte schon von diesem illustren Ort gehört.

Er nickte. »Sie können meine Räume dort nutzen. Morgen früh kann eine Kutsche Sie zum Bahnhof bringen.«

Er klang so höflich. Unpersönlich höflich. Und das lag gewiss nicht nur daran, dass Ramsey mit in der Kutsche saß. Sie konnte die Distanz zwischen ihnen spüren. Ihre Verbindung war geschwächt, als hätte er das Band, das sie zueinander hinzog, durchgeschnitten. Er verspürte ihr gegenüber offenbar immer noch eine Verantwortung, einen Beschützerinstinkt, auch wenn ihm das offensichtlich nicht gefiel. Nun. Er machte nur das, worum sie ihn gebeten hatte: sie in Ruhe zu lassen und sich von ihr fernzuhalten. Sie hätte erleichtert darüber sein sollen. Stattdessen zerdrückte die Last auf ihrer Brust ihr Herz.

»Mir ist der Belgrave Square recht, Euer Gnaden.«

Montgomerys weißes Stadthaus mit der Stuckfassade ragte vier Stockwerke hoch auf und bot Aussicht auf den nun von der Dunkelheit verborgenen Park auf der gegenüberliegenden Straßenseite. Vier weiße Säulen stützten den Eingang. Der Wechsel vom Gefängnis in die wohlhabendste Gegend von London, und das innerhalb einer Stunde, war ein wenig überwältigend. Gebückt wie eine alte Frau stieg Annabelle an Ramseys Arm die Treppe hinauf. Vage bemerkte sie einen Kronleuchter, eine breite Eichentreppe und Dienstboten, die ihnen Handschuhe, Mäntel und Hüte abnahmen.

Montgomery gab einer Frau Anweisungen, deren gestärktes Kleid und Verhalten darauf hinwiesen, dass es sich um die Haushälterin handelte. Schließlich drehte er sich zu Annabelle um, unverändert einen unnahbaren Ausdruck im Gesicht.

»Millie wird Sie auf Ihr Zimmer bringen«, sagte er und nickte einem jungen Mädchen zu, das neben der Haushälterin stand. »Zögern Sie nicht, sich ein Bad oder einen Imbiss zu ordern.«

Ein Bad. Etwas zu essen. Das Paradies.

Aber all das hätte sie nur zu gern für eine Spur Herzlichkeit in seiner Stimme eingetauscht.

Ein Schatten goldener Stoppeln zog sich über seine Wangen. Offenbar hatte er sich in aller Frühe morgens rasiert, und inzwischen war es beinahe Mitternacht. Er hatte einen langen, anstrengenden Tag hinter sich, das zeigte sich in dem Bartschatten und den harschen Linien um seinen schönen Mund. Am Ende des Tages war auch er nur ein Sterblicher.

Sie versuchte, trotz des Drucks auf ihrer Brust zu atmen.

Nie hatte sie sich mehr danach gesehnt, ihr Gesicht an seinem Hals zu vergraben, denn sterblich oder nicht, er wirkte immer noch so, als könne er die ganze Last der Welt für eine Weile schultern. Und er konnte als Gegenleistung dafür ein wenig Zärtlichkeit vertragen.

Ihr forschender Blick war ihm nicht entgangen. Ein Funkeln tauchte in seinen Augen auf, und einen Moment lang zeigte seine steinerne Maske Risse. Für einen Augenblick schien es, als wolle er sie berühren, doch dann ballte er die rechte Hand zur Faust und löste sie wieder.

»Gute Nacht, Miss Archer«, sagte er.

»Soll ich Ihnen ein Bad einlassen, Miss, damit Sie sich frisch machen können, während ich Ihr Zimmer vorbereite?«, fragte Millie.

Nach Annabelles Ansicht gab es im Zimmer nichts vorzubereiten. Die kühle Eleganz der eisblauen Wandverkleidung und der hohen Stuckdecke wurde durch dicke dunkle Samtvorhänge und die Wärme eines prasselnden Feuers im Kamin gemildert.

»Ein Bad wäre wunderbar«, sagte sie. Alles, um sich die Erniedrigungen von Millbank abzuwaschen.

Das Badezimmer war äußerst luxuriös eingerichtet. Weiße Fliesen vom Boden bis zur Decke, glänzende Wasserhähne und eine große ovale Kupferwanne. Gläser mit Seifen und rosa Kristallflaschen mit Lavendelessenz und Rosenöl reihten sich auf einem Regal.

Millie drehte die Wasserhähne auf; der heiße Strahl sprudelte in die Wanne, und Dampf stieg auf. Annabelle fing an, sich auszuziehen. Das Mädchen verließ das Zimmer und kam kurz darauf mit dem Arm voller weicher weißer Handtücher, einem Nachtgewand und einem weißen Morgenmantel aus Seide zurück. Sie legte alles auf einen Stuhl neben der Wanne und verschwand wieder mit raschelnden Röcken.

Annabelles ganzer Körper seufzte wohlig auf, als sie sich in das warme nach Lavendel duftende Wasser gleiten ließ. Sie legte den Kopf an den Wannenrand. Wie wundervoll, sich zur Abwechslung einmal federleicht zu fühlen. Sie war so verzaubert von diesem wohligen Gefühl, dass sie sich kaum überwinden konnte, nach der Seife zu greifen. Der Schaum war seidig weich und so zart wie Sahne. Die sanfte Reibung des Schwammes weckte eine kribbelnde Hitze auf ihrer Haut. Es ähnelte dem fiebergleichen Gefühl, das sie an Silvester um Mitternacht durch die Flure von Claremont getrieben hatte, um nach Montgomery zu suchen, als sei er das Mittel gegen eine tödliche Krankheit. Damals hatte sie einen letzten Kuss gewollt, ein letztes Lebewohl. Inzwischen wusste sie, was für ein absurder Plan das gewesen war. Jeder Kuss hatte ihren Hunger nach ihm noch mehr angefacht. Womöglich würde ein Abschied von ihm sich nie richtig anfühlen, gleich wie viele Küsse er ihr schenkte, gleich wie viel Zeit sie zusammen verbrachten.

Der Schwamm streifte über ihre noch immer geröteten Fingerknöchel, die von dem Schlag gegen den Polizisten herrührten, und sie zuckte zusammen. Sie hatte so nahe davorgestanden, ihre Zukunft zu verlieren. Dann war Montgomery hereinspaziert und hatte sie so mühelos befreit wie einen Vogel aus einem Käfig. Und wie jeder vernünftige Mann, der ein wildes Tier freiließ, würde er dieses Tier danach sich selbst überlassen.

Und das tat weh.

Welchen Weg sie nun auch einschlug, er würde immer mit Kummer enden.

Die Vorstellung, seinen Mund nie wieder auf ihrem zu spüren, schmerzte jedoch am meisten.

Sie legte den Schwamm behutsam auf den Rand der Wanne.

Er hatte ihr ihre Zukunft zurückgegeben.

Sie könnte ihnen eine Nacht schenken.

Dampf wirbelte auf, als sie sich erhob, und sie schwankte leicht vor Schwindel. Sie trocknete sich ab und massierte etwas Rosenöl in ihre noch feuchte Haut ein. Dann löste sie die Nadeln und kämmte ihre Haare mit den Fingern durch, bis die welligen Strähnen glänzten. Anschließend schlüpfte sie in den weißen Morgenmantel.

Im Schlafzimmer zog sie an der Klingel.

Ihr Herz klopfte einen heftigen, langsamen Rhythmus, als Millie in der Tür erschien.

»Bringen Sie mich bitte zum Herzog.«

Der Blick des Mädchens schweifte rasch über ihre spärliche Bekleidung. »Seine Gnaden haben sich sicher längst in seine Gemächer zurückgezogen, Miss.«

Die Dienstboten würden tratschen. Das war ihr jedoch egal.

Barfuß ging sie zur Tür. »Ich weiß.«

24. KAPITEL

Sebastian saß ausgestreckt in seinem Sessel, das Haar noch feucht vom Bad, und der Gedanke, für eine Runde Mitternachtsfechten in seinen Klub zu gehen, erschien ihm immer verlockender. Das Bad hatte nichts gebracht. Das Buch in seiner Hand lenkte ihn auch nicht ab. Feuriges, unerfülltes Verlangen pulsierte immer noch durch seine Adern, heftig und ohne Ziel. Oh, aber ein Ziel hatte es sehr wohl. Ein Blick auf Annabelle hatte gereicht; selbst derangiert und schmutzig wollte er sie. Er wollte sie beschützen, beglücken, bei ihr sein. Doch da er sie nicht dazu zwingen konnte, konnte er gar nichts tun.

Die Scheite im Kamin knisterten so leise, so gemütlich, dass es seinen Groll hervorrief.

Wer hätte gedacht, dass dies einmal seine größte Herausforderung sein würde: nichts zu tun.

Dem Ehrgefühl zu folgen barg an diesem Abend wenig Freude.

Ein leichtes Klopfen an der Tür riss ihn aus seinen Grübeleien. Zu solch später Stunde kam gewöhnlich niemand mehr in seine Privatgemächer. Er wollte gerade aufstehen, um nachzusehen, als sich der Türgriff bewegte.

Instinktiv wusste er, dass es Annabelle sein würde. Es traf ihn trotzdem völlig unvorbereitet, als sie im Türrahmen erschien, und überrascht sank er in den Sessel zurück.

Einen Herzschlag lang war sein Kopf wie leer gefegt.

Sie trug ihr Haar offen. Es fiel ihr in glänzenden mahagonibraunen Wellen bis zur Hüfte. Und sie war so gut wie nackt.

Hitze durchflutete ihn vom Kopf bis zu den Füßen.

Der hauchdünne weiße Seidenmantel schmiegte sich an ihre Kurven, als sie auf ihn zuschwebte. Unter dem Saum lugten nackte Füße heraus; blasse, verletzliche Füße …

Seine Erregung wuchs, und er spürte, wie er hart wurde. Nur mit Mühe riss er den Blick von ihren Füßen los und richtete ihn wieder auf ihr Gesicht.

»Annabelle.« Seine Stimme klang kratzig. »Stimmt etwas nicht?«

Sie stellte sich zwischen seine Knie, und ihr Duft hüllte ihn ein. Unvermittelt fühlte er sich unglaublich schwach.

»Ich fürchte, ja«, sagte sie und nahm ihm sanft das Buch aus der Hand.

Jeder Muskel seines Körpers spannte sich an, als sie sich auf seinen Schoß setzte.

»Was gibt es?«, fragte er mit belegter Stimme. Ihr weiches Gewicht bereitete ihm süße Qualen.

»Ich habe dich vermisst.«

Ihr Blick glitt über seinen Hals, seine Schultern, seine Brust, als wolle sie Bilanz ziehen, und dann strich sie mit den Fingern über das V nackter Haut, das sein locker geschlossener Hausmantel freigab.

Wie von selbst schlossen sich seine Hände unbewusst fest um ihre Arme, und die weiche Seide zerknitterte zwischen seinen Fingern. »Wenn du aus Dankbarkeit hier bist …«

Ihre Augen weiteten sich entsetzt. »Nein«, sagte sie. »Nein.«

Ihr Blick glitt über ihn nach unten zu der Wölbung in seinem Mantel, und er unterdrückte ein Stöhnen. Sie hätte genauso gut Hand an ihn legen können.

Sie schaute auf, und ihre Wangen waren rosig. »Ich will dich, Montgomery.«

Ich will dich, Montgomery.

Sein Griff lockerte sich; sie beugte sich vor und küsste ihn auf den Mund.

»Wie sehr ich dich vermisst habe«, flüsterte sie an seinen Lippen.

Sie glitt von seinem Schoß und kniete zwischen seinen Beinen. Ihm stockte der Atem, als ihre schlanken Finger am Knoten seines Hausmantels nestelten. Er umfasste ihr Kinn und zwang sie, ihm in die Augen zu sehen. »Ich kann dir nicht mehr anbieten als zuvor.«

Sie senkte ihre Lider. »Ich weiß.«

Dann schob sie seinen Hausmantel auseinander.

Eine lange Weile vernahm er nur seinen flachen Atem und das prasselnde Feuer.

Als sie ihn wieder ansah, lag ein Schimmern in ihren Augen.

Sie beugte sich vor und strich mit den Lippen über seine Brust. Ein kehliger Laut entwich ihm, weil ihre Küsse immer weiter nach unten wanderten, über seinen Bauch … Wie von selbst legte sich seine rechte Hand um ihren Hinterkopf.

Sie zögerte kurz, ihr warmer Atem streifte zart über seine Härte.

»Annabelle …«

Sie umschloss ihn mit dem Mund.

Unwillkürlich bog er sich ihr entgegen, als die Lust ihn durchzuckte wie ein Peitschenknall. »Gott!«

Feuchte Wärme und Zärtlichkeit. Glückseligkeit. Aufstöhnend griff er fester in ihre Haare. Er hätte sie nie darum gebeten, aber er hatte es sich vorgestellt. Die dunklen Fantasien verblassten nun, als die Empfindungen wie Feuerfunken in seinen Adern glühten, jedes Mal, wenn sie ihn mit der Zunge berührte.

Schweißperlen bildeten sich auf seiner Haut, als sie ihren Mund auf und ab gleiten ließ. Er konnte bereits spüren, wie das Prickeln stärker wurde und zur Ekstase anschwoll. Mit übermenschlicher Anstrengung zwang er sich zum Aufstehen und hob sie auf den Arm.

Montgomerys Blick war auf das große Bett gerichtet, das den Raum dominierte, während sie wie eine Trophäe durchs Zimmer getragen wurde. Behutsam setzte er sie auf dem Rand der Matratze ab; und seine Augen glühten wie das blaue Herz einer Flamme mit Verlangen.

Sie erschauerte. So fühlte es sich also an, wenn sich all seine Intensität auf sie richtete. Die Zeit schien stillzustehen, jeder Gedanke verlosch, bis nur noch das Jetzt und Hier, er und sie, und das Bedürfnis, einander zu spüren, übrig blieb.

Er hielt ihr Gesicht in beiden Händen. Seine Daumen streichelten über ihre Mundwinkel.

»Ich will dich so sehr«, sagte er und küsste sie.

Seine Lippen forderten, nahmen, gaben. Er küsste sie wie ein Mann, der wusste, dass er nicht aufhören musste. Und das musste er auch nicht. Eine Vision seines starken Körpers, der ihren bedeckte, pulsierte in einer langsamen, sinnlichen Woge in ihr und nahm ihr den Atem.

Als er sich von ihr löste, lag sie auf dem Rücken. Der Gürtel ihres Morgenrocks war geöffnet und der Seidenstoff auseinandergeschoben. Montgomery ragte vor dem Bett über ihr auf, ließ seinen Blick über all die Stellen schweifen, die einen Mann am meisten faszinierten, und nahm sich seine Zeit.

Sie hätte sich wohl wieder sittsam bedecken sollen. Allerdings hatte sie die Grenzen der Schicklichkeit schon hoffnungslos weit überschritten, daher hob sie das Kinn und bot ihm ihre Kehle.

Das Lächeln verschwand aus Montgomerys Gesicht. Er machte einen Schritt zurück, und sein Morgenmantel glitt zu Boden.

Sie schluckte schwer. Allein mit seinem Körper hätte er sie verführen können, seiner Selbstsicherheit und muskulösen Anmut. Seine Haut war hell, das Haar auf seiner Brust sandfarben, ebenso wie die Linie, die über seinen flachen Bauch bis hinunter zu seiner Männlichkeit führte. Er war auch dort schön, stattlich, erregt …

Scharf sog er den Atem ein, und ihre Aufmerksamkeit flog zu seinem Gesicht. Er begutachtete ihre Knie, die Augen zu Schlitzen verengt.

»Oh«, sagte sie. »Das da ist nichts.«

Er winkelte bereits behutsam ihr Bein an, um den pflaumengroßen Bluterguss näher in Augenschein zu nehmen. »Wer hat dir das angetan?«

»Niemand.« Er glaubte ihr nicht, und so fügte sie hinzu: »Ich bin bei meiner Festnahme gestürzt.« Für einen Moment war seine Miene von reiner Mordlust erfüllt.

Es fachte ihre Sehnsucht nur noch an. Sie streckte eine Hand nach ihm aus. »Bitte«, flüsterte sie. »Komm zu mir.«

Er ließ den Blick über ihren nackten Körper wandern, und derartig abgelenkt löste sich die Spannung in ihm ein wenig.

Er sank auf die Knie und drückte einen Kuss auf ihr Schienbein. Dieses Mal fühlte es sich anders an. Bisher waren seine Küsse lustvoll gewesen, getrieben von dem Verlangen, sie zu besitzen. Dieser Kuss war jedoch so zart wie die Berührung einer Feder. Fast andächtig. Als ob sie kostbar sei, aus Glas gemacht. Ein weiterer Kuss folgte auf ihren Oberschenkel, und seine Finger strichen über die empfindliche Haut in ihren Kniekehlen. Die Liebkosung lullte sie ein, warm und süß wie Sirup. Sie spürte seine Zungenspitze am Innenschenkel, weich und flink, dann die Schärfe seiner Zähne, und sie wand sich rastlos auf den Laken. Seine andere Hand strich warm über ihr anderes Bein, bis zu ihrer intimsten Stelle. Dort spreizte er die Finger und verharrte … bis sein Daumen über sie strich. Sie zuckte zusammen. Noch einmal liebkoste er sie, eine wissende, schnelle Berührung, und sie stöhnte. Seine kundigen Finger, sein seidiger Mund hinterließen eine Spur prickelnder Wärme, überall, wo er sie berührte. Er küsste ihren Schoß, und sie verlor sich ganz in seinen Zärtlichkeiten. Er leckte und streichelte sie, bis der Rest der Welt verging, sie die Hände in die Laken krallte und mit einem Aufschrei ihren Rücken bog.

Sie bebte immer noch, als er sich über sie lehnte, die Ellbogen zu beiden Seiten ihres Kopfes abgestützt. Der heiße Druck, als er begann, in sie einzudringen, klärte ihre benebelten Sinne.

Sie legte ihm eine Hand auf die Brust. »Bitte.«

Er gab einen erstickten Laut von sich, seine attraktiven Züge verzerrten sich vor Mühe, sich zu zügeln.

Rasch fügte sie hinzu: »Bitte mach mir kein Kind.«

Ein undeutbarer Ausdruck huschte über sein Gesicht. Dann nickte er knapp.

Sie keuchte auf, als er gegen sie drängte. Es war zu lange her und er war groß, und da war der weibliche Instinkt, der sie warnte, sich jemandem hinzugeben.

Er spürte ihren inneren Kampf, und seine Bewegungen wurden langsamer, unglaublich zärtlich und sanft.

»Nicht, mein Herz«, murmelte er. »Lass mich zu dir kommen … Ja …«

Sein Körper strafte seine ruhige Stimme Lügen; seine Rückenmuskeln vibrierten vor Anstrengung unter ihren Händen.

Entweder war es das, oder sein heiseres Raunen an ihrem

Ohr oder auch das sanfte Kratzen seiner Wange an der ihren. Gleich, was es war, es ließ sie innerlich zerschmelzen. Ein glasiger Blick trat in seine Augen, als er ganz in ihr versank.

Er erfüllte sie komplett, ihren Körper und ihre Seele, immer weiter eroberte er sie, tiefer, bis sie nichts mehr zu geben hatte. Ihr Blick haftete auf seinem Gesicht, das angespannt vor Leidenschaft war, bis das Gefühl seiner rhythmischen Stöße jegliche Grenzen zwischen ihnen aufhob, bis sie eins waren, miteinander verschmolzen, ohne Anfang und Ende. Sie spürte, wie er erschauerte und sich rasch aus ihr zurückzog; im selben Moment erreichte sie erneut den Gipfel der Lust.

Sein Kopf sank in die Kuhle an ihrem Hals, und er schmiegte sich gegen sie. Mit den Fingern streichelte sie über seinen verschwitzten Nacken, bis er sich zur Seite rollte und reglos neben ihr liegen blieb.

Sie beobachtete ihn, wie er das Zimmer durchquerte, sich an der Waschschüssel wusch und dann mit einem feuchten Tuch zum Bett zurückkehrte. Es hätte ihr wohl peinlich sein müssen, dass sie ihn splitterfasernackt durchs Zimmer laufen sah. Ganz gewiss hätte es ihr peinlich sein müssen, dass er sie behutsam wusch. Auf dem Weg von seiner Zimmertür zu seinem Sessel schien sie jedoch bereits jegliche Hemmungen verloren zu haben.

Sie legte eine Hand auf die Stelle auf ihrem Bauch, auf die er zuvor gekommen war. Er hatte sein Wort gehalten. Er hatte sie geschützt. Keine zehn Pferde hätten sie mehr von dem Weg zum Gipfel der Lust abgebracht, auf den er sie mit seinem unwiderstehlichen Mund geführt hatte. Daher konnte sie sich gut vorstellen, wie viel Anstrengung es ihn gekostet haben musste, bei Sinnen zu bleiben. Dieser wundervolle, vertrauenswürdige Mann.

Die Matratze sank ein, als er sich erneut neben ihr ausstreckte.

Auf einen Ellbogen gestützt, das Kinn in der Hand, musterte er sie unter halb geschlossenen Lidern. Er wirkte anders. Jünger. Sie konnte nicht widerstehen; sie berührte leicht seine Unterlippe mit einer Fingerspitze, um die Kontur nachzuziehen. Auch sein Mund wirkte anders, weicher und voller. Darin lag Vertrautheit, zu wissen, dass er so aussehen konnte. Nur wenige Menschen würden ihn so zu Gesicht bekommen: Montgomery, den Mann, nicht den Herzog. Wie sehr sie sich wünschte, er könne nur der Mann sein.

Er umfing ihre forschende Hand und spielte mit ihren Fingern. Zu spät dachte sie daran, sie zurückzuziehen. Er ließ sie nicht.

»Du versuchst immer, deine Hände zu verstecken«, sagte er. »Warum?«

Sie seufzte. »Sie sind kein hübscher Anblick.«

Sanft öffnete er ihre Faust. »Wie kommst du darauf?«

»Die Tintenflecken«, murmelte sie.

Er küsste sie. »Das ist wohl kaum ein Schandmal.«

»Und ich habe Schwielen.« Der seltsame Drang, ihm all ihre Makel aufzuzählen, trieb sie an.

»Ich auch«, sagte er.

Er sah wohl die Überraschung in ihrem Blick. Er spreizte die Finger seiner rechten Hand und deutete auf einen kleinen Wulst seitlich an der Spitze seines Mittelfingers. »Die ist vom Schreiben.« Er legte ihren Zeigefinger in die Kuhle zwischen seinem Mittel- und Ringfinger. »Und die vom Halten der Zügel.«

Zu sehen, wie sich ihre Finger berührten und verschränkten, löste erneut ein sehnsuchtsvolles Ziehen in ihrem Bauch aus. Sie war ziemlich gierig, was ihn betraf.

»Und das hier?« Sie deutete auf eine verhärtete Stelle auf seiner Handfläche.

»Die ist vom Schlegel.«

»Dem Schlegel?«

»Ja. Einem großen Hammer, mit dem man Zaunpfosten in den Boden treibt.«

»Und das machst du öfter, Euer Gnaden? Zaunpfosten in den Boden treiben?«

Ein Lächeln zupfte an seinen Mundwinkeln. »Oft genug. Die Landarbeit lenkt mich ab.«

»Das erklärt die hier.« Sie streifte mit den Fingern über seinen Bizeps. Die Muskeln spannten sich unter ihrer Berührung an. Sie lächelte, weil es ihr nun erlaubt war, ihn auf diese Weise anzufassen.

»Hast du wirklich einem Mann die Nase blutig geschlagen?« Er hatte ihre Hand umgedreht und betrachtete ihre geröteten Knöchel.

Ihr Lächeln erlosch. »Ja.«

Die wohlige Trägheit verschwand aus seinem Körper.

»Warum?«, fragte er.

»Vermutlich, weil die Dorfburschen, mit denen ich als Mädchen unterwegs war, mir nicht beigebracht haben, zarte Ohrfeigen zu verteilen wie eine feine Dame.«

Er beugte sich über sie, jegliche Spur von Belustigung in seinen Augen war verschwunden. »Was hat er getan?«

Sie wich seinem Blick aus. »Er hat … eine Freundin bedrängt.«

Montgomerys Züge wurden hart und unversöhnlich. »Verstehe.«

»Ich habe nichts dagegen, wenn du die gesamte London Metropolitan Police auseinandernimmst«, sagte sie leise. »Aber kann das bitte bis morgen warten?«

Erst, als sie begehrlich mit der Fußspitze über seine Wade strich, verschwand seine grimmige Miene.

»Raffinierter Fratz«, murmelte er und hob ihre Hand an seinen Mund, um sie zu küssen. »Das ist eine sehr fähige Hand«, sagte er. »Versteck sie nie wieder.«

Sie machte eine Faust, um seinen Kuss zu bewahren. Wie hatte sie ihn je als kühl, streng und ernst einschätzen können? Gut, so konnte er auch sein, aber sie fühlte sich von ihm auch so bezaubert und geschätzt wie von niemandem sonst.

Und dennoch. Er hatte einige herzlose Dinge getan, und das war eine Tatsache und nicht bloß eine Meinung oder ein Gerücht.

»Montgomery, darf ich dich etwas fragen?«

»Sebastian.«

»Wie bitte?«

»Sag Sebastian zu mir.«

Sie zögerte. »Warum?«

»Weil ich so heiße.«

Das wusste sie. Sebastian Alexander Charles Avery, um genau zu sein, gefolgt von einer langen Reihe von noblen und weniger noblen Titeln. Sie hatte sich den Namen eingeprägt, nachdem sie ihn anfangs im Adelskalender nachgeschlagen hatte. Sie war sich außerdem ziemlich sicher, dass nur seine engsten Freunde, seine Verwandten und womöglich seine Ehefrau einen Mann seines Standes je mit dem Vornamen anreden würden.

»Ich fürchte, ich kenne dich nicht gut genug dafür«, sagte sie.

Ein belustigtes Lächeln tanzte in seiner Miene. »Ich war gerade in dir. Und in ungefähr fünfzehn Minuten bin ich geneigt, das zu wiederholen.«

Sie spürte, wie ihre Wangen sich röteten. »Das ist etwas anderes.«

»Wohl kaum«, sagte er. »Tut mir den Gefallen. Und dann frag, was du wissen willst.«

Sie seufzte. »Sebastian.«

Er senkte die Lider und gab einen Laut von sich, der verdächtig nach einem Schnurren klang.

»Sebastian«, wiederholte sie heiser, nur um zu sehen, was er tun würde.

Er öffnete die Augen. »Amüsiere ich dich?«

Sie kicherte, obwohl sie sonst niemals kicherte. Langsam breitete sich ein Lächeln in seinem Gesicht aus, wobei sich Fältchen in seinen Augenwinkeln bildeten und gerade weiße Zähne zum Vorschein kamen. Oh, ein lächelnder Sebastian war ein atemberaubender Anblick, der ihr Herz überschäumen ließ.

Fast bereute sie, dass sie die Frage stellen musste.

»Sebastian, warum hast du dich von deiner Frau scheiden lassen?«

25. KAPITEL

In Sebastians Schlafgemach gab es eine Uhr. Annabelle hörte das laute Ticken, während sich das Schweigen eine weitere unbehagliche Minute hinzog und Sebastian reglos wie ein Stein neben ihr lag. Mit ihm das Bett zu teilen berechtigte sie offensichtlich noch lange nicht dazu, neugierige Fragen zu stellen.

»Mir blieb kaum eine andere Wahl«, sagte er schließlich. Er starrte zum Betthimmel und sah eher nachdenklich aus als verärgert. »Wir waren sechs Monate verheiratet, dann ist sie mit einem anderen Mann durchgebrannt. Dem jüngsten Sohn eines Baronets, dessen Ländereien an die ihres Vaters grenzten. Wie sich herausstellte, war sie seit ihrer Kindheit im Glauben, in ihn verliebt zu sein. Ich habe sie in einem Gasthof aufgespürt, auf dem Weg nach Frankreich.«

Oh.

»Das ist ja furchtbar«, sagte sie.

Er zuckte mit den Schultern. »Es ist, wie es ist.«

Die Bilder stiegen mit überraschender Klarheit vor ihrem inneren Auge auf: wie Sebastian eine knarzende Treppe hochstieg, ein besorgter Wirt auf seinen Fersen … Wie er die Tür zu einem dämmrig beleuchteten Zimmer aufstieß … Die Schreie eines entsetzten Liebespaares …

»Warum hast du sie nicht …« Die Stimme versagte ihr.

Starke Hände umfingen ihre Taille, und er zog sie auf sich.

Ihre Gedanken zerstreuten sich, als sie seinen harten, warmen Körper unter sich spürte. Seine Miene war jedoch nachdenklich und ironisch; ganz eindeutig stand ihm der Sinn nicht nach einem neuerlichen Liebesspiel.

»Warum ich sie nicht erschossen habe, als ich sie zusammen im Bett vorfand?«, beendete er ihren Satz.

Sie nickte zaghaft.

»Weil es die Sache nicht wert war, weder in diesem noch im nächsten Leben.«

Oh, Sebastian. Was musste alles passieren, damit er den Kopf verlor?

Ihr Gesicht glühte. Nun, zumindest wusste sie von einer Sache, bei der er den Kopf verlor.

»Die meisten Männer hätten nicht so weit gedacht«, stellte sie fest. »Die meisten hätten wohl überhaupt nicht nachgedacht.«

Er strich mit sanftem Druck über ihre Hüften, als zöge er Trost aus der Berührung.

»Ich stand dort am Fußende des Bettes, und sie starrten mich mit diesem verängstigten Blick an, der mir verriet, dass sie damit rechneten, ich würde sie erschießen«, erzählte er. »Aber in diesem Moment fühlte ich nichts. Überhaupt nichts. Daher konnte ich meine Optionen abwägen. Ich hatte sie erwischt und ihnen einen Schrecken eingejagt. Ich stellte die Bedingung, dass sie nach Italien ging und nicht wieder zurückkehrte. Aber ich habe keine Hand an sie gelegt, weder an sie noch an ihn. Sie hat immer gedacht, ich hätte ein Herz aus Eis; zu ihrem Glück hatte sie damit recht.«

»Nein«, sagte sie. »Du hast bestimmt kein Herz aus Eis. Sie klingt mir eher nach einer … ziemlich treulosen Person.«

Seine streunenden Hände kneteten frech ihre Kehrseite.

»Wie heftig du dich für meine Ehrenrettung einsetzt«, murmelte er. »Ja, sie war treulos, aber hauptsächlich war sie ein viel zu romantisch veranlagtes Mädchen, und ich hätte sie nie heiraten sollen.«

»Du musst sie sehr geliebt haben, wenn du ihr einen Antrag gemacht hast.« Es war ihr zuwider, dass sie bei dem Gedanken eine so tiefe Leere in sich verspürte.

Er schüttelte den Kopf. »Ich habe sie geheiratet, weil mein Vater ihrem Vater eine unserer Ländereien verkauft hatte. Der Mann wusste, wie er seine Trümpfe ausspielen musste. Er wollte den Titel für seine Tochter, und ich brauchte eine Frau. Sie zu heiraten, wenn ihre Mitgift aus meinem ziemlich teuren Anwesen bestehen würde, erschien mir damals vernünftig.«

»Oh.«

»Ein strategischer Schachzug, aber er ging nach hinten los.«

Wie berechnend er sein Handeln klingen ließ. In Adelskreisen war es jedoch üblich, die Ehe als ein Geschäft anzusehen. Um sich Verbündete zu sichern, die mehr von dem mitbrachten, was sie ohnehin schon hatten: Geld, Macht, Ländereien. Wenn er Liebe wollte oder Vergnügen suchte, konnte sich ein Mann immer noch eine Mätresse nehmen.

»Ich dachte, es sei gar nicht so ungewöhnlich, dass sich auch Ehefrauen einen Geliebten nehmen?«

Seine Miene verfinsterte sich. »Nicht, bevor es einen Erben gibt. Jeder Junge, den sie während der Ehe mit mir geboren hätte, würde offiziell als mein Kind anerkannt werden. Wenn ich sie nach diesem Vorfall nicht in ihren Gemächern einsperren wollte, hätte ich mir nie sicher sein können, dass mein Erbe auch tatsächlich mein Sohn ist. Sie hatte bereits bewiesen, dass sie bereit war, alles aufs Spiel zu setzen. Außerdem …«

Er verfiel in grüblerisches Schweigen, und sein Körper war angespannt. Sie streifte mit den Lippen über seinen Hals. Weil das nicht half, nutzte sie ihre Zunge.

Er gab ein Knurren von sich, und sein Glied regte sich unter ihr. Ein warmes Flattern antwortete in ihrem Schoß; sie setzte sich auf und rieb sich an ihm, bis er sie mit starkem Griff an den Hüften festhielt.

Mit geröteten Wangen sah er zu ihr auf. »Ich habe es nicht begriffen. Entweder hat sie mich so sehr verabscheut, dass sie alles riskieren würde, um von mir fortzukommen, oder sie liebte diesen Jungen mehr als alles andere auf der Welt. Wie dem auch sei, ich hatte es nicht kommen sehen.«

Sie war versucht, ihm zu sagen, dass die meisten Gatten nicht damit rechnen konnten, dass ihnen die Ehefrauen nach Frankreich durchbrennen wollten, aber es steckte noch mehr dahinter, das sah sie ihm an.

Sie legte ihre Hände auf seine Hände an ihren Hüften und verschränkte die Finger mit ihm. »Wie kannst du jemals wieder jemandem vertrauen?«, fragte sie leise.

Er drehte sich unerwartet zur Seite, und plötzlich lag sie wieder unter ihm. Sie wand sich und stellte fest, dass sie sich nicht bewegen konnte. Die harte Wölbung seiner Erregung presste sich fordernd gegen sie, und wie von selbst hob sie die Knie, um ihm Platz zu schaffen. Sie stöhnte auf. Ja, wenn er im Spiel war, kamen ihr jegliche Moral, jeglicher Anstand abhanden.

»Ich wähle mir meine Vertrauten sehr sorgfältig aus«, sagte er. »Und wenn sie mir in die Augen sehen und völlig unfähig sind, ihre Meinung für sich zu behalten, bin ich geneigt, ihnen im Zweifel einen Vertrauensvorschuss zu geben.«

Sie lachte. »Pass bloß auf, dass sich das nicht herumspricht. Dein Leben würde dadurch ungleich komplizierter werden.«

Das plötzliche Leuchten in seinen Augen hätte sie warnen sollen, doch sie verspürte bloß ein erwartungsvolles Prickeln.

Mit einer geschmeidigen Bewegung drehte er sie auf den Bauch.

Er strich ihr die Haare über die Schulter, dann spürte sie seine Zunge heiß an ihrem Hals. Seine Küsse erweckten erneut das Verlangen in ihr, und sie schmiegte sich an ihn, gefesselt von dem Gefühl harter Muskeln und weicher Brusthaare an ihren Schultern.

»Mir gefällt es, wenn du lachst«, murmelte er zwischen zwei Küssen. »Es hört sich bezaubernd an.«

»Schöner als Mendelssohn?«

Sie keuchte auf, als er ihr leicht in den Hals biss.

»Ja«, sagte er. »Sehr viel schöner.«

Er schob die Hände zwischen die seidigen Laken und ihre Brüste und neckte ihre harten Nippel. Ein überraschtes Stöhnen entwich ihr. Er wusste Dinge über ihren Körper, die sie nicht einmal erahnt hätte. Und je mehr er ihr zeigte, desto mehr gab sie sich ihm hin, bis sie nur noch aus Gefühlen zu bestehen schien, bis … Seine Oberschenkel pressten sich von hinten an ihre, und er spreizte ihre Beine, um sich zwischen sie zu schieben.

Sie verharrte reglos, als ihr klar wurde, was er vorhatte.

Seine Stimme war tief und doch glatt wie Seide an ihrem Ohr. »Willst du mich so?«

Sie schluckte.

Sein Mund war weich, seine goldblonden Stoppeln verführerisch rau an ihrer Wange, als er sie mit federleichten Küssen lockte.

»Ja«, hauchte sie. Ja und immer wieder ja.

Sie hätte zu allem Ja gesagt, so sehr ging er ihr bereits unter die Haut.

Dieses Mal gab es keinen Widerstand. Behutsam versank er in ihr, und sie spürte nur Erleichterung, endlich wieder eins mit ihm zu sein. Sie vergrub ihr brennendes Gesicht in den kühlen Kissen, als er ihre Hüften an sich zog.

Plato hatte sich getäuscht. Das Fehlen unserer anderen Seelenhälfte war keineswegs eine Satire. Das Gefühl, ihre andere Hälfte gefunden zu haben, als Sebastian sie erfüllte, war gleichermaßen beängstigend und beglückend real, und sie wünschte, es würde niemals enden. Doch mit seinen rhythmischen Bewegungen, seinen zärtlichen Fingern, die sie vorne streichelten, brachte er sie unweigerlich erneut stetig näher an den Rand der Ekstase, bis wie ein Echo aus der Ferne ihr Lustschrei erklang. Noch im Rausch verspürte sie einen Stich des Bedauerns, als er sich zurückzog, anstatt seinen Höhepunkt in ihr zu finden.

Sie lagen nebeneinandergekuschelt, Sebastian auf dem Rücken, Annabelle an seine Seite geschmiegt, ein Bein über seine Hüften geschlungen. Ihre Wange ruhte auf seiner Brust. Sein köstlicher Duft schien sich dort zu sammeln. Es liegt an den Haaren, dachte sie und strich mit den Fingern durch den Flaum. *Wie klug von den Männern, sich einen kleinen Pelz mit ihrem Duft an der Stelle zuzulegen, wo sie den Kopf einer Frau haben wollen.*

Er kraulte sacht ihren Nacken, strich mit den Fingern nach oben und massierte leicht ihre Kopfhaut, und sie hätte am liebsten geschnurrt wie eine zufriedene Katze.

Der Morgen würde schon in ein paar Stunden dämmern und sie damit in die Wirklichkeit zurückkatapultieren. Aber sie hatte sich seit Jahren nicht mehr so glücklich und erfüllt gefühlt, wenn überhaupt jemals. Sie verspürte eine tiefe innere Ruhe, als ob sämtliche quälenden Fragen endlich beantwortet waren und alle Puzzleteile ein Bild ergaben. Womöglich würde sie ihr Handeln später bereuen, ihr Versagen, der Versuchung erneut zu widerstehen. Aber jetzt noch nicht.

Sie spreizte die Finger auf seiner Brust, über der Stelle, wo sein Herz in gleichmäßigem Rhythmus schlug.

»Was ich vorhin getan habe«, sagte sie. »Nachdem ich zu dir kam …«

Er hob ihr Kinn mit einem Daumen an. »Ja?«

Das war ihr peinlicher, als sie gedacht hätte. »Mit dir im Sessel …«, fuhr sie fort.

»Ah«, sagte er, und seine Augen blitzten leidenschaftlich auf. »Das.«

»Ja«, sagte sie. »Ich habe noch nie … Also, was ich sagen will, ich habe davon zuvor nur gelesen. Rein zufällig.«

»Rein zufällig«, wiederholte er und hob eine Augenbraue.

»Ja. Manchmal stolpert man über … Bilder und Beschreibungen … in antiken griechischen Dokumenten. Oder auf griechischen Vasen.«

»In diesem Fall schulde ich der griechischen Töpferkunst großen Dank«, murmelte er, den Blick auf ihren Mund gerichtet.

Und unglaublich, aber wahr, sie hätte ihn in diesem Moment erneut geliebt, falls er es gewollt hätte.

Er strich ihr ein paar verirrte Locken aus dem Gesicht und hielt sie hinter ihrem Kopf fest. »Wer war er?«, fragte er leise.

Ihr Herz setzte einen Schlag lang aus. Sie hatte nicht erwartet, dass er dieses Thema jemals ansprechen würde.

Ein dicker Kloß bildete sich ihr in der Kehle. Womöglich hatte sie die Richtung, die das Gespräch eingeschlagen hatte, überhaupt erst ermöglicht, weil sie den albernen Wunsch verspürte, ihn davon zu überzeugen, dass sie trotz allem über keine große Erfahrung verfügte.

Aber ihm von William erzählen?

Der Gedanke bereitete ihr Übelkeit.

Sie spürte, dass er auf eine Antwort wartete, und je länger sie schwieg, desto mehr kam sie sich wie eine sture Kratzbürste vor, vor allem, weil er sich ihr anvertraut und ihr von seiner Ehefrau erzählt hatte. Er bat sie jedoch darum, dass sie sich ihm von ihrer hässlichsten Seite zeigte, und das, wo sie immer noch nackt und wund von ihrem Liebesspiel war. Ihr geschwächter Schutzwall würde seiner Verachtung an diesem Abend nicht standhalten.

»Er spielt keine Rolle«, brachte sie mühsam hervor.

Sanft massierte er ihre Schultern, und erst da merkte sie, dass sie steif wie ein Brett geworden war.

»Er spielt keine Rolle«, bestätigte er. »Es sei denn, du willst, dass ich etwas für dich in Ordnung bringe.«

»Was meinst du damit?«

Sein Blick war unlesbar. »Du bist erfahren, aber weder verheiratet noch verwitwet. Daraus folgere ich, dass dir jemand Unrecht getan hat.«

Ja, er hatte ihr Unrecht getan, aber sie begriff, dass Sebastian etwas anderes wissen wollte.

»Ich habe getan, was ich tat, weil ich es wollte«, erklärte sie.

Er entspannte sich sichtlich.

Also hatte er sich auf das Schlimmste gefasst gemacht.

Sie fragte sich, was er in diesem Fall getan hätte. Sie erinnerte sich an seinen mordlustigen Blick, als er die Schrammen auf ihren Knien entdeckt hatte. Es war eine durchaus plausible Annahme, dass er den Mann womöglich aufgespürt und vernichtet hätte.

»Ich war siebzehn, als ich ihn kennenlernte«, sagte sie. »Mein Vater war Vikar in der Gemeinde, und manchmal wurde er zum Dinner oder zu einem Ball bei unserem Gutsherrn eingeladen. Gewöhnlich wollte er, dass ich ihn bei solchen Anlässen begleitete. In einem Sommer hatte der Gutsherr einen Hausgast. William. Er war einundzwanzig und der zweite Sohn eines Viscounts.«

»Ein Adeliger«, sagte Sebastian leise.

»Ja. Und er war sehr schneidig. Kultivierte Stimme. Grünes Samtjackett, eine Locke in der Stirn wie Lord Byron.«

Sebastian schnaufte spöttisch.

»Oh ja. Er hat mich auf der Stelle mit seinem Charme verzaubert«, sagte sie. »Er hat mich zum Tanz aufgefordert, und nach dem zweiten Reel war ich geblendet von seiner mondänen, weltmännischen Art und seiner Stirnlocke.«

»Er hat dich verführt«, stellte Sebastian grimmig fest.

»Ich hab es ihm entsetzlich leicht gemacht«, erwiderte sie. »Er war ganz anders als die jungen Männer, denen ich bisher begegnet war. Er besaß eine so schillernde Ausstrahlung. Er fragte mich nach meiner Meinung zu Literatur und Politik, und ich kam mir unglaublich wichtig vor. Das Dorf war nur sehr klein, verstehst du, und nach Mamas Tod ist mein Vater nie wieder in die Stadt gereist. Mir war jedoch nicht klar, wie rastlos ich dadurch geworden war, bis ich William begegnete. Irgendetwas in mir … brach sich Bahn.«

»Ein Casanova aus London, der es darauf abgesehen hat, die Tochter des Vikars zu verführen? Du hattest keine Chance mit deinen siebzehn Jahren, mein Herz.«

»Ich wusste jedoch, dass es falsch war«, widersprach sie. »Jedes Mädchen weiß das.«

»Und er wusste es auch«, erwiderte er. »Hat er dir einen Antrag gemacht?«

Sie lachte sarkastisch. »Er hat viele schöne Worte gemacht, die mich glauben ließen, er meint es ernst mit mir. Er bat mich, mit ihm nach Amerika durchzubrennen, wo er sein eigenes Vermögen machen wollte, weit weg von seinem Vater. Nun, im darauffolgenden Herbst ist er tatsächlich nach Amerika gereist. Er hat mir nicht einmal einen Brief hinterlassen.«

Eine kleine, angespannte Pause entstand.

»Du hast ihn geliebt«, sagte er. Seine Stimme klang so frostig, dass es ihr einen Schauer über den Rücken jagte.

»Das habe ich zumindest geglaubt«, sagte sie. »Er hatte mich wundervoll umworben.«

Er hatte ihr gesagt, dass er sie liebe. Diese Worte hatten ein großes Glücksgefühl in ihr ausgelöst, aber sie hatte dennoch gewartet, bis sie ihm ihre Liebe versicherte. Und als sie sich schließlich dazu entschloss, hatte sie es voller Ehrfurcht getan. Ein Schwur, geflüstert in sein Ohr, während er auf ihr lag, verschwitzt und keuchend. Eine Woche und ein paar *Tête-à-Têtes* später hatte er sich aus ihrem Leben gestohlen.

Scham erfüllte sie. Es hatte Tage gedauert, bis sie begriff, dass er Kent und sie absichtlich ohne Abschied verlassen hatte. Sie war nichts weiter als eine vergnügliche Fußnote im Sommer eines reichen Mannes gewesen.

»Was ist danach passiert?« Sebastian klang argwöhnisch.

Sie schloss die Augen. »Das Schlimmste.«

»Es sprach sich herum?«

Sie schaute ihn düster an. »Ich stellte fest, dass ich guter Hoffnung war.«

Sein Gesicht wurde aschfahl. »Wo ist das Kind?«

Sie schüttelte den Kopf. »So weit kam es nie. Ich habe es bald, nachdem mein Vater mich nach Yorkshire zu seiner Tante schickte, verloren. Tante May.« Tante May war der Ansicht, dass sie froh sein sollte, das Kind verloren zu haben. Und sie hätte es auch sein sollen. Aber sie hatte das Baby trotz allem bereits geliebt. Ihr Körper hatte versagt und das Kind im Stich gelassen. Sie hatte versagt und alle enttäuscht.

Sie spürte Sebastians Lippen in ihren Haaren und merkte, dass sie sich an ihn klammerte und unkontrolliert zitterte. Die Worte purzelten wie von selbst aus ihrem Mund.

»Nachdem ich meinem Vater schließlich alles beichten

musste, hat er mich zuerst nach London gebracht. Er war überzeugt, dass der Viscount William dazu zwingen würde, das Richtige zu tun und um meine Hand anzuhalten. Natürlich hat seine Lordschaft behauptet, dass ich ein schamloses Flittchen sei, das vergeblich versucht hätte, einen reichen Lord zu angeln, und dass er keine Verwendung für ein bäuerliches Enkelkind hätte.«

Schweigen legte sich über das Zimmer. Als Sebastian erneut das Wort ergriff, klang seine Stimme gefährlich sanft. »Wirst du mir seinen Namen verraten?«

Beim Hades, nein. »Er hat nur das ausgesprochen, was die meisten Männer an seiner Stelle gesagt hätten.«

»Nicht die meisten«, fing Sebastian an und schwieg abrupt. »Verdammt«, sagte er dann. »Ich glaube, ich habe dir bei unserer ersten Begegnung in Claremont ganz ähnliche Beschuldigungen an den Kopf geworfen.«

»Das ist wohl wahr.«

Er atmete heftig aus. »Das erklärt einiges. Ich hatte tatsächlich den Eindruck, dass du mich damals am liebsten geschlagen hättest, musst du wissen. Du schienst sehr wütend zu sein.«

»Oh, das war ich. Es kam mir so vor, als würde ich erneut im Arbeitszimmer Seiner Lordschaft stehen.«

Er richtete sich auf und betrachtete sie. »Verrate mir seinen Namen.«

»Das würde ich lieber nicht tun. Er war zwar grässlich zu mir, aber er hat mein Leben nicht zerstört. Das habe ich selbst getan.«

»Zerstört?« Er runzelte die Stirn. »Das hast du nicht. Ich kenne keine Frau, die so tapfer und beherzt ist wie du.«

Sie blinzelte die aufsteigenden Tränen weg und schaute zum Samthimmel. »Es ging nicht nur um mich. Mein Vater … Der Blick in seinen Augen, als ich es ihm gestand …«

Es war ihr so vorgekommen, als hätte sie jegliches Licht, das nach dem Tod ihrer Mutter noch geblieben war, aus seinem Leben vertrieben.

»Ich glaube nicht, dass er mir vor seinem Tod verziehen hat«, meinte sie mit brüchiger Stimme. »Wir wurden erst danach informiert. Der Bestatter sagte, er sei sehr plötzlich gestorben. Das Herz. Aber, Sebastian, er konnte nie gut auf sich aufpassen. Er hat mich dafür gebraucht. Vermutlich hat er nicht einmal bemerkt, dass es ihm nicht gut ging. Wäre ich da gewesen …«

»Nein«, unterbrach Sebastian sie und umfing sie mit seiner Wärme, Stärke und Bestimmtheit. »Er war ein erwachsener Mann«, hörte sie ihn sagen. »Du hast deine Entscheidungen getroffen und er seine. Du musst nicht die Last anderer tragen. Der einzige Mensch, den du kontrollieren kannst, bist du selbst.«

»Aber das habe ich nicht getan«, murmelte sie an seiner Brust. »Ich habe mich eben nicht beherrscht.«

Und deshalb hatte sie große Verluste erlitten. Oh, wie viel sie verloren hatte. Ihre Tugend auf einem staubigen Stallboden. Ihr Kind, den Respekt ihres Vaters und kurz nachdem sie ihren Vater zur letzten Ruhe gebettet hatte, auch Tante May. Die robuste Nordengländerin war ihrem chronischen Husten erlegen, hatte man ihr schriftlich mitgeteilt. Und dennoch fand sie sich nun erneut nackt in den Armen eines Adeligen wieder.

Sie stemmte sich gegen Sebastians Brust, und er ließ sie los.

»Ich war dumm und habe impulsiv gehandelt«, sagte sie. »Ich bin überrascht, dass ausgerechnet du Verständnis für mich aufbringst und mir vergibst.«

Er schwieg einen langen Moment. »Es ist nicht mein Verständnis, das du brauchst«, sagte er. »Und es ist auch nicht an mir, dir zu verzeihen.«

Er schlug die Tagesdecke zurück und zog die Bettdecke heraus.

Sie ließ es zu, dass er ihren Kopf auf seine Brust bettete, ihre Nase an seinem Hals. Seine Arme und die Decke hüllten sie fest und weich ein wie ein Kokon, dem sie nicht entrinnen konnte. Das wollte sie auch gar nicht, denn die Erschöpfung riss sie mit sich wie Treibsand, und ihr fielen die Lider zu.

Seine Lippen streiften über ihr Ohr. »Diese wilden Tiefen in dir, sie rufen nach mir«, murmelte er.

Sein Arm um ihre Hüfte wurde schwer, und sie merkte, dass er eingeschlafen war. Er schlief fest wie ein Stein, wie ein Mann, der den ganzen Tag kaum Schlaf gefunden und eine Frau zwei Mal hintereinander geliebt hatte.

Sie schloss die Augen; ihre Gedanken drehten sich müßig im Kreis.

Die Nacht war anders verlaufen, als sie gedacht hatte. Von Liebenden erwartete man, dass sie einander eine vergnügliche Zeit bereiteten, aber er hatte sie beinahe zu Tränen gerührt. Und er hatte ihr zugehört, wie ein guter Freund, ohne sie für ihr Handeln zu verurteilen.

Aber war das verwunderlich? Da er sie als Mätresse gewinnen wollte, spielte ihm ihr Mangel an Tugend in die Karten, nicht wahr? Sie runzelte die Stirn und wünschte, die Stimme, die ihr solch hässliche Dinge einflüsterte, würde verstummen. Hätte er jedoch eine unschuldige junge Dame gefragt, seine Geliebte zu werden? Nein. Sie wusste mit absoluter Gewissheit, dass sein Ehrgefühl ihm dies verboten hätte. Und hätte er eine Braut aus seinen Kreisen akzeptiert, die bereits einen Mann gehabt hatte? Wieder lautete die Antwort: »Nein.«

Er schlang die Arme fester um sie, als spürte er selbst im Schlaf ihren innerlichen Aufruhr.

Womöglich hätte sie geweint, wäre sie nicht so müde gewesen. Sie gehörte hierher, in diese starken, unvoreingenommenen, schützenden Arme, und sie wusste nicht, wie sie ein Leben ohne ihn ertragen sollte.

26. KAPITEL

Sebastian erwachte mit einer hinreißend schläfrigen Frau auf seiner Brust. Annabelles weiches Haar bedeckte wie ein seidenes Netz seinen Hals und seinen Oberkörper. Einige Herzschläge lang hielt er sie einfach nur fest.

Es war ihm unmöglich, sie nicht zu berühren. Er zog die anmutigen Rundungen ihres Körpers nach, streichelte sie zärtlich, genoss das samtige Gefühl ihrer Haut unter seinen Fingern. Im rauchigen Licht der Morgendämmerung schimmerte ihre Haut wie Perlmutt.

Die Decke raschelte leise, als er sie zurückschlug und Annabelle behutsam von sich schob.

Sie gab einen leisen unwilligen Laut von sich, ein schläfriger Versuch, sich wieder in den Schutz seines Körpers zu kuscheln.

Ein Gentleman hätte sie schlafen lassen. Aber in seiner Reaktion auf ihren Anblick in seinem Bett, so vertrauensvoll, nackt und anschmiegsam, lag nichts Gemäßigtes, nichts Kultiviertes. Er verspürte lediglich den Drang, ihren willigen, weichen Körper an sich zu spüren und das Feuer der Leidenschaft zu wecken, das sich in ihren Augen spiegelte, wenn er ihr Lust bereitete.

Er schob sich zwischen ihre Beine und zog eine Spur Küsse über ihre Schultern, ihren Hals und ihre vom Schlaf geröteten Wangen.

Sie regte sich unter ihm, ihre Lider flatterten, als sie aus ihren Träumen auftauchte.

Er verteilte Küsse auf ihre Augenlider.

Als er sich aufrichtete, hatte sie die Augen geöffnet. Aus grünen Tiefen schaute sie ihn versonnen an. Er lächelte sie an wie der verliebte Narr, der er war, während er beobachtete, wie ihre Erinnerung an die Nacht zurückkehrte.

Ein Schatten huschte über ihr Gesicht.

Er hielt inne. War sie zu wund, um mehr seiner Aufmerksamkeiten zu ertragen? Aber sie spreizte bereits die Beine, um ihn in sich aufzunehmen, und das seidige Gefühl ihrer Schenkel an seinen Hüften vertrieb jeden klaren Gedanken aus seinem Kopf. Ihre Nägel gruben sich in seine Schultern und verrieten ihm, dass sie ihn nicht sanft wollte. Mit begehrenden, fordernden Bewegungen und kehligen Lauten trieb sie ihn an, bis sein Stöhnen und die Geräusche ihrer stürmischen Vereinigung sein Schlafgemach erfüllten.

Sebastian lehnte sich gegen das Kopfende des Bettes, wohlig erschöpft. Annabelle schmiegte sich an ihn. Ihre Finger zogen Kreise auf seiner Brust, und ihr Atem strich über seine verschwitzte Haut. Wie seltsam, wie wunderbar, dass er sein Glück in den Armen hielt, obwohl er nie danach gesucht hatte. Diese Art von Glück war Männern wie ihm nicht vergönnt, das hatte er zumindest geglaubt.

Er küsste sie auf den Kopf. »Ich werde dir eine Jacht kaufen«, sagte er.

Ihre Hand hielt auf seiner Brust inne.

»Es wird wohl keine griechische Galeone werden«, fuhr er fort. »Dennoch könnten wir nach Persien segeln. Und ich kaufe dir ein Haus in der Nähe des Belgrave Square.«

Das würde er gleich morgen erledigen. Wenn sie erst in der

Nähe wohnte, würde er jeden Morgen, bevor er seinen Tag begann, ihren süßen Mund küssen können. Und er würde nach einem langen Tag im Parlament zu ihr nach Hause kommen und das Bett mit ihr teilen.

Annabelle schwieg.

»Mein Herz?«

Sie antwortete immer noch nicht. Allmählich bekam das Schweigen Bedeutung.

Er umfasste ihr Kinn und hob ihren Kopf an, damit sie ihm in die Augen sah. Ihr Blick erschreckte ihn. Müde und elend. Als hätte die Erinnerung an die fast schlaflose Nacht plötzlich Reue und Sorge geweckt.

»Ich habe dich gekränkt«, sagte er vorsichtig.

»Nein, das ist es nicht.« Sie richtete sich auf und hielt sich die Decke an die Brust.

Ein eiskalter Schauer jagte ihm über den Rücken. »Was ist es dann?«

Sie senkte den Kopf.

»Schau mich an«, befahl er barsch.

Sie gehorchte, und er sah, wie ihre Kehle zuckte, während sie versuchte, seinem Blick standzuhalten. Ein mulmiges Gefühl stieg in ihm auf, während er sich rasch die Fakten ins Gedächtnis rief. Sie lag nackt in seinem Bett. Vor zehn Minuten hatte sie vor Wonne gestöhnt. Sie begehrte ihn, das war offensichtlich.

Und dennoch zog sie sich von ihm zurück, errichtete eine Mauer um sich, mit dem einzigen Ziel, ihn auszuschließen. Das schärfte in ihm jeglichen Instinkt, ihr nachzusetzen.

»Warum bist du gestern zu mir gekommen?«, fragte er.

Wieder senkte sie nervös den Blick. »Ich bin nicht wegen eines geschäftlichen Handels gekommen.«

»Warum bist du zu mir gekommen?«, wiederholte er und betonte jede Silbe.

Ihre Schultern sackten ein. »Weil ich dich wollte«, murmelte sie. »Ich wollte dich.«

»Und das hat sich jetzt geändert?«

Sie schüttelte den Kopf, ein seltsamer Glanz trat in ihre Augen. Grundgütiger. Waren das Tränen?

»Annabelle …«

»Ich werde dich immer begehren, Sebastian«, sagte sie. »Wie könnte ich das auch nicht?«

Die Worte hätten ihn glücklich machen sollen, aber ihr Tonfall barg eine schreckliche Endgültigkeit. Wie das Sirren einer Klinge, bevor sie niederfuhr. Und sich vorzumachen, dass es nicht passierte, hatte noch nie einen tödlichen Stoß verhindern können.

»Du wirst nicht bei mir bleiben, nicht wahr?«, fragte er tonlos.

Sie biss sich auf die Unterlippe. »Das kann ich nicht. Das habe ich dir bereits gesagt.«

»Aber du bist zu mir gekommen«, entgegnete er. »Du bist zu mir gekommen, und ich habe dir gesagt, dass ich dir nicht mehr bieten kann.«

»Das hast du, ja. Aber auch ich kann dir nicht mehr bieten.«

Er lachte höhnisch. »Tatsächlich hast du nie gesagt, dass du meinen Bedingungen zustimmen würdest. Das habe ich nur angenommen. Ich habe mich auf eine Vermutung gestützt. Natürlich ist das Ergebnis ein Missverständnis.«

»Ich wollte nie …«

Er hob die Hand. »Du kannst mich nicht verlassen. Nicht nach dieser Nacht.«

Sie blickte ihn flehend an, und er hätte sie am liebsten geschüttelt. »Wie kannst du überhaupt darüber nachdenken?«, fragte er. »Uns verbindet etwas Außergewöhnliches, und das weißt du.«

»Ja«, sagte sie. »Aber das hat nichts geändert, oder?«

Es hatte alles geändert. Er wusste nun mit Sicherheit, dass sie noch lange nicht miteinander fertig sein würden.

»Tu das nicht«, bat er. »Wirf nicht weg, was wir gemeinsam haben, nur weil du nicht alles haben kannst.«

Ihr Blick flog zur Tür. Sie machte sich bereit, vor ihm zu fliehen.

Ein seltsames Gefühl breitete sich in seiner Brust aus, schwarz und schwer wie Öl. Er hatte es schon einmal verspürt, vor vielen Jahren im Arbeitszimmer seines verstorbenen Vaters, als ihm aufgegangen war, dass er kurz davor stand, alles zu verlieren.

»Annabelle.« Seine Stimme klang rau wie ein Reibeisen.

Ihre Lippen bebten, er spürte die Risse in ihrem Schutzwall, und dennoch hielt sie ihn aufrecht mit ihrer verdammten Sturheit. Er verfluchte ihren starken Willen, ihren Stolz, ihre Selbstbeherrschung. Alles, was sie ihm ebenbürtig machte, wandte sich nun gegen ihn.

»Ich liebe dich, Annabelle.« Die Worte sprudelten ihm aus dem Mund, und das nicht so, wie er sie gerne zum ersten Mal ausgesprochen hätte.

Sie erstarrte. Eine Emotion, die an Panik erinnerte, flog über ihr Gesicht, und sie umklammerte das Bettlaken so fest, dass ihre Knöchel weiß hervortraten.

Eine unangenehme Stille hing schwer im Raum, die selbst Antwort genug war.

Etwas zerriss in seiner Brust, etwas Lebenswichtiges, und kurz fragte er sich, ob ein Mann daran sterben konnte. Der Schmerz nahm ihm den Atem.

Welch eine Art herauszufinden, dass er wohl doch ein Herz besaß.

Er stand auf und hob seinen Hausmantel vom Boden auf,

wo er ihn am gestrigen Abend fallen gelassen hatte. Er schlüpfte hinein und band den Gürtel zu, mit dem Rücken zu ihr.

»Sebastian.« Ihre Stimme war dünn wie ein Faden.

Er drehte sich um.

Ihre Augen wirkten riesig in ihrem bleichen Gesicht.

»Ich bin schon einmal benutzt und fallen gelassen worden«, sagte sie. »Und an manchen Tagen … da fühle ich mich immer noch völlig überflüssig und ausrangiert. Ich kann das nicht noch einmal ertragen.«

Er umklammerte ihre Arme. »Aber ich gebe dir mein Wort. Ich gebe es dir sogar schriftlich, dass es dir an nichts fehlen wird. Ich werde für dich sorgen, als wärst du meine Ehefrau.«

Sie erschauerte leicht. »Das glaube ich dir sogar. Aber ich befürchte, dass es sich für mich dennoch nicht so anfühlen würde.«

Es war unvorstellbar, dass sie ihn nicht wollte, dass er das, was er sich am meisten wünschte, nicht bekam, wegen einer alten Wunde, die er nicht zu verantworten hatte.

»Du musst doch wissen, dass du zu viel verlangst«, presste er hervor.

Sie senkte den Blick. »Ja«, hauchte sie. »Das habe ich schon immer.«

Er ließ sie los und ballte die Hände zu Fäusten.

Er könnte sie an sein Bett ketten.

Und dennoch würde er dadurch nicht bekommen, was er sich ersehnte.

Er bückte sich und küsste sie auf die Stirn. Ihre Haut war feucht und kalt.

»Ich bin in meinem Arbeitszimmer«, sagte er. »Aber alles, was deine Abreise betrifft, kann auch mit meiner Haushälterin besprochen und arrangiert werden.«

Ohne einen weiteren Blick auf sie zu werfen, verließ er das Zimmer.

27. KAPITEL

»Irgendetwas ist heute anders mit deinen Augen.«

Hatties besorgte Stimme holte Annabelle aus ihren Grübeleien. Ihr stieg der beißende Geruch nach Terpentin in die Nase, und sie bemerkte, dass die Schatten auf dem Boden des Ateliers länger geworden waren. Ihre Sitzung näherte sich offenbar dem Ende, ihre letzte als Modell für Helena von Troja.

»Es tut mir leid«, sagte Annabelle. »Was kann ich tun?«

Hattie senkte den Pinsel. Sie zögerte. »Der Glanz ist verschwunden«, sagte sie schließlich.

Es brauchte nicht unbedingt das Auge eines Künstlers, um zu merken, dass etwas nicht stimmte. Wenn Augen tatsächlich das Fenster zur Seele waren, würden Annabelles leer und verloren wirken, und das wohl noch viele Tage lang. Tage? Ach was, eher Monate, wenn nicht gar Jahre.

Sie holte zittrig Luft. »Ich befürchte, ich weiß nicht, wie ich das ändern könnte.«

»Nein, nein.« Hattie legte den Pinsel zur Seite und wischte sich die Hände an ihrer mit Farbe befleckten Schürze ab. »Wir machen es morgen fertig. Wir hätten die heutige Sitzung absagen sollen. Dieser schreckliche Tag ist noch zu frisch in unserem Gedächtnis.« Ihre braunen Augen füllten sich plötzlich mit Tränen. »Ich kann immer noch nicht fassen, dass du wegen mir ins Gefängnis gekommen bist. Du warst so tapfer; ich kann gar nicht genug betonen, wie leid es …«

»Bitte«, unterbrach Annabelle. »Ich war nicht tapfer. Ich habe bloß reagiert. Das war nichts.«

»Nichts?« Hattie wirkte komisch in ihrer Empörung. »Du hast diesen schrecklichen Mann beinahe niedergestreckt, mit einem einzigen Schlag! Ich hätte dich als Athene malen sollen, die Göttin des Krieges, wie du Männer mit bloßen Händen in die Knie zwingst.«

Annabelle lächelte müde. Athene war auch die Göttin der Weisheit, und sie war weit davon entfernt, weise zu sein.

Ich liebe dich, Annabelle. Sebastians Stimme verfolgte sie seit dem Morgen, an dem sie London verlassen hatte. Sie ahnte, wie schwer es einem so zugeknöpften Mann wie ihm gefallen sein musste, seine Seele vor ihr zu entblößen. Doch sie hatte auf seine vertrauliche Enthüllung nur mit Schweigen geantwortet. Es hatte ihr die Sprache verschlagen, als ihr klar wurde, welch kolossalen Fehler sie damit begangen hatte, zu ihm zu gehen und das Bett mit ihm zu teilen. Für Sebastian bestand kein Zweifel, dass er sie liebte. Er hatte es ihr sogar bewiesen. Still und heimlich hatte er sich wohl um eine Genehmigung für die Frauenwahlrechts-Demonstration gekümmert, denn keine der Ortsgruppenleiterinnen hatte eine beantragt.

Er hatte seinen Ruf aufs Spiel gesetzt, um sie aus dem Gefängnis zu holen, und keine Gegenleistung erwartet. Und sie hatte ihn zutiefst verletzt. *Ich wusste es nicht.* Wie hätte sie auch ahnen sollen, dass sie solche Macht über ihn besaß?

»Jetzt siehst du ziemlich grimmig aus«, meinte Hattie.

»Weil ich völlig steif bin. Darf ich mich bewegen?«

»Du lieber Himmel, ja!« Hattie machte eine scheuchende Bewegung. »Möchtest du das Bild mal sehen?«

Annabelle streckte die Arme über den Kopf. »Wird mir das nicht Pech bringen, wenn ich es anschaue, bevor es fertig ist?«

»Nein«, erwiderte Hattie. »Das sagen wir Künstler nur so, um schwierige Klienten davon abzuhalten, ihr Porträt jede Stunde ansehen zu wollen. Du hast dich aber vorbildlich benommen. Ergötze dich an deinem Anblick.«

Annabelle bahnte sich ihren Weg an dicht nebeneinanderstehenden Staffeleien und Marmorbüsten vorbei und achtete sorgfältig darauf, nichts mit ihren Röcken umzuwerfen.

Als sie sich zu Hattie vor die große Leinwand gesellte, stockte ihr der Atem. Es kam ihr so vor, als schaue sie in einen verzauberten Spiegel. Die Frau auf dem Bild sah ihr beeindruckend ähnlich, aber Hatties Pinsel hatte auch alles zum Vorschein gebracht, was sie sonst so mühevoll zu verbergen suchte.

»So siehst du mich?«, fragte sie erschrocken.

Hattie band ihre Schürze auf. »Ich glaube, so könntest du sein, wenn du dich traust. So würde ich jedenfalls sein wollen.«

»Etwa … so?«

»Nur einmal in meinem Leben. Ja. Warte, bis es fertig ist. Ich verspreche, es wird funkeln und brillieren.«

»Noch mehr Funkeln?«, erwiderte Annabelle matt.

»Oh ja«, sagte Hattie. »Vertrau mir, es braucht ordentlich Strahlkraft, um in Julien Greenfields Salon zu glänzen. Vater hat zugestimmt, dass die große Enthüllung bei seinem Investitionstreffen in ein paar Tagen stattfinden soll.«

Ein Schauder überlief Annabelle bei dem Gedanken, dass eine Schar Männer sie so sehen würde. Nur gut, dass sie selbst nicht in diesen Kreisen verkehrte.

Hatties Atelier im Kunstinstitut, der *Ruskin School of Drawing*, lag nur eine Meile vom *Randolph Hotel* entfernt, daher entschlossen sie sich zu einem Spaziergang. Mrs Forsyth und Hatties Leibwächter schlenderten hinter ihnen her. Die Luft war ungewöhnlich schwül für einen Wintertag, und Oxfords Türme und Sandsteinfassaden erhoben sich vor einem sich rapide verdunkelnden Himmel. Dankbarkeit durchströmte Annabelle beim Anblick der vertrauten honigfarbenen Collegemauern und grauen Bleidächer. Um ein Haar hätte sie ihren Platz hier verloren.

»Hattie«, sagte sie leise, »wer ist eigentlich auf den Gedanken gekommen, ausgerechnet den Herzog zu bitten, mich aus dem Gefängnis zu holen?«

Nach ihrer Ankunft in Oxford am Vortag war sie wie in Trance gewesen, und ihre Freundinnen hatten sich vor Freude überschlagen und waren sich immer wieder gegenseitig ins Wort gefallen. Sie hatte nur wenig gesagt, hauptsächlich um die Lügen auf ein Minimum zu begrenzen, die sie erzählen musste, um zu verschleiern, wo sie die vergangene Nacht verbracht hatte.

»Das war Catrionas Idee«, erklärte Hattie. »Professor Campbell war bereits auf dem Weg nach Cambridge, daher hat sie vorgeschlagen, wir sollten den Herzog aufsuchen.«

»Aber warum?«

»Du kennst doch Catriona«, sagte Hattie mit einem Schulterzucken. »Ihr Verstand arbeitet auf rätselhafte Weise. Sie war ziemlich eisern und unnachgiebig deswegen, und das wohl zu Recht. Als Gentleman deiner Bekanntschaft war er verpflichtet, dir zu Hilfe zu eilen. Ich gebe zu, dass ich erst skeptisch war, aber er hat nicht einen Moment gezögert.« In ihr Gesicht trat ein verschwörerischer Ausdruck. »Ich habe gehört, dass er heute Morgen die Kaution für ein Dutzend weiterer Suffragistinnen gestellt hat. Wusstest du davon?«

Eine eisige Hand umklammerte Annabelles Herz. »Ein Dutzend?«, fragte sie. »Aber das ist Unfug. Wer hat dir das erzählt?«

Hattie runzelte die Stirn. »Lady Henley. Ich habe keine Ahnung, woher sie das weiß. Ich nehme an, irgendeine andere der Damen hat es weitererzählt. Ein sensationelles Gerücht verbreitet sich schnell.« Ihre Miene wurde ernst. »Annabelle, ich hab es schon mal gesagt, ich wäre zu meinem Vater gegangen und hätte ihn um Hilfe gebeten, hätte Montgomery sich nicht dazu bereit erklärt.«

»Das weiß ich, Liebes«, sagte Annabelle gedankenverloren. Dass es hier in Oxford Gerüchte über Millbank und Sebastians Einmischung gab, war in der Tat eine alarmierende Entwicklung.

Ein mächtiges Donnern grollte am Horizont und hallte in ihr wider.

Hattie schrie auf. »Schnell. Gleich regnet es sicher in Strömen.« Sie eilte voraus und floh vor den ersten dicken Regentropfen wie eine missmutige Katze.

Es dauerte kaum achtundvierzig Stunden, bis das Gerücht erste Folgen zeigte.

Mit ungutem Gefühl hatte Annabelle den schlichten Umschlag aus ihrem Postfach genommen.

Miss Elizabeth Wordsworth, die College-Leiterin höchstselbst, bat sie zu sich.

Die Nachricht entglitt ihren zittrigen Fingern. Zuletzt hatte die Leiterin sie in ihr Büro bestellt, um sie am College zu begrüßen. Bei der Aussicht auf ihr neues Leben hatte ihr Herz vor Aufregung laut gehämmert. Nun schlug es aus Angst schneller.

»Ich komme gleich auf den Punkt«, sagte Miss Wordsworth, nachdem Annabelle sich gesetzt hatte. In der intelligenten Miene der Leiterin stand ein ernster Ausdruck. »Ich wurde davon in Kenntnis gesetzt, dass eine Studentin der Lady Margaret Hall bei einer Demonstration der Suffragistinnen auf dem Parliament Square am vergangenen Freitag festgenommen worden ist. Stimmt das?«

Man wird mich hinauswerfen.

Der Raum verschwamm vor ihren Augen. Sie nickte.

Miss Wordsworth' musterte sie besorgt. »Wurden Sie gut behandelt?«

»Gut genug, Miss.«

»Das erleichtert mich«, sagte Miss Wordsworth. »Dennoch ist dies eine höchst unglückselige Angelegenheit. Wie Sie wissen, werden studierenden Frauen bei jeder Gelegenheit Vorurteile und Widerstand entgegengebracht. Ihr Verhalten wirkt sich daher auch auf andere Studentinnen und unsere Institution aus.«

»Jawohl, Miss.«

»Ein Skandal liefert der Opposition unweigerlich Munition«, fuhr Miss Wordsworth fort. »Aus diesem Grund habe ich Sie ausdrücklich darauf hingewiesen, das Vertrauen zu achten, das wir Ihnen trotz Ihres politisch motivierten Stipendiums entgegenbringen.«

Annabelle hörte die Leiterin wie aus weiter Ferne. »Man wird mich ausschließen«, sagte sie.

Mitgefühl zeigte sich in Miss Wordsworth' Miene. »Nein, aber Sie werden mit sofortiger Wirkung relegiert.«

Annabelle gab ein ersticktes Lachen von sich. Relegiert. Der Wortbedeutung nach hieß es, dass man aufs Land verbannt wurde. Solch ein malerischer Begriff, um das Ende ihrer Träume zu beschreiben. Auch wenn man sie nur zeitweise suspendierte, besaß sie doch kein Herrenhaus auf dem Land, in das sie sich zurückziehen konnte.

Im Augenblick hatte sie gar nichts.

Sie hielt sich stur aufrecht. Als ob sie dadurch verhindern

könnte, dass ihre ganze Welt zerbrach. »Lässt sich sagen, wann ich mein Studium fortsetzen kann?«

Miss Wordsworth schüttelte den Kopf. »Wir werden eine Ermittlung einleiten. Diese endet normalerweise zugunsten des Studenten, wenn Gras über die Sache gewachsen ist.«

Annabelle kannte sich gut genug mit Gerüchten aus, um zu wissen, dass dieses Gerücht wohl jahrelang nicht in Vergessenheit geraten würde. Immerhin hatte man sie festgenommen und ins Gefängnis geworfen, und kein guter Name hatte sie davor geschützt.

Sie wusste nicht, wie sie es die schmale, knarzende Treppe hinauf in ihr Zimmer geschafft hatte.

Eine lange Weile blieb sie in der Tür stehen und betrachtete die kleine Kammer. Das schmale Bett, den winzigen Schreibtisch, den Schrank, der gerade groß genug für ihre wenigen Sachen war. Vier Monate lang hatte sie ein eigenes Zimmer gehabt. Unvorstellbar, dass diese Zeit nun vorbei sein sollte.

Durch den strömenden Regen, der an die Scheibe seines Landauers schlug, konnte Sebastian die graue Fassade des Buckingham-Palastes ausmachen und stellte fest, dass ihn der Anblick zutiefst ermüdete. Sobald diese Wahl vorüber war und er seinen Bruder aufgespürt hatte, würde er sich einen Urlaub gönnen. Irgendwo, wo es einsam und warm war. Griechenland. Zum Teufel, nein. Nicht Griechenland.

Sobald er einen Fuß in die königlichen Gemächer gesetzt hatte, war klar, dass die Königin nicht amüsiert war. Ihre kompakte Gestalt wirkte so angespannt wie eine Mausefalle vor dem Zuschnappen. Offene Feindseligkeit strahlte ihm entgegen, doch dass sie sich mit solcher Wucht gegen ihn richtete, verwunderte ihn dann doch.

»Erst die Bauern und die Getreidegesetze«, sagte sie und bedachte sein jüngstes Strategiepapier mit einem vernichteten Blick. »Und nun beharren Sie erneut darauf, dass Beaconsfield öfter in der Öffentlichkeit spricht – noch dazu in Rathäusern! Was ist Ihr nächster Vorschlag? Das Wahlrecht für Arbeiter?!«

»Sie werden einen solchen Vorschlag nicht in meinem Konzept finden, Euer Majestät.«

»Nicht in diesen Worten, nein«, giftete sie. »Aber es ist nahe dran. Rathäuser! Außerdem lässt Beaconsfields Konstitution einen solch straffen, teuflischen Zeitplan, wie Sie ihn vorschlagen, gar nicht zu.«

»Dann bin ich wohl bei meiner Arbeit einem Irrtum erlegen«, entgegnete Sebastian. »Da er für den Posten des Premierministers kandidiert, habe ich angenommen, es wäre ihm zuzumuten, mit seinen Wählern zu kommunizieren.«

Kaum waren die Worte heraus, wusste er, dass er sich im Tonfall vergriffen hatte. Viel zu sarkastisch. Er war erschrocken über sich selbst. Er hatte die Beherrschung verloren, noch dazu ausgerechnet in einer Strategiebesprechung mit der Königin. Sie schien ebenso überrascht darüber. Ihre Augen hatten sich geweitet, nun aber zu kalten Schlitzen zusammengezogen.

»In Anbetracht dessen, was auf dem Spiel steht – für das Land und für Sie –, hätten Wir angenommen, dass Sie ein berechtigtes Interesse daran haben, diese Wahl zu gewinnen«, sagte sie.

Er atmete langsam aus. »Das habe ich. Und das ist die beste Strategie für den Sieg.«

»Man kann damit womöglich die Wahl gewinnen«, gab sie zu. »Aber die Tory-Partei sollte nicht auf diese Weise siegen.«

»Ich kann nicht ganz folgen, Euer Majestät.«

»Nun, ein Sieg für die Tory-Partei ist nutzlos, wenn sie de facto nicht mehr die Tory-Partei ist.«

Er würde nie verstehen, warum man einen geraden Weg zu einem Sieg mit unnötigen Umwegen versehen sollte.

Die Königin erhob sich, daher stand auch er auf. Mit kleinen wütenden Schritten marschierte sie vor ihm auf und ab.

»Ich habe Sie für einen Mann mit Prinzipien gehalten«, sagte sie. »Und nun müssen Wir feststellen, dass Sie einen Erfolg über diese Prinzipien stellen. Und Opportunisten können Wir nicht dulden.«

Sebastian ballte hinter dem Rücken die Hände zu Fäusten. »Dennoch widerspricht keiner meiner Vorschläge meinen Prinzipien.«

Sie blieb stehen und drehte sich langsam zu ihm um. Dies hätte einen geringeren Mann als ihn zu Tode verängstigt. »Dann steht es schlimmer, als Wir dachten«, erwiderte sie frostig. »Sie, Montgomery, sind ein Liberaler.«

Sie hätte ihn genauso gut einen Verräter nennen können. Sie lieferten sich ein Blickduell durch den Raum, nahmen argwöhnisch Maß und schätzten einander ein, während die Karten neu verteilt wurden.

Als die Königin erneut das Wort ergriff, klang ihre Stimme tonlos. »Am Tag Ihrer ersten Audienz bei Uns, als junger Herzog, erst neunzehn Jahre alt, doch mit der Weisheit eines viel älteren Mannes in den Augen, da haben Wir etwas in Ihnen gesehen. Tatsächlich haben Sie Uns an Albert erinnert. Er war auch so still. Er besaß einen unerschütterlichen Moralkodex und bevorzugte Taten statt Worte. Charaktereigenschaften, die heutzutage selten bei einem Mann geworden sind und die ich sehr schätze. Sagen Sie, haben Sie sich nie gefragt, warum Ihnen nach Ihrer Scheidung so wenig Unannehmlichkeiten entstanden sind?«

Sebastian beugte den Kopf. »Ich habe immer gewusst, dass Sie schützend die Hand über mich und meinen Ruf gehalten haben, Ma'am, und ich bin Ihnen ausgesprochen dankbar dafür.«

Die Königin gab ein unwilliges Schnauben von sich. »Wir konnten nicht dulden, dass ein außergewöhnlicher Mann von einem verdorbenen, dummen Mädchen ruiniert wird. Und dennoch müssen Wir nun hören, dass Sie sich in der vergangenen Woche für mehrere Suffragistinnen verwendet haben. Verdorbene, törichte Kreaturen. Und alle stimmen für Gladstone.«

Ah ja. In der Tat. Das erklärte den Groll der Königin. Aber wer, fragte er sich, wer hatte wohl die Sache so rasch zum Buckingham-Palast getragen? Erst da wurde ihm klar, dass sein Schweigen der Königin alles sagte, was sie wissen wollte. Ihre Miene war zusammengekniffen und wütend. Er ließ wirklich nach.

»Meine Einmischung war rein privater Natur und nicht politisch begründet«, sagte er.

Sie schenkte ihm einen eisigen Blick. »Und die Privatangelegenheiten unserer Untertanen kümmern Uns auch nicht. Das liegt Uns fern, vor allem, wenn besagte Untertanen eine persönliche Enttäuschung für Uns darstellen.«

Sie griff nach ihrer Klingel.

»Ma'am, diese Frauen wurden wie Kriminelle behandelt und unter Zuständen eingepfercht, die für Frauen völlig unzumutbar sind.«

Sie sah ihn an, als sei er ihr völlig fremd. »Schlagen Sie etwa vor, dass Wir deren Sache unterstützen sollten? Ausgerechnet Sie sollten doch genau wissen, was passiert, wenn man einer Frau zu viel Freiheit gewährt. Sie kennt keine Grenzen und kein Maß mehr. Das weibliche Herz ist ein launisches Ding. Wir raten Ihnen, denken Sie zukünftig gut darüber nach, wem Sie Ihre Treue und Loyalität schenken, Montgomery, und wie Sie die Welt gestalten wollen, in der Sie leben. Falls der Respekt gegenüber Ihrer Königin Ihnen nicht Anreiz genug sein sollte, dann bedenken Sie zumindest Ihre Pflichten gegenüber Ihrem Familiensitz.«

Der kalte metallische Klang der Klingel schallte durch den Raum. Er war entlassen. Er war gewarnt und beleidigt worden.

Was ihm aber am meisten Sorge bereitete, war die Tatsache, dass es ihn nicht wirklich kümmerte.

»Relegiert?« Hattie klang wie vom Donner gerührt.

Lucie und Catriona hatte es die Sprache verschlagen. Die winzigen Sandwiches auf den Silbertabletts vor ihnen schienen vergessen, ebenso wie die Flasche Champagner, die Hattie bestellt hatte, um die Fertigstellung des Gemäldes von Helena von Troja zu feiern.

»Ja«, sagte Annabelle. »Aber man wird mich bestimmt bald wieder am College zulassen.«

Sie war an diesem Morgen aus ihrem Zimmer in der Lady Margaret Hall ausgezogen. Ihre Reisetruhe war bereits in das winzige Mietzimmer von Mrs Forsyths Wohnung in Jericho gebracht worden.

»Das ist lächerlich«, empörte sich Hattie. »Und das ist alles meine Schuld. Bleib bei mir. Tantchen wird sich freuen, wenn du uns Gesellschaft leistest.«

»Wir haben auch ein Gästezimmer«, sagte Catriona. »Vater wird deine Anwesenheit vermutlich nicht einmal bemerken.«

»Ich habe ein Feldbett, das wir in mein Wohnzimmer stellen könnten«, bot Lucie an.

»Bitte«, sagte Annabelle. »Das ist sehr großzügig von euch, aber versteht ihr nicht? Wenn man mich suspendiert, weil ich ein Schandfleck für das College bin, kann ich mich wohl kaum mit euch sehen lassen, ohne eurem Ruf zu schaden.«

»Das ist wohl wahr«, sagte Lucie. »Und deshalb solltest du bei mir wohnen. Ich habe keinen Ruf mehr zu verlieren.«

Catriona und Hattie schwiegen. Plötzlich fühlte sich die Luft in dem luxuriösen Zimmer stickig und beklemmend an.

Annabelle stand auf. »Ich weiß, dass du dich für ein schwarzes Schaf hältst, Lucie, aber möchtest du wirklich negative Aufmerksamkeit auf deine Mission lenken?«

Lucies Gesichtsausdruck war entschlossen. »Du kannst kaum erwarten, dass ich mich von dir abwende. Du bist wegen unserer Mission eingesperrt worden, und ich habe dich mit dem Stipendium dazu verpflichtet, dich dafür einzusetzen. Deshalb bin ich auch verantwortlich. Bleib in Oxford. Zieh zu mir. Wir stehen das zusammen durch.«

Diese Hoffnungskrumen waren fast schlimmer, als hätte man sie geradewegs verstoßen.

»Lucie, die Suffragistinnen von Oxford sind durchweg feine Damen. Wenn sich meine Festnahme bei ihren Vätern herumspricht, wirst du ein Problem haben.«

In Lucies Miene malte sich Wut. »Eine Kameradin zurückzulassen wäre schrecklich für die Truppenmoral. Jede von uns hätte festgenommen werden können.«

Nein. Keine feine Dame hätte einem Mann einen Fausthieb verpasst.

»Wir sind keine Soldaten«, sagte sie. »Wir werfen uns nicht für unsere Kameraden in die Schusslinie. Wir sind Frauen, und man beurteilt uns anhand der Tatsache, wie unbefleckt unsere Kleider und unser Ruf sind, nicht nach unserem Mut. Vertrau mir, die Truppenmoral wird sich viel leichter aufrechterhalten lassen, wenn ich von der Bildfläche verschwunden bin.«

Sie ließ ihre Freundinnen in erstauntem Schweigen zurück und trat aus dem *Randolph Hotel* hinaus in den kalten, trostlosen Morgen. Sie lief St. Giles entlang zu den Bogentüren von St. John's, wo sie noch eine Sache zu erledigen hatte.

Professor Jenkins saß hinter seinem Schreibtisch, ellbogentief in einem Stapel Papier vergraben. Seine Haare standen in alle Richtungen ab, als hätte er versucht, einen seiner brillanten Gedanken direkt aus den Tiefen seines Verstandes herauszuziehen. Der Anblick des organisierten Chaos war so herzerweichend vertraut, dass Annabelle ihre ganze Kraft aufbieten musste, um nicht in Tränen auszubrechen.

»Miss Archer.« Jenkins nahm die Brille ab und blinzelte. Auch diese vertraute Geste machte sie traurig.

»Mir war gar nicht bewusst, dass ich Ihre Hilfe für heute angefordert hatte.«

»Darf ich hereinkommen, Professor?«

»Ja, bitte.«

Erst, als sie Platz genommen hatte, starrte er stirnrunzelnd auf die nun geschlossene Tür. »Wo ist Ihre lärmende Anstandsdame geblieben?«

»Es tut mir leid, aber ich befürchte, ich muss meine Stelle als Ihre Assistentin aufgeben«, sagte sie.

Jenkins musterte sie forschend, und sie wusste, dass er die griechische Antike hinter sich gelassen hatte und in die Gegenwart zurückgekehrt war. In so wenigen Worten wie möglich erzählte sie ihm von ihrer Lage, wobei sie allerdings Sebastian nicht erwähnte.

»Das ist wirklich eine schwierige Situation«, stellte Jenkins fest, nachdem sie geendet hatte. »Ein stupider Zirkus, aber unter den gegebenen Umständen schwerlich zu klären.«

Sie nickte und spürte, wie der letzte Funken Hoffnung erlosch.

Jenkins setzte die Brille auf und lehnte sich in seinem Stuhl zurück. »Nun, ich kann Sie nicht gehen lassen. Ihre Arbeit ist zu wertvoll.«

Sie schenkte ihm ein wässriges Lächeln. »Danke«, sagte sie. »Ich werde meine Arbeit hier sehr vermissen.«

Er schwieg einen Moment. »Möchten Sie weiter als meine Assistentin arbeiten?«

»Ja.« Ohne Zögern sprach sie es aus. Oh, wenn es doch nur möglich wäre. Allein bei dem Gedanken daran, in die Trostlosigkeit von Chorleywood zurückzukehren, wollte sie schreien.

»Und würden Sie gern in Oxford bleiben?«, fragte Jenkins. »Es könnte allerdings eine Weile ziemlich unangenehm hier für Sie werden.«

»Ich wünsche mir nichts sehnlicher, als zu bleiben«, sagte sie. »Leider sehe ich keine Möglichkeit dazu.«

»Doch, es gibt eine Möglichkeit«, sagte Jenkins. »Sie könnten mich heiraten.«

28. KAPITEL

Heiraten. Ihn heiraten? Professor Jenkins?

»Offenbar habe ich Sie sprachlos gemacht«, bemerkte Jenkins. »Ich glaube, korrekt müsste es heißen: Miss Archer, würden Sie mir die Ehre erweisen, mich zu ehelichen?« Er neigte erwartungsvoll den Kopf.

»Das … kommt ein wenig überraschend«, sagte sie matt.

»Wirklich?«, fragte er überrascht. »Die Möglichkeit muss Ihnen doch sicher schon mal durch den Kopf gegangen sein.«

Sosehr sie ihn mochte, nein, diese Möglichkeit war ihr nie durch den Kopf gegangen. Natürlich war er ein brillanter Kopf und auch eine gute Partie, nicht zu alt, mit guten Zähnen und wohlgeformten Schultern. Gewöhnlich ging einem Antrag jedoch eine Zeit des Umwerbens voraus.

Allerdings hatte er sie zu einem Konzert eingeladen. Er flachste zwei Mal pro Woche mit ihr auf Lateinisch und schenkte ihr Äpfel. Sein Antrag mochte für einen Außenstehenden daher die logische Konsequenz aus alldem sein. Warum hatte sie nicht damit gerechnet?

»Ich trage mich schon eine Weile mit dem Gedanken, um Ihre Hand anzuhalten«, erklärte er. »Ich möchte Sie gerne auf die Forschungsreise in den Peloponnes mitnehmen, und dies wäre die zweckmäßigste Art und Weise, dies zu ermöglichen.«

»Zweckmäßig«, wiederholte sie.

Er nickte. »Ja, sonst würden wir gegen alle Regeln der Etikette und Sittlichkeit verstoßen. Und eher friert Hades' Unterwelt zu, als dass ich Ihre Mrs Forsyth mitnehme.«

»Professor …«

»Bitte«, unterbrach er sie. »Hören Sie mich an. Miss Archer, Sie sind ein seltenes Juwel für einen Mann wie mich. Meist sind die Menschen entweder intellektuell begabt oder umgänglich. Sie sind kaum jemals beides. Sie jedoch schon. Sie sind die beste Assistentin, die ich je hatte. Außerdem scheinen Sie, wie ich, keine Familie gründen zu wollen. Die meisten Frauen wünschen sich jedoch Kinder. Ich bin mir bewusst, dass ich ein unorthodoxes Leben führe, was, und das versichere ich Ihnen, der einzige Grund für mein Junggesellendasein ist. Aber ich bin sehr wohl in der Lage, eine Frau zu versorgen. Und mein Name würde Ihnen Schutz vor diesem Unfug bieten, der Ihnen im Moment das Leben schwer macht. Tatsächlich könnten Sie Ihre Arbeit fortsetzen, als sei nichts geschehen.«

Er sah sie mit einer Miene an, die sie zuvor noch nie an ihm bemerkt hatte. *Hoffnungsvoll.*

Sie versuchte, sich ihn als Ehemann vorzustellen, denn sie mochte ihn und ihre Zukunft hing an einem seidenen Faden. Sowohl eine übereilte Entscheidung wie zu langes Zögern könnte sich zu diesem Zeitpunkt als katastrophal erweisen.

Er war ein guter Mann, und er sorgte sich um ihr Wohlergehen. Sein Aussehen, sein Geruch und sein Kleidungsstil waren nicht zu beanstanden, und sie nahm an, dass er eine Haushälterin hatte, die sich um den Haushalt kümmerte. Daher hätte sie Kopf und Hände frei, um ihm zu assistieren. Er war allerdings kein umgänglicher Mann – er war ein reiner Kopfmensch, leicht reizbar und würde den Großteil seines Lebens mit der Nase in Büchern verbringen. Daran war sie allerdings gewöhnt, weshalb sie sicher gut damit zurechtkommen würde.

Konnte sie sich jedoch vorstellen, dass er zu ihr nach Hause käme, seine Krawatte löste, das Hemd abstreifte und sie mit seinem nackten Körper bedeckte?

Hitze stieg ihr in die Wangen. »Sie … Sie haben erwähnt, dass Sie keine Kinder möchten«, sagte sie.

Jenkins richtete sich auf. Offenbar nahm er an, dass sie über sein Angebot verhandeln wollte. »Ich lehne Kinder nicht prinzipiell ab. Aber für uns wären sie wohl sicher nicht relevant, nicht wahr?«

»Die meisten Menschen würden behaupten, dass Kinder der Hauptgrund für eine Ehe sind.«

Jenkins verzog das Gesicht. »Die meisten Menschen sind aber auch ausgesprochene Esel. Meine Frau muss meine Arbeit verstehen und mich darin unterstützen. Ich bin meine Arbeit. Sie sind äußerst begabt. Wären Sie ein Mann, hätten Sie sich bereits in unserem Bereich der Forschung selbst einen Namen gemacht. Sobald Sie Kinder hätten, würde Ihr rasiermesserscharfer Verstand jedoch durch die rücksichtlosen, ständigen Forderungen quengelnder Blagen abstumpfen. Sie würden außerdem ein paar Zähne verlieren, glauben Sie mir. Ich habe erlebt, wie genau das jeder meiner sechs Schwestern passiert ist.«

Sie hätte sich beleidigt fühlen sollen. In der Geschichte der Heiratsanträge war dieser sicherlich der unromantischste, der je geäußert worden war. Andererseits war sie als Beinahe-Kriminelle auch kein besonders guter Fang, und sein Angebot war immer noch anständiger als das andere, das ihr gemacht worden war – als ausgehaltene Mätresse.

Ihr Schweigen machte Jenkins nervös. Er spielte mit seinem Füllfederhalter. »Habe ich womöglich die falschen Schlüsse gezogen?«, fragte er. »Da Sie aus eigener Entscheidung ledig geblieben sind, dachte ich, eine Familie gehöre nicht zu Ihren Prioritäten.«

Sie musste sich zwingen, ihm in die Augen zu schauen. »Ich habe mich bloß gefragt, ob Sie mir eine Ehe nur auf dem Papier anbieten, bar jeglicher ehelicher Pflichten.«

Sie musste ihm zu seinen Gunsten zugestehen, dass er nicht sofort antwortete, sondern seine Antwort sorgfältig abwog. »Würden Sie das denn vorziehen?«, fragte er schließlich. Sein Blick war hinter den sich spiegelnden Gläsern unergründlich, aber seine Schultern wirkten angespannt.

Ja, wäre die offensichtliche Antwort gewesen. Andererseits bot er ihr auf dem Papier mehr, als sie je zu hoffen wagen konnte. Ein Akademiker mit gutem Einkommen und frei, die kleinliche Doppelmoral der Gesellschaft unter der Maske intellektueller Exzentrik zu ignorieren. Und das Wichtigste: Sie mochte ihn, liebte ihn aber nicht. Er würde so nie die Macht besitzen, ihr das Herz zu brechen. Würde er jedoch ihre Entscheidung respektieren, wenn sie ihm die ehelichen Pflichten verweigerte, ohne im Lauf der Zeit einen Groll gegen sie zu hegen?

»Ich hätte gerne etwas Zeit, um Ihren Antrag zu überdenken«, hörte sie sich selbst sagen. »Eine Woche, wenn es Ihnen recht ist.«

Jenkins nickte nach einer kurzen Pause. »Eine Woche ist völlig akzeptabel.«

Eine Woche. So viel Zeit blieb ihr, um die Alternative zu überdenken, die sich ihr bot, um dem zu entgehen, was ihr bevorstand – die Rückkehr in Gilberts Haus. Und ihrem Cousin sagen zu müssen, dass das Studium wohl doch eine zu große Herausforderung für das weibliche Gehirn sei und dass sie gern für den Rest des Lebens als unbezahlter Arbeitsesel für ihn schuften wolle, mit ungewissen Aussichten auf eine sichere Zukunft. Womöglich würde sie dann auch nicht im Arbeitshaus, sondern eher in Bedlam enden, der berüchtigten Irrenanstalt, wo sie vor sich hin murmeln würde, dass in vergangenen Tagen Herzöge und Oxford-Professoren um ihre Gunst gefochten hatten.

Sie verließ das Büro des Professors mit dem Gefühl, dass sie einfach hätte Ja sagen sollen.

Ein Herzog hatte auf einem Investorentreffen eigentlich nichts verloren. In Greenfields Stadthaus drehten die Gäste sich verstohlen nach Sebastian um; selbst ein Besuch in einem verlotterten Bordell hätte nicht für mehr Gesprächsstoff sorgen können. Männer wie Julien Greenfield gaben Informationen aus eingeweihten Kreisen jedoch nun mal weder an Sebastians Finanzverwalter weiter, noch teilten sie diese bei einem diskreten Dinner mit. *Beehren Sie mich in meinem Haus, dann erhalten Sie erstklassige Informationen im Austausch*, so lautete der Handel. Selbst bei Handelsgeschäften spielte Politik eine Rolle, und ganz gewiss kam man auch in geschäftlichen Angelegenheiten nicht ohne diese kleinlichen Machtspielchen aus.

Greenfield pflückte zwei Brandygläser von dem Tablett eines vorbeigehenden Dieners.

»Ich schlage vor, dass wir uns in den Salon begeben. Meine Partner sind wirklich begierig, Sie persönlich kennenzulernen.« Er reichte ein Glas an Sebastian und umschlang das andere mit dicken Fingern.

Sebastian trug sein Getränk den Flur hinunter, ohne daran zu nippen, während er Greenfields Einschätzung zu der Diamantenmine lauschte, an der Sebastian Anteile kaufen wollte. Die beiden südafrikanischen Geschäftspartner in Greenfields Salon könnten sein Konto womöglich mit einer Million Pfund bereichern, falls sie ihm vertrauenswürdig genug erschienen.

Sein erster Eindruck war vielversprechend: ein fester Handschlag, guter Blickkontakt. Der jüngere der beiden hatte seine berufliche Laufbahn als Mineningenieur begonnen, daher kannte er das Geschäft in- und auswendig. Seine Beschreibung des momentanen Projektstatus entsprach zudem den Informationen, die Sebastians Privatdetektiv zusammengetragen hatte.

Die Katastrophe nahm ihren Lauf, als er eine vertraute Gestalt aus dem Augenwinkel wahrnahm. Die Worte des Geschäftsmannes drangen nurmehr als fernes Rauschen an seine Ohren.

Annabelle.

Auf einer Staffelei, bewacht von einem Diener, stand ein lebensgroßes, atemberaubendes, strahlendes Gemälde von Annabelle.

Ihre grünen Augen blickten ihn unter halb gesenkten Lidern an, das Funkeln eines heimlichen Triumphes glitzerte darin. Sie saß aufrecht da, mit gestrafften Schultern, und ihr Haar wehte hinter ihr wie die Flamme einer Fackel im Sturm. Unter dem Saum des engen weißen Kleides lugte ein vertrauter Fuß heraus.

Eine riesige Faust schien ihm die Luft aus den Lungen zu pressen.

Zum Teufel. Er fand sich in seiner eigenen speziellen Hölle wieder, wo alle Pfade immer wieder zu ihr zurückführten.

Wie in Trance näherte er sich dem Gemälde, den Blick auf ihr Gesicht gerichtet.

Er hatte die Wangen dieses stolzen Gesichts gestreichelt, die elegant geschwungene Nase geküsst. Er hatte die vollen, rosigen Lippen um seine Männlichkeit gespürt.

Zwei Männer lagen ihr zu Füßen, mit nacktem Oberkörper und auf den Knien. Der eine dunkelhaarig, der andere blond. Sie hatten den Kopf in den Nacken gelegt, um zu ihr aufzusehen, in den Gesichtern ein viel zu vertrauter Ausdruck von Ehrfurcht, Unmut und Begierde.

Helena von Troja, aber nicht als Trophäe, sondern als triumphierende Siegerin, der die Männer wie Marionetten gehorchten.

»Wie ich sehe, bewundern Sie die Arbeit meiner Tochter«, stellte Greenfield fest.

Sebastian gab einen unwilligen Knurrlaut von sich.

»Außergewöhnlich, nicht wahr?« Greenfield hob das Glas in Richtung Annabelle. »Bevor meine Tochter mich immer wieder damit bedrängte, sie in Oxford studieren zu lassen, war ich überzeugt, dass alle Blaustrümpfe Bärte und Warzen hätten. Stellen Sie sich meine Überraschung vor, als Harriet mir diese junge Frau bei Ihrem Silvesterball vorgestellt hat, Euer Gnaden. Ich habe gern meinen Mann gestanden und zugegeben, dass ich mich geirrt habe.«

»Da würde ich auch gern meinen Mann stehen«, sagte der junge Ingenieur. »Für diese Helena würde ich auch eine Flotte von tausend Schiffen die Segel setzen lassen.«

»Ich würde eher sagen, dass sie bei mir die Segel setzt«, scherzte der ältere Mann, und alle gluckstеn.

»Wie viel?«, fragte Sebastian, und in seiner Stimme schwang so viel Groll, dass die Heiterkeit sofort verebbte. »Wie viel wollen Sie für dieses Gemälde haben?«

Greenfield hob die buschigen Brauen. »Nun, ich denke nicht, dass es zum Verkauf steht …«

»Nun kommen Sie schon, Greenfield«, sagte Sebastian. »Alles hat seinen Preis.«

Der Bankier wurde ernst. Diese Sprache verstand er. »Nun, das ist sicher verhandelbar«, meinte er. »Ich denke, Harriet ließe sich schon dazu bewegen, sich für einen angemessenen Preis von dem Bild zu trennen.«

»Ausgezeichnet.« Sebastian trank den Brandy in einem Schluck aus und stellte das Glas hart auf den Seitentisch. »Lassen Sie es einpacken und zu meinem Haus in Wiltshire schicken. Einen schönen Tag noch, Gentlemen.«

Er stolzierte aus dem Haus; die Menschen, die sein finsterer Blick zufällig traf, blieben besorgt und verwundert zurück. Getuschel wurde laut: *Habt ihr gesehen, wie der spröde Herzog von Montgomery aus Greenfields Haus gestürmt ist, so finster und launenhaft wie Vulkanus?*

Inzwischen befand sich die Kutsche des Herzogs mit halsbrecherischer Geschwindigkeit auf dem Weg zum Bahnhof Victoria Station.

Der hintere Garten von Claremont roch nach Schlamm und trockenem Laub.

»Euer Gnaden!« Stevens schien freudig überrascht, als Sebastian im dämmrigen Abendlicht den Stall betrat.

»Satteln Sie mein Pferd«, sagte Sebastian. »Nur den Hengst. Ich reite allein.«

Stevens Augen weiteten sich, als er die Stimmung seines Arbeitgebers registrierte. Kurz darauf führte er den gesattelten Apollo aus dem Stall. Beim Anblick seines Herrn wieherte der Hengst vorwurfsvoll, und Sebastian rieb ihm gedankenverloren das weiche Maul, das der Hengst ihm gegen die Brust stieß.

»Er hat Euer Gnaden vermisst«, meinte Stevens. »Gestern hat er McMahon in den Hintern gebissen.«

Sebastian runzelte die Stirn. »Haben Sie ihn überhaupt bewegt?«

»Nicht viel, nein. In den vergangenen Tagen hat es dauernd geregnet. Die Wege sind schlammig und weich. Er könnte ein wenig launisch sein, Euer Gnaden.«

Auf der Auffahrt hielt Sebastian Apollo fest im Griff, doch der Hengst vibrierte förmlich vor Anspannung und der Lust, einfach loszupreschen. Nur ein leichter Druck seiner Stiefel, eine unmerkliche Lockerung der Zügel, und das Pferd würde so unaufhaltsam losstürmen wie ein Schuss.

Er hatte es gemieden, in der letzten Zeit aufs Land zu fahren, weil Claremont ihn unweigerlich an Annabelle erinnerte. Je stärker er versuchte, Beherrschung zu wahren, seine Gedanken und Gefühle tief in seinem Inneren zu vergraben, desto chaotischer wurde alles. Als ob sich eine lebenslang unterdrückte Leidenschaft endlich Bahn gebrochen und es nun auf ihn abgesehen hätte. Als wäre ihm der Irrsinn der Liebe bisher nur erspart geblieben, weil es ihm bestimmt war, von dieser besonderen Frau zu Fall gebracht zu werden.

In einem anderen Leben hätte er sie zur Frau genommen. Sie wäre längst seine Frau.

Er verließ mit Apollo die Auffahrt und lenkte ihn auf die Felder, die sich zu beiden Seiten erstreckten. Das Dämmerlicht blich die Farben der Bäume, der Erde und des Himmels aus; alles war grau.

Genug, befahl er sich. *Genug davon.*

Er würde London verlassen und nach Claremont zurückkehren. Er würde zu seinem normalen Alltag zurückfinden, so wie immer.

Er lehnte sich im Sattel vor, und ein Ruck ging durch Apollo.

Sie galoppierten den Feldweg entlang, dann lenkte er den Hengst in Richtung Wald. Der Wind schnitt ihm wie ein Messer ins Gesicht. Kalte Tränen strömten ihm aus den Augenwinkeln, als der Rausch der Geschwindigkeit seine Sinne überwältigte. Der donnernde Hufschlag, das Rauschen in den Ohren, die vorbeifliegende Landschaft. Sein Kopf war wie leer gefegt; es gab nur das Pferd, die Geschwindigkeit und die Kälte.

Genug, genug, genug.

Er trieb Apollo weiter an, noch schneller, bis der Wald wie eine dunkle Masse am Rande des Feldes auftauchte.

Erst da zog er die Zügel an.

Etwas Braunes huschte dicht vor ihm über den Boden.

Apollo wieherte schrill und brach zur Seite aus.

Instinktiv warf sich Sebastian nach vorn, doch er spürte, wie dem Hengst die Hinterbeine wegknickten, als er sich aufbäumte; eine schreckliche, unkontrollierte Bewegung, die den kräftigen Tierkörper unter ihm hochschnellen ließ, über den Schwerpunkt hinweg, und Sebastian wusste, sie würden stürzen.

Einen Moment lang erstarrte die Welt, war klar und scharf wie eine Glasscherbe. Endloser Himmel kam in sein Sichtfeld, dann eine weiße Mähne.

Das Pferd würde ihn erdrücken.

Er riss die Füße aus den Steigbügeln, aber der Boden flog mit brutaler Geschwindigkeit auf ihn zu. Das Gesicht, das er in der Welt am meisten liebte, erschien vor seinen Augen, bevor völlige Schwärze ihn schlagartig umhüllte.

Annabelles Füße waren in der kalten Zugluft zu Eisklumpen unter dem kleinen Tisch gefroren. Sie sollte ins Bett gehen; es war fast Mitternacht, und die Öllampe spendete nur noch schwaches Licht. Aber sie hätte ohnehin nicht schlafen können, das wusste sie. Wenn sie nur ihre Umgebung betrachtete, könnte sie immer noch so tun, als sei sie eine Studentin mit einer strahlenden Zukunft. Der Tisch, der klapprige Stuhl, das schmale Bett ähnelten denen in ihrem Zimmer in der Lady Margaret Hall. Da endeten die Gemeinsamkeiten allerdings auch schon. Es gab keine Bücher und Mappen auf dem Tisch. Nur ein Blatt Papier mit drei einsamen Zeilen:

Zurück nach Chorleywood gehen
Irgendwo im Norden Gouvernante werden
Jenkins heiraten

Das waren ihre momentanen Optionen, um ein Dach über dem Kopf zu behalten und gleichzeitig auf dem Pfad der Tugend zu bleiben.

Natürlich war sie eigentlich nach Oxford gekommen, um sich ein solches Schicksal zu ersparen: also, entweder unbezahlt in Chorleywood zu schuften, sich als angreifbare Dienstbotin zu verdingen oder Ehefrau eines Mannes zu werden, den sie nicht liebte.

Zwei Wochen. So viel Zeit hatte Mrs Forsyth ihr gegeben, um eine neue Beschäftigung zu finden. Ich bin Anstandsdame, hatte sie betont. *Meine Aufgabe besteht darin, Frauen aus Schwierigkeiten herauszuhalten, und nicht darin, mich mit Frauen in Schwierigkeiten zu verbünden.*

Die Zukunft lag wie ein dunkler Schlund vor ihr, bereit, sie in einem Stück zu verschlingen.

Sie drückte die Hände auf die Wangen und versuchte, die hässlichen Gesichter ihrer Ängste auszublenden. »Ich bin im Herzen ein Soldat«, flüsterte sie. »Ich kann das schaffen …«

Plötzlich drang Lärm von unten aus dem Flur zu ihr hoch – aufgeregte Stimmen und das wütende Gebell von Mrs Forsyths Malteserhund.

Alarmiert sprang sie auf. Es schien, als würde ein Mann mit Mrs Forsyth streiten.

Dann stampften schwere Stiefel die Treppe hinauf, deren Wucht die Dielen erbeben ließ.

Sie raffte ihren Morgenmantel um ihre Brust zusammen und schaute sich instinktiv nach einer Waffe um.

Bumm. Bumm. Bumm.

Die Tür erzitterte in ihren Angeln, so heftig schlug eine Faust dagegen.

Doch das schockierte sie nicht einmal halb so sehr wie die Stimme des Mannes. »Annabelle!«

»Sir!«, rief Mrs Forsyth schrill.

Sebastian. Sebastian war hier.

Bumm. Bumm. Bumm.

Auf unsicheren Beinen ging sie zur Tür.

»Sir, verlassen Sie auf der Stelle mein Haus«, schrie Mrs Forsyth, doch Sebastian trat gleich darauf ins Zimmer, stürmisch genug, dass die Tür gegen die Wand knallte.

Alles schien zu verebben: der Lärm. Die Zeit. Ihr Herzschlag. Die heftigen Emotionen, die sein Körper ausstrahlte, sogen sämtliche Luft aus dem Zimmer. Wortlos starrte er sie an, und – du lieber Himmel – er war totenbleich.

Mit zwei langen Schritten stand er vor ihr und zog sie in die Arme.

Die Winterkälte hing immer noch in seinen Kleidern, und der dicke Mantel fühlte sich rau an ihrem Gesicht an.

Reglos verharrte sie in seiner Umarmung. Sie wagte nicht zu hoffen, dass er kein Traum war. Sie hatte nicht erwartet, ihn wiederzusehen, und ganz sicher nicht damit gerechnet, noch einmal in seinen Armen zu liegen.

»Mein Herz.« Dumpf drang seine tiefe Stimme an ihr Ohr.

Wie grausam. Ihre vierte Option, die, nach der sie sich am meisten sehnte, ihr Ein und Alles stand genau vor ihr. Dabei wollte sie doch nur das Richtige tun, und das war eindeutig nicht Option vier.

»Miss Archer, wer ist das?« Mrs Forsyth erschien in der Tür und schrie empört auf, als sie feststellte, dass Sebastian sie umarmte. »Ich protestiere ausdrücklich gegen dieses unverfrorene Benehmen«, keifte sie. »Ich dulde keine Herren in meinem

Haus. Das habe ich Ihnen von Anfang an gesagt. Diese Unsittlichkeit kann ich nicht tolerieren …«

Sebastian drehte sich halb um und schlug die Tür vor der Nase der empörten Mrs Forsyth zu, während er mit einem Arm Annabelle weiter umschlungen hielt.

Sie löste sich aus seinem Griff. »Was ist passiert?«, fragte sie. Und gleich darauf: »Oh Gott, ist deinem Bruder etwas zugestoßen? Ist er …«

»Nein«, antwortete er. In seinen Augen glitzerte ein harter silbriger Blick, der sie völlig aus dem Gleichgewicht brachte.

Sie machte einen kleinen Schritt zurück. »Montgomery, du machst mir Angst.«

Eine tiefe Falte bildete sich zwischen seinen Brauen. »Nenn mich nicht so.«

»Gut«, sagte sie und verschränkte die Arme über der Brust. »Sebastian, es hätte sicher eine angemessenere Zeit für einen Besuch gegeben …«

»Ich bin gekommen, um dich um deine Hand zu bitten.«

Sprachlos schaute sie ihn an.

»Heirate mich.« Er trat einen Schritt näher.

Sie lachte verunsichert. »Warum sagst du das?«

»Du lachst«, knurrte er. Er ergriff ihre Hand und drückte sie auf seinen Mantel, über sein Herz. »Mach diesem Elend ein Ende, Annabelle. Heirate mich.«

Sie wollte sich losmachen, doch er gab sie nicht frei, und nun war sie wirklich beunruhigt. »Was ist bloß in dich gefahren?«

»Ich bin heute Abend vom Pferd gestürzt.«

Ihre freie Hand flog an ihren Mund. »Nein.«

»Da war ein Fasan«, erklärte er. »Ein kleiner Fasan, der sich in einem Graben versteckt hat. Apollo hat sich erschreckt und ist ausgerutscht. Es geht ihm aber gut.«

Ihr Blick schweifte über ihn und suchte nach Anzeichen von Verletzungen. »Was ist mit dir?«

Er schwieg kurz. »Ich dachte, ich müsse sterben«, sagte er schließlich.

Das Blut wich ihr aus dem Gesicht, und eine eisige Hand griff nach ihrem Herz.

»Wie du siehst, ist meine Zeit noch nicht abgelaufen«, sagte er. »Der Boden war durch den Regen aufgeweicht, und mein Hut hat das meiste abbekommen, nicht mein Kopf.«

Die Angst, die sie hatte erstarren lassen, verebbte, und sie schlang die Arme um seinen Nacken.

»Schon gut«, sagte er und umfing sie schützend. »Jetzt bin ich hier.«

Sie umklammerte ihn noch fester und schmiegte sich an ihn. Am liebsten hätte sie ihm den schweren Mantel ausgezogen und all die weiteren Stoffschichten, die sie daran hinderten, die pulsierende Wärme und Stärke seines Körpers zu spüren.

Er vergrub sein Gesicht in ihren Haaren. »Heirate mich, Annabelle.«

Ihr Kopf ruckte zurück. »Bitte, sag so was nicht.«

Er runzelte die Stirn. »Warum nicht? Du wolltest nicht meine Mätresse werden. Und nun sagst du mir, dass du auch nicht meine Frau sein willst?«

Sie versuchte, sich von ihm loszumachen, doch er ließ sie nicht gehen.

Beim Blick in seine unnatürlich hellen Augen erfasste sie Furcht.

»Was ich will, spielt keine Rolle«, sagte sie. »Ich will nicht deine Mätresse sein, aber ich kann ganz gewiss nicht deine Ehefrau werden.«

Er neigte den Kopf. »Und warum nicht?«

»Du bist eindeutig auf den Kopf gefallen! Du weißt warum. Es ist unmöglich.«

»Das ist es eigentlich nicht. Ich frage dich, du sagst Ja. Mehr braucht es nicht.«

Mehr braucht es nicht.

Sie fühlte sich seltsam schwindelig. Ihr geheimsten, illusorischen Träume lagen nur eine einzige Silbe entfernt.

»Nein«, brachte sie mühsam hervor. »Nein, ich würde dich nie bitten, deinen Ruf und dein Leben für mich zu ruinieren.«

»Du würdest mein Leben nicht ruinieren.«

Sie versuchte sich von ihm zu lösen, und er umarmte sie so fest, dass ihr fast die Luft wegblieb.

»Nein«, sagte sie nachdrücklich. »Bitte, lass mich los.«

Ungeduldig schnaubend tat er es, und sie machte einen schnellen Schritt zurück, als hätte sie sich an ihm verbrannt.

»Hör mich an«, sagte er, die Hände zu Fäusten geballt. »Jahrelang habe ich mir Sorgen gemacht, dass ich vom Pferd stürzen könnte, bevor ich einen Erben habe. Und nun ist es passiert, und ich war mir sicher, ich würde mir den Hals brechen. Aber als ich annahm, mir stünde mein letzter Atemzug bevor, dachte ich da an Montgomery Castle oder an meinen Titel, meinen Vater oder meinen Erben?«

Wieder griff er nach ihr, wieder wich sie ihm aus, und seine Miene verfinsterte sich.

»Ich habe an dich gedacht, verdammt«, sagte er. »Ich habe dein Gesicht gesehen, so deutlich, wie ich dich jetzt vor mir sehe, und alles, was ich verspürte, war tiefes Bedauern, dass mir nur so wenig Zeit mit dir vergönnt war. Meine unerledigte Mission besteht aus dir und mir, Annabelle.«

Oh Gott! Er meinte es todernst.

Zumindest glaubte er das.

Sie zwang sich zu einem ruhigen Ton. »Ich fühle mich natürlich geehrt. Wie könnte ich auch nicht? Aber du musst doch inzwischen wissen, dass du im Moment nicht ganz bei dir bist. Du kannst nicht klar denken.«

Tatsächlich war sein Blick nie klarer gewesen.

Sie erschauerte. Er hatte einen starken Willen, einen stärkeren als sie, und er bot ihr, wonach sich ihr Herz am meisten sehnte. Eine Ehe würde jedoch nur Unglück mit sich bringen.

Sie wandte ihm den Rücken zu, in einem verzweifelten Versuch, ihre Sinne beisammenzuhalten. »Was ist mit dem Skandal, den wir damit auslösen würden? Was ist mit deinem Bruder? Wenn wir heiraten, wäre auch sein Ruf befleckt. Das hast du selbst gesagt. Deine Erben würden in Ungnade fallen. Gelten diese Gründe nun nicht mehr?«

»Warum kannst du nicht darauf vertrauen, dass ich mich um all das schon kümmern werde?«, fragte er. »Ich mache den Antrag, du sagst einfach Ja.«

Sag Ja. Sag Ja.

»Morgen«, schlug sie vor. »Warum reden wir nicht morgen darüber?«

»Dreh dich um und schau mich an«, forderte er. »Und ich sage dir, dass ich auch morgen nicht anders denken werde. Oder nächste Woche.«

Sie wirbelte herum. Dass er so stur auf dem Unmöglichen beharrte, erzürnte sie. »Du kannst nicht die Tochter eines Vikars heiraten. Eines Tages wirst du aufwachen und auf die Trümmer deines Lebens schauen, und nichts, was ich tue, könnte dich dafür entschädigen.«

Sein Blick wurde abschätzend und gnadenlos. »Du vertraust mir nicht«, sagte er. »Du vertraust nicht darauf, dass ich weiß, was für mich das Beste ist.«

»Du hast gerade erst dem Tod ins Auge geblickt. Ich kann mir vorstellen, dass dies die Perspektive eines jeden Menschen verzerren würde.«

Seine Augen waren hart und grau wie Granit. »Oder womöglich rückt es die Perspektive erst gerade. Ich bin kein wankelmütiger Junge, Annabelle. Bestraf uns nicht beide, indem du mich mit den Männern auf eine Stufe stellst, die du in der Vergangenheit kennengelernt hast.«

Die Spitze in seinen Worten ließ sie zusammenzucken. Die Munition hatte sie ihm in einem Anfall von Vertrauen selbst geliefert. Nein, sie durfte nicht an ihre gemeinsame Zeit in seinem Bett denken, eingehüllt in einen Kokon aus Glückseligkeit.

Irgendwo bellte noch immer Mrs Forsyths wütender Hund.

Sie drückte die Hände auf ihre pochenden Schläfen. »Ich kann nicht«, sagte sie leise. »Wir können das nicht tun.«

»Annabelle.« Seine Stimme klang belegt. »Ich wusste nicht, dass ich die ganze Zeit nach dir Ausschau gehalten habe, bis wir uns kennenlernten. Hätten sich unsere Wege nie gekreuzt, hätte ich womöglich ein zufriedenes Leben geführt und wäre als vernünftiger Mann gestorben. Aber unsere Begegnung kann nicht mehr rückgängig gemacht werden, und nun, da ich weiß, zu welchen Gefühlen ich fähig bin, kann ich sie auch nicht mehr leugnen. Ich kann nicht so tun, als sei unsere Beziehung bloß eine Schwärmerei, die schon vorübergehen wird. Ich kann mich entscheiden, ob ich bis zu meinem Tod darüber trauern möchte, dass ich dich verloren habe, oder ob ich mit dir leben und mich allem stellen will, was kommen mag. Das sind meine Möglichkeiten: ein Leben mit dir oder ein trostloses Dasein ohne dich. Und wie bei allen Entscheidungen hat auch diese ihren Preis. Aber das, was wir gemeinsam haben würden, ist mir jedes Opfer wert.«

Jedes Wort traf ihr Herz wie ein Dolch, schnelle, dumpfe Stiche, die sich bald zu einem heftigen Schmerz entwickeln und sie ausbluten lassen würden. Wie besonnen er in seinem Irrsinn klang, und auch ihre Vernunft bröckelte gefährlich dahin. Beinahe hätte sie ihn an diesem Tag für immer verloren. Ihr Instinkt drängte sie, ihn zu umarmen und nie wieder loszulassen.

Mühsam holte sie Luft. »Es geht nicht.«

Ihr lebloser Ton ließ ihn verharren.

Zum ersten Mal nahm sie ein Aufflackern von Ungewissheit in seinen Zügen wahr. »Du meinst das ernst«, sagte er bedächtig. »Du lehnst meinen Antrag ab.«

»Ja«, sagte sie, und ihre Kehle schmerzte vor Anstrengung, die Worte über die Lippen zu bringen.

Er wurde kalkweiß. Ein Taubheitsgefühl übermannte sie und raubte ihr die Worte.

Die Ehre würde es ihm verbieten, ein Verlobungsversprechen zu brechen, selbst wenn er es nicht bei klarem Verstand gegeben hätte. Morgen oder nächste Woche würde er ihr dankbar dafür sein, dass sie ihn nicht in eine unabänderliche, missliche Lage gebracht hatte. Ganz sicher.

»Weißt du«, sagte er in beiläufigem Ton. »Allmählich glaube ich, du würdest mir immer einen Korb geben, ganz gleich, wie die Umstände sind. Und ich glaube, das hat nichts mit deiner Moral zu tun oder dem Wunsch, meinen guten Ruf zu wahren. Du bist schlicht und einfach zu feige.«

Die Worte waren wie eine Ohrfeige und rissen sie aus ihrer Trance. »Was meinst du damit?«

»Du hast Angst. Davor, dass ausnahmsweise einmal ein Mann dich beherrscht und manipuliert, und damit meine ich nicht die eheliche Vormundschaft. Ich glaube, dass du selbst mit den drakonischsten Regeln deines Ehemannes gut zurechtkommen würdest, denn es gibt eine Festung in dir, die niemand mit Gewalt einnehmen kann. Aber ich habe dich bereits eingenommen. Du hast dich mir hingegeben. Warum darf ich jetzt nicht eine ehrbare Frau aus dir machen?«

Weil ich dich mehr liebe als mein eigenes Glück.

Entschlossenheit zeigte sich erneut in seiner Miene, und sie begriff, dass er diesen verrückten Plan nicht aufgeben würde, solange er glaubte, dass sie ihn liebte. Er würde alles für sie opfern. Er würde seinem Ruf schaden, sich der Lächerlichkeit unter seinesgleichen und der Presse preisgeben. Sein Familienstammsitz und sein politisches Ansehen wären verloren, die Reinheit seines Familienstammbaums zerstört. Er würde sein Lebenswerk für eine gesellschaftlich weit unter seinem Rang stehende Frau ruinieren. Und irgendwann würde seine Zuneigung unausweichlich abflauen, und er würde anfangen, sie zu hassen, oder schlimmer noch, sich selbst, weil er alles für sie aufgegeben hatte.

Sie schlang die Arme um ihren zitternden Körper. »Du solltest wissen, dass ich heute einen weit vernünftigeren Antrag erhalten habe.«

Hätte sie eine Pistole auf ihn abgefeuert, hätte das wohl denselben Effekt gehabt: ein Aufflackern von Überraschung in seinen Zügen und dann stocksteifes Verharren.

Als er endlich das Wort ergriff, erkannte sie seine Stimme kaum wieder. »Der Professor.«

Sie nickte.

»Hast du seinen Antrag angenommen?«

»Ich wurde relegiert«, sagte sie, »und er …«

»Hast du seinen Antrag angenommen?«, wiederholte er drängend. Der Ausdruck in seinen Augen ließ sie eine Hand an ihre Kehle heben.

»Nein«, erwiderte sie leise. Leise und schuldbewusst.

»Aber du hast darüber nachgedacht. Grundgütiger, du denkst noch immer darüber nach.«

»Er wäre eine angemessene Partie …«

Er lachte verbittert. »Nein, Madam, nein. Wenn du ihn heiratest, würde dich das zu einer größeren Hure machen, als du es als meine Mätresse jemals gewesen wärst.«

»Wie kannst du so etwas sagen?«, fragte sie mit erstickter Stimme.

Er umkreiste sie wie ein geschmeidiges Raubtier und blieb schließlich hinter ihr stehen. »Weil, mein Schatz, du ihn nicht liebst«, murmelte er. Sein kühler Atem streifte über ihren Nacken. »Du liebst ihn nicht, und du würdest ihn nur zum Mann nehmen, weil er für dich sorgen kann, nicht, weil du ihn begehrst.«

Sie schloss die Augen. »Ich liebe auch dich nicht.«

»Das ist gelogen«, erwiderte er gefährlich leise. »Du solltest den Blick in deinen Augen sehen, wenn ich dich küsse.«

»Natürlich glaubst du das, aber jede Frau würde sich geschmeichelt fühlen, wenn ein Mann deines Ranges ihr Aufmerksamkeit schenkt. Die Wahrheit ist, es ging mir immer nur um das Frauenwahlrecht. Nur deshalb bin ich nach Claremont gekommen. Wir wollten dich ausspionieren. Jedes Gespräch, das wir geführt haben, fand zu dem Zweck statt, deine Unterstützung für unsere Sache zu gewinnen. Wir haben sogar ein Profil über dich angelegt.«

Er packte sie und drehte sie zu sich um.

Seine Miene war frostig. »Ein Profil? Wovon redest du?«

»Die Wahrheit«, flüsterte sie. »Ich sage dir die Wahrheit.«

Der Griff um ihre Schultern wurde fester. »Du lügst. Du vergisst, dass ich dich erst vor ein paar Nächten im Arm gehalten habe. Ich kenne dich, und ich weiß, dass du mich jetzt anlügst.«

»Kennst du mich wirklich?«, fragte sie mit brüchiger Stimme. »Du hast nicht mal gewusst, wie deine eigene Frau in Wahrheit fühlt, bis sie mit einem anderen davongelaufen ist, und sie hat monatelang das Bett mit dir geteilt.«

Seine Miene versteinerte vor ihren Augen zu einer Totenmaske. Abrupt ließ er sie los, als wäre ihm plötzlich klar geworden, dass er Gift in den Händen hielt. Seine verächtlich gekräuselten Lippen versetzten ihr einen Stich.

Erstarrt und stumm sah sie ihm nach, wie er ging.

Die Tür knallte hinter ihm ins Schloss, doch sie nahm es kaum wahr. Ein seltsames Rauschen erfüllte ihren Kopf. Sie sank aufs Bett.

Sie hatte das Richtige getan. Sie bekam keine Luft, aber sie hatte das Richtige getan. Diese Tragödie würde keine Geschichte schreiben. Sie würde im Privaten ertragen werden und eines Tages mit ihr sterben.

Sie wusste nicht, wie viel Zeit vergangen war – eine Minute oder eine Stunde? –, bis Mrs Forsyth sich vor ihr aufbaute. Das Gesicht der unerschütterlichen Anstandsdame leuchtete in einem tiefen Rot, als sie wütend auf Annabelle herabstarrte. »Ich habe gesagt, ich dulde keine Männerbesuche«, giftete sie. »Und schon am ersten Abend, an dem Sie bei mir wohnen, bringen Sie mir einen Grobian ins Haus.«

»Es tut mir leid«, sagte Annabelle tonlos.

»Ich bin nicht grausam«, sagte Mrs Forsyth. »Deshalb dürfen Sie noch über Nacht bleiben. Aber ich erwarte, dass Sie morgen früh mein Haus verlassen.«

29. KAPITEL

Im Morgengrauen stahl sich Annabelle aus Mrs Forsyths Haus. Erschöpfung machte ihr die Glieder bleischwer. Die kalte Morgenluft brannte auf ihren Wangen wie eine belebende Ohrfeige, aber sie fühlte sich immer noch übernächtigt, als sie das bogenförmige Tor von St. John's erreichte.

Ein freundlicher Pförtner hatte ihre Reisetruhe am gestrigen Abend von ihrer Unterbringung in Lady Margaret Hall zu Mrs Forsyth gebracht; vielleicht würde ihr heute noch einmal jemand mit ihrem Gepäck helfen. Die Pförtner hier kannten sie von ihren Tutorien-Besuchen bei Professor Jenkins. Die Frage blieb: Wohin mit ihrer Reisetruhe? Catriona und ihr Vater hatten eine Wohnung im Westflügel des Colleges. Eine kurzeitige Verwahrung von Annabelles Gepäck würde dem Ruf ihrer Freundin wohl keinen Schaden zufügen. Welche Erklärung sie allerdings über ihren Rauswurf bei Mrs Forsyth abgeben sollte, wusste sie nicht. Allein bei dem Gedanken, eine weitere Halbwahrheit zu erzählen, wurde ihr flau im Magen.

Im Pförtnerhaus war niemand zu sehen. Überhaupt war es außergewöhnlich still in dem quadratischen Innenhof des Colleges. Nur ein einzelner Student spazierte in den Schatten des Säulenganges umher.

Sie blieb auf dem Weg stehen. Die vergangene Nacht hatte

ihr Ruder und Segel genommen, nun trieb sie ziellos umher wie Treibholz. Es schien unmöglich, sich zu entscheiden, ob sie zum Westflügel gehen oder vor dem Pförtnerhaus warten sollte.

Der Student verschwand durch den Bogengang im nächsten Hof. Zweifellos ging er irgendwohin, wo es warm war.

Sie wandte sich wieder dem Pförtnerhaus zu. Inzwischen brannte Licht, und hinter dem Fenster regte sich jemand. Sie lief zur Tür und klopfte zögernd an.

Aus dem Augenwinkel sah sie den Bogengang und runzelte die Stirn. Ein nagendes Gefühl hatte sich in ihr breitgemacht, doch sie konnte nicht fassen, was es zu bedeuten hatte.

Die Tür des Pförtnerhauses öffnete sich, und ein kräftiger weißhaariger Mann erschien im Türrahmen. »Guten Morgen, Miss«, grüßte er. »Wie kann ich Ihnen helfen?«

»Guten Morgen. Ich bin Studentin in der Lady Margaret Hall, und ich …«

Plötzlich wusste sie, was an ihr nagte. Der Student. Im Bogengang. Die schlaksige Gestalt. Der schlendernde Gang.

Eine Gänsehaut überlief sie, und sie machte auf dem Absatz kehrt.

»Miss?«, rief der Pförtner ihr nach.

Sie lief bereits den Gang entlang; ihre hastigen Schritte hallten von den Wänden wider und wurden immer schneller, bis sie rannte. Im Durchgang zum zweiten Hof blieb sie schnaufend stehen. Hektisch schaute sie von links nach rechts und bemerkte, wie eine Tür zum Westflügel zufiel.

Die Tür führte auf einen schmalen, schlecht beleuchteten Flur, der nach alten, modrigen Steinmauern roch.

Der junge Mann hatte sich nach rechts gewandt und steuerte zielstrebig die Tür am Ende des Korridors an.

»Sir!«

Er verlangsamte seine Schritte nicht, vielmehr beschleunigte er sie sogar.

Sie lief ihm hinterher. »Sir, auf ein Wort.«

Seine Schultern versteiften sich.

Verflixt. Was sollte sie sagen, falls er doch nicht derjenige war, für den sie ihn hielt?

Obwohl sich ihre Vermutung bestätigte, war sie völlig perplex, als der Mann sich umdrehte und sich tatsächlich als Lord Peregrin herausstellte.

»Oh, du liebe Güte!«, rief sie.

Das lange, strähnige Haar und die teigige Blässe hatten Lord Peregrins Charme deutlich Abbruch getan. Er erinnerte an ein Wesen, das sich nur nachts herauswagte.

Sie eilte zu ihm. »Geht es Ihnen gut?«

»Oh, guten Morgen, Miss Archer.« Höflich ignorierte er die Hand, die sie ihm instinktiv auf den Arm gelegt hatte. Sie zog sie rasch zurück. »Welch ein unerwartetes Vergnügen«, fuhr er fort. »Was führt sie zu dieser unchristlich frühen Stunde nach St. John's?«

Die Tür schwang hinter ihm auf, und er erstarrte.

Annabelle schaute über seine Schulter, und Erleichterung durchflutete sie, als sie Catriona entdeckte. »Catriona«, sagte sie, »ich war gerade auf dem Weg zu dir.«

Sie wollte zu ihrer Freundin gehen, da fiel ihr der kleine Korb unter Catrionas Arm auf. Und ihre schuldbewusste Miene.

»Catriona?«

Ihre Freundin schenkte ihr ein mattes Lächeln. »Annabelle. Und Lord Peregrin. Welche Überraschung.« Sie klang auch schuldbewusst und versuchte verstohlen, ihren Korb zu verstecken.

Man konnte fast hören, wie Peregrin die Augen verdrehte.

Annabelle schaute von ihm zu Catriona, und die Erinnerung blitzte auf: wie Catriona in Peregrins Nähe errötete, ihr Versuch, ohne Brille zum Ball in Claremont zu gehen …

Ihr Blick fiel auf den verräterischen Korb auf Catrionas Hüfte. »Das sind Lebensmittel, nicht wahr?« Es war mehr eine Feststellung als eine Frage. »Für Lord Peregrin?«

Catriona schaute zu Peregrin. Bat sie etwa um Erlaubnis?

»Weißt du, dass er seit mehr als einem Monat als vermisst gilt?«, fragte sie. »Dass Scotland Yard jeden Stein in England auf der Suche nach ihm umdreht?«

Peregrin und Catriona gaben einen erschrockenen Laut von sich.

»Ihr wusstet es also«, stellte Annabelle fassungslos fest.

»Woher wissen Sie es?«, wollte Peregrin wissen.

Sie wirbelte zu ihm herum. »Weiß Ihr Bruder, dass Sie hier sind?«

Er hob die Brauen, weil sie, jede Förmlichkeit vergessend, den Herzog von Montgomery als seinen Bruder bezeichnete. »Miss …«

»Nun? Weiß er es?«

»Entschuldigung, aber bei allem Respekt, ich wüsste nicht, was Sie das angeht.«

Weil er mich geküsst hat, kurz bevor wir von Ihrem Verschwinden erfuhren. Weil ich ihn in den Armen gehalten und gespürt habe, wie ihm das Herz brach, als er erfuhr, dass sein eigener Bruder ihn hintergangen und im Stich gelassen hat. Weil alles, was ihm Kummer bereitet, auch mich schmerzt.

Du Heuchlerin.

Sie hatte ihn gestern Nacht am meisten verletzt, denn sie hatte ihm gnadenlos seine Liebe, seinen Antrag und sein Vertrauen vor die Füße geworfen.

Sie stellte sich auf die Zehenspitzen und musterte Peregrins ausgemergeltes, aristokratisches Gesicht. »Wie können Sie nur?«, fragte sie. »Er weiß nicht mal, ob Sie tot oder lebendig sind.«

Peregrins Augen verengten sich zu Schlitzen. »Pardon, Miss Archer«, sagte er. »Erneut bin ich mir nicht sicher, wofür genau ich mich entschuldigen soll, jedenfalls liegt es mir fern, Sie zu erzürnen.«

Oh, zum Teufel mit seiner höflichen Zurückhaltung. »Gut, dann werde ich eben ganz offen sein«, sagte sie und schenkte ihm einen finsteren Blick. »Sie sind einfach verschwunden. Sie sind davongelaufen, anstatt völlig vernünftige Anweisungen zu befolgen. Und während Sie es sich in ihrem Versteck gemütlich machen und die Gutmütigkeit einer jungen Frau ausnutzen und sich von ihr versorgen lassen, macht Ihr Bruder nachts kaum ein Auge zu, weil er sich zu Tode um Sie sorgt.«

Zwei rote Flecken brannten auf Peregrins Wangen. Wäre sie ein Mann, hätte er sie vermutlich niedergeschlagen. »Aus rätselhaften Gründen scheinen Sie recht gut Bescheid zu wissen, Miss Archer, das gestehe ich Ihnen zu«, sagte er gedehnt. »Aber in einem irren sie sich, Montgomery ängstigt sich gewiss wegen nichts zu Tode. Er hat dafür weder das Temperament noch das Herz. Sollte ich dennoch Emotionen in ihm geweckt haben, dann kann ich Ihnen versichern, dass diese vielmehr davon herrühren, dass er sich um die Erbnachfolge sorgt, nicht um mich persönlich.«

Unwillkürlich hob Annabelle den Arm. Sie riss sich gerade noch rechtzeitig zusammen, aber einen Augenblick lang schauten sie und Peregrin auf ihre erhobene Hand, die beinahe einen Adeligen geohrfeigt hätte.

Peregrins Blick wanderte von ihrer Hand zu ihrem Gesicht, und Argwohn stand in seinen Augen. »Miss?«

»Wie wenig Sie ihn doch kennen«, sagte sie leise. »Der arme Montgomery. Nie sehen die Menschen, die er liebt, sein wahres Ich. Er hat ein Herz, wissen Sie, ein beherrschtes, aber ehrenwertes Herz, das genauso verletzlich ist wie Ihres und meines. Und ich wette, es ist hundertmal treuer und loyaler. Männer wie ihn findet man nur selten, und das nicht etwa, weil er wohlhabend ist oder mächtig, sondern weil er sagt, was er denkt, und tut, was er sagt. Er könnte ein selbstsüchtiger Tyrann sein, der sich dem Müßiggang widmet, und dennoch arbeitet er hart, um den Menschen in seiner Obhut das Leben so einfach wie möglich zu machen. Er kümmert sich um alles, damit andere es nicht müssen. Und wenn Sie, Mylord, auch nur einen Funken Ehre in Ihrem Körper besäßen, würden Sie ihm dabei helfen, diese höllisch schwere Last der Verantwortung zu tragen, anstatt sich aufzuführen wie ein verwöhnter Bengel.«

Sie spuckte das Wort »Bengel« beinahe aus.

Lord Peregrin war unter seiner Blässe noch bleicher geworden.

»Annabelle.« Catriona hatte sich zwischen sie gestellt, doch ihr Gesicht verschwamm vor Annabelles Augen.

»Er hat ein Herz«, sagte sie, »und ich liebe ihn.«

»Annabelle«, sagte Catriona erneut, »du solltest …«

»Ich liebe ihn, aber ich habe ihn angelogen, und nun wird er für immer schlecht von mir denken.« Ihre Stimme brach.

Catriona legte ihr einen Arm um die Schultern, ihre großen blauen Augen schwammen in Mitgefühl. Dieser freundliche Blick brachte das Fass zum Überlaufen. Zum ersten Mal seit diesem schicksalhaften Sommer vor mehreren Jahren brach Annabelle in Tränen aus.

»Ich liebe ihn!«

»So ist sie schon seit ungefähr einer halben Stunde«, vertraute Hattie mit leiser Stimme Lucie an.

Die Ortsgruppenleiterin der Suffragistinnen stand in der Tür zum kleinen Wohnzimmer der Campbells, immer noch in Mantel und Schal. Blonde Strähnen hatten sich aus ihrer hastig aufgesteckten Frisur gelöst.

Annabelle hatte sich in dem Sessel zusammengerollt, laute Schluchzer ließen ihren Körper erbeben, als ob der Kummer eines ganzen Lebens nun endgültig alle Dämme gebrochen hätte. Catriona hatte sich auf die Armlehne gesetzt und streichelte Annabelle unbeholfen über den Rücken.

»Herrje«, sagte Lucie.

Sie ging zum Schrank an der gegenüberliegenden Wand. Ihre Intuition wurde mit dem Anblick mehrerer Flaschen belohnt. Sie entkorkte eine Brandyflasche und füllte zwei Fingerbreit in ein kleines Glas.

»Trink das«, forderte sie Annabelle auf und hielt ihr das Glas unter die Nase.

Annabelle schaute mit geröteten Augen zu ihr auf. Ihre Nase glänzte unvorteilhaft rosa.

»Ist das Likör?«, schniefte sie.

»Trink«, sagte Lucie nachdrücklich. »Ich verspreche, es ist nicht halb so schlimm, wie Geheimnisse vor deinen Freundinnen zu haben und sich mit dem Feind zu verbünden. Montgomery, Annabelle? Von allen Männern im Königreich ausgerechnet er!«

Annabelle blickte in das Glas. »Er ist kein Feind«, erwiderte sie dumpf. »Er hat uns die Erlaubnis für die Demonstration besorgt. Er hat uns einen Gefallen getan. Und ich …«

»Du liebst ihn, ja, das hast du schon erwähnt.« Lucie zog sich einen Stuhl heran. »Und er hat uns die Erlaubnis besorgt, sagst du? Warum erzählst du uns nicht alles von Anfang an?«

Annabelle trank einen Schluck Brandy und verzog das Gesicht. »Das spielt jetzt sowieso keine Rolle mehr.«

»Warum benimmst du dich dann, als sei die Welt untergegangen?« Lucie löste ihren langen Schal.

Weil es sich genauso anfühlt.

Ihr Herz zerbrach jedes Mal in tausend Splitter, wenn sie an den Ausdruck in seinem Gesicht dachte, kurz bevor er ihr Zimmer verließ. Als sei sie seine persönliche Delilah, seine Salome, das Inbild einer verräterischen Frau.

Mit einem Schluck trank sie das Glas leer. »Er verachtet mich gewiss«, krächzte sie.

Lucies silbergraue Augen sprühten Funken. »Dieser Schuft«, brummte sie. »Ich kann nicht glauben, dass er dich verführt hat, noch dazu unter dem Schutz seines eigenen Daches, wie ich annehme.«

»Er hat mich nicht verführt«, protestierte Annabelle. »Nun ja, vielleicht ein bisschen.« Sie war wie verzaubert gewesen, an dem Tag auf dem Hügel in Wiltshire, als er vor ihr stand, Hut in der Hand, und eine seltene Entschuldigung aussprach. »Es war nicht seine Schuld.«

»Grundgütiger!«, sagte Lucie. »Natürlich war es seine Schuld. Denk dran, du bist eine Suffragistin. Wir glauben nicht an die Geschichte der bösen Verführerin und des wehrlosen Mannes. Er wusste genau, was er tat.«

»Was, wenn ich dir sage, dass ich gar nicht abgeneigt war?«, erwiderte Annabelle verärgert.

Lucie verdrehte die Augen. »Annabelle, er mag zwar kalt wie ein Fisch wirken, aber er ist zehn Jahre älter als du. Er ist ein ausgezeichneter Stratege und hat sich die Gunst der Königin verschafft, in dem er erwachsene Männer beeinflusst, damit sie nach seiner Pfeife tanzen. Du hattest nicht die geringste Chance gegen ihn, und das weiß er auch. Sei ehrlich … Hat er all die richtigen Dinge gesagt? Hat er dir das Gefühl gegeben, als ob ihr euch seit Jahren kennt und euch sogar ohne Worte versteht?«

Oh, das konnte man wohl sagen. »Ja«, hauchte sie.

Hattie stieß einen empörten Laut aus.

Lucie nickte wissend. »Genau so machen sie das«, sagte sie. »Es tut mir so leid, dass ich dich geschickt habe, um diesen Halunken für uns zu gewinnen.«

»Er hat mir gestern Abend einen Antrag gemacht«, sagte Annabelle.

Ihre Freundinnen keuchten gleichzeitig auf. Es war fast komisch, wie alle drei Gesichter den gleichen Ausdruck von schockierter Fassungslosigkeit zeigten.

»Einen Antrag gemacht? Dich zu heiraten?«, quiekte Hattie. Ihre Augen waren kreisrund.

Annabelle nickte. »Ja, er hat mich gestern Abend bei Mrs Forsyth aufgesucht. Ich … habe abgelehnt. Es hat eine Szene gegeben, und Mrs Forsyth hat mich gebeten, ihr Haus zu verlassen.«

Schweigen. Ein unangenehmes, ungläubiges Schweigen.

»Herrje!«, murmelte Lucie. Sie stand auf und schenkte sich an der Bar ein Glas Brandy ein.

»Und du hast abgelehnt?«, fragte Hattie atemlos.

Annabelle schluckte. »Ja. Ich konnte seinen Antrag ja wohl kaum annehmen, nicht wahr?«

Alle drei schüttelten gleichzeitig heftig die Köpfe.

»Theoretisch hättest du das natürlich tun können«, sagte Hattie. »Aber das wäre der Skandal des Jahrzehnts gewesen. Nein, des Jahrhunderts. Vermutlich wäre es wohl zur Legende geworden …«

»Ich weiß«, unterbrach Annabelle. »Ich weiß. Deshalb habe ich ihn zurückgewiesen. Oh.« Hektisch betupfte sie die Augen mit ihrem durchnässten Taschentuch, weil die Tränen erneut flossen.

»Ich kann gar nicht glauben, dass er um deine Hand angehalten hat.« Hattie schüttelte den Kopf. »Nicht, dass du es nicht wert wärest«, ergänzte sie hastig. »Aber es scheint solch eine unüberlegte, törichte Handlung für einen solch kaltherzigen, ich meine, klugen Mann zu sein.«

Annabelle schenkte ihr ein müdes Lächeln. »Er hat mich vernünftigerweise erst gefragt, ob ich seine Mätresse werden möchte.«

Lucie verengte die Augen zu gefährlichen Schlitzen. »Am selben Abend?«

»Nein«, erwiderte Annabelle. »In Claremont.«

»Ich bin froh, dass du dieses Angebot abgelehnt hast«, meinte Catriona. »Wir können mit einer skandalträchtigen Duchess befreundet sein, aber niemals mit der Mätresse eines Herzogs.«

Annabelle stellte den leeren Tumbler auf den kleinen Beistelltisch. »Und nun?«, fragte sie. »Werdet ihr mit mir befreundet bleiben?«

Hattie runzelte die Stirn. »Warum denn nicht?«

»Weil ich einen Mann geboxt habe«, sagte Annabelle. »Weil ich im Gefängnis war und man mich relegiert hat. Weil ich einen Antrag von einem Herzog erhalten habe und meine Anstandsdame mich aus dem Haus geworfen hat.«

Lucie grinste hinter dem Glas. »Klingt ganz so, als ob du im Moment eine oder drei Freundinnen gut gebrauchen könntest.«

»Ich bin ein wandelnder Skandal«, erwiderte Annabelle schroff.

Catriona nahm den Arm von Annabelles Schultern und faltete die Hände im Schoß. »Ich habe gesehen, wie er dich auf dem Ball in Claremont geküsst hat«, sagte sie. »Und ich bin immer noch mit dir befreundet, oder nicht?«

Annabelle schaute sie erstaunt an. Nun, ja. Catriona war im Flur gewesen, als sie diesen Alkoven verlassen hatte. Sie hatte sie auf ihr derangiertes Haar aufmerksam gemacht …

»Er hat dich geküsst? Auf dem Ball?«, quiekte Hattie.

Und wie es schien, hatte Catriona nicht einmal bei ihren Freundinnen darüber getratscht.

»Warum seid ihr so nett zu mir?«, wollte Annabelle wissen. »Warum verurteilt ihr mich nicht, tauscht keine wissenden Blicke und versucht nicht, mich zu schneiden?«

So wie die Mädchen aus dem Dorf, die sie einst als Freundinnen betrachtet hatte. Doch nachdem das Getuschel über sie und William angefangen hatte, wollten sie nichts mehr mit ihr zu tun haben. Selbst ihr eigener Vater hatte sich von ihr abgewendet.

Lucie seufzte. »Trotz deiner Klugheit bist du manchmal ziemlich schwer von Begriff«, stellte sie fest. »Schau uns doch an. Keine von uns ist so, wie die Gesellschaft es gerne hätte.« Sie deutete auf Catriona. »Zu klug. Aber um auf Schatzsuche zu gehen, nutzt man ihre Berichte, in glückseliger Unwissenheit, dass eine Frau sie geschrieben hat. Ich glaube, einmal hast du sogar eine Hose getragen und bist durch irgendwelche Höhlen in Ägypten gekrochen, nicht wahr, Catriona?«

Catriona nickte, und eine verlegene Röte kroch ihr über Hals und Gesicht.

»Und sieh mich an«, fuhr Lucie fort. »Meine Familie hat mich schon lange vor dem kleinen Zwischenfall mit dem spanischen Botschafter und der Silbergabel verstoßen. Hätte mir meine Tante nicht ein kleines Treuhandvermögen hinterlassen, was sie nur getan hat, um meinem Vater eins auszuwischen, wäre ich entweder mittellos oder eine tobende Verrückte, die man in ihrem Schlafgemach eingesperrt hat. Und das nur, weil ich nicht so sein kann, wie sie mich gerne hätten. Ich bin nicht duldsam, ich kann meinen Mund nicht halten, ich habe mich nie umrundet von einer Schar von Kindern gesehen und gehorsam meinem Lordgemahl und Meister dienend. Und, Hattie …« Sie runzelte die Stirn. »Ich weiß nicht genau, worin deine Eigentümlichkeit besteht.«

Hattie verschränkte die Arme. »Warum sollte ich überhaupt eigentümlich sein?«

Lucie schaute sie vielsagend an. »Warum sonst würde sich eine Tochter von Julien Greenfield ellbogentief in Farbe vergraben und sich von Professor Ruskin jede Woche tyrannisieren lassen?«

Hatties stets lächelnder Mund verzog sich zu einer trotzigen Linie. »Schön«, gab sie zu. »Ich kann nicht richtig schreiben. Und ich bin auch nicht gut im Rechnen.« Sie hob die Brauen und blickte Lucie an. »Und du hältst dich für ein schwarzes Schaf? Jede einzelne meiner Schwestern weiß, wie man gewinnbringend investiert. Ich hingegen kann nicht einmal eine Zahlenreihe korrekt übertragen. Hätte ich nicht die roten Haare der Familie, würden meine Eltern wohl annehmen, ich sei bei der Geburt vertauscht worden. Vermutlich denken sie das ohnehin. Das ist ihnen sicher lieber, weil es weniger peinlich ist.«

»Unfug«, murmelte Annabelle. »Du bist hinreißend, so wie du bist.«

»Ach.« Hattie strahlte. »Wie lieb von dir.«

»Siehst du, Annabelle«, sagte Lucie. »Ich behaupte nicht, dass du nicht skandalträchtig bist, aber du bist nicht allein.«

Ein leichtes Lächeln umspielte Annabelles Lippen. »Nein, wie es aussieht, befinde ich mich in allerbester Gesellschaft.«

Sie konnte nun auch leichter atmen, als hätte der Schraubstock um ihre Brust sich etwas gelockert.

»Du brauchst einen Unterschlupf«, sagte Lucie.

»Das ist wahr.« Annabelle knäulte das Taschentuch zusammen.

Lucie wirkte selbstzufrieden. »Du hättest mein Angebot

gleich annehmen sollen, als ich dir vorschlug, bei mir zu wohnen.«

»Ja, das wäre wohl besser gewesen.«

»Lass uns dein Gepäck holen. Es sei denn, du hast noch weitere Geheimnisse, die du uns vorher noch anvertrauen willst.«

»Nein, ich habe keine«, sagte Annabelle. »Aber, wenn ich so darüber nachdenke …« Ihr Blick fixierte Catriona, die prompt den Kopf einzog. »Warum hast du Lord Peregrin geholfen, und wo um Himmels willen hast du ihn versteckt?«

30. KAPITEL

Peregrin Devereux war ein sanftmütiger junger Mann mit sonnigem Gemüt. Es brauchte schon dramatische Ereignisse, um ihn zu drastischen Aktionen zu verleiten. Und gab es etwas Dramatischeres, als eine Frau wie Miss Archer in Tränen aufgelöst zu sehen? Ihr jämmerliches Schluchzen noch immer im Ohr hatte er sich, ohne zu zögern, auf den Weg nach Wiltshire gemacht.

Sein Mut bröckelte jedoch, als Claremont in Sicht kam. Und vor der dunklen schweren Tür des Arbeitszimmers seines Bruders hatte er sich gänzlich in Luft aufgelöst. Ihm war ein wenig übel. Hinter dieser Tür war ihm noch nie etwas Gutes widerfahren.

Er schloss die Augen und rief sich all die Gründe in Erinnerung, warum er gekommen war. Dann klopfte er nachdrücklich an.

Niemand antwortete.

Peregrin runzelte die Stirn. Wo könnte Montgomery sonst sein?

Uneingeladen trat er ein.

Im Raum war es dämmrig. Die schweren Vorhänge waren vorgezogen, und es brannte weder Licht noch Feuer im Kamin. Der schale Geruch von Tabak hing in der Luft.

»Sir?«

Montgomerys Augen glänzten im Schatten wie polierte Steine. Er lümmelte mit ausgestreckten Beinen auf dem Stuhl hinter dem Schreibtisch, den Kopf auf das Lederpolster gelehnt.

Peregrin hätte nicht gedacht, dass sein Bruder überhaupt wusste, wie man ausgestreckt in einem Stuhl lümmelte. Die Erkenntnis schockierte ihn beinahe so sehr wie die leere Whiskyflasche, die aus dem Chaos auf dem Tisch aufragte. Und man konnte es definitiv nur als Chaos beschreiben. Die gewöhnlich so ordentlich aufgestapelten Papiere waren verstreut, auf dem Tisch, auf dem Boden, als hätte ein Windstoß sie erfasst.

»Sir ...«

Der verschleierte Blick des Herzogs streifte über ihn, und Peregrins Kehle schnürte sich zu. Den Augen seines Bruders fehlte es an der gewohnten Scharfsichtigkeit, dennoch war sein Blick immer noch so kalt und abschätzend, dass jeder Mann sich darunter wand wie ein Wurm.

»Du bist also wieder da.« Montgomerys Stimme klang heiser, als hätte er sie lange nicht benutzt. Oder lag es an der geleerten Scotch-Flasche? Es stand nicht einmal ein Glas in seiner Reichweite. Zum Teufel, hatte er etwa direkt aus der Flasche getrunken?

»Du siehst schrecklich aus«, stellte Montgomery fest. »Ich würde dir ja etwas zu trinken anbieten, aber wie du siehst, ist der Vorrat zur Neige gegangen.« Er beäugte die leere Flasche vor sich vorwurfsvoll und stieß mit einer Fingerspitze dagegen.

Peregrin öffnete den Mund und schloss ihn wieder, ohne dass ein Laut herausgekommen war, wie eine Marionette, die ihren Text vergessen hatte.

Sein Bruder winkte mit einer theatralischen Geste zu dem Stuhl ihm gegenüber. »Setz dich, Kleiner.«

Argwöhnisch nahm Peregrin auf der Kante des Stuhls Platz.

»Was ist?«, lallte Montgomery. »Hast du zufällig mit deiner Loyalität auch die Fähigkeit zu sprechen verloren?«

»Es ist nur … Ich dachte, du trinkst nicht.«

»Tu ich auch nicht«, sagte Montgomery schnippisch.

»Natürlich nicht«, sagte Peregrin rasch.

»Genau«, stimmte Montgomery zu.

Peregrin hatte in seinem Leben noch nie einen so betrunkenen Mann gesehen, und das, obwohl er als Vorsitzender einer Trinkgesellschaft schon einige Gelage erlebt hatte. Der Herzog war völlig blau und hielt sich zweifellos nur noch durch seine übermenschliche Disziplin aufrecht.

Er wusste nicht, was ihn dazu verleitete zu sagen: »Du trinkst nicht, weil Vater besoffen in einer Pfütze ertrunken ist, oder?«

Montgomery verengte die Augen. »Woher weißt du das?«

»Die übliche Art. Die Leute reden. Ich habe Ohren.«

Montgomery schwieg. Nachdem sich seine Augen ans Dämmerlicht gewöhnt hatten, konnte Peregrin das Gesicht seines Bruders erkennen und fand, dass er nicht der Einzige war, der schrecklich aussah. Montgomerys Züge waren verhärmt, und tiefe Falten hatten sich in sein Gesicht gegraben. Am beängstigendsten aber war der grimmige Zug um seinen Mund. Resignation lag darin, nicht die gewohnte Entschlossenheit, die besagte, dass er kurz davorstand, sich auf eine großartige Mission zu begeben. Nein, das war eine ganz neue Stufe von Grimmigkeit.

Endlich regte sich Montgomery. Er schaltete die Schreibtischlampe ein, durchstöberte einige hoffnungslos in Unordnung gebrachte Blätter, bis er ein schmales Silberetui fand, aus dem er sich eine Zigarette herausnahm. Unbeholfen fummelte er mit den Streichhölzern herum, die Augen konzentriert verengt, bis endlich eines zischend zum Leben erwachte. Er blies eine Rauchwolke zur Decke, bevor er Peregrin wieder ansah. »Ja«, gab er zu. »Ich trinke nicht, weil Charles Devereux sein Leben volltrunken mit dem Gesicht in einer Pfütze beendet hat.«

Eine überwältigende Emotion stieg in Peregrins Brust auf. Er hatte die Frage unüberlegt gestellt, weil er sein ganzes Leben so anging: aus einem Impuls heraus handeln und seinen Eingebungen folgen, selbst wenn sie riskant sein könnten. Niemals hätte er damit gerechnet, dass es ihm ein solch unverblümtes Geständnis von seinem Bruder einbringen würde. Fast so, als würden sie sich von Mann zu Mann unterhalten.

»Warum hat man mir erzählt, er hätte einen Reitunfall gehabt?«, wagte er sich vor und strapazierte damit sein Glück.

Montgomery drehte die Zigarette zwischen den Fingern. »Damit die Vergangenheit dich nicht verfolgt.«

»Ich brauche keinen Schutz vor hässlichen Wahrheiten«, murmelte Peregrin und versuchte den Gedanken an Miss Archers Moralpredigt zu vergessen, in der sie ihn als verwöhnten Bengel bezeichnet hatte.

»Es geht hier nicht um die Wahrheit«, erwiderte Montgomery. »Die Geschichten, die wir über unsere Väter hören, können ein Käfig für unseren Verstand werden, uns Dinge vorschreiben, die wir fürchten, oder von denen wir glauben, dass wir sie tun sollten. Oder sie liefern uns die Ausreden für unsere Schwächen. Wenn ein Mann, von dem Tausende Menschen abhängen, in einer Pfütze ertrinkt, weil er zu berauscht war, um sich auf den Beinen zu halten, was sagt das über ihn aus?«

Peregrin dachte darüber nach. »Dass er ziemlich viel Pech gehabt hat?«, meinte er schließlich.

Montgomery schenkte ihm einen vernichtenden Blick. »Das vielleicht auch«, sagte er. »Warum bist du hier?«

Prompt kehrte die Übelkeit zurück. Angst, Schuldgefühle und Scham brodelten in seiner Magengrube. »Ich hätte nie gehen sollen.«

»Das stimmt.« Montgomery stippte die Asche seiner Zigarette achtlos auf den Teppich.

»Ich habe meinen Irrtum schon vor einer Weile eingesehen, aber ich habe mich nicht getraut zurückzukehren. Und je länger ich abwartete, desto schwieriger wurde es.«

»Eine missliche Lage.« Montgomery nickte, ohne Mitgefühl im Blick.

»Aber heute habe ich Miss Archer getroffen«, fuhr Peregrin fort. »Und sie schien … außer sich vor Kummer zu sein. Deinetwegen.«

Zum Teufel, er konnte sich nicht mehr daran erinnern, warum es ihm gut und richtig erschienen war, seinen Bruder aufzusuchen.

Montgomery verharrte reglos in seinem Stuhl, ein beunruhigendes Flackern in seinen Augen. »Man kann ihr nicht entkommen, nicht wahr?«, murmelte er. »Ich kann sie nicht haben, ihr aber auch nicht entkommen.«

»Sir?«

Der dumpfe, starre Blick seines Bruders jagte Peregrin einen Schauer über den Rücken.

»Bist du hier, um ihre Ehre zu verteidigen?«, wollte Montgomery wissen. »Oder um eine Erklärung zu verlangen? Ganz schön kühn von dir. Vielleicht sogar verrückt. Aber ich weiß selbst gut genug, was ihre grünen Augen bei einem Mann anrichten können, daher bin ich geneigt, dir das durchgehen zu lassen.«

»Danke«, stammelte Peregrin. *Ihre grünen Augen?*

Montgomery runzelte die Stirn. »Ich habe um ihre Hand angehalten«, sagte er. »Ich habe ihr einen Antrag gemacht, und sie hat mir einen Korb gegeben, daher ist mir unbegreiflich, wieso sie nun Kummer haben soll.«

Einen Moment lang verschlug es Peregrin die Sprache. »Du hast Miss Archer einen Antrag gemacht?«, wiederholte er matt.

»Ja.«

»Einen Antrag … für eine Ehe.«

»Korrekt.«

»Bist du … sicher?«

Montgomery verzog ungeduldig das Gesicht. »Ich bin betrunken, nicht vertrottelt. Ich bin mir sicher, dass ich die Worte ›Heirate mich‹ geäußert habe, und sie hat daraufhin etwas geäußert wie: ›Eher friert die Hölle zu.‹«

»Liebe Güte«, sagte Peregrin und einen Moment später: »Liebe Güte.«

»Sie will lieber einen Oxford-Professor heiraten«, erwiderte Montgomery grimmig.

»Du hast ihr einen Antrag gemacht«, quiekte Peregrin. »Wieso in aller Welt hast du das getan?«

»Ich bin vom Pferd gestürzt und auf den Kopf gefallen«, erklärte Montgomery. »Plötzlich war alles klar.«

Peregrin fühlte sich dagegen immer verwirrter.

»Aber ich musste natürlich die einzige Frau in England um ihre Hand bitten, die ein Herzogtum ablehnen würde, weil sie den dazugehörigen Herzog nicht liebt«, fuhr Montgomery fort. »Den Oxford-Professor liebt sie allerdings auch nicht.« Er schaute Peregrin vorwurfsvoll an. »Das ergibt keinen Sinn.«

Peregrin sackte gegen die Lehne seines Stuhls.

Seinen Bruder hatte es arg erwischt. Er war total besessen von Miss Archer, und Peregrin wusste, was passierte, wenn Montgomery wie besessen ein Ziel verfolgte: Er würde nicht eher ruhen, bis er seinen Willen bekam. Aber eine Bürgerliche?

Unmöglich! Und nach dem Vorfall zu urteilen, dessen Zeuge er heute geworden war, wagte Peregrin mit einiger Gewissheit zu behaupten, dass nicht etwa mangelnde Liebe hinter Miss Archers – übrigens sehr vernünftiger – Zurückweisung steckte. Im Gegenteil.

Im selben Moment dämmerte ihm, dass er im Moment die Hand an der Weiche für das Schicksal des Hauses Montgomery hatte. Auf dem einen Weg lag ein mächtiger Skandal. Auf dem anderen die Fortführung eines unveränderten Status quo.

Eine Gänsehaut erfasste ihn.

»Es tut mir leid«, sagte er schließlich. »Wie ich höre, gehen solche … Gefühle vorüber.«

Montgomery nickte. »Natürlich tun sie das.«

Und dann tat er etwas, was Peregrin bei seinem Bruder niemals für möglich gehalten hätte.

Montgomery senkte den Kopf und vergrub sein Gesicht in den Händen.

Und so verharrte er.

Oh, zum Teufel noch mal.

»Womöglich hat sie dich ja wegen deines Titels abgewiesen, weil es ihr um dich ging, nicht um dein Vermögen«, platzte Peregrin heraus. So. Sollte sein Bruder die Puzzleteile selbst zusammensetzen.

Montgomery senkte die Hände. »Was meinst du damit?« Ein Funken Hoffnung flackerte in seinen Augen auf.

Vielleicht war er gar nicht besessen. Vielleicht … stand es viel schlimmer um ihn. Vielleicht liebte er Miss Archer.

Himmel. Also wenn die Liebe selbst den hartgesottensten Mann im ganzen Königreich in ein solches Häuflein Elend verwandeln konnte, wollte Peregrin sie gar nicht erst kennenlernen.

»Ich habe mich einen Monat lang versteckt, weil ich mich der Aufgabe nicht gewachsen fühlte, eines der größten Herzogtümer des Landes zu erben«, sagte er. »Ich verstehe gut, warum Miss Archer Bedenken hegt, offiziell der Grund zu sein, der besagtes Herzogtum in einen Skandal stürzt.«

Montgomery gab ein unwilliges Brummen von sich. »Sie würde nicht dafür verantwortlich sein.«

»Es gibt aber Menschen, die sich immer für alles verantwortlich fühlen.« Peregrin zuckte mit den Schultern. »Sie können gar nicht anders.«

In die Miene des Herzogs trat ein argwöhnischer Ausdruck. »Wann bist du so weise geworden?«, fragte er. »Und wo hast du dich versteckt? In irgendeinem Kloster, das Scotland Yard übersehen hat?«

Peregrin zog eine Grimasse. »So etwas Ähnliches. Ich war im Weinkeller von St. John's.«

Montgomery blinzelte verblüfft. »Du hast dich fast sechs Wochen unter der Erde aufgehalten?«

»Ich fürchte, ja.«

Montgomery musterte ihn mit unergründlicher Miene. »Verrate mir«, sagte er dann leise, »bin ich wirklich so ein grässlicher Tyrann, dass du dich lieber in einem Keller versteckst, als meine Anweisungen zu befolgen?«

Peregrin riss die Augen auf. »Ein … Tyrann? Nein.«

Zu seiner Überraschung schien Montgomery auf eine weitere Erklärung zu warten.

Seit wann interessierte er sich für seine Beweggründe?

»Ich will deine Anweisungen ja befolgen«, sagte er. »Aber es ist … Angst einflößend. Als Junge konnte ich es kaum erwarten, erwachsen zu werden, um dir nachzueifern. Und dann, eines Tages, habe ich verstanden, dass man nicht einfach so wird wie du.« Der Tag war schrecklich gewesen, belastet von fundamentalen Existenzängsten, daran erinnerte er sich noch genau. »Ich habe begriffen, was du alles leistest, welch große Verantwortung du trägst und wie mühelos du dein Wirken erscheinen lässt. Eine Weile habe ich geglaubt, dass du einfach ein klügerer Mann bist als die meisten anderen, aber dann habe ich begriffen, dass du zwar fähiger und klüger bist und trotzdem von frühmorgens bis spätabends in all diesen Arbeitszimmern schuftest. Und ich hatte das Gefühl, dass mir jemand die Luft abdrückt, wenn ich daran dachte, dass ich jeden Tag von Sonnenauf- bis Sonnenuntergang in einem Büro sitzen müsste, während Tausende Menschen sich auf mich verlassen … Ich werde meiner Verantwortung als Herzog nie gerecht werden können, selbst wenn ich mein Bestes gebe, während du einfach perfekt bist.«

»Perfekt?«, echote Montgomery. »Oh, Peregrin. Die erste Versuchung und ich falle um wie ein Kartenhaus.« Er schwankte in seinem Stuhl. »Und falls es deiner Aufmerksamkeit entgangen sein sollte, ich bin sternhagelvoll und habe mir verschiedene Wege überlegt, wie ich einen Professor der Universität von Oxford vernichten kann.«

»Das kenne ich, mir ging es des Öfteren auch schon so in Oxford«, murmelte Peregrin.

»Das ist mir bewusst«, erwiderte Montgomery. »Deshalb wollte ich dich zur Royal Navy schicken.«

Peregrin lief es eiskalt den Rücken herunter. War jetzt der Moment gekommen, in dem sie über sein Schicksal reden würden? Wenn er Glück hatte, würde er nur nach Plymouth eskortiert werden und ein paar Jahre in der Marine dienen müssen. Wenn er bekam, was er verdiente, würde er davor noch die Tracht Prügel seines Lebens einstecken, vielleicht mit der Peitsche. Sein Bruder hatte ihn zwar noch nie ausgepeitscht, aber für alles gab es ein erstes Mal. Fast sicher würde er ihm jedoch die Apanage kürzen, wenn nicht gar streichen, oder ihn sogar verstoßen und nie wieder ein Wort mit ihm wechseln …

Montgomery betrachtete ihn mit einem bemerkenswert nüchternen Blick über zu einem Dach zusammengelegten Fingern. »Du fragst dich, was nun mit dir wird, nicht wahr?«

Peregrin hielt seinen Blick fest. »Ich bin bereit, die Folgen für mein Handeln zu tragen.«

Darauf entgegnete Montgomery etwas Seltsames. »Du weißt, dass du mir sehr am Herzen liegst, Peregrin, oder?«

»Äh … Ja, Sir?«

Der Herzog seufzte. »Dessen bin ich mir nicht so sicher.« Er rieb sich mit einer Hand über das müde Gesicht. »Sie war außer sich vor Kummer, sagst du?«

»Miss Archer? Ja, das kann man wohl sagen.«

»Ich sehe ein, dass ihr mein Antrag wohl nicht so verlockend erscheinen mag, wie ich dachte«, murmelte Montgomery. »Und ich glaube, dass sie gelogen hat«, fügte er rätselhaft dazu.

»Weiß sie, dass du vom Pferd gefallen bist, bevor du … äh … um ihre Hand angehalten hast?«, fragte Peregrin. Denn verflixt, er war genauso neugierig wie beunruhigt von dieser Entwicklung.

»Ja, warum?«

»Nun, ich glaube, keine Dame möchte einen Antrag von einem Mann erhalten, der sich gerade erst den Kopf angeschlagen hat.«

Montgomery schwieg einen Moment. »Womöglich habe ich sie auch als feige bezeichnet«, gab er zu.

Peregrin stand der Mund offen. »Ich bin kein Experte in diesen Dingen, aber das erscheint mir keine gute Strategie, um einer Frau den Hof zu machen.«

»Und ich … verflucht!« Montgomery stöhnte auf. »Ich war gestern nicht ganz ich selbst. Ich war … zu forsch.«

Natürlich warst du forsch, dachte Peregrin, denn genau so war sein Bruder nun mal: energisch, entschlossen und ein wenig beängstigend.

Er konnte sich wahrscheinlich nicht einmal vorstellen, dass er mit seiner Art einem jeden Angst einjagen konnte, weil er immer einen Plan hatte und auch von anderen erwartete, rein aus Vernunft zu handeln. Es war nun einmal recht ungewöhnlich, wenn man unerschütterlich das Auge auf ein nobles Ziel richtete und dabei sämtliche Emotionen ausklammerte, die dem Erfolg hinderlich sein konnten. Aber womöglich machte ein goldener Käfig genau das aus einem Mann. Schließlich hatte niemand Montgomery vor dem Gefängnis der Verantwortung bewahrt, in das der Tod ihres Vaters ihn gestürzt hatte.

Eine hohle Leere ergriff Peregrin, als würde er kopfüber von der Magdalen-Brücke in den Cherwell stürzen – man wusste nie, was sich in den trüben Gewässern verbarg. Der Punkt war: Montgomery brauchte eine Herzogin, eine intelligente Frau mit einem starken Willen, die er nicht einfach wie eine Dampfwalze überrennen konnte. Eine Frau, die ihn bei Laune hielt und dafür sorgte, dass er Peregrin in Ruhe ließ. Und auch wenn Miss Archer in vielerlei Hinsicht keine angemessene Braut für seinen Bruder sein mochte, war sie das in der wichtigsten Hinsicht womöglich schon. Sie sorgte dafür, dass Montgomery Gefühle zuließ. Man könnte sogar vermuten, dass sie seinen Bruder glücklich machen würde.

Montgomery war womöglich zu betrunken, um sich am nächsten Morgen an alle Einzelheiten ihres Gesprächs zu erinnern. Hoffentlich würde er sich aber daran entsinnen, was er nun gleich hören würde. Peregrin holte tief Luft. »Ich glaube, es gibt etwas, dass du über Miss Archer wissen solltest.«

31. KAPITEL

Lucie lebte in Norham Gardens in einem schmalen gelben Backsteinhaus, von dem Lady Henley die andere Hälfte gemietet hatte. Dieses Arrangement tat dem ungeschriebenen Gesetz Genüge, dass ledige Damen im noch heiratsfähigen Alter nicht allein leben durften. Und es sorgte auch dafür, dass Annabelle morgens in ihrem knarzenden Feldbett mit einem Gefühl der Erleichterung erwachte. Es gab keinen Herrn im Haus, dessen Befehlen man gehorchen musste, und auch niemanden, der erwartete, dass man etwas auf diese oder jene Weise tat. Hätte sie es gewollt, hätte sie den ganzen Vormittag auf der Bank vor dem Erkerfenster sitzen und melancholisch hinausstarren können, mit dem tröstenden Gewicht von Lucies Katze auf ihrem Schoß.

Lucie bewohnte einen der beiden Räume im oberen Stockwerk und ihre Haushälterin den anderen. Die ganze untere Etage war der Mission gewidmet. Im Empfangszimmer stand eine uralte Druckerpresse, und das Klavier im Salon hatte einer Nähmaschine und Bergen von Stoff für Banner und Schärpen weichen müssen. Ein großer Aktenschrank aus Kirschholz war mit Stapeln von leerem Papier, alten Flugblättern und einer Ausgabe eines jeden *Women's Suffrage Journals* seit 1870 gefüllt. An der Wand um den Kamin herum hingen Zeitungsartikel, manche bereits vergilbt, andere so frisch wie der Artikel auf der

Titelseite des *Guardian* über ihre verhängnisvolle Demonstration. Links vom Kamin standen die Überreste einer verwelkten Topfpflanze, die so aussah, als würde sie bei der kleinsten Berührung zu Staub zerfallen.

»Dieses Haus hat so viel Potenzial«, sagte Hattie, als sie zusammen mit Lucie das Zimmer betrat. »Bist du sicher, dass du keine …«

»Ja, ich bin sicher«, erwiderte Lucie streng. »In diesem Haus wird ernsthaft gearbeitet, da ist kein weibliches Flair vonnöten.«

Hattie zog einen Schmollmund. »Ich verstehe immer noch nicht, warum hübsche Vorhänge uns an ernsthafter Arbeit hindern sollten.«

Annabelle bemühte sich um ein Lächeln. Diese Diskussion führten die beiden jedes Mal, bevor sie an die Arbeit gingen, und diese kleinen Alltagsroutinen hatten etwas Beruhigendes, wenn alles andere in Trümmern lag.

Die gesamte vergangene Woche hatten sie sich an den Nachmittagen zu viert getroffen und sich wie operierende Ärzte um den riesigen Tisch in der Mitte des Raumes versammelt. Der monatliche Rundbrief musste verschickt werden; außerdem hatte Lucie für demnächst einen Ausflug zur *Ladies' Gallery* im House of Lords geplant.

»Oho, was haben wir denn da?«, sagte Hattie und zog an einem Magazin, das halb unter einer Ansammlung leerer Teetassen vergraben lag. »Den *Female Citizen*? Wie skandalös.«

»Was ist daran so skandalös?«, fragte Annabelle, ohne aufzusehen. Sie faltete die Mitteilungsblätter, die Catriona zugeschnitten hatte, und steckte sie in Umschläge. Hattie sollte die Adressen auf die Umschläge schreiben, aber sie setzte sich auf ihren Stuhl und vertiefte sich in besagtes Magazin. *Female*

Citizen war in großen scharlachroten Buchstaben auf die Titelseite gedruckt.

»Es ist ein ziemlich radikales Magazin«, erklärte Catriona. »Es wird über ziemlich unerfreuliche Themen berichtet.«

»Die da wären?«

»Fälle häuslicher Gewalt«, murmelte Hattie abwesend. »Und das Leid bedauernswerter Frauen.«

»Damit meint sie Prostituierte«, sagte Lucie sarkastisch, und Hattie warf ihr einen entsetzten Blick zu.

»Egal, wie man es nennt, es ist kaum legal«, meinte Catriona. »Lass dich nicht mit diesem Magazin in der Öffentlichkeit erwischen.«

»Wer ist der Herausgeber?«, fragte Annabelle. Sie schrieb die Adressen der Mitglieder nun selbst auf die Umschläge.

»Das weiß niemand«, antwortete Catriona. »Die Exemplare tauchen einfach in Briefkästen oder an öffentlichen Plätzen auf. Wenn wir wüssten, wer sie verteilt, könnten wir dem ein Ende setzen.«

»Und warum wollt ihr das tun?«

Catriona wischte die Papierstreifen in den Abfalleimer unter dem Tisch. »Weil sie die Leute gegen uns einnehmen.«

»Das *Women's Suffrage Journal* wird als zu nachsichtig im Ton empfunden, um einen Wechsel in Gang zu setzen, und der *Female Citizen* ist zu radikal, um die Massen anzuziehen«, sagte Lucie. »Euch kann ich es ja verraten. Ich arbeite schon seit einiger Zeit daran, ein neues Magazin herauszubringen, dessen Sichtweise sich zwischen den beiden befinden wird.« Sie schaute zu Annabelle. »Ich könnte Hilfe gebrauchen, falls du Interesse hast.«

Annabelle senkte ihren Stift. »Dir helfen, ein Journal herausbringen?«

Lucie nickte. »Ich kann dir zwar anfangs sicher keinen Penny dafür zahlen, aber ich könnte dir freie Unterkunft bieten.« Sie beäugte die Liege in der Ecke neben der toten Pflanze. »Die Unterbringung ist natürlich ein wenig … rustikal.«

»Mir ist sie gut genug«, erwiderte Annabelle rasch. Im Moment war diese Liege alles, was sie vor der Plackerei bei Gilbert oder einem Leben als Professorengattin und dem großen Ungewissen verschonte.

Ihr Magen flatterte. Übermorgen erwartete Christopher Jenkins eine Antwort von ihr. Noch zwei Tage.

Sie konnte ihn unmöglich um mehr Bedenkzeit bitten, das wäre kränkend für ihn, und abgesehen davon, blieb ihr auch nicht mehr Zeit. Ihr Stipendium wurde nicht länger gezahlt, und ihre Nachhilfeschüler hatte sie auch verloren. Ihr Geld neigte sich dem Ende zu, und sie konnte nicht für ewig in Lucies Wohnzimmer schlafen und sich von ihrer Freundin durchfüttern lassen.

Eine schwarze Fellkugel flitzte über die Dielen und kletterte an Lucies Röcken hoch.

»Lieber Himmel, Boudicca«, schimpfte Lucie, als sich die Katze auf ihre Schulter setzte und ihren schlanken Schwanz um den Hals ihrer Herrin schlang, als wäre er eine kleine Pelzstola. »Du bist in letzter Zeit ganz schön unruhig, nicht wahr?«

»Womöglich bringt es sie durcheinander, dass ein Dauergast in ihrem Wohnzimmer weilt«, murmelte Annabelle.

»Unfug!« Lucie vergrub ihr Gesicht in Boudiccas weichem Fell. »Sie weiß, dass du eine von uns bist, nicht wahr, Miezmiez?«

Eine Erinnerung blitzte in Annabelles Gedächtnis auf, von dem attraktiven jungen Viscount mit der fuchsiaroten Weste. Sie hatte Lucie nie gefragt, woher Lord Ballentine wusste, dass sie eine Katze besaß. Der Gedanke an diesen Walzer weckte auch unausweichlich den Gedanken an Sebastian und wie zielstrebig er auf Ballentine zugesteuert war, mit mordlustigem Blick …

»Annabelle, bevor ich es vergesse, du hattest einen Brief in deinem Postfach.« Hattie öffnete ihr Retikül. »Ich habe mir die Freiheit genommen, ihn für dich abzuholen.«

Die Hoffnung, dass Miss Wordsworth sie darüber informieren würde, dass sie ihr Studium fortsetzen konnte, erstarb gleich darauf. Stirnrunzelnd musterte Annabelle die krakelige Handschrift. »Der ist von meinem Cousin Gilbert.«

Natürlich. Sie hatte sich mit ihren Zahlungen verspätet. Schickte er ihr etwa eine Mahnung? Die Versuchung, den Brief ungeöffnet ins Feuer zu werfen, war stark.

Mit der Schere schlitzte sie den Umschlag auf.

Annabelle,

gestern Morgen erreichte uns eine höchst beunruhigende Nachricht über Dich. Der Brief eines anonymen wohlmeinenden Schreibers ist bei uns eingetroffen. Das Papier und der Umschlag waren dick und teuer, die Handschrift sehr elegant, aber der Inhalt war empörend. Mir wurde freundlich geraten, Dich »vor Dir selbst zu schützen«, wie es der Schreiber formulierte, da Du scheinbar einen schlechten Umgang pflegst. Angeblich sollst Du politisch aktiv sein, von der Polizei festgenommen und sogar ins Gefängnis gesteckt worden sein! Außerdem teilt der Schreiber mir voller Sorge mit, dass Du Dich mit unverheirateten Gentlemen eingelassen hast …

»Ach du liebe Güte.« Annabelle stand auf.

»Was ist denn?«, fragte Hattie.

»Er weiß Bescheid. Über alles.« Wie war das möglich?

… wenn das Briefpapier nicht so edel wäre, würde ich annehmen, dass sich jemand einen schlechten Scherz erlaubt. So jedoch bin ich zutiefst beunruhigt über diese Anschuldigungen, fürwahr zutiefst. Ich habe Dich wiederholt vor den Gefahren der höheren Bildung gewarnt. Nun scheint es, dass Du Dich kopfüber in Dein eigenes Unglück gestürzt hast, und wir beide wissen, dass dies nicht das erste Mal ist.
Vermutlich wird es nur eine Frage der Zeit sein, bis die Gerüchte über Deine Verderbtheit in ganz Chorleywood die Runde machen, oder schlimmer noch, unserem Gutsherrn zu Ohren kommen, in Anbetracht der Tatsache, dass bereits ehrbare Personen der feinen Gesellschaft davon Kenntnis haben. Das ist nun der Dank dafür, dass ich Dich in meinem Haus aufgenommen, Dir zu essen gegeben und Dir sogar meine fünf Kinder anvertraut habe!
Als aufrechter Familienmensch und Repräsentant der Kirche von England muss ich ein Vorbild sein und kann mich nicht mit in Schande gefallenen Frauen abgeben. Daher bitte ich Dich, in naher Zukunft nicht nach Chorleywood zurückzukehren.

Zutiefst enttäuscht
Gilbert

Ihre Hand mit dem Brief sank auf den Tisch. »Nun, wie es scheint, kann ich die Rückkehr zu meiner Familie als Option von meiner Liste streichen.«

Ziellos strich sie durch den Raum, während ihre Freundinnen sich um den Brief scharten. Ihre empörten Ausrufe waren nur ein schwacher Trost.

»Ein Brief«, murmelte Annabelle. »Fünf Jahre und er wirft mich mit einem Brief aus dem Haus.«

»Wie abscheulich«, sagte Hattie. »Ist er immer so?«

»Ich glaube, du kannst froh sein, dass du den los bist«, meinte Lucie. »Und erst recht kannst du froh sein, Montgomery los zu sein, wenn er so mit einer vollkommen verständlichen Zurückweisung umgeht.«

»Montgomery.« Die Worte steckten ihr im Hals fest. »Glaubst du etwa … er hat meinem Cousin geschrieben?«

»Nun, wer sonst?«

Er nicht. Ganz sicher nicht. »So etwas Rachsüchtiges würde er nie tun.«

»Dein Cousin erwähnt teures Briefpapier und eine elegante Schrift«, stellte Lucie klar.

»Ich weiß, aber es könnte mich gut auch jemand anderes angeschwärzt haben. Vielleicht eine von den Suffragistinnen.«

»Und warum sollten die so etwas tun?«

Annabelle drückte die Hände an die Schläfen. »Ich weiß es nicht. Wie sind diese unerfreulichen Gerüchte überhaupt erst nach Oxford gelangt? Montgomery würde sich ja wohl kaum selbst bezichtigen und in Schwierigkeiten bringen. Deshalb glaube ich, dass noch jemand Bescheid weiß.«

»Nur wer?«, fragte Catriona. »Und wer würde sich die Mühe machen, deinem Cousin deswegen zu schreiben?«

Nicht Sebastian. Selbst wenn sie ihn tödlich beleidigt hatte und es ihm leichtfallen würde, Gilberts Adresse herauszufinden … Die Luft im Wohnzimmer war plötzlich dick wie Eintopf.

»Ich mache einen Spaziergang«, sagte sie leise und ging zur Tür, wenn auch nur, um dem Klang seines Namens zu entkommen.

Sebastians Kutsche fuhr vor der eleganten Fassade von Lingham House vor, und es überraschte ihn nicht, dass Caroline nicht in der Eingangshalle wartete, um ihn zu begrüßen. Er hatte seinen Besuch formell mit einer Karte angekündigt, und daher wartete sie genauso formell im Empfangszimmer. Caroline legte immer größten Wert aufs Protokoll. Und womöglich ahnte sie schon, dass er letztendlich zwei und zwei zusammengezählt und herausgefunden hatte, wer seinen Besuch in Millbank verraten und ihn bei der Königin angeschwärzt hatte. Als ob Formalitäten Caroline davor bewahren könnten, dass er ihr seine Meinung unmissverständlich mitteilen würde.

Zugegeben: Es hatte eine Weile gebraucht, bis er sie als Verräterin hatte ausmachen können, weil er auf den Kopf gefallen war und die Liebe seines Lebens verloren hatte. Nach einigen Gesprächen mit seinem Ermittler war er sich inzwischen allerdings sicher. Er wusste jedoch immer noch nicht, warum sie es getan hatte.

Sie saß auf dem Sofa und beobachtete ihn über den Rand ihrer Teetasse hinweg. Ihre Augen waren so angenehm kühl und blau wie der Nachmittagshimmel, der durch die Fenster hinter ihr zu sehen war.

Er setzte sich vorsichtig auf den Stuhl. Ob weicher Boden oder nicht, seine Beine hatten erst kürzlich das zerschmetternde Gewicht eines ausgewachsenen, stürzenden Andalusiers überstanden.

»Ich habe heute Morgen gelesen, dass Gladstone in den Umfragen wieder mehr Zuspruch erhält«, sagte Caroline. »Wirst du in der Lage sein, ihn aufzuhalten, was meinst du?«

»Das wäre ich gewesen, hätte die Königin Disraeli angewiesen, meinen Ratschlägen zu folgen«, antwortete er. »Aber im Moment hegt sie einen persönlichen Groll gegen mich.«

Ein winziges Stirnrunzeln verunzierte Carolines Züge. »Wie ungewöhnlich. Dabei ist Ihre Majestät sonst immer so vernünftig. Ganz sicher würde sie doch den Sieg der Torys über jegliche persönlichen Empfindsamkeiten stellen?«

Er zuckte mit den Schultern. »Wie es scheint, hält sie mich für einen Opportunisten.« Ein Anflug von Bedauern trat in Carolines scharfsichtige Augen.

Oft hatte er gedacht, dass er allen Grund hatte, ihr dankbar zu sein. Nachdem ihn seine Frau betrogen hatte, wäre es leicht gewesen, zu verbittern und alle Frauen als verräterische, überemotionale Wesen abzutun. Caroline mit ihrem beherrschten, vernünftigen Charakter hatte wie ein Gegengift gewirkt und ihm bewiesen, dass er nicht alle über einen Kamm scheren sollte. Wäre er der Verbitterung erlegen und hätte dadurch sein Herz und seinen Verstand verschlossen, hätte er Annabelle niemals lieben können.

»Sag, Caroline«, meinte er beiläufig. »Bist du immer noch Schatzmeisterin des Damenkomitees für die Gefängnisreform?«

Ihre Miene zeigte keine Regung, doch ihre Teetasse klirrte leise gegen den Unterteller in ihrer Hand.

Natürlich wusste er längst, dass sie immer noch Schatzmeisterin des Komitees war und dass sie direkt mit der Königin kommunizierte. Und darüber war auch sie sich im Klaren.

Ein resignierter Ausdruck trat in ihre Augen, als sie sich seinem Blick stellte. »Ich habe eine Grenze überschritten.«

»Das steht außer Frage«, meinte er frostig. »Mich interessiert vielmehr, warum? Warum hast du das getan, Caroline? Ich sollte eine Wahl gewinnen. Warum hast du nicht bis danach gewartet, diese Geschichte Ihrer Majestät zu hinterbringen?«

Sie stellte die Tasse mit dem Unterteller behutsam auf den Tisch zwischen ihnen. »Ich war mir nicht sicher, ob du die Wahl überhaupt gewinnen könntest, ohne …« Sie biss sich auf die Unterlippe.

»Ohne was?«

Sie stieß ein Seufzen aus. »Ohne Einmischung der einzigen Autorität, die du anerkennst. Bevor die Sache mit Miss Archer sich überall herumspricht und zu öffentlich wird. Ich gebe zu, ich habe nicht erwartet, dass die Königin so reagieren würde.«

Er knirschte mit den Zähnen, und es dauerte einen Moment, bis er sich genug gefasst hatte, um erneut das Wort an sie zu richten. »Du hattest kein Recht dazu.«

Sie faltete die Hände im Schoß, ein kleiner sehniger Knoten auf dem blauen Rock. »Hätte es sich herumgesprochen, dass du deinen Ruf für eine Bürgerliche aufs Spiel setzt, hätte die Opposition sich das zunutze gemacht und deine Glaubwürdigkeit in Stücke gerissen. Wäre ich direkt zu dir gekommen, hättest du mich in die Schranken verwiesen.«

»Und deshalb hast du hinter meinem Rücken agiert und mich verraten«, stellte er fest und konnte in ihrer Miene nicht einmal einen Hauch von Reue erkennen.

»Der Gefängnisdirektor hat es seiner Frau erzählt«, sagte sie. »Offenbar kommt es nicht alle Tage vor, dass ein Herzog mitten in der Nacht in sein Büro spaziert und persönlich Gefangene freikauft. Seine Frau ist bedauerlicherweise eine Klatschzunge, und bevor ich auch nur blinzeln konnte, wusste jede Lady im Komitee, dass du eine Reihe Suffragistinnen und ein paar Diebinnen befreit und damit gedroht hast, Millbank zu schließen. Ganz egal, wie viel davon Unfug sein mag, diese Ladys haben zweifellos alle ihren Ehemännern davon erzählt, und die Hälfte davon sind nicht deine Freunde.«

»Glaubst du wirklich, ich habe dieses Risiko nicht bedacht?«

»Natürlich hast du das«, rief sie aus. »Die Tatsache, dass du dieses Risiko bewusst ignoriert hast, hat mir ja solche Angst eingejagt. Warum hast du nicht einen Gefallen eingefordert und einen Freund an deiner Stelle geschickt?«

»Einen anderen Mann bitten, seinen Ruf für mich aufs Spiel

zu setzen?« Er schüttelte den Kopf. »Außerdem kümmere ich mich immer persönlich um Angelegenheiten, die Menschen betreffen, die ich liebe.«

Caroline erbleichte. »Liebe! Montgomery, ich kenne dich gar nicht wieder. Du bist gar nicht mehr du selbst.«

»Gib nicht vor, mich zu kennen«, erwiderte er leise.

»Ich kenne dich gut genug.« Die Knöchel ihrer gefalteten Hände traten weiß hervor. »Ich weiß sehr gut, warum du mich gebeten hast, deinc Geliebte zu werden. Du gehst nicht gern zu Kurtisanen, und dein Ehrenkodex verbietet es dir, dir jemanden vom Personal oder die Frau oder Tochter eines Pächters ins Bett zu holen. Genauso wenig würdest du einem Mann aus deinen Kreisen Hörner aufsetzen. Ich war wie maßgeschneidert für deine Bedürfnisse: eine Witwe, dir im Rang gleichgestellt und noch dazu eine Nachbarin. Manchmal frage ich mich, wie du diese missliche Lage gelöst hättest, wenn unsere Anwesen nicht aneinandergrenzen würden.«

Das leichte Zittern ihres Kinns war weitaus verräterischer als ihre Worte.

»Sei versichert, dass ich dich deinetwegen gemocht habe«, sagte er. »Davon abgesehen verstehe ich nicht, was du mir mit deiner Tirade sagen willst.«

Ein humorloses Lächeln umspielte ihren Mund. »Ich will damit sagen, dass du bisher nie aus einem Impuls heraus gehandelt hast. Von Anfang an hast du bei Miss Archer jedoch jegliche Regeln und Vernunft vergessen, angefangen damit, dass du mit ihr auf deinem Pferd durch die Grafschaft galoppiert bist. Ich wollte es nicht glauben, bis ich euch beide zusammen gesehen habe. Allein, wie du sie anschaust …«

Er brachte sie mit einem finsteren Blick zum Schweigen.

Sie schluckte. »Die Geschichtsbücher sind voller Männer, die von einem hübschen Gesicht ins Unglück gestürzt wurden«, murmelte sie. »Ich konnte nicht einfach danebenstehen und zusehen, wie sie dich ruiniert. Das konnte ich nicht.«

»Es ist schon erstaunlich, welche Dinge Frauen in letzter Zeit tun, um mich angeblich vor mir selbst zu retten«, meinte er.

Ein Blick auf seine Taschenuhr verriet ihm, dass die fünfzehn Minuten, welche als angemessen für einen gesellschaftlichen Besuch galten, vorüber waren.

Er war schon auf dem Weg zur Tür, da rief sie seinen Namen. Um der alten Zeiten willen drehte er sich noch einmal um.

Sie hatte sich wieder gefasst und stand wie ein stählernes Schilfgras in der Mitte des Raumes.

»Sie ist eine hinreißende junge Frau, Montgomery. Die Gesellschaft wird ihr tausend Schnitte zufügen und sie ausbluten lassen, wenn du sie offiziell zur Mätresse nimmst. In derlei Dingen ist immer die Frau die Leidtragende.«

»Das ist mir bewusst.« Er nickte ihr zu. »Lebewohl, Caroline.«

32. KAPITEL

Leichter Regen fiel auf den Parliament Square und brachte den Duft nach Frühling, zarten Gräsern und fedrigen weißen Kirschblüten mit sich. Ein Neuanfang, dachte Annabelle, ob man nun bereit dafür war oder nicht. Sie streckte das Flugblatt einem älteren Grafen entgegen, der an ihr vorbeilief. Sie kannte ihn vom Sehen. Vielleicht hatte er vor einer Weile mit ihr im Musikzimmer von Claremont gesessen. Er nahm das Blatt mit einem Nicken an. Sie ging zum nächsten Mann und arbeitete sich auf diese Weise langsam zum Eingang des House of Lords vor. Catriona und Lucie folgten ihr und hielten die Gentlemen auf, die ihrem Netz entwischt waren. Hattie wartete inzwischen wohl schon auf sie in der *Ladies' Gallery*, denn diesen Besuch hatte ihr Vater ihr erlaubt. Zum Glück war es Julien Greenfield nie zu Ohren gekommen, dass Hattie vor ein paar Wochen an der Demonstration teilgenommen hatte. Die Schlagzeilen sorgten zumindest dafür, dass der *Married Women's Property Act* nun wieder auf der Agenda des Parlamentes stand. Auch wenn Lucie prophezeite, dass die Lords wohl stundenlang über einen unsinnigen Einfuhrzoll debattieren würden, nur damit die Diskussion über Frauenrechte verschoben werden musste.

Auf der Empore für die Frauen war es überraschend unbequem in Anbetracht der Tatsache, dass manche Lords der

Kammer ihre Frauen zum Zuschauen mitbrachten. Die Decke war sehr niedrig, und ein verschnörkeltes Gitter trennte sie von den Männern; in der stickigen Luft hing der Geruch von regenfeuchten Haaren und nasser Wolle.

»Seid froh, dass das alte Gebäude abgebrannt ist«, murmelte Lucie, während Annabelle den Kopf abwechselnd nach links und rechts neigte, um durch das verwirrende Muster des Gitters einen einigermaßen klaren Blick auf das Geschehen zu erhaschen. »Die Frauen mussten früher in einem Lüftungsschacht sitzen, wenn sie den Debatten zuhören wollten. Wie ich hörte, war es dort kochend heiß.«

»Man könnte fast meinen, sie wollen nicht, dass ihnen Frauen beim Gesetzemachen zuschauen«, sagte Annabelle.

In der Kammer unter ihnen diskutierten die Lords über den ersten Punkt auf der Tagesordnung – die Erhöhung des Zolls für belgische Spitze um ein halbes Prozent.

Die leiernd vorgetragene Rede eines Lords wurde unterbrochen, weil die Tür zur Kammer sich erneut knarzend öffnete. Da war jemand spät dran.

»Seine Gnaden, der Herzog von Montgomery«, verkündete der Saaldiener.

Der Schreck fuhr Annabelle in alle Glieder, und sie verharrte reglos. Aber natürlich nahm er an den Sitzungen teil. Er wäre wirklich der letzte Mann in England, der seine politischen Pflichten nicht erfüllen würde.

Sie wagte nicht, sich zu bewegen, als befürchtete sie, dass der Anblick seines blonden Schopfes sie zu Stein verwandeln würde.

Sie spürte Hatties Hand auf ihrem Arm; der sanfte Druck half ihr, den Kummer, der sie durchflutete, in Schach zu halten.

Sie hatte ihre Entscheidung getroffen. Und die war vernünftig gewesen. Vielleicht würde sie sich eines Tages, wenn sie so neunzig war, auch richtig anfühlen.

»Mylords«, hörte sie ihn sagen, »ich beantrage, dass die Besprechung des Eigentumsgesetzes für verheiratete Frauen auf der Tagesordnung vorgezogen wird.«

Der Klang seiner leidenschaftslosen Stimme sandte eine mächtige Welle der Sehnsucht durch ihren Körper. Sie war so stark, dass seine Worte erst zu ihr durchdrangen, als Lucie einen leisen Fluch ausstieß.

»Antrag genehmigt«, dröhnte der Lordkanzler.

»Mylords«, fuhr Sebastian fort, »ich beantrage die Erlaubnis, das Wort zum Eigentumsgesetz verheirateter Frauen zu ergreifen.«

Ein gelangweiltes »Aye« kam von den Bänken.

»Erlaubnis erteilt«, sagte der Lordkanzler.

Annabelle umklammerte die Kanten ihres Stuhls. Kalter Schweiß sammelte sich auf ihrer Stirn. Der Anblick von Sebastian, nur wenige Schritte entfernt, weckte all ihre Sinne, was ziemlich beunruhigend war. Ihm dabei aber auch noch zusehen zu müssen, wie er eine Tirade gegen Frauenrechte vom Stapel ließ, noch dazu vor ihren Freundinnen, wäre ihr unerträglich. Sie griff zu ihrem Retikül. Sie musste schleunigst weg.

»Gentlemen, viele von Ihnen werden sich noch an die Rede von John Stuart Mill vor vierzehn Jahren im House of Commons erinnern«, sagte Sebastian. »Die Rede, in der er behauptete, es gäbe keine legalen Sklaven mehr in unserem Königreich, bis auf die Herrin eines jeden Hauses.«

Das löste ein paar Buhrufe aus. Andere brüllten »Schändlich!« in den Saal.

Annabelle wollte aufstehen, doch eine zierliche Hand legte sich ihr aufs Knie. »Bleib«, bat Lucie leise. »Ich habe das Gefühl, das könnte interessant werden.«

Interessant? Es war nervenaufreibend, dass sie seine Gegenwart so bald schon wieder ertragen musste, wo doch an der Stelle, an der ihr Herz gewesen war, noch immer ein heftiger Phantomschmerz pochte.

»Beurteilt man den Status einer Ehefrau anhand der Definition von Sklaverei«, fuhr Sebastian fort, »dann braucht es tatsächlich schon ein großes Maß an Selbsttäuschung, um die Ähnlichkeiten zu übersehen.«

Erneut wurden Rufe auf den Bänken laut.

Annabelle sank zurück auf ihren Stuhl. Was sagte er da?

»Wir versuchen, diese Formalitäten zu überspielen, indem wir Frauen mit anderen Befugnissen ausstatten, informelleren Rechten«, fuhr Sebastian fort. »Und natürlich sind wir bestrebt, für ihren Schutz zu sorgen. Die Männerwelt ist brutal. Und dennoch suchen uns Frauen in unseren Büros auf, sie reichen uns Flugblätter auf den Straßen und schicken uns jedes Jahr Petitionen mit Zehntausenden Unterschriften, in denen sie uns um mehr Freiheiten bitten. Sie sind der Ansicht, dass ihre Sicherheit auf Kosten ihrer Freiheit geht. Und, Gentlemen, das Problem mit der Freiheit ist, dass sie nicht nur eine hohle Phrase ist, die sich gut in einer Rede macht. Der Wunsch nach Freiheit ist in jedem Lebewesen tief verwurzelt. Fangen Sie ein wildes Tier ein, und es würde sich die eigene Pfote abbeißen, um wieder in Freiheit zu gelangen. Sperren Sie einen Mann ein, und sein einziges Ziel wird darin bestehen, auszubrechen, um seine Freiheit wiederzuerlangen. Der einzige Weg, ein lebendes Wesen davon abzuhalten, nach Freiheit zu streben, besteht darin, seinen Willen zu brechen.«

»Grundgütiger!«, flüsterte Hattie und suchte zögernd Annabelles Blick. »Stellt er sich etwa auf unsere Seite?«

»Es scheint so«, murmelte Annabelle. Nur warum? Er hatte unmissverständlich klargemacht, dass dies seinen Interessen schaden würde.

Tatsächlich hatte sich eine steinerne Stille im Saal ausgebreitet.

»Unser Königreich ist von den Revolutionen verschont geblieben, die Frankreich und Deutschland erleben mussten, weil wir hier im Oberhaus immer wussten, wenn wir uns einem Scheidepunkt nähern. Wir wussten, wann es an der Zeit ist, Zugeständnisse zu machen, um den Frieden aufrechtzuerhalten«, sagte Sebastian. »Die Suffragistinnen-Bewegung gewinnt immer mehr an Dynamik, also was werden wir tun? Sollen wir immer härter zurückschlagen? Ich für meinen Teil bin nicht bereit, den Willen der halben Bevölkerung unseres Landes zu brechen. Und ich bin auch nicht gewillt, dabei zuzusehen, wie auch nur eine einzelne Frau zu Schaden kommt, nur weil sie sich nach mehr Freiheit sehnt. Deshalb stelle ich den Antrag, das Eigentumsgesetz für verheiratete Frauen von 1870 zu reformieren.«

Das erstaunte Raunen der Damen auf der Empore wurde durch das Gebrüll im Saal übertönt. Annabelle wusste nicht, wann sie aufgestanden war, aber sie stand, die Finger um das Messinggitter gekrallt.

Sebastian stand am anderen Ende des Raumes, und selbst aus der Entfernung konnte sie sehen, wie er mit verächtlicher Miene den Aufruhr um sich herum beobachtete.

»An alle Suffragistinnen in der *Ladies' Gallery*«, rief er. »Ich sage, macht euch bereit und sammelt eure Kräfte. Für viele Menschen kommen Ihre Forderungen einer Kriegserklärung an jeden Hausherrn gleich. Und diesen Krieg werden Sie wohl in absehbarer Zeit nicht gewinnen können. Aber heute haben Sie einen weiteren Verbündeten für Ihre Sache gewonnen. Ich lege hiermit meine Tätigkeit als Wahlkampfberater nieder.«

»Nein!« Ihr Aufschrei hallte in der Kammer wider.

Sebastian hob den Kopf und schaute in ihre Richtung.

Er konnte sie unmöglich hinter dem Gitter erkennen, mehrere Meter entfernt, und dennoch fand er sie.

Die Welt schien sich langsamer zu drehen, als sich ihre Blicke verfingen.

»Nein«, flüsterte sie.

Sebastian faltete sein Redepapier zusammen, ohne den Blick von ihr zu nehmen. »Und, Gentlemen«, fuhr er fort, »ich trete aus der Tory-Partei aus.«

Ein regelrechter Tumult brach aus.

Annabelle machte auf dem Absatz kehrt.

»Annabelle, warte!«, rief Hattie ihr nach, aber sie drängte sich bereits durch die Reihen verblüffter Zuschauerinnen zum Ausgang. Blind hastete sie den Flur entlang, das Blut rauschte ihr in den Ohren. Was hatte er bloß getan? Sein Lebensziel hing davon ab, dass er die Wahl gewann.

Sie rannte die Treppe hinunter. Ein erschrockener Diener öffnete rasch die schwere Tür für sie, und sie lief hinaus auf die Straße.

Kalte, dicke Tropfen schlugen ihr ins Gesicht. Der leichte Nieselregen hatte sich zu einem heftigen Wolkenbruch ausgewachsen; eisengrau erstreckte sich der Himmel über ihr.

»Annabelle.«

Sie hörte seinen Ruf laut und deutlich über den Regen hinweg.

Wie hatte er sie so schnell einholen können?

Weil er immer allen einen Schritt voraus ist.

Alles in ihr schrie nach Flucht, denn ihr Instinkt sagte ihr, dass er sie wieder einfangen wollte.

Dieses Mal würde sie ihm jedoch nicht entkommen.

Als er von hinten die Hand um ihren Arm schlang, wirbelte

sie herum. »Wie konntest du nur?«, rief sie. »Wie konntest du das nur tun?«

Er versuchte, ihre herumfuchtelnden Hände festzuhalten. »Was denn?«, fragte er. »Was habe ich getan?«

»Du bist aus deiner Partei ausgetreten und hast deine Beratertätigkeit aufgegeben.«

»Ja«, sagte er und wollte sie an sich ziehen, doch sie wand sich wie eine fauchende Katze aus seinem Griff.

»Du hast gerade einen riesigen Skandal ausgelöst, der deinem Ruf gründlich schaden wird!«

»Ja, das ist wahr.«

Er war bereits tropfnass, sein Haar klebte ihm an der Stirn, das Weißblond hatte sich zu Silber verdunkelt. Regen rann ihm übers Gesicht und tropfte in seinen gestärkten Kragen. Er hatte nicht einmal seinen Mantel angezogen, bevor er ihr nachgelaufen war.

»Wie konntest du das nur tun?«, wiederholte sie mit brüchiger Stimme.

Sebastians Miene wurde milder. »Eine ziemlich kluge Frau hat mir einmal gesagt, ich solle mir überlegen, auf welcher Seite der Geschichte ich stehen möchte. Heute habe ich meine Wahl getroffen.«

»Oh, sag das nicht«, entgegnete sie. »Ich trage keinerlei Verantwortung dafür, dass du dich … selbst sabotierst.«

Er schüttelte den Kopf. »Nein, niemand kann mich zu etwas zwingen. Ich entscheide, wer oder was richtig für mich ist.«

»Und warum hast du entschieden, dich selbst zu ruinieren?«

Den Elementen ausgesetzt, die Stimme gegen den rauschenden Regen erhoben, fühlte sie sich genau wie eines der gefangenen Tiere, die er zuvor erwähnt hatte. Unvermittelt bemerkte sie, dass sie die Hände um seinen Kragen schlang.

»Ich bin nicht ruiniert«, sagte er. »Allerdings habe ich viel zu lange Entscheidungen getroffen, die meinem Pflichtgefühl entsprachen, nicht aber meiner Integrität. Die beiden stimmen nicht immer überein, habe ich festgestellt.«

Sie sollte einen Schritt auf Abstand gehen. Ihn loslassen.

Er legte eine Hand über ihre, und seine Energie durchzuckte sie wie ein Blitz. Ihr Herz erbebte mit dem ersten richtigen Schlag seit einer Woche. Sie hätte genauso gut versuchen können, einen Rettungsanker loszulassen.

»Die Königin wird außer sich vor Wut sein«, brachte sie hervor.

Er nickte. »Das ist sie schon. Ich war im Palast, bevor ich herkam.«

»Was ist mit Montgomery Castle?«

Seine Miene verschloss sich. »Verloren«, antwortete er leise.

Verloren. Sie spürte Trauer in ihm und Entschlossenheit, aber kein Bedauern. Hatte er geahnt, dass sie heute in der Galerie sitzen würde?

Durch den Regenschleier sah sie, wie sich eine kleine Zuschauermenge in sicherer Entfernung ansammelte. Sie sorgten für eine Szene, weil sie so nah beieinanderstanden; der Herzog völlig durchnässt, und auch sie trug keinen Mantel, wurde ihr im selben Moment klar. Das Wasser floss ihr in kleinen Bächen den Rücken hinunter.

»Ich werde eine Weile in Frankreich verbringen«, meinte Sebastian beiläufig.

»In Frankreich?«

»Ja, in der Bretagne. Wenn ich mich recht erinnere, ist es dort im Frühling sehr schön.«

Er würde also ein ganzes Land und nicht nur eine Grafschaft entfernt sein. Ihr verräterisches Herz zog sich vor Kummer zusammen.

»Wie steht es mit dir?« Er ließ die Hand über ihren Arm nach oben wandern und legte sie um ihren Rücken. Es fehlte nicht viel für eine Umarmung. »Hast du den Antrag deines Professors angenommen?«

»Nein«, erwiderte sie dumpf.

Er drückte sie ein wenig enger an seinen schützenden Körper. »Warum nicht?«, raunte er.

Durch die Feuchtigkeit des Regens formten seine dunklen Wimpern Stacheln. Oh, wie sehr wünschte sie sich, sie wäre gegen seinen spröden Charme immun.

»Lucie hat mir ein Angebot gemacht«, sagte sie. »Ich soll ihr beim Herausgeben eines neuen Frauenmagazins helfen.«

»Und deshalb hast du Jenkins' Antrag abgelehnt?«

»Er ist ein guter Mann. Er glaubt vielleicht, dass es keine Rolle spielt, aber er sollte eine Frau heiraten, die ihn wirklich liebt.«

Ein leichtes Lächeln umspielte Sebastians Lippen. »Und du liebst ihn nicht wirklich?«

Seine andere Hand stahl sich um ihre Taille, und sie stand in seiner Umarmung und zitterte wie ein Reh kurz vor der Flucht. Zu spät.

»Nein«, flüsterte sie. »Ich liebe ihn nicht.«

Sein Mund, lächelnd und feucht vom Regen, fesselte ihre Aufmerksamkeit und erinnerte sie an seine Küsse. Sie wollte seine Lippen wieder spüren, so weich und fest. Es war ihr egal, dass halb Westminster sie beobachtete. Alles war ihr egal, Hauptsache sie konnte seine Nähe wieder spüren, sich in dem zärtlichen Glanz seiner Augen verlieren. Der Himmel stehe ihnen bei, die Anziehungskraft zwischen ihnen hatte nicht nachgelassen. Das würde sie wohl auch nie. Ihre Rastlosigkeit ebbte erst ab, wenn sie zusammen waren. Zwei Hälften einer Seele, wieder vereint, wohl wissend, dass sie sich in wenigen Minuten wieder trennen mussten.

Sie hob den Blick und sah ihm ernst in die Augen.

»Ich liebe dich«, sagte sie. »Ich liebe dich so sehr, dass ich eher allein bleibe, als mit einem anderen Mann zusammen zu sein.«

Zärtlich strich er ihr eine tropfende Locke hinter die Ohren. »Begleite mich nach Frankreich«, sagte er.

»Bitte, ich habe nicht die Kraft, dir heute zu widerstehen.«

»Dann sag Ja«, erwiderte er. »Mir ist klar, dass ich keine so gute Partie mehr bin. Mein Familiensitz ist verloren, ich bin am Hof zur *persona non grata* erklärt worden, und es wird in den nächsten Monaten sicherlich einige sehr unschmeichelhafte Karikaturen von mir in der Presse geben. Da ich geschieden bin, kann ich dich auch nicht in einer Kirche ehelichen. Aber alles, was mir noch geblieben ist, will ich gerne mit dir teilen, Annabelle, wenn du mich nur haben willst.«

Ihre Augen schwammen in Tränen. »Ich würde dich auch haben wollen, wenn du nichts mehr besäßest außer den Kleidern am Leib.«

Er verharrte reglos. »Ist das ein Ja?«

Das Gefühl, an einem Abgrund zu balancieren, erfasste sie, und einen Moment lang verschlug es ihr den Atem. Ein Wort und sie würde einen mächtigen Sprung wagen. Sie hatte gedacht, dass es all ihren Mut erfordern würde, sich eine eigene Zukunft aufzubauen. Nun, da sie auf der Klippe stand, wusste sie, dass sie noch viel mutiger sein musste, um sich selbst mit Leib, Herz und Seele in die Hände eines anderen zu begeben und mit ihm ein gemeinsames Leben aufzubauen.

Sebastians Arme schlossen sich federleicht um sie, und sie gab ein ersticktes Lachen von sich. Komme, was wolle, dieser Mann schien bereit, sie aufzufangen.

»Ich weiß nicht, wie man den Haushalt eines Palastes führt«, schniefte sie.

Sein Griff um sie wurde zittrig. »Du studierst an der besten Universität der Welt«, murmelte er. »Ich vermute, du lernst schnell.«

»Ja«, hauchte sie.

Er schluckte schwer. »Ja?«

Sie umfasste sein Gesicht mit beiden Händen. »Ja«, wiederholte sie. »Meine Antwort lautet Ja. Um die Wahrheit zu sagen, stand ich kurz davor, wieder zu dir zurück zu kriechen, um deine Mätresse zu werden. Denn selbst das erschien mir besser als ein Leben ohne dich.«

Er zog sie an sich, und seine Brust bebte, als er tief ausatmete. »Du wirst nicht meine Mätresse sein, sondern Herrin unseres Hauses.«

Sie vergrub ihr Gesicht in seinem vom Regen durchnässten Hemd und ließ den Tränen freien Lauf. Dieses Mal würde wohl er sich die Erkältung zuziehen, weil er ohne Mantel hinter ihr hergelaufen war. Sie schwor sich an Ort und Stelle, dass er ihr nie wieder nachlaufen oder nachreiten musste.

»Wie kannst du mich immer noch lieben?«, fragte sie mit erstickter Stimme. »Nach all den grausamen Dingen, die ich zu dir gesagt habe?«

Sie spürte sein Lächeln in ihren Haaren. »Mein Herz«, sagte er. »Ich habe gerade erst damit angefangen, dich zu lieben.«

33. KAPITEL

Griechenland, April 1880

Unter der gleißenden mediterranen Sonne wiegte sich eine Jacht sanft auf den Wellen des Ägäischen Meeres.

Annabelle lag in einem Nest aus seidenen Kissen im Schatten eines Baldachins. Die laue Brise zupfte an ihren offenen Haaren, und ihre Augen schlossen sich wie von selbst, statt sich auf den Brief in ihren Händen zu richten. Nachdem sie in den vergangenen zwei Monaten ihr erstes Semester in Oxford beendet, Lucie bei der Herausgabe eines neuen Frauenmagazins geholfen hatte und durch ihre Heirat zu einer skandalträchtigen Herzogin geworden war, forderte ihr Körper nun seinen Tribut. Außerdem bekam die Braut eines liebestollen Mannes nach Sonnenuntergang kaum Schlaf. Seit sie vor zwei Wochen den Hafen von Saint-Malo mit der *Asteria* verlassen hatten, ertappte Sebastian sie daher oft tagsüber bei einem Nickerchen.

Sie nahm einen weiteren Schluck aus dem Champagnerglas, stellte es dann auf den kleinen Tisch an ihrer Seite und stöberte durch den riesigen Berg an Korrespondenz, den ihr Gatte nicht geöffnet hatte. Hätte sie nicht darauf bestanden, hätte er den ganzen Stapel unberührt in seinem Château in der Bretagne zurückgelassen. Er genoss seine neu gefundene, lässige Laissez-faire-Einstellung mit der für ihn typischen Gewissenhaftigkeit. Sie hatte zwei unbeachtete Briefe des neuen Premierministers William Gladstone gelesen, der versuchte, Sebastian als strategischen Berater für die Liberal Party zu gewinnen. Einen von Lady Lingham, die eifrig darauf bedacht war, Wiedergutmachung zu leisten, und anbot, Annabelle in ein paar Monaten in die Gesellschaft einzuführen, vorzugsweise als irgendeine »lang verschollene französische Adelige«. Und dieser Brief, Grundgütiger, war von Seiner Königlichen Hoheit, dem Prince of Wales. Schon vor Monaten abgeschickt!

Ein Platschen beschleunigte ihren Puls. Sie ließ den Brief auf ihren Schoß sinken und beobachtete, wie Sebastians Kopf über der Reling der Jacht auftauchte, gefolgt von den wohlgeformten Rundungen seiner nackten Schultern.

Ihr stieg die Röte ins Gesicht. Nachdem sie vor ein paar Tagen an der peloponnesischen Küste vor Anker gegangen waren, hatte ihr frischgebackener Gatte nur einen Blick auf sein Badekostüm geworfen und beschlossen, so ins Meer zu springen, wie Gott ihn erschaffen hatte. Und er war wirklich eine Krone der Schöpfung. Gut gebaut, groß und schlank ähnelte er Poseidon, der seinem Element entstieg. In der Sonne glitzernde feuchte Rinnsale perlten über seinen Oberkörper, strömten über die sich abzeichnenden Muskeln und seine schmalen Hüften. Seine Männlichkeit hatte sich bereits geregt, und nun durchströmte die Hitze ihren ganzen Körper.

Seine Füße hinterließen feuchte Abdrücke auf dem Decksboden, als er zu ihr kam. In der rechten Hand hielt er eine glänzende rosa Muschel.

Er legte die Muschel neben ihre Champagnerflöte und schaute sie erwartungsvoll an. Hier unter dem blauen griechischen Himmel wirkten seine Augen fast blau.

Sie lächelte. »Wie ich sehe, hast du Geschenke mitgebracht.«

»Schätze der See für Ihre Gnaden«, sagte er, bereits abgelenkt.

Sein Blick haftete auf der Stelle, wo ihr Seidenmantel auseinanderfiel und weiche, nackte Haut entblößte.

»Du hast einen Brief vom Prince of Wales erhalten«, sagte sie.

»Bertie? Was will er?«

»Kurz zusammengefasst schreibt er: ›Das hätte ich Dir gar nicht zugetraut, alter Knabe. In Eton warst Du immer so fürchterlich pedantisch und bieder. Geh mit mir im Herbst auf die Jagd.‹«

»Hm …« In Sebastians Augen stand ein Funkeln, als sei er bereits dabei, einer Beute nachzustellen.

Sie konnte nicht widerstehen, sich aufreizend unter seinem wachsamen Blick zu rekeln.

Mit einem Satz war er über ihr und benetzte sie und seine Korrespondenz mit salzigen Tropfen.

Sie schrie auf und hob die Briefe über den Kopf. »Du machst ja alles nass.«

»Genau das ist meine Absicht«, murmelte er und verteilte Küsse über ihre Brüste, wobei er ihren Morgenmantel noch weiter auseinanderschob.

Seine begierigen Lippen lösten ein pulsierendes Verlangen in ihr aus. Rastlos wand sie sich unter ihm, weil sein Mund immer tiefer nach unten wanderte. »Sir, Sie sind unersättlich.«

»Willst du dich etwa beschweren, Gemahlin?« Er leckte über ihren Nabel.

»Nein«, brachte sie mühsam hervor.

»Nein?« Er senkte den Kopf und streifte sie mit der Zunge federleicht zwischen ihren Beinen.

Sie stöhnte auf. »Nein. Es ist ja wohl meine Pflicht, dich zu erfreuen.«

Sie spürte sein Lächeln. »Das stimmt.« Er bedeckte sie mit seinem Körper. »Und das erfreut mich wirklich sehr.«

Sie biss sich auf die Lippe, als er in sie eindrang.

»Sehr sogar«, wiederholte er, und sein Blick verschleierte sich.

Sie hob die Knie, damit er ihr näher sein konnte, und er stieß ein zufriedenes Brummen aus.

Er bewegte sich tief in ihr, wiegte sich mit ihr, und bald schon vermischten sich ihre Lustseufzer, und er sank mit wild hämmerndem Herzen auf ihre Brust.

Sie lag still unter ihm, während sein hektischer Atem an ihrem Hals sich langsam beruhigte. Mit den Fingern malte sie Muster auf seinen von der Sonne gewärmten Rücken. Über ihnen flatterten die Segel im Wind.

Zärtlich umarmte sie ihn ein wenig fester.

Sie liebte ihn so sehr.

Ihre Befürchtung, dass der Preis für ihr Zusammensein ihre hart erkämpfte Unabhängigkeit sein würde, hatte sich zerstreut, denn er war weiterhin offen für ihre Wünsche und Bedürfnisse. Er hatte sich mit einer zweimonatigen Verlobungszeit abgefunden, damit sie ihr Semester in Oxford beenden konnte, nachdem es ihm gelungen war, ihre Wiederzulassung durchzusetzen. Falls er gegen ihren Willen einen Leibwächter für sie engagiert hatte, sah sie den Mann nie. Seine vielen Briefe aus der Bretagne waren so knapp und sachlich verfasst wie Verwalterberichte, aber das hatte es ihr nur noch mehr versüßt, in ihrer Hochzeitsnacht endlich wieder in seinem Bett zu sein, wo das Feuer seiner Leidenschaft ihr mehr sagte, als tausend Worte es je könnten.

Er stützte sich auf die Ellbogen und musterte sie forschend. »Bist du sicher, dass du morgen nicht nach Persien segeln willst?«

Sie lachte. Seine Haare waren halb getrocknet und standen verwegen ab.

Sie glättete die zerzausten Locken mit einer Hand. »Mir gefällt es hier«, sagte sie. »Es ist schön, mal nichts zu tun zu haben oder irgendwo sein zu müssen.«

»Hm.« Er schmiegte eine Wange in ihre Handfläche; sein Bartschatten fühlte sich kratzig an ihrer Haut an.

»Außerdem genießt es dein Bruder, uns beim Dinner Gesellschaft zu leisten.«

Peregrin half zwei Buchten entfernt Professor Jenkins bei der Ausgrabung des Kriegsschiffes. Im Gegensatz zu Sebastian, der im Schatten bleiben musste, wenn er nicht so rot wie ein Hummer werden wollte, war Peregrin inzwischen tiefbraun und weizenblond und erinnerte an einen Wikinger. Im Freien zu sein und Professor Jenkins bei den Ausgrabungen zu assistieren, gefiel ihm eindeutig besser, als hinter einem Schreibtisch zu sitzen. Und auch Jenkins schien zufrieden mit seinem ungewöhnlichen Lehrling. Jedenfalls erfreute es ihn so weit, dass er sich rasch von dem Schlag erholte, seine angehende Braut und Assistentin an einen Herzog verloren zu haben.

»Wie wäre es, wenn wir noch eine Woche bleiben und dann nach Persien segeln?« Sebastian rollte sich von ihr runter.

Sie schwieg einen Moment. »Wirst du im Herbst mit Prinz Albert auf die Jagd gehen?«, fragte sie dann.

Er hob eine Braue. »Fragst du mich durch die Blume, ob wir England auf ewig fernbleiben? Nein, das werden wir nicht. Ich glaube, dein nächstes Semester beginnt im Mai.«

Sie runzelte die Stirn. »Denkst du, das Gerede um uns hat sich bis dahin gelegt?«

Er lachte laut. »Nein. Im nächsten Jahr vielleicht.«

Sebastian betrachtete seine Frau, die so rosig und derangiert und nachdenklich wirkte, und eine Woge der Liebe drängte ihn dazu, sich wieder zu ihr zu legen.

Ihre grünen Augen hießen ihn liebevoll willkommen. Goldene Sommersprossen tupften ihre Nase. Er neigte den Kopf und küsste sie.

Der Skandal, den sie verursacht hatten, würde bestimmt nie in Vergessenheit geraten. Er hatte die Seiten gewechselt und seinen Platz in den Geschichtsbüchern für sie neu bestimmt.

Es war dennoch die beste Entscheidung, die er je getroffen hatte.

Außerdem hatte er das Gefühl, dass die Geschichte eines Tages auf ihrer Seite stehen würde, und in solchen Dingen irrte er sich gewöhnlich nie.

ANMERKUNGEN DER AUTORIN

Die Universität von Oxford eröffnete 1879 ihre ersten Colleges für Frauen: *Lady Margaret Hall* und *Somerville Hall*. Die Universitäten von Cambridge und London hatten zu diesem Zeitpunkt bereits seit Jahren Studentinnen zugelassen, aber als Emily Davies, die Gründerin des ersten Frauenkollegs in Cambridge, in den 1860er Jahren in Oxford nach einem möglichen Studienort suchte, brachten sie eine starke »klösterliche Tradition, rüpelhafte Studenten, eine lebhaft brodelnde Gerüchteküche und eine große Anzahl von Prostituierten« von diesem Vorhaben erst einmal wieder ab. Gilbert hatte schon recht, als er Annabelle warnte, dass Oxford ein Ort der Lasterhaftigkeit sei. Dennoch absolvierten die Studentinnen dort erfolgreich ihr Studium, auch wenn es noch bis 1920 dauern sollte, bevor man ihnen erlaubte, sich voll zu immatrikulieren und Prüfungen abzulegen wie die männlichen Studenten.

Die Durchsetzung des Frauenwahlrechts dauerte gleichermaßen lang: der *Married Women's Property Act*, das Eigentumsgesetz für verheiratete Frauen, wurde 1882 reformiert, zwei Jahre nach Sebastians Rede im Parlament. Die Reform erlaubte Frauen, unter bestimmten Bedingungen auch nach der Ehe etwas Vermögen und Besitz zu behalten. Dennoch dauerte es noch weitere sechsunddreißig Jahre, bis es Frauen im Vereinten Königreich erlaubt war, zu wählen oder sich als Parlamentsmitglieder zur Wahl zu stellen. Die Arbeit unserer Heldinnen hatte also am Ende dieser Geschichte gerade erst begonnen.

Die mächtigste Gegnerin des Frauenwahlrechts war ihre eigene Königin. Victoria war entrüstet über die Frauenbewegung. Im Jahr 1870 schrieb sie Theodore Martin, dass Lady Amberley, eine damals bekannte Feministin, »ausgepeitscht werden sollte«. Frauen, so befürchtete die Königin, »würden zu verabscheuenswürdigen, herzlosen und hasserfüllten menschlichen Wesen verkommen«, wenn man ihnen dieselben politischen und gesellschaftlichen Rechte zugestand wie Männern. Auch Elizabeth Wordsworth, die erste Direktorin von Lady Margaret Hall und Großnichte des Dichters William Wordsworth, sah keinen Anlass dafür, dass sich Frauen in der Parlamentspolitik engagieren sollten. Miss Wordsworth gründete später ein weiteres College in Oxford für Frauen, nämlich St. Hugh's. Die finanziellen Mittel dafür stammten aus ihrer eigenen Tasche, weil sie Frauen die Möglichkeit zu einer höheren Bildung erschließen wollte.

Was wie ein Widerspruch erscheint, war eine geläufige Haltung im viktorianischen Zeitalter: Die meisten Menschen, die sich für eine bessere Bildung von Frauen einsetzten, taten dies, weil sie glaubten, die Frauen würden dadurch ihre ihnen zugedachte Rolle als Mutter, Haushälterin und Lebensgefährtin eines Mannes besser erfüllen können. Die Vorstellung, dass Frauen dieselben Rechte haben sollten, ganz gleich, ob dies anderen nützte oder nicht, war so radikal, dass die Suffragistinnen an jeder Ecke auf Widerstand stießen. Dennoch haben sie durchgehalten und ihr Ziel hartnäckig verfolgt. Daher sind Frauen wie Annabelle, Lucie, Hattie und Catriona wirklich außergewöhnliche, bewundernswerte Menschen.

Aber auch weibliche Pioniere brauchen ein Zuhause und einen geliebten Menschen; jemanden, der sie so liebt, wie sie sind, und deshalb hat es mir große Freude bereitet, ihnen ihr Happy End zu schreiben.

Bezüglich Dostojewskis *Schuld und Sühne* habe ich mir allerdings einige künstlerische Freiheiten herausgenommen, da das Buch erst 1885 ins Englische übersetzt wurde.

DANKSAGUNG

Um ein Buch fertig zu schreiben, braucht man Menschen, die dafür sorgen, dass man nicht zur eigenbrötlerischen Einsiedlerin wird.

Diesen Roman würde es ohne die Unterstützung einer kunterbunt zusammengewürfelten Gruppe von Menschen nicht geben, und ich möchte mich herzlich bei ihnen bedanken.

Lord Robert, Meister der Pomodore-Technik und Experte im zielführenden Druckausüben.

Sir Richards III, dessen Anmerkungen mir eine große Hilfe waren. Schreib endlich dein eigenes Buch.

Mama, die beharrlich an die Geschichte glaubte, ohne dass sie je eine Seite davon gelesen hätte.

Oma, weil ich dich lieb habe.

Mo, fürs Lesen der ersten Kapitel in der Rohfassung, obwohl das zweite Staatsexamen bevorstand.

Christian, Sarah, Jemima und Nils, die unermüdliche Begeisterung zeigten, wo andere die Augen verdrehten.

Der *British Romantic Novelists' Association*, ganz besonders dem fabelhaften *New Writers' Scheme*, deren dringend benötigten Abgabetermine, Weinbar und ermutigende Worte mich mit über die Ziellinie geschubst haben.

Und *last but not least* den *Lilac Wine Writers* Kate, Marilyn und Montse, die mich bei jedem Schritt begleiteten, von der

Erstellung des Plots bis zu den letzten Änderungen. Ich bin unserem Team für immer dankbar – eure Kommentare, Gastfreundschaft und offenen Ohren weiß ich wirklich zu schätzen.

Ein ganz besonderer Dank gilt meiner hervorragenden Agentin Kevan Lyon und meiner wundervollen Lektorin der Originalausgabe Sarah Blumenstock, weil sie Annabelle und Sebastian eine Chance gegeben haben.

LESEPROBE

Versäumen Sie nicht Lucies und Tristans Geschichte, die im September 2021 bei Lyx erscheint.

London, 1880

Wäre sie als Mann geboren, wäre nichts von alldem passiert. Man würde sie nicht in einem muffigen Vorraum warten lassen, wo sie die langsam vorbeitickenden Minuten auf einer alten Standuhr zählte. Der Sekretär hätte ihr keine argwöhnischen Blicke hinter seinem sorgfältig aufgeräumten Schreibtisch zugeworfen. Ja, sie wäre nicht einmal hier, denn Mr Barnes, der Herausgeber und Mehrheitsteilhaber der *London Print*, hätte den Vertrag schon letzte Woche unterzeichnet. Stattdessen hatten sich nun »Hindernisse aufgetan«, die eine Nachprüfung erforderten. Kein Wunder. Es gab Dinge, die eine Frau tun konnte, nur weil sie eine Frau war – wie über irgendeine belanglose Kleinigkeit, die sie aufwühlte, in Ohnmacht zu fallen –, und es gab Dinge, die eine Frau nicht tun konnte, eben weil sie eine Frau war. Und wie es schien, kauften Frauen nicht einfach fünfzig Prozent an einem Verlag.

Lucie lehnte den Kopf gegen die dunklen Holzpaneele an der Wand und erinnerte sich erst, dass sie einen Hut trug, als dieser geräuschvoll zerknitterte.

Sie stand so kurz vor ihrem Ziel. Sie hatten sich bereits die Hand darauf gegeben. Barnes wollte den Handel schnell abschließen, um nach Indien auszuwandern. Wie gewöhnlich bei ihrer Arbeit war auch dies wieder eine Sache des Abwartens. Bedauerlich, dass Geduld nicht gerade zu ihren Tugenden zählte.

Während ihr die Augen zufielen, kreisten ihre Gedanken träge um *London Print*. Von außen wirkte das Verlagsgebäude attraktiv und modern mit seiner grauen, vier Etagen hohen Granitfassade. Das Haus befand sich in einer der zunehmend teuersten Straßen Londons, wie es sich für ein Unternehmen gehörte, dessen zwei bestverkaufte Zeitschriften regelmäßig mehr als achtzigtausend Frauen der Ober- und Mittelschicht im Monat erreichten. Das Innere war jedoch so langweilig wie die Wahl der Artikel des Herausgebers: Die Schreibtische waren zu klein, die Räume zu dämmrig, und der obligatorische Nebeneingang für die einzige weibliche Angestellte, Mr Barnes' Tochter, die als seine Sekretärin fungierte, war eine verstaubte, mit Spinnweben verhangene Dienstbotentreppe. Wenn sie dieses Gebäude behalten würde, dann würde sie den Nebeneingang zuallererst renovieren.

Das leise Geräusch einer Glocke ließ sie die Augen öffnen.

Der Sekretär stand hinter seinem Schreibtisch. »Lady Lucinda, wenn Sie mir bitte folgen würden.«

Mr Barnes eilte gewohnt hastig auf sie zu, als sie sein Büro betrat. Er hängte ihr Tweed-Jackett und ihren Hut auf einen übervollen Garderobenständer, dann bot er ihr eine Tasse Tee an, während sie vor seinem Schreibtisch Platz nahm. Sie lehnte das Angebot ab, weil sie den Zug nach Oxford noch erwischen musste.

Weitere verstohlene Blicke, dieses Mal von Miss Barnes, die an ihrem Schreibtisch in der linken Ecke saß. Unnötig, wirklich, da sie der jungen Frau schon zuvor begegnet war. Sie nickte ihr zu, und Miss Barnes senkte rasch den Blick auf ihre Schreibmaschine. Oh, herrje! Man könnte meinen, sie sei eine entlaufene Kriminelle, keine Frau, die sich für Frauenrechte einsetzte. Obwohl das für die meisten Menschen auf dasselbe herauskam.

Mr Barnes beobachtete sie verhalten. »Es liegt am Vorstandsgremium«, sagte er. »Der Vorstand möchte gern wissen, warum sie Magazine wie das *Home Counties Weekly* und das *Discerning Ladies' Magazine* übernehmen wollen.«

»Ich will sie nicht übernehmen, ich möchte nur Anteilseignerin werden«, berichtigte Lucie. »Und meine Gründe sind immer noch dieselben: Die Magazine haben eine breite Leserschaft, und es gibt noch Wachstumspotenzial. Und die Veröffentlichung von *Pocketful of Poems* hat bewiesen, dass die *London Print* auch erfolgreich den Buchmarkt erobern kann. Jeder, der in den Publikationsmarkt investieren will, ist interessiert, Mr Barnes.«

Das Wichtigste war jedoch, dass es nur noch zwei weitere Anteilseigner gab. Beide hielten jeweils fünfundzwanzig Prozent, und beide lebten im Ausland. Das hieß, so gut wie niemand würde ihr bei Entscheidungen Steine in den Weg legen.

»Das stimmt natürlich«, sagte Mr Barnes. »Aber der Vorstand hat erst bei unserem letzten Treffen erfahren, dass Sie hinter dem Investorenkonsortium stehen.«

»Ich verstehe nicht, warum dies unseren Handel beeinflussen sollte.«

Mr Barnes zog an seiner Krawatte. Seine Glatze zeigte verräterische Schweißperlen. Sie hatte diese Wirkung auf Menschen, sie machte andere nervös. Weil du so zielstrebig bist, hatte Hattie ihr erklärt. *Vielleicht solltest du öfter lächeln, um dein Gegenüber nicht zu sehr zu ängstigen.*

Probeweise entblößte sie ihre Zähne.

Mr Barnes wirkte jedoch nur noch alarmierter.

Geflissentlich setzte er seine kleine Brille mit den runden Gläsern ab und legte sie ordentlich zur Seite, bevor er sie wieder ansah. »Mylady, darf ich offen sein?«

»Ich bitte darum«, antwortete Lucie erleichtert.

»Sie sind sehr aktiv in der Politik«, wagte sich Mr Barnes vor.

»Ich bin eine Ortsgruppenleiterin in der britischen Frauenbewegung.«

»Ja. Und aus diesen Gründen sind Sie, wie Sie bestimmt wissen, äh … eine sehr kontroverse Person. Tatsächlich hat ein Artikel in der *Times* Sie kürzlich so bezeichnet.«

»Ich glaube, in dem Artikel nannte man mich eine ›ruchlose Nervensäge‹ und ›streitsüchtige Furie‹.«

»Richtig«, erwiderte Mr Barnes peinlich berührt. »Deshalb fragt sich der Vorstand natürlich, warum jemand, dessen Ziel es ist, die momentane gesellschaftliche Ordnung zu überwerfen, ein Interesse daran hat, Mitinhaberin solch erbaulicher Frauenmagazine zu werden, ganz zu schweigen von einer Buchreihe romantischer Lyrik.«

»Mir scheint fast, dass der Vorstand fürchtet, ich hätte versteckte Motive, Mr Barnes«, sagte sie freundlich. »Dass es mir nicht darum geht, eine gute Geschäftsgelegenheit wahrzunehmen, sondern vielmehr eine Revolution unter ehrbaren Frauen anzuzetteln, indem ich das *Home Counties Weekly* als Sprachrohr nutze.«

»Haha.« Mr Barnes lachte. Genau das waren wohl seine Ängste. »Nun, nein«, sagte er dann. »Damit würden Sie wohl scharenweise Leserinnen verlieren.«

Sie lächelte grimmig. »Exakt. Überlassen wir die revolutionären Bemühungen doch lieber dem *Female Citizen*, nicht wahr?«

Mr Barnes zuckte bei der Erwähnung der radikalen Frauenstreitschrift sichtlich zusammen. Er erholte sich jedoch schnell. »Bei allem Respekt, das Veröffentlichen einer Zeitschrift erfordert eine gewisse Leidenschaft für das betreffende Thema und ein umfassendes Wissen über die Leserschaft. Sowohl das *Discerning Ladies' Magazine* wie auch das *Home Counties Weekly* behandeln Themen, die kultivierte Damen interessieren.«

»Was kein Problem darstellen sollte«, sagte Lucie, »da ich selbst eine Dame bin.« *Im Gegensatz zu Ihnen, Mr Barnes.*

Der Mann wirkte verwirrt. »Aber diese Magazine thematisieren gesunde weibliche Qualitäten und Interessen, wie Mode … Haushalt, ein glückliches Familienleben.« Er drehte sich zu seiner Tochter um, die schon vor einer Weile das Tippen auf der Schreibmaschine eingestellt hatte. »Nicht wahr, Beatrix?«

»Ja, Vater«, sagte Miss Barnes prompt. Ganz eindeutig hing sie an jedem Wort.

Lucie wandte sich ihr zu. »Miss Barnes, lesen Sie das *Home Counties Weekly* und das *Discerning Ladies' Magazine*?«

»Natürlich, Mylady, jede Ausgabe.«

»Und sind Sie verheiratet?«

Miss Barnes' pausbäckige Wangen erröteten. »Nein, Mylady.«

»Sehr klug.« Lucie wandte sich wieder Mr Barnes zu. »Da Miss Barnes eine eifrige Leserin beider Magazine ist, scheint es naheliegend, dass auch unverheiratete Frauen Interesse an *gesunden* weiblichen Themen hegen.«

Das schien Mr Barnes tatsächlich völlig zu verblüffen. »Aber, Mylady … Der Unterschied liegt darin, dass meine Tochter sich natürlich für diese Themen interessiert, weil ihr in Aussicht steht, all diese Dinge in naher Zukunft zu haben.«

Ah.

Während sie, Lucie, keinerlei solche Aussichten hatte. Auf ein Zuhause. Ein glückliches Familienleben. Kurz gerieten ihre Gedanken auf Abwege. Wie seltsam, denn das sollte ihr nicht passieren. Barnes hatte völlig recht. Sie verfügte über keine Eigenschaften, die einen Mann verlockten, wie beispielsweise eine sich weich rundende Figur und sanfte Augen wie Miss Barnes, die all den heimeligen Komfort versprachen, auf die ein Ehemann hoffen würde. Nein, sie war eine politische Aktivistin und sie näherte sich mit raschen Schritten dem Alter von dreißig Jahren. Sie war nicht nur ein Ladenhüter, sie war das Regal. Kein einziger Gentleman in England wäre daran interessiert, was sie zu bieten hatte. Zugegeben: Das war auch nicht viel. In ihrem Empfangszimmer stand eine Druckerpresse, ihr Leben kreiste um die Frauenrechtsbewegung und um eine anspruchsvolle Katze. Es gab keinen Platz für einen aufmerksamkeitshungrigen Mann. Außerdem war ihr wichtigstes Anliegen die Reform des Eigentumsgesetzes für verheiratete Frauen. Das war auch der Grund, warum sie hier saß und mit Mr Barnes verhandelte. Solange dieses Gesetz nicht geändert oder abgeschafft wurde, würde sie ihren kleinen Treuhandfonds bei einer Ehe an ihren zukünftigen Mann verlieren, ebenso wie ihren Namen und ihre Eigenständigkeit. Sie würde buchstäblich zum Besitz werden. Und damit würde auch das Wahlrecht für sie auf ewig in weite Ferne rücken. Eine wirklich verlockende Aussicht. Nein, was sie wollte, war ein Mitspracherecht bei der *London Print*. Doch wie es schien, wollte man ihr das verwehren.

Sie verabscheute, was sie nun sagen musste. Allerdings hatte sie nicht persönlich ein gutes Dutzend begüterte Frauen davon überzeugt, in dieses Unternehmen zu investieren, nur um ihnen sagen zu müssen, dass sie kurz vor der Ziellinie versagt hatte. War sich Barnes überhaupt bewusst, wie verteufelt schwierig es war, auch nur zehn Frauen zu finden, die über ihr Geld frei verfügen konnten?

Mit frostiger Stimme sagte sie: »Die Herzogin von Montgomery ist eine Investorin des Konsortiums, wie Sie sicher wissen.«

Mr Barnes zuckte leicht zusammen. »Fürwahr.«

Sie starrte ihn finster an. »Ich werde sie bald aufsuchen, um ihr über unsere Fortschritte zu berichten. Ich fürchte, sie wird ... bekümmert sein, dass ihre Investition als nicht gut genug erachtet wird.«

Und eine bekümmerte Herzogin bedeutete einen verärgerten Herzog. Einen sehr mächtigen, verärgerten Herzog, dessen Einfluss sogar bis nach Indien reichte.

Mr Barnes zog ein großes weißes Taschentuch aus seinem Jackett und betupfte sich damit die Stirn. »Ich werde dem Vorstand Ihre, äh, Argumente vortragen«, sagte er. »Ich nehme an, das wird alle Fragen ausreichend beantworten.«

»Bitte tun Sie das.«

»Ich schlage vor, wir treffen uns nächste Woche wieder.«

»Ich werde Ihnen am Dienstag meine Aufwartung machen, Mr Barnes.«

Oxfords Türme und Dächer verschwammen vor dem verblassenden Himmel, als Lucie den Bahnhof verließ. Gewöhnlich beruhigte sie der Anblick der alten Stadt, die sie als ihr Zuhause auserkoren hatte. Die goldgelben Sandsteinbauten der Universität strahlten im Licht der untergehenden Sonne. Die akademischen Mauern und Colleges hatten sich seit dem letzten Kreuzzug kaum verändert und wanden sich so unerschütterlich durch die Stadtmitte wie die reiche Anzahl hirnrissiger Traditionen, die fest im gesellschaftlichen Netz von Oxford verwebt waren. Diese Standhaftigkeit hatte auch etwas Tröstliches und war der Grund, warum sie vor zehn Jahren hierhergezogen war. Natürlich gab es auch noch andere Gründe, welche die Stadt zu ihrer ersten Wahl gemacht hatten. Die Lebenshaltungskosten waren beträchtlich erschwinglicher als in London, und obwohl man glückseligerweise hier von den skeptischen, neugierigen Blicken der feinen Gesellschaft weitestgehend verschont blieb, lag Westminster trotzdem nahe genug, um es bequem mit der Bahn zu erreichen. Manchmal überflog sie Bedauern, dass es erst seit dem vergangenen Jahr auch Frauencolleges gab und sie inzwischen zu alt und sicher auch zu berüchtigt war, um sich dort einzuschreiben. Aber in der Blüte ihrer Jugend war es ihr immerhin gelungen, gestandene Universitätsdozenten für einige Privatstunden in Algebra und Latein zu bezahlen. Vor allem aber hatte sie sich für Oxford entschieden, weil es unberührt von der Zeit geblieben war. Ein kleiner Spaziergang durch die Stadt hatte die Dinge in die richtige Perspektive gerückt, ganz ähnlich wie beim Anblick der Weite des Meeres: Was machte es schon, dass sie als junge Frau von ihren Eltern verstoßen worden war, im Angesicht der Tatsache, dass die Collegemauern siebenhundert Jahre menschliches Wissen bargen? Weniger als eine Meile von ihrem Haus in Norham Gardens entfernt hatten Größen wie Newton, Locke und Bentham gearbeitet. In wehmütigen Augenblicken stellte sie sich vor, wie diese brillanten Genies sie wie großväterliche Gespenster umringten und ihr Ermutigungen zuflüsterten, weil auch sie sich früher Missionen verschrieben hatten, die andere als wahnwitzig betrachteten.

An diesem Abend jedoch hob die Stadt ihre Stimmung nicht. Das mulmige Gefühl, das ihr unter die Haut gekrochen war, verlor sich nicht einmal, als sie die Schwelle ihres Hauses erreichte. Ihre Beine verlangten nach völliger Erschöpfung. Zu dieser späten Stunde konnte sie ihren Freundinnen jedoch keinen Besuch mehr abstatten, obwohl Catriona sicher noch über irgendeiner antiken Schrift in der Wohnung ihres Vaters im St. Johns College brütete. Sie schloss die Haustür auf. Über den rückgratlosen Mr Barnes zu lamentieren würde ihr die Rastlosigkeit auch nicht nehmen. Ein langer Ausritt könnte ihre nervösen Glieder sicher beruhigen. Aber sie hatte ihr Pferd, seit sie Wycliffe Hall vor zehn Jahren verlassen hatte, nicht mehr gesehen, und sicherlich war es inzwischen auch tot. Auf dem Weg durch den dunklen Flur fragte sie sich, ob sie ihren Titel ablegen sollte. Schon seit einer Weile war sie nurmehr dem Namen nach eine Lady.

Sie nickte dem Porträt von Tante Honoria im Empfangszimmer zu und blieb in der Tür zum Salon stehen. Bei dem Anblick musste sie lächeln. Nein, das erinnerte bestimmt nicht an die Räume einer Adeligen. Der große Tisch in der Mitte des Zimmers war von zusammengewürfelten Stühlen umrahmt und verschwand fast ganz unter leeren Teetassen, Strategiekarten und halb fertigen Flugblättern. Die Nähmaschine links an der Wand wurde zur Anfertigung von Bannern und Schärpen genutzt. In der linken Ecke stand eine tote Topfpflanze von der Größe eines Mannes. Nicht eine einzige Einladungskarte einer respektablen Familie fand sich auf dem Kaminsims, stattdessen wurde die Wand daneben von vergilbenden Zeitungsausschnitten und einem gestickten Bild mit ihrem Lieblingszitat von Mary Wollstonecraft bedeckt: *Ich wünsche für die Frauen keine Macht über die Männer, aber die Macht über sich selbst.*

Am despektierlichsten war jedoch, dass in diesem Zimmer gelegentlich auch Prostituierte aus dem Bordell in Oxford Unterschlupf fanden, die von ihr gehört und bei ihr Hilfe gesucht hatten. Manchmal kamen auch verlegene unverheiratete Frauen mit Fragen zu Verhütungsmethoden zu ihr. Sie hatte eine Schachtel mit Verhütungsmitteln in der unauffällig wirkenden Kirschholzvitrine versteckt. Nicht einmal ihre Freundinnen wussten davon oder von diesen Besuchen, denn obwohl die Rettung gefallener Frauen unter Gladstones Regierung im Moment sehr *en vogue* war, rettete Lucie eigentlich niemanden. Sie half ihren Besucherinnen auf die Weise, die sie wünschten, und das war skandalös. Jawohl, jede durch und durch feine Dame würde sich schnellstens von ihr verabschieden.

Leise Pfoten trommelten über die Dielen, und ein schwarzes Fellbündel schoss auf sie zu. Boudicca kletterte an ihrem Rock hoch und setzte sich auf ihre linke Schulter.

Lucie vergrub das Gesicht in dem weichen Fell. »Hallo, Kätzchen.«

Boudicca stieß mit der Nase gegen ihre Stirn.

»Hattest du einen schönen Tag?«

Noch ein Stupser. Lucie kraulte die Katze von den Ohren bis zum Schwanz. Nachdem sie sich ihre Streicheleinheiten abgeholt hatte, sprang Boudicca zufrieden auf den Boden und stolzierte zu ihrer Ecke am Kamin. Ihr Schwanz mit der weißen Spitze ragte in die Höhe und erinnerte an ein umgedrehtes Ausrufezeichen.

Aufseufzend setzte Lucie ihre Tasche ab. Sie musste noch arbeiten, und etwas essen, denn ihr Magen machte sie laut knurrend darauf aufmerksam, dass sie weder Tee noch ein Mittagsmahl zu sich genommen hatte.

Mrs Heath, ihre Haushälterin, war an ihre unregelmäßigen Essenszeiten gewöhnt und hatte ihr einen kalten Eintopf auf den Herd gestellt. Die Tageszeitung lag neben dem Teller auf dem Tisch.

Sie las, während sie aß, und schüttelte dabei über die politischen Schlagzeilen den Kopf. In den Heiratsanzeigen suchte ein Bauer mit zweihundert Pfund Einkommen im Jahr eine

Gattin, die sich um seine Schweine und fünf Kinder kümmerte. In genau dieser Reihenfolge. Darüber schüttelte sie besonders heftig den Kopf. Als sie schließlich an ihren Schreibtisch im Salon zurückkehrte, mit vollem Magen und gut informiert, war die Nacht hereingebrochen, und sie zog die Vorhänge vor dem Erkerfenster zu.

An diesem Abend wartete der größte Stapel Korrespondenz in der Schreibtischecke mit den Frauenbildungsthemen auf sie. Gerade hatte sie den Füllfederhalter aufs Papier gesetzt, als Gelächter von draußen zu ihr drang. Sie runzelte die Stirn. Dieses schrille Kichern gehörte Mabel Lady Henley. Sie war Witwe, Suffragistin wie sie, und hatte die andere Hälfte des Hauses gemietet. Dieses Arrangement kam beiden gelegen, da es sich nicht schickte, wenn unverheiratete junge Frauen allein lebten. Wie es sich anhörte, befand sich Lady Henley direkt unter ihrem Fenster, und es gab nur einen Grund, warum die Witwe wie ein kleines Mädchen kichern würde. Bald darauf folgte, wie erwartet, das verführerische Brummen einer tiefen Baritonstimme.

Lucie wandte sich wieder ihrem Brief zu, die Spitze der Feder kratzte über das Papier. Weiteres Gelächter. Aber was Lady Henley tat, ging sie nichts an. Wenn sie es wagte, konnte eine reiche Witwe sich durchaus Freiheiten mit Männern herausnehmen, die eine unverheiratete Frau sich nicht erlauben durfte, und was Lucie so durch die gemeinsame Wand wahrnahm, wagte Lady Henley sich durchaus des Öfteren. Was riskant war. Und dumm. Denn dieses Verhalten konnte auch negativ auf Lucie zurückfallen. Andererseits hielten sich die meisten Männer ihre Mätressen in schicken Wohnungen und gönnten sich ihr Vergnügen, wann immer ihnen der Sinn danach stand. Und alle Welt stellte sich blind und tat so, als wüsste sie nichts davon.

Ein fröhliches Quietschen drang durch die Vorhänge.

Lucie legte den Füller zur Seite. Ob Witwe oder nicht, jede Frau konnte Mittelpunkt eines Skandals werden. Und auch wenn Lady Henley nicht in Oxford studierte, so pflegte sie doch Umgang mit den Studentinnen durch die Ortsgruppe der Suffragistinnen. Daher würde alles, was ihren Ruf befleckte, auch dem aller Studentinnen schaden, die jedoch über aller Urteil erhaben bleiben mussten.

Lucie stand auf und zog die Vorhänge zurück. Zwei Köpfe drehten sich ihr erschrocken zu. Finster starrte sie die beiden an.

Oh, beim Hades. Nein!

Das Licht aus ihrem Zimmer enthüllte, wenig überraschend, eine rotwangige Lady Henley. Aber der Mann … Es gab nur einen Mann in England mit solch hohen ausgeprägten Wangenknochen.

Ohne nachzudenken, öffnete sie das Fenster.

»Du!«, stieß sie hervor.

Tristan Viscount Ballentine. Halunke, Verführer, Plage ihrer Jugend. Seine Krawatte war gelockert und sein Haar zerzaust, als ob liebevolle Finger es zerwühlt hätten. Er sah mit jeder Faser wie der Casanova aus, der er war. Ihr Herz schlug schneller. Was hatte er auf ihrer Schwelle zu suchen?

Seine Emotionen, falls er überhaupt welche verspürte, spiegelten sich nicht in seiner Miene. Er betrachtete sie mit der gewohnt gelangweilten Gleichgültigkeit, bevor er schief lächelte und leicht den Kopf neigte. »Lady Lucinda, welch angenehme Überraschung.«

»Was tun Sie hier?«, fragte sie tonlos.

»Ich habe mich fröhlich unterhalten, bis ein Sauertopf das Fenster geöffnet und mich gestört hat.«

Seit einem Jahr hatte sie ihn nicht gesehen. Vor sechs Monaten war er aus dem Krieg in Afghanistan zurückgekehrt. Die Zeitungen hatten ausführlich darüber berichtet, dass ihm für seinen außerordentlichen Mut auf dem Schlachtfeld das Victoriakreuz verliehen worden war. Interessanter war jedoch, dass er für einen Sitz im House of Lords ernannt worden war.

Dennoch blieb er ein Schürzenjäger. Sie wusste, dass er Annabelle bei Montgomerys Silvesterball belästigt hatte. Und nun stellte er seine Verführungskünste direkt vor ihrem Fenster zur Schau.

»Dem entnehme ich, dass Sie miteinander bekannt sind?« Lady Henley unterbrach Lucies Blickduell mit Lord Ballentine.

Verwirrt wandte sich Lucie ihr zu. Sie hatte ihre Nachbarin völlig vergessen. »Lord Ballentine ist ein alter Freund meines Bruders«, erklärte sie.

»Oh, wie reizend.«

Lady Henley schmachtete den Mann völlig unverfroren an. Natürlich war Ballentine das sicher gewohnt. Von der Debütantin bis zur Matrone machten sich die Frauen einen Sport daraus, zumindest ein wenig für Lord Ballentine zu schwärmen. Die eine Hälfte bewunderte ihn wegen seiner seltenen maskulinen Schönheit, seinem seidigen rotbraunen Haar, dem perfekt geformten markanten Kinn und dem unanständig sinnlichen Mund. Die andere fühlte sich von der Verwegenheit angezogen, die unter seinen ebenmäßigen Zügen lauerte: dem anrüchigen Lächeln auf den weichen Lippen und dem wissenden Funkeln in den Augen, das raunte: *Verrate mir deine Wünsche, dein dunkelstes Begehren, nichts davon könnte mich schockieren.* Es lag eine Art Schwarze Magie in der Ausstrahlung eines schönen Mannes, der leicht zu faszinieren und unmöglich zu erschüttern war. Lady Henley schien wie berauscht von diesem dunklen, enigmatischen Charisma und trudelte soeben auf Tristans Fangnetz zu wie eine Fliege in die Fänge einer fleischfressenden Pflanze.

Lucie schaute sie vielsagend an. »Verzeihen Sie mir, wenn ich so direkt bin, aber es wäre nicht ratsam, die Bekanntschaft zu vertiefen.«

»Bekanntschaft«, sagte Lady Henley bedächtig.

»Mit Seiner Lordschaft.« Lucie machte eine ausholende Geste zu dem lässig abwartenden Adligen.

Lady Henleys Miene wurde frostig. »Wie freundlich, dass Sie es für nötig befinden, mir Ratschläge zu erteilen.«

»Ich fürchte, Sie riskieren es, auf sich aufmerksam zu machen.«

»Niemand kann uns sehen. Da ist ein Gebüsch.« Lady Henley deutete zu einem Rhododendron, der die beiden verbarg, wobei sie sich bereits erneut dem Viscount vertraulich entgegenlehnte.

Lucie verspürte ein unangenehmes Prickeln. »Dennoch geziemt sich ein solches Verhalten für eine Suffragistin nicht.«

Lady Henley, dieses sture Wesen, rümpfte die Nase. »Ach tatsächlich? Sagen Sie, haben Sie uns nicht geraten, dass wir Frauen danach streben sollten, unsere Ziele und Begehren zu verwirklichen? Ja, ich bin mir sicher, genau das haben Sie gesagt.«

»Hat sie das?«, meinte Ballentine in gedehntem, neugierigem Tonfall.

Mit einiger Mühe zwang sich Lucie zu Gelassenheit. »Der Kontext war leicht, aber dennoch bedeutsam anders. Hatten wir denn in diesem Jahr nicht schon genug Skandale, die den Fortbestand des Frauenkollegs gefährden könnten?«

Lady Henley zog einen Schmollmund. »Nun gut. Es ist ja auch bereits ziemlich spät.« Sie betrachtete Ballentine unter flatternden Lidern.

»Jedenfalls habe ich Sie gewarnt«, sagte Lucie und schloss das Fenster. Zumindest versuchte sie es. Aber es bewegte sich nicht. Sie zog fester. Verflixt, immer noch tat sich nichts. Lady Henley neigte den Kopf. Lord Ballentine beobachtete ihre Bemühungen mit wachsendem Interesse.

Hitze stieg ihr ins Gesicht. Warum bewegte sich dieses verflixte Fenster nicht? Sie knirschte mit den Zähnen. Beim Hades, es rührte sich keinen Hauch.

»Darf ich?« Lord Ballentine trat näher.

»Ich brauche keine …«

Er spreizte die langen Finger und legte sie auf den Holzrahmen. Langsam und stetig glitt das Fenster herunter, bis es schließlich auf dem Sims ruhte.

Ihr eigenes Antlitz spiegelte sich in der Scheibe, verzerrt, mit gerunzelter Stirn, unordentliche Strähnen ihres schnurgeraden Haares waren ihrem Chignon entkommen.

Auf der anderen Seite der Scheibe schillerte Ballentines Selbstgefälligkeit wie ein Leuchtfeuer in der Nacht.

Mit einem kräftigen Ruck zog sie den Vorhang vor.

»Achten Sie nicht auf sie«, drang Lady Henleys Stimme gedämpft an ihr Ohr. »Sie ist eine alte Jungfer.«

Lucie wirbelte herum; ihr Herz trommelte so heftig, als wäre sie eine Meile gerannt. Was für eine übertriebene, dumme körperliche Reaktion. Es gab keinen Grund, emotional zu werden. Sie musste jedoch das Haus verlassen, wenn sie nicht durch die Wand Zeuge davon werden wollte, wie Ballentine seine Verführungskünste bei Lady Henley anwandte. Und das wollte sie nun wirklich nicht.

Boudicca hatte ein feines Gespür für ihre Stimmungen und kam nun aus ihrer Ecke zu ihr herüber. Im Gaslicht schimmerten ihre Augen gelblich. Sie strich um Lucies Röcke, und sie bückte sich, um die Katze zu streicheln. Als sie das weiche

Fell unter ihren Fingern spürte, beruhigte sich ihr Herzschlag wieder.

Sie musste nicht befürchten, dass sich Lady Henley aus Liebeskummer wegen Ballentine in den Isis stürzte, wie es andere Damen schon angedroht hatten. Die Witwe war schließlich kein unerfahrener Backfisch. Und Ballentines Ruf als Frauenheld eilte ihm voraus. Tatsächlich war er der Letzte, der versuchen würde, seine Absichten zu verbergen. Aus Berechnung, vermutete sie, denn das ermutigte Scharen von Frauen, zu versuchen, mit heilender weiblicher Liebe einen besseren Mann aus ihm zu machen. Dabei schaufelten sich viele dieser Frauen durch ihren Ehrgeiz ihr eigenes Grab.

Sie schnappte sich Tintenfass, Löschwiege, Füllfederhalter und ihre Notizen. Auf dem Weg zur Tür legte sie sich ein Schultertuch um, da es in der Bibliothek der Lady Margaret Hall immer sehr zugig war.

Sie schoss förmlich aus dem Haus und die Stufen hinunter. Auf dem Bürgersteig blieb sie kurz stehen, um tief durchzuatmen. Die kühle Nachtluft war wie Balsam für ihre heißen Wangen.

»Ein Spaziergang, Mylady?« Die seidige Stimme hüllte sie von hinten ein.

Langsam drehte sie sich um, die Hände zu Fäusten geballt.

Ballentine lehnte am Fenstersims, eine angezündete Zigarette zwischen den Fingern. Neben ihm an der Wand stand sein Spazierstock, dessen übergroßer Bernsteinknauf im Lampenlicht wie ein böses Auge glühte.

»Nun, das ging schnell.« Lady Henley war nirgendwo zu sehen.

»Ja, irgendetwas hat ganz plötzlich die Stimmung verdorben«, sagte er und atmete Rauch durch die Nase aus.

»Wie schade.«

»Überhaupt nicht. Es war recht unterhaltsam.«

Er stieß sich vom Fenstersims ab und kam zu ihr herüber. Seine große Gestalt warf einen langen Schatten. Ein Flattern breitete sich in ihrer Magengrube aus, wie hunderte weicher, wild schlagender Schmetterlingsflügel. Verflixt. Während seiner Abwesenheit vergaß sie stets, welche stattliche Erscheinung er war. Wann immer sich ihre Wege kreuzten, wurde sie sich dessen erneut stark bewusst.

Das erste Mal hatte sie dieses Flattern vor Jahren verspürt, als sie Parlamentsmitglieder in einem Flur in Westminster für ihre Sache zu gewinnen versuchte. Tristan stand damals kurz vor seinem ersten Einsatz, vermutlich auf Befehl seines Vaters, denn er besaß nicht einmal einen Anflug der Disziplin eines Soldaten. Aber als er dann so unerwartet vor ihr stand, hatte eine Hitzewelle sie durchflutet, und sie war wie angewurzelt stehen geblieben. Bis zu dem Tag hatte sie ihn stets durch die alte Brille betrachtet, die ausnahmslos einen nervtötenden Karottenkopf zeigte. An dem Morgen hatte sie plötzlich gesehen, was alle anderen sahen: ein wie gemeißelt erscheinendes hübsches Gesicht. Breite Schultern. Schlanke Hüften. Die berühmte Ballentine-Statur in eng geschnittener Uniform. Wie aus heiterem Himmel hatte sie sich zu ihm hingezogen gefühlt und den ungewohnten, seltsamen Drang verspürt, sich die Haare zu richten. Demütigend. Es lag ihr nicht fern, das ästhetische Äußere eines stattlichen Mannes zu bewundern. Aber ihm? Sechs Sommer lang hatte Tristan sie als Junge in ihrem eigenen Zuhause mit aufreibenden Blicken und Streichen geplagt. Dabei hasste sie Streiche. Schlimmer noch, er hatte sich bei ihrem Bruder eingeschmeichelt, ihren Cousins und ihrer Mutter, bis sie sich am Dinnertisch noch ausgeschlossener fühlte als sonst. Wenn man die empörenden Schlagzeilen bedachte, die er machte, sobald er den Fuß zwischen seinen Einsätzen auf britischen Boden setzte, hatte er sich bisher nicht gebessert.

Er blieb nun vor ihr stehen, zu nah, und sie reckte das Kinn. Eine Ironie des Schicksals wollte es, dass sie seit ihrer ersten Begegnung im Garten von Wycliffe Hall kaum zwei Zentimeter gewachsen war.

»Du solltest nicht auf unserer Türschwelle herumlungern«, sagte sie.

»Und du solltest nicht allein in der Nacht herumspazieren.« An seinem rechten Ohr glitzerte kalt wie ein Stern ein Diamantohrring.

Sie schürzte die Lippen. »Mach dir meinetwegen bloß keine Umstände.«

Sie lief weiter.

»Das wäre mir ehrlich gesagt auch lieber.« Er schloss sich ihr an und brauchte nur einen Schritt, wenn sie zwei machte. »Wie dem auch sei, bin ich verpflichtet, dich zu begleiten, fürchte ich.«

»Wirklich, es besteht kein Grund für kavalierhafte Avancen.«

»Ein Kavalier würde darauf bestehen, deine Tasche zu tragen. Du läufst ganz schief.«

Er bestand bemerkenswerterweise nicht darauf, ihr die Tasche abzunehmen.

Und sie lief in die falsche Richtung, wurde ihr entsetzt klar. Verflixt. Auf keinen Fall konnte sie jetzt noch umdrehen. Das würde so aussehen, als sei sie kopflos vor ihm davongerannt.

»Der Ruf einer Dame ist stärker gefährdet, wenn sie von dir begleitet wird, als wenn sie bei Dunkelheit allein unterwegs ist«, meinte sie.

»Deine Zuversicht in meine Ruchlosigkeit überwältigt mich.«

»Lady Henley würde mir zustimmen.«

»Wer?«

Sie schniefte verächtlich. »Schon gut.« Und da es sie ärgerte, dass er den Ruf ihres Haushalts nur für ein billiges Vergnügen aufs Spiel setzen würde, fügte sie hinzu: »Ich nehme an, wenn die Jagd das Ziel ist, dann sind Namen nur unnützes Beiwerk.«

»Das kann ich nicht beurteilen.« Er klang nachdenklich. »Ich jage nie.«

»Welch beunruhigendes Ausmaß von Selbsttäuschung.«

Er schnaubte spöttisch. »Hast du die Werke von Darwin nicht gelesen? Das Männchen balzt, das Weibchen wählt, so ist es seit ehedem. Vor einem entschlossen jagenden Männchen sollte man sich in Acht nehmen – es hofft, dass sein makelhaftes Gefieder nicht auffällt.«

»Während deines natürlich überlegen groß und schillernd ist.«

»Ich versichere dir, dass es nicht schillert«, sagte er in sanftem Ton.

Ärger kroch ihr heiß den Nacken hinauf. »Den Damen scheint das nichts auszumachen.«

»Meine Liebe«, murmelte er, »entdecke ich da einen Hauch von Eifersucht?«

Sie schloss die Finger fester um den Träger ihrer Tasche. Konnte sie es so aussehen lassen, als sei sie absichtlich in die falsche Richtung gegangen? Wenn sie nicht umdrehte, würde sie bald im Zentrum von Oxford sein.

»Ich denke, genau das ist es«, meinte Tristan. »Das erklärt zumindest, warum du ständig bemüht bist, meine Affären zu sabotieren.«

»Ich weiß, dass du dein Geplänkel höchst unterhaltsam findest, aber du verschwendest mit mir heute Abend nur deine Zeit.«

»Ich erinnere mich an dieses eine Mal mit Lady Warwick.«

Unwillkürlich blitzte eine Erinnerung vor ihrem inneren Auge auf, zwei Gestalten in einem dunklen Garten. Damals konnte er kaum älter als siebzehn gewesen sein. »Das war grässlich«, sagte sie. »Sie war gerade erst aus den Flitterwochen zurückgekehrt.«

»Und hat sich bereits tödlich gelangweilt.«

»Ja, in der Tat, sie muss ziemlich verzweifelt gewesen sein. Das heißt jedoch noch lange nicht, dass sie es verdient hat, auf einem Gartentisch geschändet zu werden.«

»Geschändet? Du liebe Güte!«

Er klang leicht beleidigt. Gut. Sie befanden sich inmitten der Parks Road, und sie wünschte sich sehnlichst, dass er verschwand.

»Wer hätte das gedacht?«, meinte sie. »Der berüchtigte Lebemann erinnert sich an seine Affären.«

»Oh, das tue ich nicht«, murmelte er. »Lediglich an jene, die davongekommen sind.«

Und das waren vermutlich wenige.

Sie blieb stehen und drehte sich zu ihm um. »Wolltest du etwas Spezielles von mir?«

Seine Augen glitzerten unter der Straßenlaterne so gelb wie die von Boudicca.

»So speziell wäre es wohl nicht, nein«, erwiderte er mit gesenkter Stimme. Es klang fast wie ein Schnurren.

Sie schaute ihn unverwandt an, herablassend, während ihr Herz schneller schlug. Das tat er manchmal, solche Sachen in einem Ton zu sagen, der vermuten ließ, dass er sich vorstellte, sie wäre allein mit ihm, unbekleidet. Sie vermutete, dass er so mit allen Frauen sprach: mit der Absicht, sie zu verführen. Bei ihr schlug er diesen Ton jedoch an, um sie zu reizen.

Er öffnete den Mund, um einen weiteren geistlosen Kommentar von sich zu geben, zweifellos, dann schien er es sich jedoch anders zu überlegen. Denn seine nächsten Worte hätten sie nicht mehr überraschen können. »Ich wollte dir gerade meine Karte hinterlassen, um mich mit dir zu verabreden, da bin ich deiner Nachbarin über den Weg gelaufen.«

Verabreden. Mit ihr. Warum?

»Übermorgen in Blackwells neuem Café«, schlug er vor, als sie nicht antwortete. »Es sei denn, du bevorzugst einen anderen Treffpunkt.«

»Worum geht es, Ballentine?«

»Es geht das Gerücht, dass du eine Expertin für das britische Verlagswesen bist, und ich könnte deinen Rat gebrauchen.«

Diese Bemerkung ließ all ihre Alarmglocken schrillen. »Wer hat dir das erzählt?«

Er lächelte. »Triff dich mit mir, und ich verrate es dir.«

Er war schrecklich anstrengend, und es war schwierig, seine Miene in der Dunkelheit zu deuten.

»Selbst wenn ich geneigt wäre, mich mit dir zu treffen, – was ich nicht bin –, es gibt sicher Dutzende Gentlemen, die dich beraten könnten.«

»Ich habe jedoch ein Interesse an Leserinnen aus der Mittel- und Oberschicht. Es erscheint mir daher logisch, eine Frau zu fragen, die diese Leserschaft kennt.«

Sie fixierte ihn mit ihrem Blick. Der Mann vor ihr sah aus wie Tristan, mit seinem grellen karmesinroten Samtmantel und dem protzigen Spazierstock. Die Worte, die aus seinem Mund kamen, sahen ihm jedoch gar nicht ähnlich, denn sie hatte nie erlebt, dass er sich für etwas Spezielles interessierte, und sie hätte auch niemals angenommen, dass er zu Vernunft und Logik fähig wäre. Andererseits war er an Leserinnen interessiert, was wiederum seinem Charakter entsprach und äußerst beunruhigend war.

»Ach bitte, Lucie.« Seine Stimme hatte einen tieferen, schmeichelnden Klang angenommen. Die Art von Ton, die einer Frau unter die Haut ging und sie dazu verleitete, Dummheiten zu begehen.

»Triff dich mit mir«, sagte er. »Um der alten Zeiten willen.«

ÜBER DIE AUTORIN

Evie Dunmore hat sich von der zauberhaften Kulisse von Oxford, ihrer Leidenschaft für Romantik, weiblichen Pionieren und ihrer Liebe für das viktorianische Zeitalter zu diesem Roman inspirieren lassen. Im Alltag ist sie Beraterin mit einem *Master of Science* in Diplomatie von der University Oxford. Außerdem ist sie Mitglied der *British Romantic Novelists' Association* (RNA), der britischen Organisation für Liebesromanautor*innen. Evie Dunmore lebt in Berlin. Ihre Faszination für das britische Königreich im 19. Jahrhundert spiegelt sich in ihren Romanen wider.

Evie Dunmore im Web:
Newsletter: eviedunmore.com/newsletter
Facebook: eviedunmoreauthor
Twitter: evie_dunmore
Instagram: evietheauthor

Gefährliche Liebschaften vor üppiger schwedischer Kulisse

Simona Ahrnstedt
EINE UNERHÖRTE AFFÄRE
Aus dem Schwedischen von Corinna Roßbach
448 Seiten
ISBN 978-3-7363-0827-5

Earl Gabriel de la Grip – ein mächtiger Mann mit skandalösem Ruf, der die Frauen viel zu sehr liebt, um sich einer einzigen zu versprechen. Madgalena Swärd – scharfzüngig, gebildet, intelligent. Sie ist das Gegenteil von dem, was Gabriel bei Frauen sucht. Er hingegen ist alles, was sie an einem Mann verabscheut. Doch eine gedankenlose Wette bringt beide dazu, einen gefährlichen Pakt zu schließen. Eine leidenschaftliche Affäre beginnt, die ihrer beider Herzen in Gefahr bringt.

»Eine emotionale, mitreißende Liebesgeschichte voller Dramatik.«
BIBLIOFELES BÜCHERBLOG über *Ein ungezähmtes Mädchen*

LYX

Eine dramatische Liebesgeschichte vor der mondänen Kulisse Stockholms

Simona Ahrnstedt
EIN UNGEZÄHMTES MÄDCHEN
Aus dem Schwedischen
von Wibke Kuhn
528 Seiten
ISBN 978-3-7363-0457-4

Beatrice Löwenstrom ist jung, intelligent und nicht willens, nur geistlose Zierde für einen Mann zu sein. Als sie den äußerst charismatischen Seth Hammerstaal trifft, knistert es auf Anhieb zwischen ihnen. Bei Seth kann Beatrice ganz sie selbst sein, doch ihr Onkel hat sie längst dem skrupellosen Grafen Rosenschöld versprochen – und diesem ist jedes Mittel recht, um den Willen der rothaarigen Schönheit zu brechen …

»Simona Ahrnstedts Bücher kann man nicht mehr beiseite legen, wenn man einmal angefangen hat.« KATARINA BIVALD

LYX

Unwiderstehlich, düster, romantisch – die Victorian Rebels!

Kerrigan Byrne
VICTORIAN REBELS -
EIN HERZ VOLL
DUNKLER SCHATTEN
Aus dem amerikanischen
Englisch von
Inka Marter
480 Seiten
ISBN 978-3-7363-0714-8

Christopher Argent ist ein Jäger, ein Auftragskiller, geboren und aufgewachsen im berüchtigten Newgate Prison in London. Er erfüllt seine Aufträge mit kalter Präzision. Doch dann soll er die Schauspielerin Millie LeCour eliminieren. Zum ersten Mal in seiner Laufbahn kann er den Auftrag nicht vollenden, denn Millie ist die Erste, die sein versteinertes Herz berührt …

»Gewagt und absolut unverfroren.« FRESH FICTION REVIEW

LYX